谨以此书纪念阳明先生诞辰五百四十周年

浙江省社会科学界联合会研究课题成果（2011B088）

2012 年度宁波市社会科学学术著作出版资助项目

王阳明散文研究

本书紧扣王阳明的人生轨迹及其所处的特定历史环境，选择其留存于世的富有代表性的散文作品进行分析，旨在揭示阳明散文与其心学创设之间的互动规律。

华建新 ◎ 著

安徽师范大学出版社

责任编辑：胡志恒

装帧设计：丁奕奕

图书在版编目（CIP）数据

王阳明散文研究/华建新著 . —芜湖：安徽师范大学出版社，2012.5(2025.1重印)
ISBN 978-7-81141-773-9

Ⅰ.①王… Ⅱ.①华… Ⅲ.①古典散文—文学研究—中国—明代
Ⅳ.①I207.60

中国版本图书馆 CIP 数据核字（2012）第 087222 号

王阳明散文研究

华建新　著

出版发行：安徽师范大学出版社
　　　　　芜湖市九华南路 189 号安徽师范大学花津校区　邮政编码：241002
网　　址：http：//www. ahnupress. com/
发 行 部：0553-3883578 5910327 5910310(传真) E-mail：asdcbsfxb@ 126. com
经　　销：全国新华书店
印　　刷：阳谷毕升印务有限公司
版　　次：2012 年 5 月第 1 版
印　　次：2025 年1月第2次印刷
规　　格：965×1270　1/32
印　　张：10.5
字　　数：282 千
书　　号：ISBN 978-7-81141-773-9
定　　价：85.00 元

内容摘要

这是一部研究王阳明散文的学术专著。全书紧扣王阳明的人生轨迹与其所处的特定历史环境，选择其留存于世的富有代表性的散文作品进行分析研究，旨在揭示阳明散文与其心学创设之间的互动规律。全书主体结构共分七部分：绪论部分以历时性的视野描述王阳明在不同时期所写散文的思想内容与艺术特色，以展现作为心学家散文的艺术思维特征、审美风格和意境。第一章探讨了王阳明京师求学、初入仕途期间论史文的价值取向和选择"成圣贤"远大志向的动因。第二章探讨了王阳明因病归越期间所撰论官德文的忧民情怀及其对佛道末流的批判态度。第三章探讨了王阳明主试山东乡试期间所撰试录文的入世意识以及坚守正义人格立场的耿直气节。第四章探讨了王阳明谪居贵州龙场期间悟道文的生命意义以及构建"知行合一"道德体系的艰难过程。第五章探讨了王阳明在江西平乱期间论"良知"文的深刻哲理。第六章探讨了王阳明在居越期间讲论"致良知"学说的普世价值。阳明心学借助其散文的魅力远播海内外，其散文又因心学的精髓而获得永恒。

Abstract

This is an academic monograph on Wang Yangming's proses. Closely linked to Wang Yangming's life path and its specific social and historical environment, the book analyses his representative proses to display the interaction rules between his proses and the creation of Mentalism. The book mainly consists of seven parts: The introduction part describes contents and artistic characteristics of his proses written in different periods in diachronic perspective to show Wang Yangming's characteristics of artistic thinking, aesthetic style and artistic conception. Chapter one probes into the value orientation of Wang Yangming's proses and motivations for his resolution to be a sage during his study in Peking and his early official career. Chapter two inquires into Wang Yangming's proses written during his stay in hometown due to sickness, showing his concern about people and his critical attitude toward decadent schools of Buddhism and Taoism. Chapter three explores his consciousness of the world and his integrity embodied in the proses written during his office as the main examiner in provincial exams in Shandong. Chapter four probes into the meaning of life reflected in Wang Yangming's proses written when he was relegated to Longchang in Guizhou province and the hardships he experienced in constructing the moral system of "Unity of Knowledge and Practice". Chapter five focuses on profound philosophy embodied in Wang Yangming's proses on "Intuitive Knowledge" written during the period of putting down the rebellions in Jiangxi. Chapter six deals with the universal value of Wang

Yangming's philosophical thought of "Extention of the Intuitive Knowledge" when living in Yuyao. Wang Yangming's Mentalism is spread at home and abroad with the charm of his proses while his proses have been eternal for the quintessence of his Mentalism contained.

序

在中国文化史上，韩愈文起八代之衰的盛名，仿佛影响了他在诗坛上的地位。白居易的《长恨歌》、《琵琶行》及《新乐府》妇幼皆知，甚至远传邻国，但他的一些优美散文却很少有人熟悉。作为哲学家、教育家王阳明已名彪史册，而其诗文成就，似尚未引起学界的足够重视。华建新老师继《王阳明诗歌研究》、《姚江秘图山王氏家族研究》之后，又将有《王阳明散文研究》面世。尽管王阳明不是以散文名家，但其散文对明朝中叶以降的社会却产生了巨大的影响，《四库全书》编修评之为"博大昌达"、"自足传世"。华君新作《王阳明散文研究》对阳明散文的思想内涵、审美价值和艺术特色作了全面、深入的探讨，具有开拓性意义，令人欣喜。作者将研究的目标定位在阳明心学思想创设与散文创作的互动关系上，不为虚言，自有识见。初读华君此作，时觉新意扑面。相对而言，总其优长，似至少有以下数端。

华君此作高度地概括了阳明散文所蕴含的时代精神。阳明经历了明成化、弘治、正德、嘉靖四朝，以正德朝为界，国家政治变化落差极大，国势由盛转衰。阳明身处风云变幻的明中社会，他以手中之笔，对社会诸多领域作出了较为深刻的反映。作者通过系统地考察阳明散文所涉及的社会生活和阳明的人生历程，主要从两个方面概括了阳明散文的时代精神。其一是"经世致用"的精神。阳明散文的内容始终紧贴社会现实生活，不为虚文。他入仕前所撰的《高平县志序》，将为文与治国经世联系起来，反映出其独到的历史伦理观。阳明入仕之初，正值明王朝边患日炽之际，阳明直陈己见，上《陈言边务疏》，言辞剀切，可以说是针对明王朝外患内忧积弊的疗救良方。阳明任刑部主事期间，体察狱政，所撰狱政文充分体现出儒家的仁政思想。阳明的为政理想始终将官德放在首位，他撰写的诸多赞扬地方官勤政为民的文章即是明证。阳明关注民间疾苦，视黎民百姓的忧乐为己之忧乐，这在他所撰的祷雨文、仓储文中可得到印证。阳明强烈的经世精神，在理论上集中地反映在《山东乡试录》及其陈文中，这是其治国方略的全面展示。阳明谪居贵州龙场期间，身为谪臣，但仍以社稷民生为重，撰写了涉及化解民族矛盾的《与安宣慰书》、《何陋轩记》、《象祠记》等文，卓识超群，在中国散文史上恐是绝无仅有。阳明复出后，先后受命在江西、广西统兵平乱，其间为安定地方百姓乐业，撰写了大量的告谕文，以乡约推进乡村自治建设，以兴社学开启民智，民风为之一变。因此，阳明的散文是经世之文，是深深地植根于社会现实之中的致用之文。其二是"致良知"的精神。阳明对明中社会的影响不仅在社稷的安定和民生上，而且还体现在人的精神层面上。阳明在思想领域勇于拨乱反正，独创异说。他所处的明中社会，程朱理学一统天下，"天理"观桎梏人们的思想，程朱鼓吹"先知后行"，导致世人"知行二分"人格背离的学风横行。阳明立志圣学，起儒学之衰。经过长期的思想探索，在贵州龙场艰难的环境中，玩《易》悟道，发"良知"之说。为启迪西南民众，他奋笔撰述《五经臆说》，成为阳明心学的奠基之作。其后又写了大量阐发心学思想的文章，拨"知行二分"迷雾，将人们的认识接引到"知行合一"的道德境界，为思想界吹入了强劲的自由空气，颠覆了被祭上神坛的程朱理学，突破了长期以来困扰学界的思想禁锢。至此，明代学术思想发生了嬗变，千年儒学获得了新的活力，阳明心学开启了中晚明思想解放的闸门。阳明居越期间集中论述心学思想的《答顾东桥书》、《稽山书院尊经阁记》、《大学问》等文，将其心学思想进一步系统化、理论化，从而对明中晚期崇尚王学的学术思潮起到了催化作用。阳明的心学著作与一般的心性之学不同，它是以提升人的道德修养水平和实践工夫为目的，与实现"致良知"的社会道德风尚为理想。其散文的主题始终贯穿"致良知"的主体精神，对当时社会以及后世产生了重大影响。阳明提出的"愚夫愚妇皆能成圣贤"的观点，无疑具有启迪民智的作用。阳明关于"不以孔子是非为是非"的观点，大胆否定了"天理"观，将百姓、士大夫、知识分子的精神追求引向高明一路。阳明的散文是他心学思想探索与道德实践过程相结合的记录，也是他心学传播最得体的外在形态，自有其鲜明的、独特的时代精神。

华君此作全面地阐释了阳明散文所展现的艺术特色。阳明散文体式多样，表现手法不拘一格，华君敏锐地从历史与文化的高度去审视阳明散文，从作品中努力发现其蕴含的深刻心学思想，又从其心学思想如何得到完美表现上去分析其散文艺术，从这两个相辅相成、相得益彰的维度中寻求最佳的结合点，进而把握阳明散文的发展轨迹。作者对阳明散文作品的研究严格地置于特定的历史文化背景下，在理论与逻辑的交汇点上揭示阳明散文的艺术世界，并选取阳明在不同时期较为典型的作品作深度考察，力显文中精妙的艺术魅力。阳明散文的艺术特色主要体现在三个方面。一是以"心"驭文的特色。尽管阳明的散文写作缘由各异，但始终贯穿着一条主线，即紧扣"心体"的澄明，内容上张扬主体精神，随心所至，阐发"心学"精义。阳明认为"故《六经》者，吾心之记籍也，而《六经》之实则具于吾心"，将"心"确立为经典的本体，将唐宋以来"文以载道"的文学观念改变为"文从心出"，从而解决了"文道二分"的矛盾。他在《罗履素诗集序》中说："况乎诗文，其精神心术之所寓，有足以发闻于后哉。"在阳明看来，诗文不是朱熹所谓的"道"之产物，而是心中实见。因此，阳明为文处处彰显"良知"的理性价值，跳出了散文创作的传统模式，无所傍依，自由挥洒。二是以"人格为美"的特色。作者并没有停留在对阳明散文作品泛泛解读的层面上，而是努力传达出阳明作为心学家散文的审美理想和审美境界。人格美是阳明散文的审美理想。阳明在谪居贵州龙场、贵阳期间所撰的《宾阳堂记》、《君子亭记》、《远俗亭记》等，将"知行合一"作为人格美的基本标准。如《答毛宪副》一文，即具有一种至刚至大的审美感染力。在晚年居越期间所撰《答顾东桥书》中，阳明把"万物一体"作为散文审美境界的理论前提，强调人的道德责任感，确立"善"为人性美的基本审美范畴，"为善去恶"，最终导向"无善无恶"心灵圆融的生命境界。三是雅俗共赏的特色。阳明的散文不仅能被众多的士大夫、文人所接受，还能被贩夫走卒所理解，其原因在于能将理性与语言艺术巧妙地结合。阳明的论道之文，常常采用主客对话的结构形式，善于运用比喻、神话、传说、典故等艺术地表现主题，观点鲜明，别出心裁，发人之所未发，情感真切动人，语言清新自然，意境优美雅致。阳明能综合先秦散文、唐宋散文的精神实质，推陈出新，别具一格，形成了独特的散文风格。阳明的散文是在历史的语境中产生，在明代文坛"穿穴百家"，"与唐宋八大家抗行"，卓然特立；又在后人不断地解读中获得永恒，明末唐宋派、公安派、竟陵派散文家承阳明散文之风气，文澜迭起，异彩纷呈。

研究阳明散文是一项浩繁的工程，但作者能深入细致地研读文本，不避其难，锐意钻研，从政治、经济、文化、地域、风俗等多角度考证阳明散文创作的具体历史背景，此作所论证的观点与结论不是虚妄的、情感式的，而是实证的、分析的。全书的构架当经得起史实和明代文学史的检验。华君长期在基层电视大学工作，科研条件可想而知。即便如此，作者潜心学问，将教学与科研有机地结合起来，治学有得。近几年，在阳明学研究方面已出版了多部著作，为王学的深入研究作出了可喜的贡献。2004年，华君在我校人文学院做访问学者，我们有所交往，其刻苦研读，好学进取，令人感佩。新作将成，华君嘱我为《王阳明散文研究》写序，但我对王阳明知之甚少。即有所知，华老师在其多部相关著作中皆以论及，故久久未能动笔。顷悉《王阳明散文研究》即将问梓，不得不匆匆伏案，笔墨荒伧，缀拾芜言，聊以报命，恐难有当于万一，非敢云序。

陆　坚
2012 年 4 月 8 日于杭州西溪

目　录

Contents

绪　论

　　王阳明（1472—1529），名守仁，字伯安，号阳明山人、阳明子，学者称阳明先生。谥文成。浙江余姚人。明代著名的思想家、教育家、军事家和文学家。

一

　　王阳明的散文成就在明代当属第一流，但由于他在心学上的巨大成就，一定程度上遮掩了其散文创作的辉煌。近几年来，学界对阳明散文的研究已出了一些成果，但与其散文的研究空间相比，力度显然不足。因此，对其散文进行系统的研究就显得十分必要和紧迫了。王阳明散文最初的汇编由阳明同邑弟子钱德洪担纲，就单篇而言，分为：《正录》五卷，为论学明道之文；《外集》九卷，为书、序、记、说、杂著、祭文、墓志铭等；《别录》十卷，为公文。嘉靖元年（1522）四月，阳明弟子邹守益初刻《文录》于广德。后经钱德洪继续搜集扩充，于嘉靖十四年（1535），由阳明弟子、表弟闻人诠刻于苏州；嘉靖三十六年（1557），由唐尧臣重刻于杭州。《文录续编》由钱德洪收集前刻佚文汇编而成，于嘉靖四十五年（1566），为嘉兴知府徐必达所刻。明隆庆六年（1572），御史新建谢廷杰巡按浙江，始将上述王阳明著述合编，并收录钱德洪所编《阳明先生年谱》，王正亿所编《世德纪》，王阳明友人和门生等所撰阳明先生墓志铭、行状、祭文等，合编为三十八卷。仿《朱子全书》之例，命名为《王文成公全书》，予以付梓。时至1992年，经吴光、钱明等编校，在《王文成公全书》

基础上扩编的《王阳明全集》，由上海古籍出版社出版。2011 年，再度扩编，由浙江古籍出版社出版，即《王阳明全集》（新编本）。据不完全统计，王阳明存世的单篇散文 1100 余篇、文字量 150 余万字。考虑到本课题研究的幅度与容量，本研究以收录在《王阳明全集》（1992 年版）中的单篇散文为研究对象，不包括语录体散文、韵文体散文，因而属于狭义的散文。王阳明单篇散文的体裁为书、记、说、疏、表、序、卷、杂记、公移文、祭文、墓志铭等。本课题是以王阳明散文创作与其心学思想探索之间的互动关系为研究重点，目的在于揭示两者之间的规律性问题。

本课题研究的意义：一是为了揭示作为心学家散文的认识价值、艺术特色和审美价值，有助于我们从文学的视角考察王阳明的人生轨迹与"致良知"学说创设的内在联系，全面、正确地认识王阳明。二是为了深入了解中晚明士大夫、文人的文化心态以及审美情趣。三是为了进一步确立王阳明在明代散文史上的地位，弥补明代文学史研究中存在的某种遗憾。

二

王阳明的散文创作是其心学思想探索的重要组成部分，其散文作品是其心学思想的外在表现形态。王阳明散文忠实地记录了其思想创设的艰难过程，同时也展示了阳明心学创设的时代背景和广阔的社会生活画卷，成为解读阳明心学的主要依据。王阳明在《稽山书院尊经阁记》一文中说："故六经者，吾心之记籍也。"此语形象地揭示了"文与道"的内在关系，阳明所说的"道"即为"致良知"之道。因此，阳明心学的创设过程，也是其散文创作的内在动因。由于心学产生的思维方式是由内向外，因此也形成了阳明散文观念独特的话语体系。在明代中期，文学复古思潮盛行，王阳明的散文处于世风之中，但不被"模拟蹈袭"的世风所染，为文不傍依古人，直抒胸臆，写胸中实见。因此，其思想探索和散文创作之间存在着互动关系，若以两者的关系作为王阳明散文创作历程的分期，笔者认为应以"龙场悟道"为界，分为前后两个时期。

前期：自入仕前后至"龙场悟道"之前的散文创作。

阳明前期的散文留存于世的作品虽数量不多，但其散文的特色是很鲜明的，文风俊朗、议论恣肆、气势扬厉。其前期散文特色的形成，笔者以为应从以下几个维度加以考察。

首先，从地域文脉的维度看，其散文的特色与越地的风俗有一定的联系。阳明的童年时代是在越风强劲的古城余姚度过的。余姚属古越之地，南依四明山，北濒杭州湾，姚江横贯全境。历代人文昌盛，钟灵毓秀，舜禹传说、三国虞翻文典、东晋子陵遗风、大唐虞氏墨韵铸就了姚人甘为天下先的精神气质，越地人文的流风遗韵都可能成为童年阳明的心理暗示，越地风俗之美形成了童年阳明开朗豪迈的气质特征。阳明前期的散文风格洒脱超逸、审美情趣高雅应该说与人文环境的浸润是有联系的。只要稍留意阳明散文中的落款，常常能看到"余姚王守仁"的自称，虽说古人撰文落款有冠原籍的习惯，但他终生不忘故土的情怀则必出于对姚土风俗挥之不去的记忆。越文化的集体意识，深深地影响着童年阳明思想的发展，也影响着阳明前期散文的风格。越文化刚柔相济的地域文化孕育了阳明散文的思想内涵，越地先贤的精神风范铸就了阳明散文的风骨，越地人文环境濡化了阳明散文的抒情色彩。

其次，从佛道文化的维度看，阳明散文的超逸风格与越地佛道盛行的风俗有关。阳明诞生在姚城龙泉山北麓的"瑞云楼"，"瑞云"二字是因阳明出生时其祖母梦"瑞云送子"，因此阳明祖父为孙子起名为"云"。乡人即谓阳明出生处为"瑞云楼"。后经神僧点破"云"之隐喻，阳明祖父才将其更名守仁。传说固属虚幻，但"瑞云"一词、"神僧"指点，对童年阳明的心理发展应产生影响。龙泉山南麓古刹"龙泉寺"，建于东晋咸康二年（336），是童年阳明经常游玩之所。梵音钟声、香火佛语的氛围成为其深刻的记忆。阳明出仕后，有诗忆童年情景："我爱龙泉寺，寺僧颇疏野。尽日坐井栏，有时卧松下。"（《忆龙泉山》）明成化十八年（1482），阳明父王华因迎父至京师养老，年仅十一岁的阳明随祖父同往。路过镇江金山寺，祖父与客酒酣，席间赋诗助兴，未成。在旁的阳明代祖父赋诗："金山一点大如拳，打破维扬水底天。醉倚妙高台上月，玉箫吹彻洞龙眠。"众客为之惊奇，似有不信者，复命其赋《蔽月山房》诗。阳明出口即吟："山近月远觉月小，便道此山大于月。若人有眼大如天，还见山小月更阔。"① 从这两首诗的意境看颇有"禅"趣。寓居京师后，阳明路遇相士，受相士点化："入圣境、结圣胎"，始练"静坐凝思"之功。明弘治元年（1488）七月，时阳明十七岁，在岳父的催促下，阳明赴南昌完婚。新婚之日，阳明竟然"失踪"。次晨，家人追寻至南昌铁柱宫，阳明竟与道士跌坐论养生。此次"出格"行为，是阳明探究生命意义的始点。弘治十四年（1501），踏上仕途不久的阳明任刑部主事，奉命录囚江北。公差结束后，阳明上九华山览胜。访无相、化城诸寺，与道士蔡蓬头谈仙，历险寻访地藏洞异人，异人向阳明推荐了周濂溪、程明道两位理学大师。九华山之行，阳明对儒佛道三教有了更深入的认识，这对他归宗孔孟有十分重要的意义。弘治十五年（1502）八月，阳明上疏告病归越养病，筑室绍光城南会稽山阳明洞，练导引术。经数月体悟，渐悟佛道"簸弄精神，非道也"；又念"祖母岑太夫人与龙山公在"，离世之念，断灭种性，皆背人性，这是其思想探索过程中走出佛道迷局的开始。次年，阳明移至杭州西湖养病，其思想已转向儒学，复思用世。往来南屏、虎跑诸刹间，棒喝坐关禅僧，以爱亲本性相谕，启发僧人返俗。从阳明归越散文中可知，此期间他对佛道之弊已有清醒认识，对天神观采取批判的态度。阳明主山东乡试，试录都出于他手。他要考生在策论中阐述"老佛之害"。阳明在陈文中对佛道的源流作了精辟地分析，将佛道正源与末流作了严格的区

---

① ［明］王阳明. 王阳明全集［M］. 吴光、钱明、董平、姚延福编校（下同），上海：上海古籍出版社，1992：1221.

分，引导考生历史地、辩证地认识佛道，正本清源。阳明的相关散文有力地证明，他对佛道是有取舍的，纳其精义，舍其糟粕。这就是为什么阳明学宗孔孟而不舍佛老的原因。

再次，从阳明科举登第的维度看，阳明前期散文充满经世意识，这与他长期研习儒学经典有直接的关系，儒学经典为阳明思想探索和散文创作提供了丰富的思想资源。与天下所有学子一样，阳明从启蒙一刻开始就与科举发生联系，即便入仕后的阳明对科举仍然十分关注，这在阳明的许多文章中可得到证明。阳明前期散文中科举文化留下的影子是很明显的，这与他经历了漫长的科举之路是分不开的。阳明的长辈中虽有涉足科场者，诸如在《易直先生墓志》一文中，记载了阳明的叔父"六举于乡，竟弗一获以死"的悲剧。一切都在阳明父王华"以布衣魁天下"中状元后，姚江秘图山王氏家族的地位才发生了根本的改变。读《易》是王氏家族的传统，《易》学成了世代相传的家学。《周易》立"象"以求变的发散性思维方式对阳明散文观的形成产生了深刻的影响。从阳明的科举之路与散文创作的关系看，《四书》、《五经》是其思想与创作重要资源，家学是他立身的法宝。阳明的幼学发蒙于祖父的诗教，童学受教于姚城名儒陆恒。少年阳明天资聪慧，志向高远，良好的家庭环境为他的成长奠定了发展基础。十一岁赴京求学，亲炙父教。弘治二年（1489）十二月，王阳明携新婚妻子归余姚。因"始慕圣学"，途径广信（今江西上饶），阳明专程拜谒硕儒娄谅。[①] 娄谅教阳明宋儒格物之学，并告诫阳明"圣人必可学而至"，阳明深契之，坚定了学做圣人的信念。相对来说，理学更侧重知性，阳明　度笃信理学，这与他散文中时时流露出理趣不无关系，其散文中的哲理化倾向应该说有理学的成分。弘治三年（1490），王华因外艰归姚，阳明随从。归姚后，王华亲授课业、讲析经义，命"从弟冕、阶、宫及妹婿牧相"从学、阳明随众课业。王华利用在姚丁忧期间，为家族成员宣讲经义，自然有

---

① ［明］王阳明. 王阳明全集 ［M］. 上海：上海古籍出版社，1992：1223.

振兴家学的意愿在。但阳明并不满足父亲的讲析，而是"夜则搜取诸经子史读之，多至夜分。四子见其文字日进，尝愧不及"①。阳明弟子黄绾在《阳明先生行状》中对此也有记载："日事案牍，夜归必燃灯读《五经》及先秦、两汉书，为文字益工。龙山公恐过劳成疾，禁家人不许置灯书室。俟龙山公寝，复燃，必至夜分，因得呕血疾。"② 由此可见，阳明通过广泛地涉猎经典知识，体悟成圣贤之理。阳明这番苦读，既增长了学问，又为其散文创作提供了丰富的知识营养。阳明散文中引经据典随处可见，皆源于此。弘治五年（1492），阳明举浙江乡试，这是他在科举道路上成功地跨出了一大步。在阳明的散文中有一些为友人而作的文章，有的就是浙江乡试同科举子。阳明对研读宋儒格物之学是下了苦功的，他遍求考亭（朱熹）遗书读之。但阳明读书善于质疑，他对朱熹"一草一木，皆涵至理"的观点产生了怀疑，于是按朱熹的说教去尝试，在父亲的官署内"格竹"，但失败了。当然，此举是为学不深的阳明误解了朱熹"格物致知"的本意，但开启了疑"朱"之门。弘治十二年（1499），年近不惑的阳明终于敲开了科举大门，是年会试，举南宫第二人，赐二甲进士出身第七人，观政工部。科举的磨砺使得阳明成为满腹经纶的博学之士，后阳明贬官贵州龙场，竟能凭记忆著《五经臆说》，其功底即源于科举。进入仕途，为阳明成就圣贤理想展示了更加广阔的天地，他的大部分散文都是入仕后所作，记录了明代中期的历史风云，以及成圣贤志向追求与现实社会发生的尖锐冲突。

第四，从阳明的才艺维度看，阳明前期的散文与其多才多艺的文化素养有密切的联系。阳明将才艺与修身、经世相联系，其散文题材丰富，视野开阔。凡社会考察、书艺、兵法与为文相互贯通，出神入化。阳明十五岁时即怀报国之志，"出游居庸三关，慨然有经略四方之志"。经边关考察，少年阳明屡欲上书于朝，被

① ［明］王阳明. 王阳明全集［M］. 上海：上海古籍出版社，1992：1223.
② ［明］王阳明. 王阳明全集［M］. 上海：上海古籍出版社，1992：1407.

其父斥之为狂，乃止。① 阳明前期的散文充满着豪迈激越之气，这与他少年时期的游历有必然联系。及至阳明在南昌成婚后，因呆在岳父的官署中闲得无事，就苦练书法。从练书法中，阳明悟得"凝思静虑，拟形于心""随时随事只在心上学"之理。由此看来，王阳明散文气韵灵动，秀逸洒脱必得法于书艺。弘治十年（1497），明王朝发生边关危机，朝廷急欲推举将才。这极大地刺激了青年王阳明的报国之心，他认为兵法是经世之学，是成圣贤不可缺少的学问。于是开始钻研《武经七略》，研习兵法。阳明入仕以后，受命领兵打仗，撰写了大量的征战奏疏和军事公文，其文有一种壮美感，充满浩然之气，皆与此有关。弘治十二年（1499），初入仕途的王阳明观政工部。作为工部的见习官，阳明平生初次公差是奉命督造威宁伯王越坟。他利用独立办事的机会，在工地采用"什伍法"驭役夫，休息时驱役夫演"八阵图"，将以前所学兵法应用于工程建设中。工程结束后，威宁家出王越生前所佩宝剑赠于阳明。这也许是个隐喻，自此阳明的命运与剑相联，书与剑陪伴阳明度过了终身。工程竣工后返京，适遇朝廷下诏求言，及闻鞑虏猖獗，于是阳明将他对边务的所思所感写成奏疏，上《边务八事》，这是阳明将为文与经世相结合的最初尝试，也可视为其成圣贤之路的第一步。弘治十三年（1500），阳明任刑部云南清吏司主事。正因为这一职务，使他有更多的机会接触司法实践。他所撰写的狱政文，可以说是对明代中期中国监狱现状的真实记录，具有很高的认识价值与文献价值。次年，阳明奉命赴江北录囚，经他审核的冤假错案都予平反。此后，阳明在任地方官期间，特别注意对诉讼行为的规范，严格控制诉讼行为，要求诉求单一，陈述案由简洁明了。纵观阳明的前期散文，文理清晰，主旨明确，应与阳明在刑部的这段经历有关。

第五，从阳明与明中文人的交谊看，阳明的散文的创作成就与明中"茶陵派"坛主李东阳、"前七子"及与吴中名士的交往是

① ［明］王阳明. 王阳明全集［M］. 上海：上海古籍出版社，1992：1222.

有紧密关系的。阳明的科举之路并不顺畅，弘治五年（1492）春，会试落第。因父王华的关系，当朝阁老李东阳前来慰谕，① 命试作《来科状元赋》，阳明挥笔立就。阳明曾作《坠马行》，有诗句："西涯先生真缪爱，感此慰问勤拳情"，以此抒发对李东阳的感激之情。由此可见，阳明受到手握权柄的当朝阁臣、长期主持文坛的李东阳器重，对其文学思想的确立有一定影响。李东阳为"茶陵诗派"的代表人物，他十分欣赏青年阳明的才艺，这对初入文坛的阳明应该是一种激励。阳明入仕前其文章已享誉京城，这从他存世的散文中就可以得到印证，应该说与李东阳的提携或多或少有点联系。弘治九年（1496）会试，阳明再次下第，但其心情如常，在他看来并非只有为官才能成圣贤。阳明的散文有一种大气之美，这显然与其宽阔的胸襟有关。同年，阳明归故里余姚，结诗社于龙泉寺，这是阳明独立组织的文学活动。阳明爱诗，其散文有一种诗化的倾向，这与他毕生的诗歌创作是有内在联系的。阳明的文学活动与李梦阳倡导的"文学复古"运动有关。弘治十五年（1502）五月，阳明自九华山返京复命，其为学兴趣转向辞章之学，与京城旧游以才名驰骋文坛，学古诗文。阳明弟子黄绾在《阳明先生行状》中记载："（阳明）与太原乔宇，广信汪俊，河南李梦阳、何景明、姑苏顾璘、徐祯卿、山东边贡诸公以才名争驰骋，学古诗文。"② 阳明虽处在文学复古派的圈子中，但他似乎对"前七子"鼓吹的"文学复古"并不感兴趣。阳明有感于文学复古派仅从形式上模拟古文，而不在求道上下工夫的为学倾向感到失望，发出"吾焉能以有限精神为无用之虚文"的感叹。尽管阳明与李梦阳等"文学复古"派中坚人物有很深的交谊，但道

---

① 李东阳（1447—1516）字宾之，号西涯，谥文正。祖籍湖广长沙府茶陵州（今湖南茶陵）人，寄籍京师。明代中后期诗人、书法家、政治家。天顺八年（1464）进士，官至文渊阁大学士。茶陵诗派的代表人物。有《怀麓堂集》等传世。

② ［明］王阳明. 王阳明全集［M］. 上海：上海古籍出版社，1992：1407. "前七子"为明弘治、正德年间的文学流派。"七子"为李梦阳、何景明、徐祯卿、边贡、康海、王九思和王廷相。"七子"之称，首见于《明史·李梦阳传》，为区别嘉靖、隆庆年间出现的文学流派，即李攀龙、王世贞等七子，世称"前七子"。

不同不相为谋，思想一度陷入苦闷，即告病归越。阳明短暂"驰骋文坛"的经历，可以说为他确立新的散文观起到了反思作用。阳明虽一度与"前七子"等同驰文坛，但不受世风影响，表现出阳明散文的独立风格，这也是其为学归于圣学的重要原因之一。弘治十八年（1505），当京城学者尚沉溺于辞章记诵之学之时，阳明已自觉地担当起复兴儒学的重任，始授门徒，讲心性之学。时湛若水为翰林院庶吉士，[①] 与阳明一见定交，共以倡明圣学为事。与湛若水的交往是阳明一生中思想探求的一件大事，标志着阳明以弘扬圣学为己任的开始。

第六，从阳明参与政治斗争的维度看，阳明的散文充满"正气"与其成圣贤的人格理想有关。明弘治帝崩，朱厚照登基，即为正德帝。自正德元年（1506）始，明朝在政治、经济、军事、文化等诸方面都发生了急剧的变化，即由"弘治中兴"走向"正德暴政"，自此一蹶不振。阳明少怀大志，立志"成圣贤"，"正德暴政"对他的人生理想提出了严峻的挑战。当朝中正直阁臣发起"请诛刘瑾"的反阉党斗争后，王阳明挺身而出坚定地站在正义一方。然而，"请诛刘瑾"的斗争因昏君支持刘瑾而导致失败，大批正直之士受到迫害，南京科道官戴铣等人即在其中。为此，阳明首上抗疏力救戴铣等人，厄运随之而来。阳明因一道奏疏获罪，受廷杖、下诏狱、贬谪贵州龙场驿丞。因文遭祸，自此阳明的人生命运发生了急剧的变化，从满怀壮志的年轻京官，成为投荒而去的"罪人"。

从阳明十二岁时提出"何为第一等事"的疑问后，为求此解，他整整探求了二十多年。思想出入于儒、道、佛、兵、辞章之间，至"龙场悟道"始达正道，发"良知"之学，其散文则变风变雅、无所傍依，开明中散文之风气。对阳明这二十多年的思想探索，阳明的道友、弟子等多有概括表述，无论是"五溺"也好，"三

---

① 湛若水（1466—1750），字元明，号甘泉，广东增城人。陈献章弟子，阳明道友。先后历官南京礼、吏、兵三部尚书。

变"也罢，阳明思想探求的变化过程是交杂在一起的，总体上是趋向心学。因此，笔者认为将阳明二十几年的思想探索过程归在同一时期内比较客观，且阳明这一时期散文的内容、主题思想和为文语言风格都能证明这一现实。

后期：自"龙场悟道"到江西平乱揭"致良知"之学的散文创作。

王阳明后期散文的主要成就体现在"龙场散文"、"江西散文"和"居越散文"中。贬谪龙场、江西平乱和居越丁忧、闲置，这三个阶段是阳明人生中十分艰难的时期，但也是他心学思想体系创建和不断完善的阶段。在这三个阶段中，阳明所创作的散文在题材、主题和散文语言风格方面与前期都发生了明显的变化，每一阶段都有鲜明的特色。

首先，从龙场散文看，阳明在龙场谪居两年中所撰散文，其风格变得超然脱俗，浩气凌空，有一种高扬的精神力量。龙场散文在阳明一生散文创作中具有特殊的意义，不仅在明代文坛独树一帜，而且对后世散文创作也产生了极大的影响。例如，在《古文观止》中，就收录了阳明在龙场所撰的两篇散文。

正德三年（1508）春，阳明谪旅至贵州修文龙场任驿丞。在龙场经历了生死之难后，阳明更加清醒地认识到封建专制制度反人性的本质，以及程朱理学对世人思想的禁锢，其思想探求有了质的飞跃。由玩《易》继而悟道，始创"知行合一"之说，其散文创作也随之进入高潮期。阳明的龙场散文创作植根于对现实社会的观察和思考，有感而发，高屋建瓴，因而具有强烈的现实性和批判性，是考察阳明思想探索极其重要的文献依据。一是表现出抗击厄运、拯救自我灵魂的勇气。在龙场难以想象的生存困境中，以玩《易》寻求生命意义。阳明的《瘗旅文》是一篇极富人情味的作品，是对人性的讴歌，表现出阳明厚生的意识以及肯定生命价值的人文思考。二是蔑视权贵，关注国事。《与毛宪副》一文则表现了坚守道义的谪官"威武不能屈"的凛凛骨气，以及直面现实的大无畏精神。身为谪官的阳明，虽处庙堂之远，但他积极用世的精神不灭。《与安宣慰》三书，爱憎分明，大义凛然，雄文力挽狂澜，以三书定战乱。文中所传达出来的忧患意识，不仅是对民族关系的思考，也是对社会生存环境的警觉。三是与少数民族民众心心相依。阳明谪居夷地，然能自觉地融入夷人的生活方式，体验夷人的生活，成功地摆脱了环境的压迫。《何陋轩记》一文，阳明以儒者独特的眼光观察和审视"夷人"的生活处境和为人品性，透过表象发现和挖掘夷人的"美质"，歌颂和赞美少数民族人民的善良本性。对强加在夷人身上的种种"诬蔑之词"予以彻底否定。同时，文中对所谓的"上国人"作了辛辣的讽刺和抨击。还提出了改善民族关系，解决少数民族生活疾苦，移风易俗等重大民生问题，表达了对下层民众生存状态的关注，体现出阳明散文的普世情怀。四是阳明在极其艰难的环境中，编写教材，举办书院，为开启西南民众的教育之风，传播心学思想作出了极大的贡献。他的《五经臆说序》、《龙场生问答》、《教条示龙场诸生》等文是阳明创建"知行合一"说最有力的证明。

其次，从江西散文看，阳明前后在江西六年中所撰散文，以"尚真"、"狂狷"、"去蔽"为特征，从不同的角度和层面阐述了"良知"的本质，具有鲜明的时代性。

正德五年（1510）、十二年（1517）至十六年（1521）王阳明在江西治理地方，平乱、平叛期间写下的大量有关民生和心学探索的文章。阳明在庐陵知县任上仅半年多时间，就出现了政通人和的局面。在南赣用一年多时间平定了四省边界之间山民长达数十年之久的动乱、肃清了匪患。仅用三十五天时间，以弱势兵力平定了南昌藩王朱宸濠的叛乱，江西百姓得以免遭战乱之灾，稳定了大明江山。从军事事件的性质说，王阳明一生指挥过三大战役，其中两次发生在江西。王阳明在江西任上，无论是治理民政，还是统兵征战，从未停止讲学活动，攻心为上，以心学化人，改变风俗。此间所写的大量散文，从不同的角度和层面揭示良知本质，具有鲜明的时代特征。首先，以文化俗。阳明经过在贵州龙场的磨砺，创"知行合一"之学，他将此作为治理地方的思想武器，应用于民政事务之中。阳明治理地方有一个鲜明的特点，即在调查研究的基础上，针对地方的实际问题和突出矛盾先发出文告，陈述利害，晓之以理，官民之间通过文告进行沟通，以引领社会风气，从而形成良好的社会舆论氛围，用少量的精力和财力就化解了长年积累的许多社会矛盾。诸如，阳明作于庐陵知县任上的《告谕庐陵父老子弟》可谓是他治理庐陵一地的见证，充分反映了当时庐陵复杂的社会情势与阳明的为政之道。阳明治政以文开启人心，转化民风成为其治理地方的一大特色。其次，在平民乱、剿匪中阳明则采用"攻心为上"的策略，"破山中贼"先"破心中之贼"，摒弃单一的军事围剿手段，区别对待参与动乱的山民，通过告示文，启发民心，晓以大义，孤立极少数强盗。告谕文是平乱的一种特殊手段，以文代剿，胜于雄兵。阳明在江西南赣所推行的"乡约"制度，即是治理社会动乱的一种方略，或者说是乡民"以民治民"的自治制度。通过"乡约"，实施一系列礼仪教化活动，推行乡村自治建设。可以说"南赣乡约"是阳明在南赣将心学"知行合一"思想应用于乡村建设的实践成果之一，也是其散文与社会实践相结合的有益尝试。再次，阳明在治理地方过程中，将立社学作为治理地方民政的重要举措。他发现赣州社学在教学中存在严重问题，主要是教师混杂、学术不明，导致教学效果不佳。于是阳明发布公文，大力整治地方社学。阳明运用心学的基本原理开启百姓的本心良知，对社学的教学目的、教学内容、教学方法等提出了一系列指导性意见，可视为王阳明心学教学思想的体现。阳明在《训蒙大意示教读刘伯颂等》文中着重论述了儿童教学的基本原理，也是其心学教育思想的重要内容。第四，阳明在巡抚江西期间，朝中奸党对他的迫害从未停止，但阳明在极其艰难的环境中讲学论道不辍，通过书信等形式与友人、弟子论学，写了大量的论心学思想的文章。在江西期间王阳明较系统地阐述了"致良知"学说，标志着阳明心学理论体系的确立，故阳明弟子钱德洪在《王阳明年谱》中点明"是年先生始揭致良知之教"，① 即正德十六年（1521）。王阳明在江西揭"致良知之教"，阐述了心学的基本内涵与普世价值。阳明的论"致良知"文，从思想内涵的角度看，在《答罗整庵少宰书》一文中有深刻论述。阳明于正德十五年（1520）九月自赣州还南昌，在繁忙的政务之际，阳明的众多弟子来南昌问学，有的以书请问，也有不速之客前来拜师求学，阳明将此作为传播心学的途径。其心学思想在江西大行其道，后其弟子承其学说，形成王学"江右学派"。

再次，从居越散文看，阳明前后居越六年，所撰散文凸显"致良知"精义，讲学论道构成了其散文的主要内容，表现出拯救人心、改良社会的散文品格，其文说理艺术达到了炉火纯青、出神入化的境界，为明中以后散文创作开拓了新的方向。

正德十六年（1521）六月，阳明奉明世宗召赴京，行之钱塘即受阁臣阻挠未果，阳明便上《乞归省疏》，八月，至越。九月，归余姚省祖茔。十月二日，封新建伯。嘉靖元年正月，疏辞封爵。二月，阳明父王华卒。此后，阳明在越城丁忧，服阕仍未被启用。阳明在居越的六年中，疾病缠身，谤议纷纷，但他讲学论道不辍，四方学子闻讯云集，阳明心学在讲论的过程中不断得到完善和发展，最终确立以"致良知"为立言宗旨。正是在艰难的磨砺中，阳明顶住压力，以"良知"为念，我行我素。正如他自己所说："狂者志存古人，一切纷嚣俗染，举不足以累其心，真有凤凰翔于千仞之意，一克念即圣人矣。惟不克念，故阔略事情，而行常不掩。惟其不掩，故心尚未坏而庶可与裁。"② 阳明在居越六年中所写散文，是其发展和完善"致良知"学说的忠实记录。

阳明弟子黄绾将其师的心学思想概括为二个要点：一为"致良知"、二为"亲民"、三为"知行合一"。阳明晚年居越期间专论"致良知"学说，"致良知"是阳明心学思想体系中的核心概念，是在"心即理"、"知行合一"心学思想基础上的理论发展。阳明

① ［明］王阳明. 王阳明全集 ［M］. 上海：上海古籍出版社，1992：1278.
② ［明］王阳明. 王阳明全集 ［M］. 上海：上海古籍出版社，1992：1287—1288.

"致良知"学说的形成并非偶然得之，是经历了一个艰难的发展过程。正德十六年，阳明在南昌始揭致良知之教。据《王阳明年谱》载："先生闻前月十日武宗驾入宫，始舒忧念。自经宸濠、（张）忠、（许）泰之变，益信良知真足以忘患难，出生死，所谓考三王，建天地，质鬼神，俟后圣，无弗同者。乃遗书守益曰：'近来信得致良知三字，真圣门正法眼藏。往年尚疑未尽，今自多事以来，只此良知无不具足。譬之操舟得舵，平澜浅濑，无不如意，虽遇颠风逆浪，舵柄在手，可免没溺之患矣。'"① 阳明在经历了"宁王之乱"、"忠泰之变"后，认识到只有"致良知"才能解救社会的"精神危机"，良知泯灭是造成一切社会问题的总根源。因此，阳明将论说、传播"致良知"思想作为救世的良方。他在"知行合一"、"诚意"、"省察克治实功"等理论概念的基础上，明确地提出"致良知"的学说。居越后，集中阐发"致良知"学说，其内涵日益丰富和完善。作于嘉靖二年（1523）的《大学古本序》和作于嘉靖六年（1527）的《大学问》是对《大学》原旨的阐释，也是对朱熹思想的反拨。作于嘉靖四年（1525）的《稽山书院尊经阁记》是对《六经》真谛的揭示，提出了"故六经者，吾心之记籍也，而《六经》之实则具于吾心"的精辟之论，是对古之流传的"《六经》注我，我注《六经》"僵化思想的拨正。同年，阳明所作《答顾东桥书》，对朱熹的"格物致知"论的内涵作了新的诠释，训"格"为"正"，训"物"为"事"，将由外而内的"格物致知"论改变成为由内而外的"致良知"论，从而实现了儒学理论上的重大突破。文中所论"万物一体"的观点更是将"致良知"学说提升到新的理论境界。所以阳明讲"只有'致良知'三字无病"，而致良知是"学问大头脑"、"圣人教人第一义"道理就在于此。阳明在明嘉靖六年（1527）出征广西的途中写给继子正宪的信中说："吾平生讲学，只是'致良知'三字。"② 这

① ［明］王阳明. 王阳明全集 ［M］. 上海：上海古籍出版社，1992：1278—1279.
② ［明］王阳明. 王阳明全集 ［M］. 上海：上海古籍出版社，1992：990.

说明其理论思辨已上升到新的高度。阳明在答弟子问学时还说：
"我这个话头自滁州到今，亦较过几番，只是'致良知'三字无
病。"①"致良知"学说是阳明心学理论上的重大发展，较好地解决
了先儒没有解决的理论问题，正是在这个意义上，阳明对自己的
"致良知"学说有一个评价："我此'良知'二字，实千古圣圣相
传一点滴骨血也。"② 阳明还在写给《与杨士鸣》一书中说："区
区所论'致知'二字，乃是孔门正法眼藏……"③ 这表明："致良
知"学说是对孔孟儒学的继承和理论创新。阳明同邑大学者黄宗
羲在《姚江学案》中，开门见山地对"致良知"学说作了总结性
的评价："有明学术，从前习熟先儒之成说，未尝反身理会，推见
至隐。所谓'此亦一述朱，彼亦一述朱耳'。……自姚江指点出
'良知人人现在，一反观而自得'，便人人有个作圣之路。故无姚
江，则古来之学脉绝矣。"④"致良知"学说是阳明一生思想探索的
结晶，具有十分丰富的思想内涵。在理论结构上是"心本体"和
"功夫"的统一；在逻辑上是历史和思辨的统一。"致良知"学说
的完善标志着具有独立思想价值的阳明心学最终确立，实现了对
程朱理学的重大突破，对中晚明学术思潮，乃至对清代"实学"
的勃兴有着重大影响，在中国儒学的流变中具有里程碑的意义。

王阳明自"龙场悟道"始达正道，发"知行合一"之说，到
江西始揭"致良知"之教，及至居越专论"致良知"。至此，阳明
心学体系得以确立，期间所撰大量的散文是其心学思想体系形成
的史实记录，反映了其散文创作的现实性和思想创设的艰巨性。

---

① ［明］王阳明. 王阳明全集［M］. 上海：上海古籍出版社，1992：105.
② ［明］王阳明. 王阳明全集［M］. 上海：上海古籍出版社，1992：1279.
③ ［明］王阳明. 王阳明全集［M］. 上海：上海古籍出版社，1992：185.
④ ［明末清初］黄宗羲. 黄宗羲全集（第七卷）［M］. 沈善洪主编. 杭州：浙江
古籍出版社，2005：197.

三

王阳明的散文是其一生追求成圣贤过程的记载，他的许多散文是在极其艰难的环境中写成的，也可以说是阳明抗争专制王朝政治黑暗、冲决程朱理学羁绊、心灵自我解放的记录，具有鲜明的时代性和认识意义。尽管其散文写作的缘由和表达方法各异，但始终贯穿着一条主线，即对"致良知"的不懈探求和对人性美的讴歌。其散文的艺术特色主要表现在以下五个方面：

一是史诗性。由于王阳明传奇般的经历、杰出的社会贡献和历史影响力，他的散文几乎反映了明弘治、正德、嘉靖三朝的政治、经济、教育、文化、军事、民族等诸多社会问题，具有鲜明的时代特征。王阳明少年时代起就关心国家边防大事，深入边关考察。入仕后，对国家命运与前途更为关切，对诸如科举选拔人才、刑事狱政、抗击自然灾害、边疆防御敌侵等问题十分关注。在朝廷的"忠奸"斗争中，阳明坚守正义，大义凛然，奋不顾身地投入"反阉党"斗争，由此身遭残酷的"廷杖"、下诏狱。在贵州龙场谪居期间，他对汉族与少数民族以及少数民族内部冲突的问题，流官与土司制度问题，西南地区民众的文化教育问题等都给予高度关注，《与安宣慰》三书足与雄兵匹敌。阳明自贵州龙场复出以后，至正德十二年（1517）奉命到南赣平乱，他对南方民乱、土匪强盗问题、藩王问题、诉讼问题、教育问题、乡村建设问题、流通问题等都作过深入地研究，大量公文都能证明其为解决长期积累的社会问题，阳明为此倾注了大量的心血。阳明的散文在题材选择、主题思想确定和行文风格等方面大多与现实社会发生联系。透过阳明存世的散文，能够洞察明代中期风云际会的社会生活，上至朝廷达官贵人的复杂心态、下至黎民百姓的善良和无奈的生存状态都有充分地反映，因而其文具有鲜明的史诗性。

二是哲理性。阳明心学的理论基点是"心即理"，这也成为阳明散文创作的灵魂。首先，为文紧扣"心体"，结合实际阐发"心学"要旨，成为阳明散文的核心主题。其次，阳明的散文充满生命的理性。诸如《何陋轩记》是阐述民族和谐的独到之论。又如《象祠记》，透过水西夷人对象的敬重，揭示了"人性可化"的道理，由此联系到土司制度与治理地方的问题，发前人之所未发，体现出理性的深度。阳明认为："精于文词而不精于道，其精辟也。夫道广矣大矣，文词技能于是乎出，而以文词技能为者，去道远矣。"① 可见，阳明为文把"心"作为写作的源泉，而不是为文造文，而是通过文章传达出"良知"的美好世界。他还以诗表达为文必以心的观念："只从孝弟学尧舜，莫把辞章学韩柳"。② 这并不是一种说教，而是闪发着思想的光辉。阳明的不少论学论政散文，旨在宣扬他的心学理论。诸如《教条示龙场诸生》一文，虽然是示谕诸生的为学准则，但他从立志、勤学、改过和责善等四个方面，揭示了为学的态度与做人的关系，言简意赅，微言大义，思想深刻。阳明的散文善于从平常的问题中翻出新意。诸如《远俗亭记》，对何为"远俗"作了透彻的分析，并将"远俗"上升到道德理性的层面，阐明了君子应在"致良知"上下工夫，在日用上求道，而不是自命清高，在"远俗"的虚名上把玩。凡此种种，在阳明的散文中可以说比比皆是。

三是情感性。阳明的散文直指人的心灵世界，倡导为文要抒发真性情。其散文以情造语，充满着强烈的人文精神。最具代表性的抒情散文是作于贵州龙场的《瘗旅文》。文中，阳明对人生命运归宿的探讨，抒发了四海为家和超越自身命运的达观精神，揭示了正直的士大夫往往要陷入坚守道德情操与反抗封建专制暴政的人生二难选择所带来的心灵煎熬。文章写得声情并茂，感人肺腑，历来为后人传诵。阳明与弟子的论学文，字里行间流露出亦师亦友的真挚情感。诸如：在《从吾道人记》一文中，记载了阳明与六十八岁的海宁诗人董沄的一段交往。文中说："嘉靖甲申

① ［明］王阳明. 王阳明全集［M］. 上海：上海古籍出版社，1992：228.
② ［明］王阳明. 王阳明全集［M］. 上海：上海古籍出版社，1992：790.

（1524）春，萝石来游会稽，闻阳明子方与其徒讲学山中，以杖肩其瓢笠诗卷来访。入门，长揖上坐。阳明子异其气貌，且年老矣，礼敬之。又询知其为董萝石也，与之语连日夜。"① 文中多有和洽快乐的场景描写，反映了阳明与弟子间论学无论年龄大小，都能体现出以心相交、以情相融的君子之风。阳明散文的情感性在其家书中也体现得很充分。如作于正德十四年（1519）七月初的《上海日翁书》即可为证，此书写于平宸濠大战来临的前夜，情势紧急，阳明为解老父之忧，匆匆而作。书末说："伏望大人陪万保爱，诸弟必能勉尽孝养，且暮切勿以不孝男为念。天苟悯男一念血诚，得全首领，归拜膝下，当必有日矣。"② 字里行间表达了阳明对国家、对亲人的拳拳之心。信虽短，但文气贯注，洋溢着浩然正气和必胜的信念。阳明为国尽忠、为民除害的赤子形象跃然纸上。语言简练，充满情感，感人肺腑。阳明散文的情感性大多反映在其所撰的祭文、墓志铭之中。如作于正德十三年（1518）的《祭徐曰仁文》，祭文中对这位英年早逝的弟子、妹夫之死，闻讯肝胆俱裂，文中悲伤之情难以抑制。"天而丧予也，则丧予矣，而又何丧吾曰仁，何哉，天胡酷且烈也？呜呼痛哉！"③ 这种代死不得的情感是难以用语言表达的。

四是审美性。阳明心学的核心思想，即人人都具有良知本心；但在现实社会中人无法不受私欲的遮蔽，故良知常常难以开显。因此，要通过在事中磨炼，用静思凝虑、省察克制等修炼方法去私欲，开显"良知"的光明。在阳明看来，生命的价值和意义体现在"致良知"的过程中，"致良知"能达到圣贤的境界。为了说明这一心学原理，阳明作了通俗形象的表达。他将太阳比喻为"良知"本体，将"乌云"比作遮掩太阳的私欲，将"致良知"

---

① ［明］王阳明. 王阳明全集［M］. 上海：上海古籍出版社，1992：248.

② ［明］王阳明. 王阳明全集［M］. 上海：上海古籍出版社，1992：985.

③ ［明］王阳明. 王阳明全集［M］. 上海：上海古籍出版社，1992：956. 徐爱（1487—1517）字曰仁，号横山，余姚马堰人。阳明妹夫。明正德三年（1508）进士，历官祁州知州、南京兵部员外郎、南京工部郎中。

的过程比作"驱散乌云见太阳"。太阳意象是王阳明散文中出现较多的一个自然意象。诸如，阳明在贵州龙场所撰《宾阳堂记》，用太阳象征清澈无尘的心体世界，如此，"太阳"的自然性与人的道德世界发生了联系，始具备心学本体意义上的生命象征意义，也成了阳明为教的常用语言符号。从散文写作的角度说，反映了阳明散文的艺术想象力，也反映他为教独特的语言风格。人的精神世界自然涵盖审美过程，阳明"心学"是一种生命哲学，道德哲学，充满生命智慧和存在体验，最终引导人们提高审美判断力和道德人格的完美。

　　五是语言表达的综合性。阳明散文在语言表达上具有自然、平易、流畅的特色。首先，说理善于用设问、对话的形式。在论学文中，大多通过设问、对话的表达方式阐述自己的心学思想，这也是阳明论学文的一大特色。诸如，在《送宗伯乔白岩序》一文中，全文采用对话体结构。文中，阳明先从为学须"贵专、贵精、贵正"三个方面提出问题，然后由乔白岩一一作答。[①] 尽管乔白岩的回答是浅层次的，但阳明还是稍加肯定，并将话题一步步引入心学的议题，提出自己的为学主张。"精，精也；专，一也。精则明矣，明则诚矣，是故明，精之为也；诚，一之基也。一，天下之大本也；精，天下之大用也。知天地之化育，而况于文词技能之末乎？"[②] 由表层引向深层，最后落实到阳明所倡导的为学要旨"贵道"、"贵诚"，体现了阳明心学的核心精神。"是故专于道，斯谓之专；精于道，斯谓之精。"[③] 进一步阐释了做学问与明道诚心的关系。用小道与大道作对比，将深奥的心学观点，转化为明白畅晓的道理。阳明善于用比喻论证心学思想，喻体意象丰富，寓理于情，充分说明了心学的大众化特色。阳明论学常用以"树根"喻心体，论证"心体"与人的行为关系。人们往往只看到

---

　　① 乔宇（1457—1524），字希大，号白岩山人，乐平（今山西昔阳）人，官至南京礼部尚书，后改兵部尚书。

　　② ［明］王阳明．王阳明全集［M］．上海：上海古籍出版社，1992：229.

　　③ ［明］王阳明．王阳明全集［M］．上海：上海古籍出版社，1992：228.

树干及枝叶，而看不到树根。据此阳明将无形之"心"比作树根，树不能离开根而存活；同理，人也不能离开"心"而活着，否则人生就无意义。阳明在论"孝心"时，把"孝心"比作树根，将"孝"的表现比作树叶。其他，诸如以"太阳"喻心体之光，以"乌云遮日"喻心体不明等，将深奥的道理讲得明白通晓。

从综合的角度看，阳明散文的艺术精神是根植于"良知"心学美学思想基础之上的。首先，叙事说理多具形象性，针对性强，是对社会现实生活真实地反映。其次，其文直指心体，以情至为宗，以抒发内心真实情感为主要特征。再次，其为文往往将言志与叙事、抒情相结合，语言雅俗共赏。文风空灵舒展，不拘格套，文辞简劲，自然俊逸。第四，其文传承了越文化刚柔结合的地域文化精神，无所傍依，独树一帜。明末竟陵派的代表人物钟惺在《王文成公文选序》说："独阳明先生之为言也，学继千秋之大，识开自性之真，辞旨蔼粹，气象光昭，出之简易而具足精微，博极才华而不离本体，自奏议而序、记、诗、赋，以及公移、批答，无精粗大小，皆有一段圣贤义理于其中，使人读之而想见其忠孝焉，仁恕焉，才能与道德焉，此岂有他术而侥幸致此哉？盖学问真，性命正，故发之言为真文章，见之用为真经济，垂之训为真名理，可以维风，可以持世，而无愧乎君子之言焉耳。"① 此语，应该说是对阳明散文艺术精神的全面概括。

四

王阳明的散文对中晚明思想、政治、教育、军事、文学等诸多领域产生了重大影响。相对来说，主要是对士大夫、学子在学术思想上从泥朱到转向王学的影响最大，其次对中晚明士人心态、文学观念、文学创作也有重要影响。

---

① ［明］王阳明. 王阳明全集［M］. 上海：上海古籍出版社，1992：1596. 钟惺，字伯敬，号退谷。明万历三十八年进士，官至福建提学金士。有《隐秀轩集》传世。

首先，对士大夫、学子学术思想转型和文化心理的影响。阳明散文是其传播心学思想的重要载体，在传播过程中，对文人人格产生了极大影响。阳明心学既肯定了人作为"天地之心"的主体性，又确立人具有"良知"的先验性以及"致良知"的道德践行性，表现了王阳明对历史的反思精神和强烈的社会责任意识。阳明"心学"理论体系作为对程朱理学的颠覆，有着深刻的社会历史背景，原因在于程朱理学不能随着时代的变化给人们提供新的精神食粮，不能回答现实问题。然而，阳明心学顺应历史潮流，敢于创新，揭示了意识本体的实质，超越了被推到神坛的程朱理学。阳明心学的崛起，直接引发了中晚明以个性解放、高扬人的主体精神为标志的社会思潮兴起，犹如平地惊雷，发聋振聩，并渐被众多士大夫、学子和普通百姓所接受。当此之时，士大夫、学子从程朱理学的思想禁锢中解放出来，精神面貌为之一变，姚江之学大行，门徒遍天下。明正德以后，诸多笃信程朱的学者纷纷转向王学，形成了一股崇王学的社会思潮。中晚明社会，统治者无道，国事日非，诸多正直士人由直面抗争转变为讲学论道，以此达到启迪人心、改变世风的目的。由于明代印刷术的发达，阳明在世时已有著作刊刻流播，具有思想启蒙作用，直接导致了近古士人心态转型，唤醒了明中以降士人自主意识的觉悟，重新找回了安身立命的精神家园。士人把致良知作为人生的生存方式。朝中诸多大员，后来都从朱学中挣脱出来，继而笃信王学。诸如，阳明谪居贵州时，时任贵州提学副使的席书是一个典型例子，席书从朱学转向王学，成为王学的忠实信徒。

其次，对文学观念的影响。在理论形态上，阳明心学建构了由内向外转的"心学"美学体系，完成了对程朱理学美学体系的超越。阳明心学以"良知"为美，与文学的主旨形成了同构关系。阳明心学美学的崛起，极大地推动了中晚明文学创作的革新，文学理论思维重新被激活，成为中国古代文学美学思想转型的里程碑。这一思想变革直接引发了近古文学观念的话语转型，催化了明中以降文学创作的革新。文人重铸了文学观念，注重创新，注重独立思考，注重个体的心灵抒发，以高扬人的主体精神，以弘扬"良知"精神为己任。阳明心学使那些长期受程朱理学束缚的文人找到了自信，激发了创作的活力，以鲜明的时代特征和深邃的思想灵光催化了文学新形象。诸如，"前七子"主要成员之一徐祯卿从文学复古派阵营中分化出来，创作理念转向阳明心学是较为典型的一例。文论方面的变革，诸如李贽的"童心说"、唐宋派文论、公安派文论、竟陵派文论等都带有阳明心学鲜明的烙印。黄宗羲在《明文授读》中也举例说："歇庵（陶望龄）之文，昌明博大，一洗剿袭模仿之套，盖宗法阳明者也。"①

再次，对叙事文学创作的影响。人性美是在不断地战胜人性"恶"的过程中发展而来，为善去恶，最终走向"无善无恶"，即"乐"的境界，这就是阳明心学对人类生存意义的价值观照和对文学人物形象塑造的深远影响，也成为中晚明作家塑造人物形象的美学准则和艺术尺度。阳明心学直接影响了明中后期叙事文学人物形象的塑造，众多文人塑造了一系列具有强烈时代特色的文学人物新形象。诸如，"殉情者"形象、"狂狷者"形象和"良知遮蔽者"形象，从不同的角度和层面，揭示了人性的本质，使人"顿悟"。中晚明文学画廊留下了许多独特而鲜明的人物艺术形象，诸如经典名作《西游记》、《金瓶梅》等，戏曲如徐渭的《四声猿》、汤显祖的《牡丹亭》等。阳明心学把作家的思维引导到超越自然物质的良知时空，也许这更加接近艺术美的本质，精神世界的"大美"可以说是人类所追求的终极目标。阳明心学美学并非属于一般的艺术美学，它不仅仅是属于那个时代形而上的美学体系，朗照着近世文学的发展和繁荣。阳明心学思想探索与其散文中所体现出来的"以心观物"的艺术直觉思维方式，对后世文学创作产生了积极的影响，推动了明中期以降文学风气的变革。

由于阳明散文具有极高的思想价值、认识价值和审美价值，

---

① ［明末清初］黄宗羲辑．明文授读．康熙三十八年味芹堂刻本．陶望龄（1562—1609），字周望，号石篑，会稽人。官至国子监祭酒。

明中以降诸多学者对其散文有精辟的评价。诸如，清人徐文元评王阳明散文："公少好读书，沉酣泛滥，穿穴百家，其文章汪洋浑灏，与唐宋八大家抗行，归安茅顺甫定为有明第一，宋金华以下不论也。……公屹起东南，以学术、事功显而文章稍为所掩。顺甫出而公之文始有定论，几几乎轶茶陵（李东阳），新安（程敏政）而上之，虽北地（李梦阳）余焰未息，而学者知所向往。"① 阳明同邑大学者黄宗羲说："余以为诗文至于文成，亦可谓之自然矣。唯其自然，故见为不措意。"② 清代纪昀总纂的《四库全书总目提要》中评价王阳明诗文为："守仁勋业气节，卓然见诸施行，而为文博大昌达，诗亦秀逸有致，不独事功可称，其文章自足传世也。"③ 现代著名学者钱基博评价阳明的散文："而于时有大儒出焉，曰余姚王守仁字伯安，特以致良知绍述宋儒象山陆氏之学；而发为文章，缘笔起趣，明白透快；原本苏轼，上同杨士奇、李东阳之容易，而力裁其冗滥，下开唐顺之、归有光之宽衍，而不强立间架。"④ 现代著名学者郭预衡认为王阳明的散文是开启明代散文转型的先驱："从王阳明到袁中郎，明代散文有个新的发展趋势，这是由禁锢而解放、由拘忌而自然的一个必然趋势。"⑤ 上述观点足可代表明中以降至现代诸多学者、文论家对阳明散文成就及其影响的高度评价。因此，研究明代文学史是无法绕开阳明散文的，其"不傍依古人"的为文风格，有明一代无人抗衡。

　　① ［明］王阳明．王阳明全集［M］．上海：上海古籍出版社，1992：1620．徐元文（1634—1691），字公肃，号立斋，江苏昆山人。康熙十八年，出任修《明史》总裁。升国子监祭酒，充经筵讲官。历官至文华殿大学士兼翰林院掌院学士。

　　② ［明末清初］黄宗羲．姚江逸诗（卷七）．［清］康熙五十七年刻本．

　　③ ［清］永瑢，纪昀．四库全书总目提要［M］．海口：海南出版社，1999：900．

　　④ 钱基博．明代文学［M］．上海：上海商务印书馆，1934：26．

　　⑤ 郭预衡．历代散文丛谈［M］．太原：山西人民出版社，1986：377．

第一章　京师论政：济世经国之文

志以成道，言于宣志。

——［隋］王通

时代能造就一代伟人，但只仅仅是一种可能性，成就与否，立志为本。志有高下，道无粗细。"志"的思想内涵十分丰富，就个体而言，因时代不同，志向的蕴涵与选择因人而异。王阳明的志向，即在少年时代已初露端倪。王阳明12岁时，曾问塾师："'何为第一等事？'塾师曰：'惟读书登第耳。'先生（阳明）疑曰：'登第恐未为第一等事，或读书学圣贤耳。'"① 在"万般皆下品，唯有读书高"的封建专制社会，阳明之问，虽属少年天真之语，但道出了人生社会的一个基本问题："为何读书，举业为何；为学之路与成圣贤之路，孰重孰轻？"为解开人生之谜，王阳明用了半生的时间去敲开"立志"之门。王阳明自明成化十七年（1481），随祖父赴京求学至弘治十五年（1502）因病上疏请告，②归越，经历了漫长的二十年。期间，除赴南昌迎亲、归故乡浙江绍兴府余姚县城居住，有十五年时间在京师求学，其中有四年时

---

① ［明］王阳明. 王阳明全集［M］. 上海：上海古籍出版社，1992：1221.

② 关于王阳明始寓京师的时间问题，据《王阳明年谱》载："十有七（1481）辛丑，先生十岁，皆在越。是年，龙山公（王华）举进士第一甲第一人。十有八年（1482）壬寅，先生十一岁，寓京师。龙山公迎养竹轩翁，因携先生如京师，先生年才十一。"但王阳明在作于明弘治十年（1497）《送绍兴佟太守序》文中说："成化辛丑（1481），予来京师，居长安西街。"（见［明］王阳明. 王阳明全集［M］. 上海：上海古籍出版社，1992：1056.）据阳明父王华为辛丑科状元，即授翰林院修撰看，时间应在上半年。因此，应以王阳明的表述为准。佟太守，即佟珍，明弘治十年任绍兴知府。

间在北京国子监求学。^①（此处保留）这二十年中，正是王阳明树立"成圣贤"志向的思想探索期。此期间，尽管存世的散文作品很少；但可以从不同维度考量阳明的"鸿鹄之志"。

第一节 王者之事：立意深远的史论文

成圣贤的志向，极大地激发了青年王阳明博览群书的兴趣，他效法先人，成圣必先治史，以验"究天人之际，通古今之变"的古训。在不懈地思想探索中，青年王阳明初步形成了社会发展观，对社会历史的发展有了较深的认识，这一点可以从王阳明存世的《高平县志序》一文中得到印证。此文写于明弘治八年（1495），时阳明24岁，应友人之邀，为一部县志作序，是王阳明存世散文中较早的一篇。时王阳明还在北京国子监求学，应高平（今山西高平市）知县杨明甫之请所作。^②此文立意深远，视角新颖，见解独特，从平凡的事情中发掘出修地方志的历史伦理观。

---

① 关于王阳明赴南昌迎亲的时间问题，据《王阳明年谱》载："弘治元年（1488）戊申，先生十七岁，在越。七月，亲迎夫人诸氏于洪都。"但王阳明在作于弘治八年（1495）《祭外舅介庵先生文》中说："弘治己酉，公（王阳明岳父诸养和）参江西，书来召我，我父曰：'咨，尔舅有命，尔则敢迟。'甫毕姻好。"（见［明］王阳明.王阳明全集［M］.上海：上海古籍出版社，1992：1212.）应以王阳明的表述为准。王阳明寓居京师后第一次归姚时间为弘治二年（1489）十二月，自南昌携新娘诸氏归姚，居乡三年，其父王华亦在姚丁忧。据王阳明作于嘉靖三年（1524）《程守夫墓碑》文中说："弘治壬子（1492），又同举于乡，已而又同卒业于北雍，密迩居者四年有余。"（参见［明］王阳明.王阳明全集［M］.上海：上海古籍出版社，1992：943.）据此可推知王阳明在国子监求学四年有余。程文楷（？—1497），字守夫，号春崖，浙江淳安人。弘治五年（1492）与阳明同举乡试。守夫父程庭道与阳明父王华为同科讲士。守夫著有《方丈集》、《春崖杂稿》等。（见光绪《淳安县志·人物志二》卷十）

② 杨明甫（1458—1513），一名子器，字名父，号柳塘，成化二十三年（1487）进士，浙江宁波府慈溪县人。曾知县三邑，前后十八年，时为山西高平知县，后升考功主事，官至河南布政使，与王阳明曾同朝为官。杨名父与王阳明交谊甚厚。正德五年（1510）王阳明谪居贵州期满，升江西庐陵知县，赴任途中经辰州（今湖南沅陵）寓居虎溪龙兴寺，离开时，闻故友前来，题诗留壁：《辰州虎溪龙兴寺闻杨名父将别留韵壁间》。（见［明］王阳明.王阳明全集［M］.上海：上海古籍出版社，1992：715。此诗有王阳明书轴存世，见计文渊.王阳明法书集［M］.杭州：西泠印社，1996：9.）杨母张太孺人寿六十七岁庆贺，阳明为之作《寿杨母张太孺人序》。文中，阳明借杨母之言，盛赞杨名父数十年如一日勤政为民之美德，实则弘扬儒家所倡导的为官之道，反映了王阳明的为政观。

"方志"一词由来已久,《周礼》中就有外史"掌四方之志"的记载。周秦以降,方志渐增。宋以后,"方志"一词特指地方文献,别称图经、传、录、乘、考、书、簿等。中国古代有修方志的传统,发端于周秦,历代传承,起存史资政育人之用。方志的渊源出自《周礼·职方》、《尚书·禹贡》、《山海经》等,作为较规范的方志其发端为秦汉之际的郡书、地理书、都邑簿,魏晋时期方志发展已成大观。由于修志者客观上存在的历史学素养、文学修养参差不齐,历代所修典籍图志的质量自然有良莠之分。通常作序,多为溢美之语,但王阳明这篇《高平县志序》,立论一反常规、标新立异。文中,王阳明发世人之未发,目光如炬,雄视天下,一扫论史序文之俗气。行文中,王阳明对以往的志书略加评说,言其不足,指其弊端:"《禹贡》、《职方》之述,已不可尚。汉以来《地理》、《郡国志》、《方舆胜览》、《山海经》之属,或略而多漏,或诞而不经,其间固已不能无憾。"语中虽未点明结症何在,但可以看出阳明熟读历史上诸家方志,发不以为然之感。而对明朝所修《一统志》文中不仅赞赏有加,而且出语不凡:"惟我朝之《一统志》,则其纲简于《禹贡》而无遗,其目详于《职方》而不冗。然其规模宏大阔略,实为天下万世而作,则王者事也。若夫州县之志,固又有司者之职,其亦可缓乎?"① 一贬一褒,顺理成章地亮明自己的论点,修方志乃为"王者之事"。阳明认为,作为一地方志,"纲简而无遗,目详而不冗"是基本要求,但还不是最重要的,方志实为王者经国之大业,点明了方志功能的要旨。同时,王阳明对《地理》等诸方志提出的批评可谓一针见血。王阳明此论可谓高明之见,盖源于他的修志治国思想,是基于对《一统志》恪守"实而不华"修志伦理道德的肯定。文中,王阳明进一步论证中心论点:"典籍图志事关兴善去弊之王事",

① 《大明一统志》明代官修地理总志,李贤、彭时等纂修。成书于天顺五年(1461),共90卷。明英宗朱祁镇亲作序,赐名《大明一统志》。该书曾于明弘治、万历年间重新修订,增嘉靖、隆庆两朝以后建置相关内容。

并以战国秦将白起血腥坑杀赵国降卒四十万于古长平为例，论证典籍图志与王道之关系：①

> 予惟高平即古长平，战国时秦白起攻赵，坑降卒四十万于此，至今天下冤之。故自为童子，即知有长平。慷慨好奇之士，思一至其地，以吊千古不平之恨而不可得。或时考图志以求其山川形势于仿佛间。予尝思睹其志，以为远莫致之，不谓其无有也。盖尝意论赵人以四十万俯首降秦，而秦卒坑之，了无哀恤顾忌，秦之毒虐，固已不容诛，而当时诸侯，其先亦自有以取此者。夫先王建国分野，皆有一定之规画经制。如今所谓志书之类者，以纪其山川之险夷，封疆之广狭，土田之饶瘠，贡赋之多寡，俗之所宜，地之所产，井然有方。俾有国者之子孙世守之，不得以己意有所增损取予，夫然后讲信修睦，各保其先世之所有，而不敢冒法制以相侵陵。战国之君，恶其害己，不得骋无厌之欲也，而皆去其籍。于是强陵弱，众暴寡，兼并僭窃，先王之法制荡然无考，而奸雄遂不复有所忌惮。故秦敢至于此。然则七国之亡，实由文献不足证，而先王之法制无存也。典籍图志之所关，其不大哉？②

上述文字是全文最精彩的部分，阳明采用联想手法，由此及彼，由高平古地长平境内曾经发生过秦将白起坑杀降卒四十万人的历史悲剧切入。接着，剖析了悲剧发生的深层次原因：秦王毒虐，固然可憎可恨；然而战国诸国君私欲膨胀，对先王用于"建国分野，规画经制"，以图"子孙守之"、"讲信修睦"的图志肆意篡改

① 白起（？—前257年），秦将，在长平之战中，白起大破赵军，坑杀赵军降卒四十余万。见［汉］司马迁. 史记·白起列传. 见高占祥主编，二十五史，北京：线装书局，2007：201.

② ［明］王阳明. 王阳明全集［M］. 上海：上海古籍出版社，1992：1050.

甚至有意毁灭，以逞"强陵弱，众暴寡，兼并僭窃"之野心。战国诸侯无视先王所遗图志的本意，暴君肆无忌惮，为所欲为，不受制约，一个重要的原因即为图志无考，是导致战国之乱的重要原因。王阳明以历史教训为鉴，将六国的灭亡与典籍图志的毁灭相联系，论证了典籍图志对于治乱的重大作用，深刻地阐发了历史伦理观，其论惊世骇俗，振聋发聩。探讨六国灭亡的原因，是历代帝王、史家所关注的话题，也曾是历代文论家论史的切入点。影响较大的当推北宋苏洵、苏辙父子各自所作的《六国论》。苏洵的《六国论》文中分析六国之亡的原因为："六国破灭，非兵不利，战不善，弊在赂秦，赂秦而力亏，破灭之道也。"（苏洵《嘉祐集》）其论在排除兵战不利、不善之因后，提出六国破灭源于"弊在赂秦，赂秦而力亏"，并以史影射宋朝政事，告诫当朝者，以史为鉴。其文观点犀利，论证斩钉截铁，势如破竹。苏辙的《六国论》文中分析六国灭亡的原因则又翻出新意："尝读六国世家，窃怪天下之诸侯，以五倍之地，十倍之众，发愤西向，以攻山西千里之秦，而不免于灭亡。尝为之深思远虑，以为必有可以自安之计；盖未尝不咎其当时之士，虑患之疏，而见利之浅，且不知天下之势也。"（苏辙《栾城集》）在苏辙看来，六国之亡，在于各诸侯不识天下大势，为长远安身之计；而是各怀鬼胎，目光短浅，为保自身利益，互相攻击，未能合力抗秦，最后被秦国各个击破，导致毁灭，留下千古之恨。并暗喻北宋王朝前线受敌而后方安于享乐的现实。苏辙之论高屋建瓴，一语破的，揭示战国纷争之根本。然而，王阳明在《高平县志序》中所提出的观点，横空出世，独树一帜，立意新奇，论出有据，言志书之根本，直追二苏之论。

　　文末，自然得出结论，修志之目的是"宜其民，因其俗，以兴滞补弊者"，即为"经世致用"。作为治世之志，王阳明反对将修志仅仅作为"具文书，计岁月"的工具。将修方志提高到"固王政之首务"的地位。王阳明还从家谱推及方志，又从方志推及治国，以小见大，将编纂方志与治国相联系。其结论是"今夫一家，且必有谱，而后可齐，而况于州县。天下之大，州县之积也。州县无不治，则天下治矣。""志焉是赖"，志书的功能与价值就在这里。"州县治，则天下治。"青年王阳明此论高瞻远瞩，洞若观火，从方志反观国家之政，讲清了方志与王政、方志与治国之间的辩证关系，可谓警策之论。

作为一篇县志的序，王阳明在写作上以论为主，史论结合，论点鲜明，分析透辟，兼带叙事写人，文笔多姿见长，具有较高的史料价值、文献价值和文学价值。此文在写作艺术上也很有特色。王阳明采用白描的手法，寥寥数语，刻画出一个勤政为民的县官形象。王阳明在阐述方志的重要性中，自然写到主持修志的知县杨明甫的功绩。修志前：因高平史无志，作为初上任的县官主动担起责任。文中写杨明甫慨然叹息说："此大阙，责在我。"暗喻其品德、胸襟。在修志过程中，杨明甫广询博采，搜秘阙疑，旁援直据，辅之以己见，遵《一统志》凡例，总其要节，暗寓修志规范有据。然后任用司训李英具体编辑，不逾月编成，言其作风踏实、办事效率高。在修志大功告成后，文中写道："明甫退然若无与也。邑之人士动容相庆，骇其昔所未闻者之忽睹，而喜其今所将泯者之复明也。"言其谦逊，不居功自赏。而对杨明甫修志之举的重要意义，文中则轻轻点出："明甫之独能汲汲于此，其所见不亦远乎！明甫学博而才优，其为政廉明，毁淫祠，兴社学，敦伦厚俗，扶弱锄强，实皆可书之于志，以为后法。"不仅是对杨明甫编纂方志的高度评价，也是对其为政功绩的肯定，更重要的是照应文中开头的伏笔，强调修志是王者之政，人物形象可敬可爱。一个普通的题材，王阳明能另辟蹊径，翻出新意，足见阳明思维之敏锐。序文着重阐述方志对于治国的重要意义，这样就跳出了就事论事写序的窠臼，充分体现了王阳明史志观的"人本思想"。以小见大，见微知著，从地名联系到历史，从一个角度揭示了历史发展中典籍的重要性。

王阳明同邑后学施邦曜对此文有精辟的评说："凡志邑者，不过叙其山川，纪其物产，表其风俗，美其人才，以相夸耀而已。

从此立论，即扬厉甚功，亦淡然无味。惟从白起坑卒一事发端，归咎于诸侯之去其籍，方见邑志大有关系。笔下有以隐戡奸雄兼并僭窃之志。此等意见议论，非文人所可及。"① 施邦曜之言，实为中肯之论。王阳明作《高平县志序》后二十一年，应江苏金坛知县、麻城人刘天和之请作《金坛县志序》，此序在沿袭《高平县志序》思想的基础上，又提出了以志书观政的思想，从十个方面通过志书考察地方的政情和风俗：

> 夫经之天文，所以立其本也；纪之地理，所以顺其利也；参之食货，所以遂其养也；综之官政，所以均其施也；节之典礼，所以成其俗也；达之学校，所以新其德也；作之选举，所以用其才也；考之人物，所以辨其等也；修之宫室，所以安其居也；通之杂志，所以尽其变也。故本立而天道可睹矣；利顺而地道可因矣；养遂而民生可厚矣；施均而民政可平矣；俗成而民志可立矣；德新而民性可复矣；才用等辨而民治可久矣；居安尽变而民义不匮矣。修此十者以治，达之邦国天下可也，而况于邑乎？故曰：君子可以观政矣。②

《高平县志序》所提出的志书为"王者之事"说与《金坛县志序》所阐述的方志可以"观政"说，在思想上一脉相承，只是《金坛县志序》更加丰富了王阳明修志书以助政思想。王阳明一生勤于写作，从中也可窥见一斑。

---

① ［明］施邦曜. 阳明先生集要·理学篇 [M]. 北京：中华书局，2008：849. 施邦曜（1585—1644）字尔韬，号四明，浙江余姚人。万历四十一年进士及第。历任顺天武学教授，国子监博士，工部营缮主事，工部员外郎。因不附奸臣魏忠贤，迁屯田郎中，迁漳州知府，迁福建副使、左参政，四川按察使，福建布政使。历仕南京光禄寺正卿，北京光禄寺正卿；改任通政使。起用为南京通政使。崇祯十六年十二月，官左副都御史。赠太子少保，左都御史；谥忠介，清朝赐谥忠愍。施邦曜为学宗阳明，自谓阳明后学。辑评《阳明先生集要》。
② ［明］王阳明. 王阳明全集 [M]. 上海：上海古籍出版社，1992：881.

第二节　内治外御：直切时弊的边务文

青年王阳明常以"气节自负，以功业自许"。一方面是因为矢志于"成圣贤"的人生理想，另一方面是因为明中期边关民族冲突时起。在经过两次会试失利后，明弘治十二年（1499），时王阳明二十八岁，举南宫第二人，赐二甲进士出身第七人，观政工部。科举终于成功，初入仕途，不仅极大地激发了王阳明报效国家、建功立业的信心；而且为性格豪迈不羁的新科进士提供了一展才华的人生舞台。是年秋，王阳明被钦差河南浚县督造威宁伯王越坟，①仅为临时性的差遣。事竣，威宁家以金帛谢，不受；而只接受了威宁伯王越生前所佩宝剑，可见王阳明已留心武事，以保国为志。阳明的强国意识主要体现在《陈言边务疏》一文上。

王阳明受命督造威宁伯王越坟事毕返京后，适逢天象有变，朝廷下诏求言，及听说北方鞑虏犯边关猖獗，王阳明抓住时机，上《陈言边务疏》建言献策。王阳明的边务疏不是泛泛而谈、陈词滥调；而是透过现象直切边务问题的实质，认为大明朝的边患实起内忧：

> 臣愚以为今之大患，在于为大臣者外托慎重老成之名，而内为固禄希宠之计；为左右者内挟交蟠蔽壅之资，而外肆招权纳贿之恶。习以成俗，互相为奸。忧世者，谓之迂狂；进言者，目以浮躁；沮抑正大刚直之气，而养成怯懦因循之风。故其衰耗颓塌，将至于不可

---

① ［明］王阳明. 王阳明全集［M］. 上海：上海古籍出版社，1992：1224. 王越（？—1498），字世昌，河南浚县人，登景泰二年（1451）进士，授监察御史，出按陕西。历官至左都御史，加少保兼太子太傅。病死甘州军中，赠太傅，谥襄敏。详见《明史·列传·王越传》（卷一百七十一）高占祥主编，二十五史，北京：线装书局，2007：929.

支持而不自觉。①

疏中，王阳明毫无顾忌地对当朝一些文武大臣提出尖锐的批评：因循旧章，暮气沉沉，招权纳贿，狼狈为奸，党争不休，认为这是边患的根源所在。如此以往，必将造成大明边关告急，朝廷无应对良策、出征之将，走向岌岌可危的地步。王阳明不仅直言不讳地批评当朝大臣，而且还对朝廷的武举选人制度、对边疆的用人制度等都提出了切中要害的批评。施邦曜在点评王阳明《陈言边务疏》中说："虽为边务而发，然朝廷大病已括尽数语中。"② 在深刻揭露问题的基础上，王阳明为革除国家的种种弊端，明辨形势，对时局作了正确判断，提出了应对时局具有针对性、务实性的"边务便宜八条"。即：为蓄材以备急、为舍短以用长、为简师以省费、为屯田以足食、为行法以振威、为敷恩以激怒、为捐小以全大、为严守以乘弊。从内容上看，这八条归纳起来是治国治军四方面的内容：一是选拔人才，用人所长；二是精兵简政，加强保障；三是严明军纪，激励将士；四是舍小保大，攻其不备。这四方面，充分体现了王阳明治国治军的辩证思想，将战略思想和战术思想有机地统一起来。《陈言边务疏》反映了青年王阳明强烈的忧患意识、批判意识、民族意识和士人高度的社会责任感。王阳明的《陈言边务疏》可与南宋爱国名将辛弃疾的《美芹十论》比肩。两者的共同点都是出于对外敌的抵御，壮怀激烈，具有强烈的建功立业之心，是英雄之语；然两者的不同点也是很明显的，王阳明的《陈言边务疏》主要针对内弊而发，辛弃疾的《美芹十论》，即审势、察情、观衅、自治、守淮、屯田、致勇、防微、久任、详战，主要是陈述抗金救国、收复失地之策。从思想渊源看，辛弃疾的《美芹十论》主要源于历史上的诸子百家的强国御敌之策与实践经验，而王阳明防守边关的战略思想主要来

---

① [明] 王阳明. 王阳明全集 [M]. 上海：上海古籍出版社，1992：285.
② [明] 施邦曜. 阳明先生集要·理学篇 [M] 北京：中华书局，2008：331.

自《武经七书》。① 其中有六项主张理论依据源于《孙子兵法》。另外，辛弃疾的《美芹十论》建言献策的语气相对委婉，而王阳明的《陈言边务疏》用语措辞不避忌讳，锋芒毕露，表现出刚入仕途的王阳明直气的性格。晚年的阳明对自己这篇《陈言边务疏》有所反思："是疏所陈亦有可用。但当时学问未透，中心激忿抗厉之气。若此气未除，欲与天下共事，恐事未必有济。"② 王阳明的《陈言边务疏》，是他长期研习兵法，对边关事务长期观察思考、积累所成，也是少年之志的自然反映。阳明在平时利用各种机会模拟战事演练，加之通晓古今战争历史，对明王朝的政治、经济和边关军事现状了如指掌，此疏可谓水到渠成，呼之即出，是其长期积累和实践的思想喷发。据《王阳明年谱》载："弘治十年（1497），先生二十六岁，寓京师。是年，开始学兵法。当时边报甚急，朝廷推举将才，莫不遑遽。先生念武举之设，仅得骑射搏击之士，而不能收韬略统驭之才。于是留情武事，凡兵家秘书，莫不精究。每遇宾宴，尝聚果核列阵势为戏。"③ 此处，王阳明所研习的兵法即指《武经七书》，阳明平时对兵法和边事的留意、研究，与上奏朝廷的《陈言边务疏》存在必然联系。疏中的政治思想和战略思想主要源于《武经》。王阳明批注武经有文献可证。抗倭名将胡宗宪在《阳明先生武经批注》一文中记载：嘉靖二十二年（1543）知余姚县时，获得王阳明的遗像。暮春，还与王阳明的弟子及侄子一起同游，实现了平生夙愿。一日求购王阳明遗书，"龙川公（王阳明侄子王正思）出武经一编相示，以为此先生手泽存焉。启而视之，丹铅若新，在先生不过一时涉猎以为游艺之资，

① 《武经七书》或称《武学七书》，简称《七书》，由宋代国子监司业朱服、武学博士何去非校订而成的一部兵典，自宋代以来也是武举试士的基本依据。《七书》为：《孙子》、《吴子》、《司马法》、《李卫公问对》、《尉缭子》、《三略》、《六韬》。王阳明在青年时期攻读的兵书，即为《武经七书》。详见［明］王阳明. 王阳明全集［M］. 上海：上海古籍出版社，1992：1185.
② ［明］王阳明. 王阳明全集［M］. 上海：上海古籍出版社，1992：1578.
③ ［明］王阳明. 王阳明全集［M］. 上海：上海古籍出版社，1992：1224.

在我辈可想见先生矣。"① 明末徐光启在《阳明先生批武经序》文中说到:"嘉靖中,有梅林胡公筮仕姚邑,而得《武经》一编,故阳明先生手批遗泽也。丹铅尚新,语多妙悟,辄小加研寻。后胡公总制浙、直,会值倭警,逐出曩时所射覆者为应变计,往往奇中,小丑逐戢。"② 胡宗宪平倭寇时携带阳明的《武经批注》,应用于战略战术,取得平倭大捷。明末西洋火炮专家孙元化在《阳明先生批武经序》中也说:他在北上赴考时,辞友人于苕水,从一诸生书案上偶然看到《武经》一编,怦然心动,展开阅读,原是王阳明先生亲手所批、胡宗宪参阅过的那部《武经》。孙元化对王阳明的批注作了高度评价:"大都以我说书,不以书绳我;借书揣事,亦不就书泥书;提纲挈要,洞玄悉微,真可衙官孙、吴而奴隶司马诸人者矣。"③ 由此可见,王阳明《陈言边务疏》具有坚实的理论依据,并作了创造性地发挥。

从写作艺术而言,此疏四千余字,采用总分结构,纵览大局,分析问题从历史与现实的有机结合出发,针砭时弊,有理有据,条理清晰,推理严密,无懈可击;而且还采用了多种论证方法,鞭辟入里,文势波澜迭起,如怒涛相搏,具有冲击力。

一是设问反问连用法。诸如第一条释"蓄材以备急":"何谓蓄材以备急?臣惟将者,三军之所恃以动,得其人则克以胜,非其人则败以亡,其可以不豫蓄哉?"用设问释义,然后用反问作结,增强了论证力量。

---

① [明]王阳明. 王阳明全集 [M]. 上海:上海古籍出版社,1992:1607. 胡宗宪(1512—1565),字汝贞,号梅林,安徽绩溪人,明抗倭名将。嘉靖十七年(1538)进士。官至兵部尚书。万历十七年(1589),御赐归葬故里天马山,谥襄懋。

② [明]王阳明. 王阳明全集 [M]. 上海:上海古籍出版社,1992:1605. 徐光启(1562—1633),字子先,号玄扈,教名保禄,汉族,明南直隶松江府上海县人,明末数学家、科学家、农学家、军事家,官至礼部尚书、文渊阁大学士。赠太子太保、少保,谥文定。

③ [明]王阳明. 王阳明全集 [M]. 上海:上海古籍出版社,1992:1606. 孙元化(1581—1632)字初阳,号火东,江东高桥(上海浦东)人,西洋火炮专家。从徐光启学西洋火器法,兵部职方主事,官至右金都御史。著有《经武主编》等。

二是对比法。诸如第一条释"蓄材以备急"，引入历史人物，采用对比手法，分析选拔人才是当务之急。"夫以南宋之偏安，犹且宗泽、岳飞、韩世忠、刘琦之徒以为之将，李纲之徒以为之相，尚不能止金人之冲突；今以一统之大，求其任事如数子者，曾未见有一人。万如虏寇长驱而入，不知陛下之臣，孰可使以御之？若之何其犹不寒心而早图之也！臣愚以为，今之武举仅可以得骑射搏击之士，而不足以收韬略统驭之才。"以南宋众多名将尚不敌虏寇，喻明朝将才之缺，言选材之迫切，论证极有说服力。

三是例举法。诸如释第二条"舍短以用长"，王阳明例举历史上善于用人的典型案例，说明善用人是御敌之良策。"吴起杀妻，忍人也，而称名将；陈平受金，贪夫也，而称谋臣；管仲被囚而建霸，孟明三北而成功，顾上之所以驾驭而鼓动之者何如耳。故曰：用人之仁，去其贪；用人之智，去其诈；用人之勇，去其怒。"又如释第三条"简师以省费"，在分析当朝用兵情况时说："然则今日之师可以轻出乎？臣以公差在外，甫归旬日，遥闻出师，窃以为不必然者。何则？北地多寒，今炎暑渐炽，虏性不耐，我得其时，一也；虏恃弓矢，今大雨时行，觔胶解弛，二也；虏逐水草以为居，射生畜以为食，今已蜂屯两月，边草殆尽，野无所猎，三也。以臣料之，官军甫至，虏迹遁矣。夫兵固有先声而后实者，今师旅既行，言已无及，惟有简师一事，犹可以省虚费而得实用。再如释第五条"行法以振威"："臣闻李光弼之代子仪也，张用济斩于辕门；狄青之至广南也，陈曙戮于戏下；是以皆能振疲散之卒，而摧方强之虏。"以史为鉴，以明得失，具有很强的逻辑力量。

四是引证法。诸如第四条释"屯田以给食"，疏中引兵法语："国之贫于师者远输，远输则百姓贫；近师贵卖，贵卖则百姓财竭。"又如释第七条"捐小以全大"，疏中引兵法语："臣闻之兵法曰：'将欲取之，必固与之'；又曰：'佯北勿从，饵兵勿食。'"以此增强观点的理论依据。

五是排比法。诸如第八条释"严守以乘弊"："今我食既足，我威既盛，我怒既深，我师既逸，我守既坚，我气既锐，则是周悉万全，而所谓不可胜者，既在于我矣。由是，我足，则房日以匮；我盛，则房日以衰；我怒，则房日以曲；我逸，则房日以劳；我坚，则房日以虚；我锐，则房日以钝。""是乃以足当匮，以盛敌衰，以怒加曲，以逸击劳，以坚破虚，以锐攻钝。"语言表达富有气势和刚性，文风犀利。

第三节 执法明善：高屋建瓴的狱政文

王阳明踏上仕途后，最初授予的实职是刑部云南清吏司主事，是阳明仕途生涯的正式开始。刑部是主管当时全国刑罚政令及审核刑名的机构，别称秋官、宪部。王阳明自明弘治十三年（1500）六月到任，十月到提牢厅轮差；次年八月，奉命到直隶、江北录囚，① 至弘治十五年（1502）初事竣游九华山，王阳明担任刑部差事和出外录囚的时间差不多为两年。② 王阳明在刑部、提牢厅及录囚公务中，直接处理刑事案件，对当时的刑事司法作过深入地考察和实践，透过刑事发现国家司法中的弊端。王阳明存世的狱政文有两篇：《提牢厅壁题名记》和《重修提牢厅司狱司记》。③ 从这两篇记中，可以窥探王阳明当初的狱政管理思想。

明代刑部所属提牢厅的具体职责是掌管狱卒，稽查南北监狱的罪犯，发放囚衣、囚粮及药物等事务。王阳明在《提牢厅壁题

---

① 王阳明在明弘治十五年（1502）八月，时官刑部主事，上《乞养病疏》中说："臣原籍浙江绍兴府余姚县人，由弘治十二年二甲进士，弘治十三年六月除授前职，弘治十四年八月奉命前往直隶、淮安等府会同各该巡按、御史审决重囚。"见［明］王阳明. 王阳明全集［M］. 上海：上海古籍出版社，1992：290—291.

② 关于王阳明在江北录囚事竣的时间，《王阳明年谱》载："十有四年（1501）辛酉，先生三十岁，在京师。奉命审录江北。先生录囚多所平反。事竣，遂游九华，作《游九华赋》，宿无相、化城诸寺。"因《年谱》记载较简略，导致学界有不同意见。张立文在《宋明理学研究》中认为王阳明录囚事竣为弘治十四年（1501）。然陈来经考证，认为王阳明江北录囚事竣时间必在弘治十五年（1502）春。详见陈来. 有无之境——王阳明哲学的精神［M］. 北京大学出版社，2006：314—315. 笔者认为陈来的结论，言之成理，持之有据。

③ ［明］王阳明. 王阳明全集［M］. 上海：上海古籍出版社，1992：1059，1060.

名记》中提及这一段经历时说："旧制提牢月更主事一人，至是弘治庚申（1500）之十月，而予适来当事。"从中可以看出，王阳明自河南浚县当差回京后，先在刑部十三司之一的云南清吏司任主事，然后按制度被派往刑部提牢厅当差。在短短的一个月中，王阳明详细地考察了提牢厅的狱政情况，写了《提牢厅壁题名记》一文，时间为弘治庚申（1500）十月望。过了四天，又写《重修提牢厅司狱司记》一文，时间为弘治庚申十月十九日。在这两篇记中，王阳明客观地分析了提牢厅的地位，对狱政人员的状况进行了分析，并提出了自己的狱政思想，从一个侧面反映了明代的司法状况。

在《提牢厅壁题名记》文首，点出提牢厅在国家司法中具有极其重要的地位："京师，天下狱讼之所归也。天下之狱分听于刑部之十三司，而十三司之狱又并系于提牢厅。故提牢厅天下之狱皆在焉。"因提牢厅关押着全国的重要案犯，故有"天下之狱"之说。接着，文中描述了刑部十三司掌管的案犯之多、决狱程序之繁："狱之系，岁以万计。朝则皆自提牢厅而出，以分布于十三司。提牢者目识其状貌，手披其姓名，口询耳听，鱼贯而前，自辰及午而始毕。暮自十三司而归，自未及酉，其勤亦如之。固天下之至繁也。"说明刑部决狱的任务之繁重，程序之复杂。然后，文中又叙述了狱政管理分类及当差琐碎繁杂："其间狱之已成者，分为六监。其轻若重而未成者，又自为六监。其桎梏之缓急，扃钥之启闭，寒暑早夜之异防，饥渴疾病之殊养，其微至于箕帚刀锥，其贱至于涤垢除下，虽各司于六监之吏，而提牢者一不与知，即弊兴害作，执法者得以议拟于其后，又天下之至猥也。"狱政管理分为已决犯和未决犯，各分为六监。而狱卒管理案犯更是事无巨细，狱情千变万化，防不胜防，连清除污垢等事都要做。如提牢者不熟悉监狱实情，各种弊端就十分容易产生，推而广之，全国的狱政就可想而知了。因此，要把狱政管理好实非易事。同时，王阳明认为狱政事关人命，系治国之大事，尽管至繁至猥，但绝不可草率从事："狱之重者入于死，其次亦皆徒流。夫以共工之罪恶,而舜姑以流之于幽州。则夫拘系于此,而其情之苟有未得者,又可以轻弃之于死地哉? 是以虽其至繁至猥,而其势有不容于不身亲之者,是盖天下之至重也。"语中阳明运用典故"夫以共工之罪恶,而舜姑以流之于幽州"来论证即便对待"残暴而作恶多端"的罪犯,也要慎重处之,表达了阳明的刑政思想。文中还以曲笔传达出自己诚恐诚惶、全身心投入处理狱政事务,体力不支,以致拖垮了自己的身体,还不能胜任狱政差事,表达了希望统治者高度重视狱政,改革狱政程序上的种种弊端,以实现清明之治的政治理想。"夫予天下之至拙也,其平居无恙,一遇纷扰,且支离厌倦,不能酬酢,况兹多病之余,疲顿憔悴,又其平生至不可强之日。而每岁决狱,皆以十月下旬,人怀疑惧,多亦变故不测之虞,则又至不可为之时也。"王阳明通过自己的亲身经历,表达了自己一月之中对管理狱政的认识与看法。文末交代写作此记的缘由:

> 以予之难,不敢忘昔之治于此者,将求私淑之。而厅壁旧无题名,搜诸故牒,则存者仅百一耳。大惧泯没,使昔人之善恶无所考征,而后来者益以畏难苟且,莫有所观感,于是乃悉取而书之厅壁。虽其既亡者不可复追,而将来者尚无穷已,则后贤犹将有可别择以为从违。而其间苟有天下之至拙如予者,亦得以取法明善,而免过愆,将不为无小补。然后知予之所以为此者,固亦推己及物之至情,自有不容于已也矣。①

此段结语可谓画龙点睛之笔,文意陡转,不仅达到释题之目,而且提升了主题思想,通过在提牢厅壁题名以彰显那些勤于狱政的先贤事迹,以激励后继者效法,以"取法明善,而免过愆",弘扬正气,表达了阳明治狱政必先治狱吏、狱卒的思想,可谓发千古

---

① [明] 王阳明. 王阳明全集 [M]. 上海:上海古籍出版社, 1992:1060.

之独见，体现了年轻狱官的"仁政"思想。王阳明的狱政思想还体现在《重修提牢厅司狱司记》一文中，通过对勤于狱政的官员刘琏重修提牢厅事迹的表彰，[①] 并借刘琏之言："六监之囚，其罪大恶极，何所不有，作孽造奸，吏数逢其殃，而民徒益其死。独禁防之不密哉？亦其间容有以生其心。"表达了阳明的法律思想："令不苛而密，奸不弭而消，桎梏可驰，缧绁可无，吾侪得以安枕无事，而囚亦或免于法外之诛。"[②] 在王阳明看来，治国之道是不能仅靠严刑酷法来维持的，主要在于启发犯人的"生命"意识，重在平时的"人性"之发现，淳化民风，达到"不治而治"、天下太平的社会理想。

王阳明这两篇论狱政文章，立意深刻，以自己亲身经历描述了明代狱政的状况，应该说是研究明代狱政管理的重要文献，对认识明代司法制度具有极高的史料价值。同时，也是考察王阳明人生经历、狱政管理思想的重要内容，与王阳明思想发展有直接的联系。另外，文章还隐含了王阳明在弘治十五年（1502）上疏告假的身体原因。在写作艺术上夹述夹议，采用细节白描的手法描述提牢厅的现状。还善于用第三人称引出对提牢厅先贤刘琏的话题，表彰人物事迹，以增强人物的形象性、立体感和可信度。语言生动活泼，文气内敛，不落俗套。

结　语

王阳明作于入仕前后的散文，现存世的作品数量寥寥，其原因较为复杂。原因之一：王阳明晚年的弟子钱德洪在收集编辑阳明著述的指导思想前后发生了变化。起初认为阳明前期诗文多为应酬之作，与成圣贤的人格确立、正学的创建关系不大，故没有收入；后来编辑思想发生了重大转变，认为阳明早期著述也能反

---

① 刘琏，字廷美，江西鄱阳人。明弘治癸丑（1493）进士，时为刑部主事。
② ［明］王阳明. 王阳明全集［M］. 上海：上海古籍出版社，1992：1061.

映其真实的思想情感，于是"片言只语"都不肯放过；但时间流逝，许多重要的文献早已散佚，难以收集。① 但从存世的散文来看，尽管数量少，即便有一些所谓的"应酬之作"，其品位高雅，皆真性情之作，言之有物，言之有理。诸如作于弘治八年（1495）的《祭外舅介庵先生文》，以及作于弘治九年（1496）的《送李柳州序》等文，情感真挚，格调纯正。从他的史论文、边务文和狱政文中可以看出王阳明入仕前后的精神面貌和志向。青少年时期的王阳明人生志向远大，有经略四方之志。读书为学与成"圣贤"相联系，注重思想探索，凡事以小见大，见微知著，重体悟，重拜师，重社会实践，参与政治热情高。阳明这一时期的思想与实践总体上表现了进步的历史观和政治观。在为学上，主要攻读《四书》、《五经》，这与科业有紧密的关系，对他的散文创作也有深刻地影响，这在《王阳明年谱》中都有记载。② 阳明为学并不止于经书，兴趣广泛，诸子百家无不搜览，故其散文视野开阔，文思泉涌、气势非凡。为文能与经世治国的理念相融合，主题集中鲜明，富于论辩色彩。在散文创作思想观念上，重实情，重情感，重自然，能综合先秦诸子散文、唐宋散文的写实原则。因此，阳明此期间的散文创作总体上具有很高的思想价值、文献价值和审美价值。

---

① 王阳明弟子钱德洪在嘉靖十四年正月所作的《刻文录叙说》一文中指出："德洪事先生，在越七年，自归省外，无日不侍左右。有所击豁，每得于语默作止之间。或闻时讪议，有动于衷，则益自奋励以自植，有疑义即进见请质。故乐于面炙，一切文辞，俱不收录。每见文稿出示，比之侍坐时精神鼓舞，歉然常见不足。以是知古人'书不尽言，言不尽意'，非欺我也。不幸先生既没，謦欬无闻，仪刑日远，每思印证，茫无可即。然后取遗稿次第读之，凡所欲言而不能者，先生皆为我先发之矣。虽其言之不能尽意，引而不发，跃如也。由是自滁以后文字，虽片纸只字不敢遗弃。"在作于明嘉靖四十年（1561）《王文成公全书·续编四》序中说："是卷师作于弘治初年，筮仕之始也。自题其稿曰《上国游》。洪葺师录，自辛巳以后文字厘为《正录》；已前文字则间采《外集》，而不全录者。盖师学静入于阳明洞，得悟于龙场，大彻于征宁藩。多难殷忧，动忍增益，学益彻则立教益简易，故一切应酬诸作，多不汇入。"（见［明］王阳明. 王阳明全集［M］. 上海：上海古籍出版社，1992：1577，1038.）
② 参见［明］王阳明. 王阳明全集［M］. 上海：上海古籍出版社，1992：1577，1223，1224.

第二章　归越论德：忧民乐民之文

政通人和，百废俱兴。

——［北宋］范仲淹

　　古越大地，人文渊薮。明代的绍兴府，领八邑之地，南有会稽、四明、天台山脉，北濒杭州湾，中为宁绍平原，运河横贯全境。绍兴府城为政治、经济和文化中心，高官府邸大多集居于此。王阳明一生对家乡充满了眷恋之情，家乡成为他诗文创作的"母题"之一。阳明的故乡在绍兴府余姚县，世居城区。阳明父王华以"布衣魁天下"，登第后历官京城。明弘治三年（1490）正月，王华父竹轩公逝世，王华在余姚丁忧三年期满后，即迁居绍兴府城东光相坊。[①] 王阳明于弘治十五年（1502）八月，告病归越，[②] 离前一次自京归余姚已整整六年。阳明归越后，筑室"阳明洞"，为养病而练"导引术"，随后即弃绝。[③] 次年，遂移疾钱塘西湖，

---

　　① 关于王华移居绍兴府城（亦称越城）东光相坊的时间学界有不同的观点，笔者持"王伦殁后迁居说"。（参见：华建新. 姚江秘图山王氏家族研究［M］. 宁波：宁波出版社，2010：234.）

　　② 王阳明在《乞养病疏》中陈述缘由："弘治十四年八月奉命前往直隶、淮安等府会同各该巡按、御史审决重囚，已行遵奉奏报外。切缘臣自去岁三月，忽患虚弱咳嗽之疾，剂灸交攻，入秋稍愈。遽欲谢去药石，医师不可，以为病根既植，当复萌芽。勉强服饮，颇亦臻效；及奉命南行，渐益平复。遂以为无复他虑，竟废医言，捐弃药饵；冲冒风寒，恬无顾忌，内耗外侵，旧患仍作。及事竣北上，行至扬州，转增烦热，迁延三月，尪羸日甚。心虽恋阙，势不能前；追诵医言，则既晚矣。"（见［明］王阳明. 王阳明全集［M］. 上海：上海古籍出版社，1992：291.）

　　③ 关于王阳明筑室"阳明洞"行导引术问题，学界对"阳明洞"的具体含义与处所存在不同观点。笔者持会稽山"阳明洞"之说。（参见：华建新. 姚江秘图山王氏家族研究［M］. 宁波：宁波出版社，2010：235.）

往来于南屏、虎跑诸刹养病,复思用世。① 至此,王阳明已扬弃了佛道末流的出世观,确立了儒家的入世观。阳明在越二年中(包括移疾杭州、余姚休养的时间),② 存世散文的数量并不多;但题材与主题大多与民生相关,体现出王阳明的民本思想。

第一节　勤政爱民：言近旨远的官德文

在封建社会中"勤政爱民"是为官的基本伦理准则。这一思想可谓源远流长,远可上溯到孔子的"仁政"思想和孟子的"性本善"学说。孔子认为为官者应该有一种"仁"的风范,即"爱人";而孟子基于"性本善"的人本思想,继而提出了治国的"仁政"理论,倡导"以人为本"的社会和谐风尚,开心性之学先河。孔孟的"官德"思想成为中华民族文化的重要思想内涵之一。王阳明初入仕途,官阶不高;但其为官理念、道德文章以仁为则。阳明居越养病期间,地方官向其求文字者甚多,王阳明借机系统地阐明自己的为官立场和态度。其为官理念主要体现在以下三个方面。

一是为官忧乐观。时佥都御史陈公按浙,作《两浙观风诗》,邀王阳明为之序。这原本仅是为一部诗集作序,但王阳明从"诗"的社会功能切入,以诗观史,寥寥数语就揭示了诗与政之间的内在联系。

> 古者天子巡狩而至诸侯之国,则命太师陈诗,以观
> 民风。其后巡狩废而陈诗亡。春秋之时,列国之君大夫
> 相与盟会问遗,犹各赋诗以言己志而相祝颂。今观风之

---

① 参见〔明〕王阳明. 王阳明全集〔M〕. 上海:上海古籍出版社,1992:1225.
② 王阳明在《平乐同知尹公墓志铭》一文中说:"癸亥,(广西平乐同知尹浦卒于明弘治十五年,明年癸亥,将葬,其子尹骐)以币状来姚请铭"一语可知,王阳明撰文时在余姚。详见〔明〕王阳明. 王阳明全集〔M〕. 上海:上海古籍出版社,1992:930.

作，盖亦祝颂意也。王者之巡狩，不独陈诗观风而已。
其始至方岳之下，则望秩于山川，朝见兹土之诸侯，同
律历礼乐制度衣服纳价，以观民之好恶；就见百年者而
问得失，赏有功，罚有罪。盖所以布王政而兴治功，其
事亦大矣哉！汉之直指、循行，唐、宋之观察、廉访、
采访之属，及今之按察，虽皆谓之观风，而其实代天子
以行巡狩之事。故观风，王者事也。①

上述文字，貌似论诗，实则言社会历史的发展和社会政治的现状。
王阳明借论诗转而言为官之道。王阳明认为周天子巡狩诸侯国，
命太师陈诗以观民风，即通过诗来考察民情。然而，至西周末，
周王朝"礼崩乐坏"，巡狩废而陈诗亡。至春秋时期，诗演变为诸
侯国会盟时的外交辞令，诗的内涵发生了根本性的改变，延至明
代中期诗则变成歌功颂德之作。② 在王阳明看来，为官者不独仅仅
"观风俗之盛衰"、"考见得失"；而在于"布王政而兴治功"，赏
罚分明，为民办实事。王阳明将"以诗观风"的外延扩展为治理
地方民政，将"诗"与"事"有机地联系起来，"观风"乃王者
大事，深化了主题思想。王阳明在传承孔子关于"诗可以观"的
诗学思想基础上，又将"观风"推及到官民关系。"然公之始，其
忧民之忧也，亦既无所不至矣。公唯忧民之忧，是以民亦乐公之
乐，而相与欢欣鼓舞以颂公德。然则今日观风之作，岂独见吾人
之厚公，抑以见公之厚于吾人也。虽然，公之忧民之忧，其惠泽
则既无日而可忘矣；民之乐公之乐，其爱慕亦既与日而俱深矣。"③
文中通过对陈公按浙期间"得志行道"，妥善处理官民关系，形成

---

① ［明］王阳明. 王阳明全集［M］. 上海：上海古籍出版社，1992：838.
② 王阳明所言"祝颂意"应指明永乐至成化年间，文坛出现的所谓"台阁体"
诗风。"台阁"指当时的内阁与翰林院，又称"馆阁"。"台阁体"的主要倡导者为
"三杨"：杨士奇、杨荣、杨溥。其诗追求"雍容典雅"的审美意趣，题材常为"颂圣
德，歌太平"，内容贫乏，大多为应制、题赠、酬应而作。
③ ［明］王阳明. 王阳明全集［M］. 上海：上海古籍出版社，1992：839.

了和睦的社会风尚的褒扬，阐述了"官忧方能民乐，民乐官亦同乐"的"仁政"思想。王阳明这一观点显然可以从孟子的"乐民之乐者，民亦乐其乐；忧民之忧者，民亦忧其忧。乐以天下，忧以天下，然而不王者，未之有也"、"与民同乐"（《孟子·梁惠王下》），以及北宋范仲淹的"先天下之忧而忧，后天下之乐而乐"（《岳阳楼记》）的思想中找到源头。但仅止于此，文章的深度就显现不出来了。王阳明的深刻在于登高望远，以史为鉴，文末提出了一个发人深省的问题："则公固有时而去也。然则其可乐者能几？而可忧者终谁任之？则夫今日观风之作，又不徒以颂公之厚于吾人，将遂因公而致望于继公者亦如公焉。则公虽去，而所以忧其民者，尚亦永有所托而因以不坠也。"① 良好的官民关系，仅仅靠少数官员的得志行道是不够的，而是靠为官者群体的"官德"和践行，这才是江山永固的根本。王阳明此语是有感而发的，触及了社会发展过程中的一个普遍现象：人离政息。阳明此语蕴含家国之忧，身世之悲，他对明王朝的前景已深感忧虑，只是借诗序有所"寄托"而已，自己的政治理想在不言之中。

二是为官礼乐观。阳明的"官德"意识中有一个鲜明的特点，即以礼乐教化治地方，培育人才，化礼成俗。治理地方发展生产、强化治安固然重要；但开启民智，建立礼乐秩序，重教施化更是长远之计、为官之要务。王阳明在《兴国守胡孟登生像记》一文中通过记述兴国知府胡孟登兴学育人的事迹，阐发了以礼乐教化治地方的政治理念。胡孟登始任兴国知府时，② 面对的现状是"民外苦于盗贼，内残于苛政，滨湖之民，死于鱼课者数千余家"。③黎民百姓生机无着，外苦盗贼，内残苛政，陷入绝境。在文化教育方面，更是一张白纸。明弘治十年（1497），胡孟登以地官副郎谪贰兴国。三年后，擢知州事。到任后，即大刀阔斧地进行各项

① ［明］王阳明．王阳明全集［M］．上海：上海古籍出版社，1992：839.
② 兴国州：兴国州为古称（今湖北黄石市阳新县）。阳新县于明洪武九年（1376）改兴州国，1912年（民国元年）废州设县。
③ ［明］王阳明．王阳明全集［M］．上海：上海古籍出版社，1992：886.

治理，奸锄利植，民以大和。更重要的是他大力发展教育："斩山斥地以恢学宫，洗垢摩钝以新士习"。胡孟登采用经济、治安、教育三管齐下，综合治理，兴国面貌大变。"盗不敢履兴国之界，民违猛虎鱼鳖之患，而始释戈而安寝，歌呼相慰，以嬉于里巷。""然后人知敦礼兴乐，而文采蔚然于湖、湘之间；荐于乡者，一岁而三人。盖夫子之道大明于兴国。"①　弘治十五年（1502），当胡孟登擢浙江按察司金事离开兴国时，当地士民有感于胡孟登吏治清明，欲为其立生像。因胡孟登曾在王阳明的家乡浙江余姚任过知县，兴国府就派人千里迢迢地赴越请王阳明为立生像事作序。由请序之事，又自然引出胡孟登在余姚任知县时的官德和政绩："公尝令于余姚，以吾人之知公，则其人宜于公为悉。乃走币数千里而来请于某，且告之故。某曰：'是姚人之愿，不独兴国也。'公之去吾姚已二十余年，民之思公如其始去。每有自公而来者，必相与环聚，问公之起居饮食，及其履历之险夷，丰采状貌须发之苍白与否，退则相傅告以为欣戚。以吾姚之思公，知兴国之为是举，亦其情之有不得已也。然公之始去吾姚，既尝有去思之碑以纪公德……"②　这段插叙，可谓神来之笔，说明胡孟登为官无论在何地都恪守为官之德，将余姚百姓与兴国百姓对胡孟登的思念十分自然地联系起来。既追记了胡孟登在余姚的事迹，又说明祀胡孟登是两地百姓的共同心愿，顺理成章。胡孟登为官一地，造福一方，来去两袖清风，在百姓中留下了良好的口碑。王阳明在序文中，着力阐述了胡孟登在礼乐教化方面的功绩，实则主张以教化治国，这也反证了王阳明的教育观是其政治理想的重要组成部分。

三是为官作风观。为官的作风是王阳明官德思想的重要组成部分。他十分欣赏那些想民所想、急民所急、脚踏实地为民排忧

---

① ［明］王阳明. 王阳明全集［M］. 上海：上海古籍出版社，1992：886.

② ［明］王阳明. 王阳明全集［M］. 上海：上海古籍出版社，1992：887，胡孟登，名瀛，河南罗山人，明成化十五年（1479）以进士知余姚县，有文武长才。知姚三年，颇有政声。因丁忧离姚，时乡人立"去思碑"以纪胡孟登官德。胡孟登事迹详见［清］光绪《余姚县志·名宦·胡瀛传》（卷二十二），清光绪二十五年刻本.

解难的地方官。在《平乐同知尹公墓志铭》一文中，王阳明赞扬了广西平乐同知尹浦不畏艰险，① 深入崇山峻岭，实地勘察匪情，为民解患的事迹："居月余，公从土著间行岩谷，尽得其形势。纵火悉焚林薄，瑶失藉，溃散。公因尽筑城堡，要害据守。瑶来无所匿，从高巅远觇，叹息踟蹰而去。盖自是平乐遂为安土。居三年，屡以老请，辄为民所留。"② 民之所忧，我之所思；民之所思，我之所行。正因为尹浦这种务实的作风，所以赢得了当地百姓的口碑，才有乡老的力挽之举。

四是为官气度观。为官的气度是"官德"的重要内涵之一，决定了为官者的施事风格和艺术，也能体现出为官者涵养品位的高下。王阳明在《罗履素诗集序》一文中，十分赞赏时为浙江参政罗公"宽而不纵，仁而有勇，温文蕴籍"的为官风范。③ 文中所言，其思想源头显然出自《诗经》的要义。温文尔雅的为官风度是王阳明为官之道的毕生追求，反映出其为政观以"温柔敦厚"的儒家文化为本。

王阳明作于明弘治壬戌、癸亥年间论述为官之道的散文，不仅思想内涵深刻，而且在散文艺术上也颇有特色。其一，通过对比法刻画人物形象。如：《两浙观风诗》中刻画金都御史陈公按浙时遇大旱，民不聊生，全省灾荒形势十分严峻："饥者仰而待哺，悬者呼而望解；病者呻，郁者怨；不得其平者鸣；弱者、强者、蹶者、啮者，梗而孽者、狡而窃者，乘间投隙，沓至而环起。"④ 陈公处境十分艰难，百姓危在旦夕；然陈公不震不激，抚柔摩剔，以克有济。经过一个月的救荒，灾民得以解困，出现了"饥者饱，悬者解，呻者歌，怨者乐，不平者申；蹶者起，啮者驯，孽者顺，

① 尹浦（1420—1502），字文渊。明成化年间，授广西南宁通判、成化庚子（1480），擢同知平乐府事。

② ［明］王阳明. 王阳明全集［M］. 上海：上海古籍出版社，1992：930.

③ ［明］王阳明. 王阳明全集［M］. 上海：上海古籍出版社，1992：837，罗鉴，由进士官浙江参政，有厚德长才。

④ ［明］王阳明. 王阳明全集［M］. 上海：上海古籍出版社，1992：838.

窃者靖；涤荡剖刷而率以无事。于是乎修废举坠，问民之疾苦而休息之，劳农劝学，以兴教化。"① 通过灾民前后处境的细腻对比，凸显了陈公解民于倒悬的勤政形象。此文被施邦曜誉为"春容《大雅》之章"。② 其二，设置对话结构刻画人物形象。诸如在《兴国守胡孟登生像记》一文中，设置了士人与民之间关于如何祀胡孟登生像的讨论，写得十分生动而又有情趣：

> 学宫之左有叠山祠以祀宋臣谢枋得者，③ 旧矣。其士曰："合祀公像于是。"民曰："不可。其为公别立一庙。……公有大造于吾民，乃不能别立一庙而使并食于谢公，于吾心有未足也。"士曰："不然。公与谢公皆以迁谪而至吾州。谢公以文章节义为宋忠臣，而公之气概风声实相辉映。祀公于此，所以见公之庇吾民者，不独以其政事；而吾民之所以怀公于不忘者，又有在于长养恩恤之外也。其于尊严崇重，不滋为大乎？""于是其民相顾喜曰：果如是，我亦无所憾矣！"④

此段对话，形象生动地揭示了官民之间血溶于水的关系，将立像纪念的意义通过士人的深刻解释、民众的观念转变巧妙地传达出来，点出了立像祭祀不在于形式，而在于人心相通，人离情在，典范长存。对话在士人与普通百姓之间展开，发自肺腑，夹叙夹议，亲切可信，具有很强的艺术感染力。其三，王阳明善于用高度概括的语言，描述为官者的性情雅趣。诸如，在《两浙观风诗》一文中写佥都御史陈公察访浙江民情风俗："上会稽，登天姥，入雁

---

① ［明］王阳明. 王阳明全集［M］. 上海：上海古籍出版社，1992：839.

② ［明］施邦曜. 阳明先生要要·理学篇［M］. 北京：中华书局，2008：811.

③ 谢枋得（1226—1289），字君直，号叠山，别号依斋，江西信州弋阳人（今上饶弋阳县）。南宋宝祐四年（1256）与文天祥同科中进士，南宋杰出的抗元大臣、著名爱国诗人。著有《叠山集》十六卷。

④ ［明］王阳明. 王阳明全集［M］. 上海：上海古籍出版社，1992：886.

荡，陟金娥，览观江山之形胜，慨然太息！吊子胥之忠谊，礼严光之高节；希遐躅于隆庞，把流风于仿佛；固亦大丈夫得志行道之一乐哉！"句子长短交错，音律节奏感强，人文典故蕴含其中，耐人寻味，气势浩荡，给人以和风畅想之美感，具有很强的哲理性和审美性。王阳明的官德散文义理精微，形象生动，体现了阳明散文言近旨远的特色。

第二节　诚信感天：明祈暗责的祷雨文

风雨雷电等自然现象，其异常的发生就可能导致人类生存的困境，甚至物种的灭绝。就万物而言，与天象的关系十分密切，这在古代就产生了不同的"天象观"、"天命观"，于是就产生了原始宗教、科学，以及各种哲学理论。在中国古代哲学中，影响最大的莫过于西汉时董仲舒提出的"天人感应"说，他据《公羊传》阐述天和人相互感应的思想，认为天能干预人事，人亦能感应天。封建专制社会中，为官者大多信奉这一学说，并将其作为施政效果的判断标准。王阳明归越后所写的两篇有关祷雨的散文，不仅反映了他对"天人感应"观念的认识，而且也是他民本思想的直接显露。

王阳明在越养病期间，正巧遇上越地大旱不止，地方官佟知府忧心如火，派遣属官到王府"询致雨之术"，阳明没有立刻答复。次日一早，佟知府又派属官到府催问，阳明有感佟知府的恳切之心，又无法推脱，于是写了《答佟太守求雨》一文。文中王阳明肯定了佟知府的"忧勤为民之意"；然后坦率地告诉他："天道幽远，岂凡庸所能测识？"委婉地表达自己对求雨的看法。接着具体分析了"君子之祷"与"方士之祷"的区别：

> 古者岁旱，则为之主者减膳撤乐，省狱薄赋，修祀典，问疾苦，引咎赈之，为民遍请于山川社稷，故有叩天求雨之祭，有省咎自责之文，有归诚请改之祷。盖《史记》所载汤以六事自责，《礼》谓"大雩，帝用盛

乐"，《春秋》书"秋九月，大雩"，皆此类也。①

王阳明以古代祷雨经验为例，认为：凡灾年，为官者则生活上主动"减膳撤乐"，为政采取"省狱薄赋，修祀典，问疾苦，引咎赈乏"，然后再"请神相助"，用祭、自责、请改之祷等方法表达诉求。并引《史记》、《礼记》、《春秋》之记载论证自己的观点，从正面启发佟太守以民为本，多做实事，以"诚信感天"。又从反面论述"方士之祷"：

> 仆之所闻于古如是，未闻有所谓书符咒水而可以得雨者也。唯后世方术之士或时有之。然彼皆有高洁不污之操，特立坚忍之心。虽其所为不必合于中道，而亦有以异于寻常，是以或能致此。然皆出小说而不见于经传，君子犹以为附会之谈；又况如今之方士之流，曾不少殊于市井嚚顽，而欲望之以挥斥雷电，呼吸风雨之事，岂不难哉！②

王阳明认为"方士之祷"纯粹是无稽之谈，作为地方官要有自己的判断力，决不能受其蛊惑。施邦曜在评点此文中说："苟降旱潦，吾辈之所以自尽者，只应如是。如倚方士之术以为重，则惑矣。"③ 王阳明经过严密的比较论证，得出结论："仆谓执事且宜出斋于厅事，罢不急之务，开省过之门，洗简冤滞，禁抑奢繁，淬诚涤虑，痛自悔责，以为八邑之民请于山川社稷。"④ 意为用实际行动进行救灾，用诚心为民"请于山川社稷"，即所谓以"诚信感天"，鼓舞百姓抗灾的信心，别无其他之法。至于百姓民间的祈祷活动，王阳明则认为："而彼方士之祈请者，听民间从便得自为

---

① ［明］王阳明．王阳明全集［M］．上海：上海古籍出版社，1992：800.
② ［明］王阳明．王阳明全集［M］．上海：上海古籍出版社，1992：800—801.
③ ［明］施邦曜．阳明先生集要·理学篇［M］．北京：中华书局，2008：805.
④ ［明］王阳明．王阳明全集［M］．上海：上海古籍出版社，1992：801.

之，但弗之禁而不专倚以为重轻。"也就是说，对民间行为既不禁止，也不能听命方士之邪说，必须采取积极的抗灾之举。文末，王阳明表明自己的态度，为鼎力协助佟知府抗灾救民，鼓舞官民信心，决定近日在南镇组织一次祷雨活动，① 主要意图是向灾民讲明实情，沟通官民关系，协力同心，落实抗灾措施，以安民心；而不是兴师动众，借祷雨之名行扰民沽名之实。文中说："执事其但为民悉心以请，毋惑于邪说，毋急于近名，天道虽远，至诚而不动者，未之有也！"此处所说的"天道"内涵十分丰富，既是指"宇宙之道"，又是指"为民之道"和"为官之道"，排除了"方士之邪道"。从王阳明文中所表达的观点看，他并不同意"天人感应"说，而是将"天人感应"赋予新的内涵，即"以民为天"，具体地说就是通过除弊兴利，动员百姓一起来抵御自然灾害，说明王阳明的宇宙观具有辩证的科学成分，充分体现出作为儒者的经世情怀和救灾思想。这一点，在《南镇祷雨文》中表达得更加明显。② 文中，阳明先采用欲抑先扬的手法，极言"神"之灵明爱民："神秉灵毓秀"，老百姓以"赖神休以生以养"，希望"疾疫灾眚之不时，雨阳寒暑之弗莫"，百姓"无有远近，莫不引颈企足，惟神是望"。并进一步说："而况绍兴一郡，又神之宫墙辇毂之下乎？"，理应"宜风雨节而寒暑当，民无疾而五谷昌，特先诸郡以霑神惠。"然而，实际情景恰恰相反："而乃入夏以来，亢阳为虐，连月弗雨，泉源告竭，黍苗荐槁，岁且不登，民将无食。农夫相与咨于野，商贾相与憾于市，行旅相与怨于途，守土之官帅其吏民奔走呼号。维是祈祷告请，亦无不至矣；而犹雨泽未应，旱烈益张。"王阳明通过现实情景，责难"天神"佑民的神话。紧接着，又通过自省的方式设问："是岂吏之不职而贪墨者众欤？赋敛

---

① 南镇，会稽山古称，在今绍兴市区南，古称一方的主山为镇。会稽山山脉东西约 100 多公里，主峰高 700 米，有香炉峰、秦望山（刻石山）、宛委山等著名山峦。南镇为"五镇"之一，即指在国家祀典上仅次于五岳的五座山：东镇沂山、南镇会稽山、西镇吴山、北镇医巫闾山、中镇霍山。（详见《旧唐书》卷二十四《志第四·礼仪四》）

② ［明］王阳明. 王阳明全集［M］. 上海：上海古籍出版社，1992：950.

繁刻而狱讼冤滞欤？祀典有弗修欤？民怨有弗平欤？夫是数者，皆吏之谪，而民何咎之有？夫怒吏之不臧，而移其谪于民，又知神之所不忍也。"文中连用五个问句，构成排比问句，一波接一波，文势如潮。前四个问句用来自问，作为官吏在灾害面前对"天神"的检讨，如果官吏有失职的话，就惩罚官吏，又为何要降祸于民，最后一个问句既责难"天神"无理，又为"天神"下台阶"知神之所不忍也"。再则，王阳明从老百姓的角度进行反省："不然，岂民之冥顽妄作者众，将奢淫暴殄以怒神威，神将罚而惩之欤？夫薄罚以示戒，神之威灵亦即彰矣。"显然，既非官吏之责，也非百姓之罪，答案不言而喻。王阳明通过这种又斥又抚的方法，揭露了"天神"所谓保佑天下黎民百姓实则是一种谎言。最后，以反问句作结："今民不得已有求于神，而神无以应之，然则民将何恃？而神亦何以信于民乎？"锋芒所向，直指"天神"的无道，若再不降雨，解民于倒悬，由此引发民怒而造反，"天神"岂不失信于民。王阳明的《南镇祷雨文》在构思上充满了智慧，表面上是以虔诚之心祈神，实则言"神"不佑民，揭露"神灵"的无理，暗示地方官、乡民不要受方士的蛊惑，要以自身的力量抗灾。同时，暗喻当朝统治者要体恤民情，否则百姓因生活所迫而造反，到那时后果就不堪设想了。此文最妙处在于王阳明明知"祈神"求雨是自欺欺人，然而他还是亲自组织了隆重的"祷雨"仪式，这是因为他深知地方官员、当地百姓对"天神"有敬畏心理及信奉"天神"法力无边。如果公然反对或不参与的话，其效果则会适得其反，因为地方官及当地乡民对王阳明祷雨寄予很高的期望，于是他采用"欲纵故擒"的办法，借"祷雨"之名，行批"神"之实，且在文中不露痕迹，句句在理。此举既不拂逆地方官和乡民之意，也达到了揭露"神灵"之假、警告为政者要积极抗灾的效果，实实在在地助了佟知府一臂之力，[1] 可谓"一箭三

① 明弘治十年（1497）佟珍知绍兴府。王阳明初寓京师时（成化辛丑年）就与时为文选郎的佟某相识《王阳明全集》中收录《送绍兴佟太守序》文中有记载，可见两人是知己。见［明］王阳明．王阳明全集［M］．上海：上海古籍出版社，1992：1056.

雕"。在当时的背景下，此举确实是一种顺从民心、与民沟通为百姓排忧解惑的好形式。王阳明与民同忧的心情自然也体现其中。在王阳明以后的仕宦生涯中，类似的祈雨活动和祷雨文还不少，① 其出发点和愿望基本相同，只是具体的环境和当时的心境有些差异。王阳明对"神灵"之假的责难和对方士蛊惑人心谎言的揭露，从思想源头上看，应与王充《论衡》中否定"天人感应"思想有关，王充是上虞人，② 与王阳明故乡余姚为近邻，因而受其影响是可能的。另外，王阳明的父亲王华少年时期在余姚龙泉寺读书，和尚以鬼神相恫吓，王华聚神读书，不为所动，③ 神情自如。这一故事应该说对王阳明不信神灵的思想有一定影响，也是考察王阳明青年时期"无神"思想的重要观察点。

王阳明的《答佟太守求雨》和《南镇祷雨文》文，构思新颖，别出心裁；在说理上逻辑严密，意蕴丰富，引经据典，论证环环相扣，修辞贴切，讽刺性强，语言犀利，是历代祷雨文之杰作。

第三节　民生所系：平中出奇的仓储文

《汉书·郦食其传》中说："王者以民为天，而民以食为天。"④ 粮食问题是人类生存最基本的生活资料。在封建专制社会，由于天灾人祸频繁，黎民百姓碰到最大的问题就是无粮可食。历代残暴的统治者，在特大自然灾害到来之际，宁愿将堆积如山的粮食

---

① 《王阳明年谱》载："明正德十一年（1516），王阳明任都察院左金都御史，巡抚南、赣、汀、漳等地。二月，平漳寇，大捷。四月，班师。时三月不雨，至于四月，先生方驻军上杭，祷于行台，得雨，以为未足。及班师，一雨三日，民大悦。有司请名行台之堂曰‘时雨堂’，取王师若时雨之义也，先生乃为记。"有《祈雨辞》。在赣州诗中，王阳明有《祈雨》二首诗反映在上杭县祈雨的情景。参见［明］王阳明．王阳明全集［M］．上海：上海古籍出版社，1992：1241，663，746.

② 王充（27—97?），字仲任，会稽上虞人（今绍兴市上虞）。《论衡》为其代表作。

③ 参见［清］光绪《余姚县志·列传·王华传》（卷二十三），清光绪二十五年刻本.

④ 见《汉书·郦食其传》（卷四十三）［M］．高占祥主编·线装书局，2001：525.

烂掉，也不愿意开仓赈灾，造成饿殍千里，白骨如山。但也有不少以民为怀的地方官，深谋远虑，建仓储粮，以备不测。王阳明在越城养病时，应绍兴府官员所请而作的《新建预备仓记》一文，① 并没有就事论事地赞扬佟知府修建绍兴府预备粮仓一事，而是以小见大，平中出奇，从建预备粮仓一事发掘历代治国之得失，写得很有新意，极具思想深度。文中，王阳明认为："仓廪以储国用，而民之不给亦是乎取。"开宗明义，点明了仓廪于国、于民的关系，从治国治民的角度立意。接着，通过鲜明的对比，揭示在粮食问题上所体现出来的不同为政观。"故三代之时，上之人不必其尽输之官府，下之人不必其尽藏于私室。"意为上古三代君王采用藏粮于库之法，建立国库，应急之用，国民无忧，体现出一种"仁爱"的道义。"后世若常平、义仓，盖犹有所以为民者，而先王之意亦既衰矣。及其大敝，而仓廪之蓄遂邈然与民无复相关。其遇凶荒水旱，民饿莩相枕藉，苟上无赈贷之令，虽良有司亦坐守键闭，不敢发升合以拯其下；民之视其官廪如仇人之垒，无以事其刃为也。"然而，三代以后，即便也有为民考虑而建常平、义仓的情况，但三代的"仁爱"思想已经淡化了，弊端日益显露，甚至造成"仓廪之蓄遂邈然与民无复相关"，遇凶荒水旱，竟然出现民饿莩相枕藉的惨景。即便那些有良心的地方官想开仓赈灾，若无朝廷的"赈贷之令"，也只能"坐守键闭，不敢发升合以拯其下"。灾民见官廪如仇人之垒，只是还没到动刀造反的地步。王阳明通过对历史上封建专制帝王反人性行为的揭露，强烈地抨击了历代王朝的暴政："呜呼，仓廪之设，岂固如是也哉！"文中，通过前后对比，点出了问题的实质，如无"善心"，即便粮仓建的再多，即使有"仁义"之官，也难有作为，粮仓还是与民无关，其深刻的思想，发人之未发，耐人寻味。文章最后，王阳明借表彰佟知府修建预备仓的事迹，归纳了对建储备粮仓的几点认识："悯灾而恤患，庇民之仁也；未患而预防，先事之知也；已患而不怠，

---

① ［明］王阳明．王阳明全集［M］．上海：上海古籍出版社，1992：888.

临事之勇也；创今以图后，敷德之诚也。夫行一事而四善备焉，是而可以无纪也乎?"总而言之，修建储备粮仓是"仁义"之举，是官员的德行所在，是"善心"的体现，将一件似乎平淡的事情，放在历史兴衰的宏观背景下加以考察，揭示了以"仁道"治国者昌、以"暴政"治国者亡的社会历史发展规律，同时王阳明体恤民情而以仁怀天下的宏愿自然包含其中。此文在写作上，将建粮仓与"仁政"有机地联系起来，说理透辟，内涵深邃，气势汹涌，词句铿锵有力，可谓历代写仓储文之极品。

结　语

王阳明在归越期间所作的数篇有关论"官德"之文，全面地反映了他在初入仕途期间的为政观。阳明的"官德论"，还可见之作于同一时期的《罗履素诗集序》、《题汤大行殿试策问下》、《平山书院记》和《平乐同知尹公墓志铭》等散文。从相关文章看，这一时期阳明是以儒家的治国理念和道德修养观念论政议事。儒家关于士人理想人格的设计与塑造，占据了阳明思想的主导地位，并一直影响着他的人生价值取向和人生追求。即使在归越养病期间，他从来没有放弃作为儒者的责任，将自己的治国理念，道德修养融入社会生活之中，思想敏锐，大胆无忌，而在处世中又恪守"中庸之道"，既坚守道德操行，又顺乎民意，表现出积极的进取精神和平易近人、坦率真诚的人格魅力。阳明的归越文是其思想探索的重要组成部分，也是考察其散文观念、散文境界的重要依据。

第三章　山东主试：学为天下之文

仕而优则学，学而优则仕。

——《论语·子张》

　　积极入世，是儒者人生价值的必然选择。经过长时间的思想探索，王阳明对各家学说的旨归有了较清醒的认识。最终，他毅然选择将儒学作为终身研究的方向和实践之路。明弘治十七年（1504），阳明在越养病结束后返京履职，欲在仕途上一展宏图，以实现平生志向。七月，途径徐州，因友人朱朝章欲修黄楼，作《黄楼夜涛赋》以明志。① 是年秋，阳明应巡按山东监察御史陆偁之聘，主考山东乡试。② 王阳明当仁不让，不负重托，手录全部试题与陈文。《山东乡试录》编成后，阳明又先后为之作序。阳明所出试题、陈文和两篇序言，③ 是针对明王朝的现状，全面、系统地

---

　　① 徐州黄楼，建于宋神宗元丰年（1078）八月，时任徐州知府的苏轼率军民抗击洪水后，在徐州城东门之上建楼。涂上黄土，意为土能克水，故名黄楼。苏辙撰《黄楼赋》，苏轼书其赋。

　　② 陆偁（1457—1540），字君美，号碧洲，鄞县（今宁波市鄞州区）人。明弘治六年（1493）进士，授监察御史，历官福建按察使、巡按山东监察御史。所谓"乡试"，或称"乡闱"，名称源丁西周时的"乡举"。在明代是由南、北直隶和各布政使司举行的地方考试，地点在南京、北京、布政使司驻地，考试的场所称为贡院。每三年举行一次，逢子、午、卯、午、酉年为正科，遇庆典加科为恩科。考期在秋季八月，故又称秋闱。凡本省科举生员与监生均可应考。乡试考中的称"举人"，第一名称"解元"，明清时俗称"孝廉"。

　　③ 据《王阳明年谱·附录一》载：明嘉靖二十九年（1550），"重刻先生《山东甲子乡试录》。《山东甲子乡试录》皆出师手笔，同门张峰判应天府，欲翻刻于嘉义书院，得吾师继子正宪氏原本刻之"。（见［明］王阳明. 王阳明全集［M］. 上海：上海古籍出版社，1992：1340.）又［明］李乐在《见闻杂记》（卷六）曰："王阳明先生弘治十七年以刑部主事主山东乡试，人言一部《试录》，俱出先生手笔。前序文古简艳，与今年体格不同。五策，余少尝诵读久而失其本。"李乐，字彦和，号临川，浙江桐乡人。隆庆二年（1568）进士，任江西新淦（今新干）知县。历官广西参议。从《山东乡试录》的试题与陈文看，其命题思想均与王阳明此期间的认识相一致，故笔者认为《山东乡试录》应为王阳明手录。

阐发了儒家的治国之道，是阳明思想探索过程的重要路标。主考山东乡试后，阳明随即投入复兴儒学的大业，在京师结友倡学，收徒授业。然而，历史的发展往往难遂人愿。明正德改元，阳明义无反顾地投入到严酷的"反阉党"斗争之中，由于斗争失败，阳明遭受了出仕以来的生死考验，命运由此改变。从踌躇满志、意气风发的京官刹那间成为阶下囚，逐出京城，贬谪瘴疠之地。

第一节　经世致用：精微通达的乡试文

王阳明入仕途后，并不想在"体制内"安安稳稳地过日子，走升官发财的路子。他的"成圣贤"理想以及耿直的性格，决定了其重思想创设和实践探索的双重品格。当历史的机遇垂青于他时，王阳明借命题和陈文以弘道，主考山东乡试是他一生中唯一以国家考试名义阐发"用世"理念的一件大事。

一、乡试文的背景与形式

王阳明亲身历经明代科举的全过程，对举业有深刻的认识，深知乡试对于国家选拔人才的重要意义。同时，阳明也十分看重主考山东乡试的机会。他在《山东乡试录序》中说："山东，古齐、鲁、宋、卫之地，而吾夫子之乡也。尝读夫子《家语》，其门人高弟，大抵皆出于齐、鲁、宋、卫之叶，固愿一至其地，以观其山川之灵秀奇特，将必有如古人者生其间，而吾无从得之也。今年为弘治甲子，天下当复大比。山东巡按监察御史陆偁辈以礼与币来请守仁为考试官。……而守仁得以部属来典试事于兹土，虽非其人，宁不自庆其遭际！"① 孔孟圣地，山川灵秀，贤人辈出，是阳明的神往之地。今由他主考乡试，选拔俊彦，自然感到欣喜和自豪。文中又说："又况夫子之乡，固其平日所愿一至焉者；而乃得以尽观其所谓贤士者之文而考校之，岂非平生之大幸欤！虽

---

① ［明］王阳明. 王阳明全集［M］. 上海：上海古籍出版社，1992：839.

然，亦窃有大惧焉。夫委重于考校，将以求才也。求才而心有不尽，是不忠也；心之尽矣，而真才之弗得，是弗明也。不忠之责，吾知尽吾心尔矣；不明之罪，吾终且奈何哉！"① 乡试，从学术的角度而言，是对一省三年来考生科业水平的整体性检验，以反映一省的教育水平。从选拔人才的角度看，也是对主考官学术思想、治国理念和选才水平的综合性检验。因此，王阳明对主考山东乡试既高兴又深感责任之重。所以用"不忠"、"不明"来告诫自己须慎重行事。从中可以看出王阳明赴山东主考乡试是有充分思想准备的，精心制作命题和撰写陈文是深思熟虑的结果，并对取得这次乡试的成功寄予厚望。这在他的《山东乡试录后序》中可得到证明：

　　　夫山东天下之巨藩也，南峙泰岱，为五岳之宗，东汇沧海，会百川之流；吾夫子以道德之师，钟灵毓秀，挺生于数千载之上，是皆穷天地，亘古今，超然而独盛焉者也。然陟泰岱则知其高，观沧海则知其大，生长夫子之邦，宜于其道之高且大者有闻焉，斯不愧为邦之人矣！诸君子登名是录者，其亦有闻乎哉？夫自始学焉，读其书，聚而为论辩，发而为文词，至于今，资藉以阶尺寸之进，而方来未已者，皆夫子之绪余也；独于道未之闻，是固学者之通患，不特是邦为然也。然海与岱，天下知其高且大也，见之真而闻之熟，必自东人始，其于道，则亦宜若是焉可也。且道岂越乎所读之书与所论辩而文词之者哉？理气有精粗，言行有难易，穷达有从违，此道之所以鲜闻也。夫海岱云者，形胜也；夫子之道德也者，根本也；虽若相参并立于天地间，其所以为盛，则又有在此而不在彼者矣。鼎实陋于闻道，幸以文墨从事此邦，冀所录之士，有是人也，故列东藩之盛，

---

① ［明］王阳明. 王阳明全集［M］. 上海：上海古籍出版社，1992：840.

乐为天下道之。①

在后序中，王阳明以泰山之崇高、东海之浩瀚为喻，勉励山东众举子"为学以道为大"。阳明以有形之海岱与无形之道相比较，蕴含道之高、道之深，绝非有形之物可比，以此启发众举子勿骄勿躁，学无止境。王阳明认为孔子的道德境界才是根本，反映了王阳明对儒学的敬重，以及"为学成圣，为学兼济天下"的儒者理想，并期望山东有"巨子"出现，无损于"孔子之邦"的灵秀之气。文中还郑重告诫众举子不要将"登科"作为"资藉以阶尺寸之进"的荣身法宝。王阳明所谓的"道"，即是指孔子的"儒道"。这在王阳明手录的《山东乡试录》中有详尽地表述。王阳明同邑后学施邦曜评此文："言之真至"。"醲士之文，近日滥觞靡蔓已极。先生此序，劝勉真切，久而若新。"②

明清乡试专取"四书五经"命题。因此，主考官在命题和陈文中是受到思想限制的。但试题出什么，对试题的陈文，即破题和对试题内涵的陈述则是考官自由决定的，用以明示考生，考生在此范围内自主发挥，智者见智，仁者见仁，有较大地发挥空间。命题和陈文怎么制作，则取决于主考官的学术思想、治国方略和学识修养。王阳明所出的山东甲子乡试试题和陈文分三个部分：一为四书五经；二为论、表；三为策。在四书五经部分，王阳明于《四书》中出三题："所谓大臣者以道事君不可则止"、"齐明盛服非礼不动所以修身也"和"禹思天下有溺者由己溺之也，稷思天下有饥者由己饥之也"。于《五经》中每经出二题，《易经》出："易先天而天弗违后天而奉天时"和"河出图洛出书圣人则之"。《书经》出："王懋昭大德建中于民以义制事以礼，制心垂裕后昆予闻曰能自得师者王"和"继自今立政其勿以憸人其惟吉士"。《诗经》出："诗不遑启居猃狁之故"和"孔曼且硕万民是若"。

① ［明］王阳明. 王阳明全集［M］. 上海：上海古籍出版社，1992：870.
② ［明］施邦曜. 阳明先生集要·理学篇. 北京：中华书局，2008：813—814.

《春秋》出："楚子入陈（宣公十一年）楚子围郑。晋荀林父帅师及楚子战于邲，晋师败绩，楚子灭萧。晋人宋人卫人曹人同盟于清丘（俱宣公十二年）"；"楚子蔡侯陈侯许男顿子沈子徐人越人伐吴（昭公五年）"。《礼记》出："君子慎其所以与人者"和"心好之身必安之君好之民必欲之"。在论、表部分，王阳明出论题为："人君之心惟在所养"；表出题为："拟唐张九龄上千秋金鉴录表（开元二十四年）"。在策问部分出五题：一为王者功成作乐；二为佛老为天下害；三为志伊尹之所志，学颜子之所学；四为风俗之美恶，天下之治忽关焉；五为明于当世之务者。皆为心性学说和用世之题，反映了王阳明学术思想鲜明的倾向性。

《王阳明年谱》对阳明主试山东乡试以及试录有记载："弘治十七年（1504）秋，巡按山东监察御史陆偁聘主乡试，试录皆出先生手笔。其策问议国朝礼乐之制：老佛害道，由于圣学不明；纲纪不振，由于名器太滥；用人太急，求效太速；及分封、清戎、御夷、息讼，皆有成法。录出，人占先生经世之学。"[①] 这一史料，说明三点：一是点明乡试的具体时间；二是点明乡试试录全由王阳明出题和陈文；三是点明乡试录的重点在策问部分，反映出阳明的"用世"思想已昭然于世。但纵观《山东乡试录》，它是一个严密的体系，各部分之间相互联系，全录体现出王阳明以儒家之道治国的经世思想，具有明显的时代性、针对性和务实性。从全录的主题思想和内容分析，都是涉及治国的基本理念和基本国策。而《王阳明年谱》对乡试录中所反映的心性学说未加概括性表述，应有失偏颇。

二、乡试文的主要内容

王阳明在山东乡试中所出题目和陈文，在内容上主要为五个方面：一是论君主之道，二是论天道与人道，三是论礼乐，四是论风俗，五是论经世实务。

---

① ［明］王阳明. 王阳明全集［M］. 上海：上海古籍出版社，1992：1226.

（一）论君主之道

在中国古代社会生活中，君主之道为"五伦"之首。孔孟以及后儒对此有许多精辟的论述，是古老的政治思想和治国之道的重大问题。随着时代的发展，君主的内涵也在不断地发生变化，因此也是一个具有活力的政治论题。王阳明为山东乡试命题和所作陈文，首题就考"君主之道"，这对应试考生来说，是第一要务必须明辨的。王阳明的所谓"君主之道"具体又从君臣观、君民观和养心观三方面进行论证。

第一，君臣观。在《四书》部分，王阳明据《论语·先进》命题："所谓大臣者以道事君不可则止"。在论君主之道问题上，首先从"为大臣"切入，阐明何谓"大臣"。王阳明认为：

> 彼其居于庙堂之上，而为天子之股肱，处于辅弼之任，而为群僚之表帅者，大臣也。夫所谓大臣也者，岂徒以其崇高贵重，而有异于群臣已乎？岂亦可以奔走承顺，而无异于群臣已乎？必其于事君也，经德不回，而凡所以启其君之善心者，一皆仁义之言，守正不挠，而凡所以格其君之非心者，莫非尧、舜之道，不阿意顺旨，以承君之欲也；必绳愆纠缪，以引君于道也。夫以道事君如此，使其为之君者，于吾仁义之言说，而弗绎焉，则是志有不行矣。其可诎身以信道乎？于吾尧、舜之道，从而弗改焉，则是谏有不听矣；其可枉道以徇人乎？殆必奉身而退，以立其节，虽万钟有弗屑也；固将见机而作，以全其守，虽终日有弗能也。是则以道事君，则能不枉其道，不可则止，则能不辱其身，所谓大臣者，盖如此；而岂由、求之所能及哉？①

王阳明从正反两方面深刻阐述了所谓"大臣"之道，即"以

---

① ［明］王阳明．王阳明全集［M］．上海：上海古籍出版社，1992：841—842．

道事君，则能不枉其道，不可则止"。文中，阳明不仅对孔子的思想作了诠释，而且对"道"的内涵作了深化，使之更加具体化，概括为"德"、"善心"、"仁义"、"守正"等基本概念，强调以"道"佐君，不在位尊。阳明还通过例举法，指出非"道"的表现："阿意顺旨"、"承君之欲"、"枉道徇人"。如"大臣"行道不通，"谏有不听"则止，见机而作，以全其守。阳明在论述中紧扣臣辅君的原则，即以"道"为标准，而不以君之是非为是非，对"大臣"的人格独立作了理论上的定位。王阳明的"大臣"观，虽言出于孔子，但对孔子之论作了独特的发挥，使得问题简切明了，直达为臣之道。其次，王阳明的这一思想由来已久，他在归越养病期间所写的有关文章，较多地论述了"为官之道"，前后思想一脉相承。王阳明将论大臣之职放在首题，说明"大臣"之责任在其心目中的地位至高、至重。反过来，从君主的角度而言，王阳明认为：明君必视"大臣"为"师"。在"王懋昭大德，建中于民，以义制事，以礼制心，垂裕后昆。予闻曰：能自得师者王。"此题中，王阳明充分论证了为君者必"得师"的道理：

　　大臣告君，即勉其修君道以贻诸后，必证以隆师道而成其功。夫君道之修，未有不隆师道而能致者也；大臣之论如此，其亦善于告君者哉！吾想其意，若谓新德固所以属人心，而建中斯可以尽君道，吾王其必劝顾諟之功，以明其德，求此中之全体，而自我建之，以为斯民之极也；操日跻之敬，以明夫善，尽此中之妙用，而自我立之，以为天下之准也。然中果何自而建邪？彼中见于事，必制以吾心之裁制，使动无不宜，而后其用行矣；中存于心，必制以此理之节文，使静无不正，而后其体立矣；若是，则岂特可以建中于民而已邪？本支百世，皆得以承懿范节于无穷，而建中之用，绰乎其有余裕矣。子孙千亿，咸得以仰遗矩于不坠，而建中之推，恢乎其有余地焉。然是道也，非学无以致之。盖古人之

言，以为传道者师之责，人君苟能以虚受人，无所拂
逆，则道得于己，可以为建极之本，而王者之业，益以
昌大矣；考德者师之任，人君果能愿安承教，无所建
拒，则德成于身，足以为立准之地，而王者之基，日以
开拓矣。是则君道修，而后其及远；师道立，而后其功
成；吾王其可以不勉于是哉！①

此题语出《书·仲虺之诰》。王阳明阐述了为君之道务在"得师"：
首先，要明白"尊师"之道。此中的"师"，即以辅助君王的"大
臣"为师。此道不明，难以为君。其次，君王心中要发现善良的
道德本体，弘扬圣明的德性，持敬明善，节制于礼，以"师"为
尊，成为百姓的道德榜样。如此推及万民，子孙后代。道得于己，
德成于身，立准之地，王者之基，日以开拓，已成为君之道。所
谓"能自得师"，即在"懋德建中，允执厥中；制心制事，制外养
中"上下工夫。王阳明关于"得师"是为君之道的观点，实则反
映了他的政治理想，以及对君王本质的认识。语中已经蕴含了关
于"君道本体论"的思想，即"君心"与"臣心"、"民心"之间
的关系。在王阳明看来，"君道"、"师道"、"天道"都是相通的，
只是表现的形式不同罢了。君道修，而后其及远；师道立，而后
其功成。王阳明关于君主"得师"的观点，是对先秦儒家"得师"
观的超越，体现了他的"群治"思想，其丰富的思想是对君主专
制的一种否定，具有积极的民主启蒙思想。这一思想也被阳明的
同邑后学黄宗羲所继承，黄宗羲在《明夷待访录》中，有关论述
"君臣关系"的观点可以在王阳明的上述思想中找到影子。

第二，君民观。君民关系，是儒家学说的重要内涵。经典的
论述，则为孟子的"君轻民贵"论，以及先秦以来的所谓"载舟
覆舟"论。王阳明在乡试命题中，借这一古老的话题又作了重新
发挥。阳明据《五经·礼经》出："心好之身必安之君好之民必欲

---

① ［明］王阳明. 王阳明全集［M］. 上海：上海古籍出版社，1992：846—847.

之。"此题，语出自《礼记·缁衣》。阳明在陈文中，对"君民一体"的观念作了具体的分析：

> 　　内感而外必应，上感而下必应。夫君之于民，犹心之于身也；虽其内外上下之不同，而感应之理何尝有异乎？昔圣人之意，谓夫民以君为心也，君以民为体也，体而必从夫心，则民亦必从夫君矣。彼其心具于内，而体具于外，内外之异势，若不相蒙矣；然心惟无好则已，一有所好，而身之从之也，自有不期然而然。如心好夫采色，则目必安夫采色；心好夫声音，则耳必安夫声音；心而好夫逸乐，则四肢亦惟逸乐之是安矣；发于心而慊于己，有不勉而能之道也；动于中而应于外，有不言而喻之妙也。是何也？心者身之主，心好于内，而体从于外，斯亦理之必然欤！若夫君之于民，亦何以异于是？彼其君居于上，而民居于下，上下之异分，若不相关矣；然君惟无好则已，一有所好，而民之欲之也，亦有不期然而然，如君好夫仁，则民莫不欲夫仁，君好夫义，则民莫不欲夫义，君而好夫暴乱，则民亦惟暴乱之是欲矣；倡于此而和于彼，有不令而行之机也；出乎身而加乎民，有不疾而速之化也。①

文中，王阳明对先儒的君民观作了具体的发挥，提出了君民"和合论"。阳明通过举例，论证了君民关系的互动性，君的所思所行都会对民产生直接的影响，以说明君心之"仁"、之"义"、之"善"、之"好"对于安民的重要意义。在"君民关系"这对矛盾的统一体中，阳明以"内感而外必应，上感而下必应"的感应关系论证了君民之道的客观存在。文末以孔子："君以民存，亦以民亡"作结，将历史观与君民观有机地统一于"君民之义"中。这

---

① ［明］王阳明. 王阳明全集［M］. 上海：上海古籍出版社，1992：853—854.

与前述"君臣"观的本质意义是一致的,即君、臣、民之间的互动性与和合性,才是君民之道。王阳明关于君民和合的思想,既是对传统君民观的继承,又是对"君贵民轻"封建专制思想的否定,具有强烈的时代性和现实性,反映了明代中期民本思想的再度高涨。因而,王阳明对孟子的"民本"思想有独特的见解。阳明据《孟子》出"禹思天下有溺者,由己溺之也"一题,在陈文中,并没有仅仅停留在"推己及人"、"将心比心"的认识层面上,而是独辟蹊径,着重论证君主应当承担的社会责任:

> 圣人各有忧民之念,而同其任责之心。夫圣人之忧民,其心一而已矣。所以忧之者,虽各以其职,而其任之于己也,曷尝有不同哉?……虽然,急于救民者,固圣贤忧世之本心,而安于自守者,又君子持己之常道,是以颜子之不改其乐,而孟子以为同道于禹、稷者,诚以禹、稷、颜子莫非素其位而行耳。后世各徇一偏之见,而仕者以趋时为通达,隐者以忘世为高尚,此其所以进不能忧禹、稷之忧,而退不能乐颜子之乐也欤!①

此命题语出自《孟子·离娄下》。王阳明认为,作为君主必须具备高度的"责任心",方能进入"忧民所忧","乐民所乐"的仁道境界。文中,在吸纳孟子的"将心比心"思想的基础上,通过举例论证的方法,用"大禹治水"、"后稷稼穑"之典故,阐述了以民为本,必出于心的道理。此心必在为天下百姓谋生存、谋安乐之责任心。因天下之大,故责任无边;有如之心,才会"三过其门而不入",忧心忡忡。此文在论证上很有论辩色彩,围绕大禹治水、后稷教稼穑的传说,将论题层层推进,揭示了责任心的表现形态是"急民之所急",假若君主有此心则天下必太平的深刻道理。同时,王阳明以大禹、后稷之责任心与那些"趋时为通达"

---

① [明]王阳明. 王阳明全集 [M]. 上海:上海古籍出版社,1992:843.

的为官者，或"以忘世为高尚"的隐者作了对比，显露了用世"必忧天下万民"的宏大志向。在阳明的论述中，已经将"心"作为一个重要的理论命题加以分析，并紧密联系思想理论问题和社会现实问题充分论证，是非常值得注意的。

第三，养心观。"养心"是儒学的一个基本观点，也是作为君主的日用功夫。王阳明在乡试命题"论"的部分，据朱熹《孟子集注》出题为"人君之心惟在所养"。此题是对考生政治观点、治国之道、经史辩证等综合性能力的考察。"论"作为一种文体，主要是检验考生分析阐明事理的能力。王阳明在所作陈文中对"人君之心惟在所养"这一观点，作了精辟地阐释，并作了充分的发挥。运用孟子的"性善论"、荀子的"性恶论"为理论依据，围绕君主应"养"什么、怎么养的问题，展开论证：

> 人君之心，顾其所以养之者何如耳？养之以善，则进于高明，而心日以智；养之以恶，则流于污下，而心日以愚；故夫人君之所以养其心者，不可以不慎也。天下之物，未有不得其养而能生者，虽草木之微，亦必有雨露之滋，寒暖之剂，而后得以遂其畅茂条达；而况于人君之心，天地民物之主也，礼乐刑政教化之所自出也，非至公无以绝天下之私；非至正无以息天下之邪；非至善无以化天下之恶；而非其心之智焉，则又无以察其公私之异，识其邪正之归，辩其善恶之分，而君心之智否，则固系于其所以养之者也，而可以不慎乎哉？君心之智，在于君子之养之以善也；君心之愚，在于小人之养之以恶也；然而君子小人之分，亦难乎其为辩矣。人心惟危，道心惟微，尧、舜之相授受而所以叮咛反复者，亦维以是；则夫人君之心，亦难乎其为养矣。而人君一身，所以投间抵隙而攻之者，环于四面，则夫君心之养，固又难乎其无间矣。是故必有匡直辅翼之道，而

后能以养其心；必有洞察机微之明，而后能以养其心；
必有笃确精专之诚，而后能以养其心；斯固公私之所由
异，邪正之所从分，善恶之所自判，而君心智愚之
关也。①

王阳明在论证中紧扣"善"与"恶"这对范畴，突出君主养心在
于养善的观点。善则进于高明，效果是"心日以智"；相反，养之
以恶，则流于污下，其后果是"心日以愚"。通过善恶结果的对
照，阳明认为：人君养其心须慎独。而要做到"慎独"，必以持
恒："苟欲其心之智，则贤人君子之养，固不可一日而缺也。"言
其紧迫性。而"善"的内涵阳明界定在"君主当为至公先天下"，
以到达以公绝私、以正息邪、以善化恶的目的。"养心"的途径，
贵在"自养"。阳明认为："人君之心，惟在所养，范氏之说，盖
谓养君心者言也，而愚之论，则以为非人君有洞察之明专一之诚，
则虽有贤士君子之善养，亦无从而效之，而犹未及于人君之所以
自养也。然必人君自养其心，而后能有洞察之明专一之诚以资夫
人，而其所以自养者，固非他人之所能与矣，使其勉强于大庭昭
晰之时，有放纵于幽独得肆之地，则虽有贤人君子，终亦无如之
何者，是以人君尤贵于自养也。"② 此论表面上看起来是一个老话
题，但阳明能从常言中发掘出新意，君主治国之道在养心，而养
心则重在"自养"，从而否定了"天理"的绝对性，以及君主替天
行道、受命于天的"天命论"。其论之精辟，超越了朱熹的本义。
文中，王阳明不仅对人的意识主宰作用进行了充分的论证，而且
分析了社会环境与君主政治伦理之间的关系问题，说明王阳明对
为君之道的把握已达到了"通古今之变"的程度，观点之鲜明，
论证之严密，寓大道于平凡，足见其思想之宏富，行文之神化。

---

① ［明］王阳明. 王阳明全集 [M]. 上海：上海古籍出版社，1992：854—855.
② ［明］王阳明. 王阳明全集 [M]. 上海：上海古籍出版社，1992：856—857.

（二）论"天人合一"

所谓"天道"，即为宇宙的运行规律。然而，在中国古代哲学中，往往从"天人关系"的角度来论证天道，因此有了自己的特色。所谓"圣道"，即指上古时代那些先知先觉的圣人对"天道"的把握；以及进行思想和文化的创设，以教化百姓的思想理论体系。儒家学说认为"天道"与"人道"为之合一，故又称"天人合一"，成为中国古代哲学的核心命题。王阳明在乡试命题中，据《易经》出"先天而天弗违后天而奉天时"一题，在陈文中论述了天道与圣道合二为一的辩证思想。阳明认为：

> 自其先于天者言之，时之未至，而道隐于无，天未有为也；大人则先天而为之，盖必经纶以造其端，而心之所欲，暗与道符，裁成以创其始，而意之所为，默与道契；如五典未有也，自我立之，而与天之所叙者，有吻合焉；五礼未制也，以义起之，而与天之所秩者，无差殊焉；天何尝与之违乎？以其后于天者言之，时之既至，而理显于有，天已有为也，大人则后天而奉之，盖必穷神以继其志，而理之固有者，只承之而不悖；知化以述其事，而理之当行者，钦若之而不违；如天叙有典也，立为政教以道之，五典自我而敦矣；天秩有礼也，制为品节以齐之，五礼自我而庸矣；我何尝违于天乎"是则先天不违，大人即天也；后天奉天，天即大人也；大人与天，其可以二视之哉？[①]

王阳明论证"天人关系"是立足于人的角度，是人对"天道"的体悟和把握，突出了人的主宰性。因而，圣人的境界是体悟天道，按天道行事，即"大人于天，默契其未然者，奉行其已然者"。[②]

---

① ［明］王阳明．王阳明全集［M］．上海：上海古籍出版社，1992：844.

② ［明］王阳明．王阳明全集［M］．上海：上海古籍出版社，1992：844.

也就是说，"大人"即"圣人"至大至圣，在于能先人而悟天道，具有把握天道的能力，具有很高的道德修养，诸如孔孟。王阳明所论证的"天道"或谓之"天理"，其内涵是指宇宙规律和社会规律性的本体问题，即"形有不同，道则无异"。"道"是无形的，然圣人能发其端倪。王阳明关于"天道"与"圣道"合二为一的观点，实际是在论说圣人对道的领悟与道在万事万物中的显现。无论是预测未来，还是面对现实，只有道是贯穿始终的，而道则在"圣人"的把握之中，将深奥的哲学精义用通俗的语言加以表达。并启发考生欲达"圣人"之境界，就必须对"天道"有正确的认识，绝不能把"为圣人"与"存天理"两者对立起来，甚至当作两件事加以支离。文末用反问句作结："大人与天，其可以二视之哉?"其结论具有无懈可击的逻辑力量。显然，王阳明对《易经》关于"先天"与"后天"的认识，源于儒家的天道观念，但阳明在陈文中大大深化了，别出新见。"天道"与"圣道"的内在关系，将"天人合一"的哲学思想引入人的道德世界，化奥义为简明，体现了王阳明易学思想的简切明达。阳明的《易》学思想，是具有现实针对性的，他不同意人为地割裂"天道"与"圣道"的关系，将所谓的"天道"绝对化。由于世俗对各种名利、欲望的渴求，凡人发现"天道"的能力被弱化，心体被遮蔽，就难以进入合乎天道的道德世界。因而，阳明启发考生正确把握《易经》的真谛，即以"人道"合"天道"，而得道者必须去除私欲的蒙蔽，"求其放心"，达到"天人合一"的道德境界。在《易经》"河出图，洛出书，圣人则之"一题中，①王阳明仍延续了这一思想。通过河图、洛书与八卦之间的关系，论证了万物的统一性问题。从传说的角度论证的"天道"与"人道"的同一性问题，两者具有内在的一致性。

（三）论修身与乐境

立志修身，是王阳明人生态度的重要方面，也是他思想探索

---

① ［明］王阳明. 王阳明全集 ［M］. 上海：上海古籍出版社，1992：845.

的重要内容。在山东乡试命题中，王阳明将"修身"作为一个重要的问题考察考生。阳明据《中庸》出"齐明盛服非礼不动所以修身也"一题。在陈文中，阳明阐述了修身的关键在于"尽持敬之功"。指出"九经"之本在于"修身"，[1] 又将修身分为"内修"与"外修"，以孔子告哀公之问政一事借题发挥：

> 《九经》莫重于修身，修身惟在于主敬；诚使内志静专，而罔有错杂之私，中心明洁，而不以人欲自蔽，则内极其精一矣；冠冕佩玉，而穆然容止之端严，垂绅正笏，而俨然威仪之整肃，则外极其检束矣；又必克己私以复礼，而所行皆中夫节，不但存之静也，遏人欲于方萌，而所由不睹于礼，尤必察之于动也；是则所谓尽持敬之功者。如此，而亦何莫而非所以修身哉？诚以不一其内，则无以制其外；不齐其外，则无以养其中；修身之道未备也。静而不存，固无以立其本，动而不察，又无以胜其私；修身之道未尽也。今焉制其精一于内，而极其检束于外，则是内外交养，而身无不修矣。行必以礼，而不庾其所存，动必以正，而不失其所养，则是动静不违，而身无不修矣。是则所谓端《九经》之本者，如此，而亦何莫而不本于持敬哉？大抵《九经》之序，以身为本，而圣学之要，以敬为先，能修身以敬，则笃恭而天下平矣。[2]

上述，王阳明将"内修"定义为"主敬"，而"主敬"则是"内

---

① 凡"九经"之说，历代有不同的分类。明代郝敬《九经解》，以《易》、《书》、《诗》、《春秋》、《礼记》、《仪礼》、《周礼》、《论语》、《孟子》为"九经"。《中庸》中的"九经"内涵：是用中庸之道来治理国家以达到天下太平和合的九项具体工作，即修养自身，尊重贤人，爱护亲族，敬重大臣，体恤众臣，爱护百姓，劝勉各种工匠，优待远方来的客人，安抚诸侯。

② ［明］王阳明. 王阳明全集［M］. 上海：上海古籍出版社，1992：842—843.

志静专"、"中心明洁",将"修身"与"修心"联系起来。从另一个角度说即"不以人欲自蔽"。他又将"外修"定义为:"穆然容止之端严","俨然威仪之整肃",认为人的仪容仪表"端庄"具有"克己复礼"之约束力。将"内修"与"外修"统一起来,动静结合,即能存静遏欲,合乎于礼。修身之道,以身为本,以敬为先,以实现天下太平和合社会之理想。阳明将修身与治国之间的辩证关系做了透彻的论证。考其思想源头,是对《尚书·尧典》"克明俊德,以亲九族,九族既睦,平章百姓,百姓昭明,协和万邦"与《大学》"大学之道,在明明德、在亲民、在止于至善"的太平和合思想是完全一致的。修身的关键在于立志,这也是王阳明人生态度和思想探索的重要方面。王阳明在策问中据《中庸》出:"古人之言曰:志伊尹之所志,学颜子之所学。诸君皆志伊学颜者,请遂以二君之事质之。"在陈文中,阳明将古代圣贤伊尹之志和颜子之学有机地结合起来,着重阐明了人生的最高境界是"箪瓢之乐":

> 盖箪瓢之乐,其要在于穷理,其功始于慎独,能穷理,故能择乎中庸,而复理以为仁;能慎独,故能克己不贰过,而至于三月不违;盖其人欲净尽,天理流行,是以内省不疚,仰不愧,俯不怍,而心广体胖,有不知其手舞足蹈者也。退之之学,言诚正而弗及格致,则穷理慎独之功,正其所大缺;则于颜子之乐,宜其得之浅矣。嗟乎!志伊尹之志也,然后能知伊尹之志;学颜子之学也,然后能知颜子之学;生亦何能与于此哉?顾其平日亦在所不敢自暴自弃,而心融神会之余,似亦微有所见。[1]

王阳明认为,要成为具有高尚品德的仁人,关键在于自己的"慎

---

[1] [明]王阳明. 王阳明全集 [M]. 上海:上海古籍出版社,1992:865.

独"。只有通过内心的修养，才能达到内圣，只有做到内圣，方能够治国安邦，达到外王的目的。因此，王阳明十分推崇孔门弟子颜回的"内圣"精神："敏于事而慎于言"，以及"一箪食、一瓢饮，在陋巷。人不堪其忧，回也不改其乐"的人生境界。为人谦逊好学，"不迁怒，不贰过"。同时，王阳明也敬仰商初大臣伊尹的圣人才德。无论处在什么样的地位，以修身养德为要，内具圣道，外施王道，师范天下。阳明将伊尹之志和颜子之学作为楷模，体现了道德观与政治观的统一，"修己"与"治人"的结合。王阳明的这一思想也体现了《大学》纲领的基本要求。相对而言，在"内圣"和"外王"的关系上，阳明更推崇"箪瓢之乐"的人生境界；在"修己"与"治人"的关系上，阳明更推崇"见细微于平常"的大道之显。王阳明关于"修身"的思想，是其思想探索的重要内容，更是他立身的准则。明弘治十五年（1502），王阳明在《题汤大行殿试策问下》中关于"修身"的思想已有明显地体现：

　　……夫伊尹之所以告成汤者数言，而终身践之；太公之所以告武王者数言，而终身践之。推其心也，君其志于伊、吕之事乎？夫辉荣其一时之遭际以夸世，君所不屑矣。不然，则是制也者，君之所以鉴也。昔人有恶形而恶鉴者，遇之则将掩袂却走。君将掩袂却走之不暇，而又乌揭之焉日以示人？其志于伊、吕之事奚疑哉？君其勉矣！①

在上述题辞中，王阳明十分强调为官者当有"伊、吕"之志，必须做到"言行一致"，"以言为鉴"，即以自己所言对照自己所行，摒弃那种口是心非、知行二分的"伪君子"行为。可见，王阳明在乡试文中所阐明的"修身观"其实早已形成，只不过在乡试文

---

　　①　[明] 王阳明．王阳明全集 [M]．上海：上海古籍出版社，1992：910.

中又作了进一步的阐述和完善而已。

（四）论治世之道

王阳明在乡试录中，出题的重点在经世致用上。其所出试题与陈文主要是针对明王朝在重大国策上存在的问题展开论证，有的放矢，在批评的基础上提出了一系列治国的对策，具体可分为以下五个方面。

一是"以礼治国"思想。礼治思想虽源于孔儒，然而，王阳明将礼制与社会的和谐联系起来，赋予了"礼"以新的思想内涵，表达了王阳明希望以儒文化为立国之本，体现其文治思想。阳明据《诗·鲁颂·閟宫》出"孔曼且硕，万民是若"一题。王阳明在解读此句时有自己的新见。诗以鲁僖公筑閟宫为素材，歌颂了僖公的文治武功，表达鲁民希望恢复周初时尊长地位的强烈愿望。閟宫，亦即诗中提到的"新庙"，是列祖列宗所在之处，也是国家的重要文化场所。"盖以周公皇祖，德洽下民，而庙之弗称，固其所愿改作也；今之孔曼，亦惟民之所欲是从耳。泽流后世，而庙之弗缉，固其所愿修治也。今之孔硕，亦惟吾民之所愿是顺耳。"①閟宫仅为鲁文化的象征性标记，但鲁民对修建文化工程表现出极大的参与热情，因其活动场所的修建顺乎民心，体现出一个民族期待重构礼文化的心理。在王阳明看来，修庙的意义仅在于："庙制修于上，而民心顺于下，则其举事之善，于此可见，而鲁公之贤，亦可想矣。抑考鲁之先君，自伯禽以下，所以怀养其民人者，无非仁爱忠厚之道，而周公之功德，尤有以衣被而渐渍之，是以其民久而不忘，虽一庙之修，亦必本其先世之泽而颂祷焉；降及秦、汉干戈之际，尚能不废弦诵，守礼义，为主死节，而汉高不敢加兵。圣人之泽，其远矣哉！"②阳明认为：修庙、祭祀先祖之功德，以示不忘本，并非是为了祭鬼神。作为治国的礼仪思想，直接影响到社会的安定与民风的淳朴，其意义不言而喻。礼仪治

---

① ［明］王阳明. 王阳明全集［M］. 上海：上海古籍出版社，1992：849.
② ［明］王阳明. 王阳明全集［M］. 上海：上海古籍出版社，1992：849—850.

国必兴，反之必败。阳明又从历史的经验的角度论证礼仪的现实性。在据《春秋》"楚子入陈（宣公十一年）楚子围郑。晋荀林父帅师及楚子战于邲晋师。败绩，楚子灭萧，晋人宋人卫人曹人同盟于清丘（俱宣公十二年）"一题中，从反面论证非礼的结局：

> 楚庄之假仁，晋景之失策，不待言说，而居然于书法见之，此《春秋》之所以为化工欤！抑又论之：仗义执言，桓、文之所以制中夏者也；晋主夏盟，虽世守是道，犹不免为三王之罪人，而又并其先人之家法而弃之，顾汲汲于会狄伐郑，而以讨陈遗楚，使楚得风示诸侯于辰陵，则是时也，虽邲之战不败，清丘之盟不渝，而大势固已属之楚矣。呜呼！孔子沐浴之请，不用于哀公而鲁替；董公缟素之说，见用于高帝而汉兴，愚于是而重有感也。①

文中，王阳明把"礼"作为裁定纷繁复杂、风云际会的春秋历史之基本尺度，反映出王阳明不以"霸道"论英雄的历史观。同时，王阳明还认为，"礼"不仅是处理诸侯国之间的基本准则，也是移风易俗、教化百姓的重要手段。无论是周公制礼乐，还是孔子对礼乐的丰富和发展，其共同点在于融入时代精神，使礼成为百姓喜闻乐见的俗事，以礼行事，以礼化民，以达到社会和谐之目的。王阳明认为：

> 夫鲁，吾夫子之乡，而先王之礼乐在焉。夫子之言曰："吾学周礼，今用之，吾从周。"斯固鲁人之所世守也。诸士子必能明言之。圣人之制礼乐，非直为观美而已也；固将因人情以为之节文，而因以移风易俗也。夫礼乐之说，亦多端矣，而其大意，不过因人情以为之

---

① ［明］王阳明. 王阳明全集［M］. 上海：上海古籍出版社，1992：851.

　　节文，是以礼乐之制，虽有古今之异，而礼乐之情，则
　　无古今之殊。《传》曰："知礼乐之情者能作，识礼乐
　　之文者能述。"①

"礼"源于世俗人情的需要，后儒家将其发展成为治国的一个基本
原则。由于"礼"具有世俗性，在日常生活中得到广泛的应用，
成为"移风易俗"最有效的手段，特别是"礼乐"对陶冶人的性
情具有不可替代的作用，圣人制礼乐的目的就在这里。尽管历代
礼乐的具体形式在不断地改变，但礼乐的基本功能并不会发生根
本的改变。在王阳明看来，"礼乐"的教化功能和审美功能两者是
合一的，"礼乐"不在于形式的完美，而在于使人的心灵世界得到
净化。如此，方能形成风俗之美。在策问四中，王阳明出题："风
俗之美恶，天下之治忽关焉"：

　　盖今风俗之患，在于务流通而薄忠信，贵进取而贱
　　廉洁，重儇狡而轻朴直，议文法而略道义，论形迹而遗
　　心术，尚和同而鄙狷介；若是者，其浸淫习染既非一
　　日，则天下之人固已相忘于其间而不觉，骤而语之，若
　　不足以为患，而天下之患终必自此而起；泛而观之，若
　　无与于乡愿，而徐而察之，则其不相类者几希矣。愚以
　　为欲变是也，则莫若就其所藐者而振作之。何也？今之
　　所薄者，忠信也，必从而重之；所贱者，廉洁也，必从
　　而贵之；所轻者，朴直也，必从而重之；所遗者，心术
　　也，必从而论之；所鄙者，狷介也，必从而尚之；然而
　　今之议者，必以为是数者未尝不振作之也，则亦不思之
　　过矣。大抵闻人之言，不能平心易气，而先横不然之
　　念，未有能见其实然者也。②

----

① ［明］王阳明．王阳明全集［M］．上海：上海古籍出版社，1992：858—859．
② ［明］王阳明．王阳明全集［M］．上海：上海古籍出版社，1992：866—867．

此论，王阳明对社会世态与"礼乐"间的内在关系分析十分透彻。当社会世态背弃"礼乐"的根本精神而滑向浮华、虚伪之时，潜在的社会危机就会发生。因此，风俗的美恶，实则关系到天下的治乱。在"美"与"恶"的对比分析中，阳明所推崇的是一种"忠信、廉洁、朴直、心术、狷介"的社会风尚；而摒弃那种媚俗趋时、八面玲珑的"乡愿"心态。从中可以看出，王阳明所处的那个时代，"乡愿"之风已成"风俗"之患，阳明以"礼乐"之题试考生是有现实针对性的。

二是提出了"用吉士"的国策。王阳明认为国之道重在"用人"。据《周书·立政》出题："继自今立政其勿以憸人其惟吉士"。① 在国家用人问题上提出了君王为政"勿以憸人其惟吉士"的用人之策。在陈文中，采用比较的方法论证"憸人"与"吉士"的区别。所谓"憸人"即小人，其表现"行伪而坚，而有以饰其诈，言非而辩，而有以乱其真者也"。对待这些人应采用："不有以远之，将以妨吾之政矣；必也严防以塞其幸入之路，慎选以杜其躁进之门，勿使得以戕吾民，坏吾事，而挠吾法焉"。所谓"吉人"，即善良之人。吉士的品行："守恒常之德，而利害不能怵，抱贞吉之操，而事变不能摇者也。"对待吉人，君王应："不有以任之，无以成吾之治矣；必也，推诚信而彼此之不疑，隆委托而始终之无间，务使得以安吾民，济吾事，而平吾法焉"。在王阳明看来，治国的关键是用"吉士"而远"憸人"：

大臣勉贤王之为治，惟在严以远小人，而专于任君子也。盖君子小人之用，舍天下之治忽系焉，人君立政，可不严于彼专于此哉？周公以是而告成王，意岂不曰，立政固在于用人，而非人适所以乱政？彼吉士之不可舍，而憸人之不可用，盖自昔而然矣。继今以立政，而使凡所以治其民者不致苟且而因循，则其施为之详，

① ［明］王阳明. 王阳明全集 [M].上海：上海古籍出版社，1992：847.

> 固非一人所能任也,而将何所取乎?继此以立政,而使
> 凡所谓事与法者,不致懈怠而废弛,则其料理之烦,亦
> 非独力所能举也,而将何所用乎?必其于憸人也,去之
> 而勿任;于吉士也,任之而勿疑;然后政无不立矣。
> ……严以去之,则小人无以投其衅;专以任之,则君子
> 有以成其功;国家之治也,其以是欤!①

王阳明关于用"吉士"而远"憸人"的观点,这与诸葛孔明在
《前出师表》中的名言"亲贤臣、远小人,此先汉所以兴隆也"的
历史结论同出一辙。但王阳明更强调君主对"贤士君子"要诚信,
要专一,如此才能防止小人、邪佞的挑拨离间、阴谋诡计。王阳
明说:"故夫人君之于贤士君子,必信之笃,而小人不得以间;任
之专,而邪佞不得以阻。并心悉虑,惟匡直辅翼之是资焉,夫是
之谓笃确专一之诚;而所以养其心者,不至于有鸿鹄之分,不至
于有一曝十寒之间,夫然后起居动息,无非贤士君子之与处,而
所谓养之以善矣。"② 因此,作为君主只有对正直的大臣给予充分
地信任,方能以绝其奸,是谓君子养心之道。

三是"加强边务"思想。王阳明入仕后一直关注北方的边务
问题,利用山东乡试命题机会,深刻地阐述自己的战争防务思想。
他据《诗经》出题:"不遑启居,猃狁之故",此题出自《诗经·
小雅·采薇》。王阳明关于"加强边务"的思想,是从《诗经》戍
边诗的内涵中发掘出来,以两种不同的战争观,即正义战争与非
正义战争的划分,来区分两种不同的战争性质,将戍边将士英勇
奋战的献身行为上升到民族正义战争的高度:

> 然此岂上人之故欲困我乎?岂吾君之必欲劳我乎?
> 诚以猃狁猾夏,则是举本以卫夫生灵,而义不容于自己

---

① [明]王阳明. 王阳明全集 [M]. 上海:上海古籍出版社,1992:847—848.
② [明]王阳明. 王阳明全集 [M]. 上海:上海古籍出版社,1992:856.

耳。彼其侵扰疆场之患虽亦靡常，而凭陵中国之心实不
可长，使或得肆猖獗，则腥膻之忧，岂独在于廊庙？如
其乘间窃发，则涂炭之苦，遂将及于吾民。是我之不遑
休息者，无非保乂室家，而猃狁之是备也；我之不暇启
居者，无非靖安中国，而外寇之是防也。①

王阳明认为，将士为保卫自己的家园而牺牲自己，并非是君主的
个人意愿。为了正义的战争，君主派将士戍边，捍卫自己国家的
领土，打击侵略者具有正义性。正因为如此，将士们为了正义而
战，也是为自身和子孙后代而战，就乐意牺牲自己的利益。所以，
王阳明认为，这些抒发戍边将士情感的诗歌，表达了将士们对戍
边意义的认识和理解，所以才会不辞辛劳，自觉履行保卫国土的
义务。也说明将士的英勇之举并非是为了好战，而是为国家的安
危而战。王阳明还认为，诗歌所描述的戍边生活，也是对君主的
一种警示，在边务问题上为百姓计要做到有备才无患，方能使国
家长治久安。从一首诗中发掘出深刻的战争思想，提炼出战争的
防御思想，这是王阳明对边务问题长期思考的结果。正因为他的
思想中有一种经世的意识，才可能触类旁通，别出新见。王阳明
就《诗经》一诗命题，具有很强的针对性，即告诫当朝统治者要
高度重视加强边务，严防夷狄的入侵。这一思想与王阳明《上边
务疏》的观点是一脉相承的。王阳明关于正义战争与非正义战争
的思想也是他评断历史上出现过的各类战争的理论标准。他据
《春秋》出"楚子蔡侯陈侯许男顿子沈子徐人越人伐吴（昭公五
年）"一题。王阳明在陈文中说："《春秋》纪外兵而特进夫远人，
以事有可善，而类无可绝也。盖君子与人为善，而世类之论，亦
所不废也；然则徐、越从楚伐吴，而《春秋》进之者，非以此
哉！"② 王阳明以《春秋》纪事唯"善恶"作为判判战争性质、是

① ［明］王阳明. 王阳明全集 ［M］. 上海：上海古籍出版社，1992：848.
② ［明］王阳明. 王阳明全集 ［M］. 上海：上海古籍出版社，1992：851.

非曲直的标准。王阳明则以善、正义为标准剖析错综复杂的春秋史，寄寓了他的社会政治理想，也为他以后的军事生涯奠定了思想基础。

四是"融汇佛道"思想。在山东乡试策问题中，王阳明提出了关于如何对待佛老学说的重要问题。其题目设问极具启发性和思辨性。"佛老为天下害，已非一日，天下之讼言攻之者，亦非一人矣，而卒不能去，岂其道之不可去邪？抑去之而不得其道邪？将遂不去，其亦不足以为天下之患邪？夫今之所谓佛老者。鄙秽浅劣，其妄初非难见，而程子乃以为比之杨、墨，尤为近理；岂其始固自有说，而今之所习者，又其糟粕之余欤？"佛老学说为何有如此之生命力，王阳明通过逆向思维启发考生善于分辨佛道学说的演变与真伪。王阳明为何如此出题？首先，是针对当时社会对佛道学说的成见；其次，是王阳明对佛道学说进行长期研究的体悟。

从《王阳明年谱》记载的史实看，阳明自少年时代开始就接触佛道。相对而言，王阳明在入仕前后，对道教的思想探讨更深入一些。[①] 王阳明经过较长时间对佛道精义和流变的探索，以及通过与儒学的比较，于明弘治十五（1502）对佛道的认识发生了重

————————

① 《王阳明年谱》中关于王阳明入仕前后与佛道接触的记载：（一）成化十八年（1482），先生十一岁，寓京师。一日，与同学生走长安街，遇一相士。异之曰："吾为尔相，后须忆吾言：须拂领，其时入圣境；须至上丹台，其时结圣胎；须至下丹田，其时圣果圆。"先生感其言，自后每对书辄静坐凝思。（二）弘治元年（1488）戊申，先生十七岁，在越。七月，亲迎夫人诸氏于洪都。……合卺之日，偶闲行入铁柱宫，遇道士趺坐一榻，即而叩之，因闻养生之说，遂相与对坐忘归。（三）弘治十一年（1498）戊午，先生二十七岁，寓京师。是年先生谈养生。……偶闻道士谈养生，遂有遗世入山之意。（四）弘治十四年（1501）辛酉，先生三十岁，在京师。奉命审录江北。事竣，遂游九华，作《游九华赋》，宿无相、化城诸寺。是时道者蔡蓬头善谈仙，待以客礼请问。蔡曰："尚未。"有顷，屏左右，引至后亭，再拜请问。蔡曰："尚未。"问至再三，蔡曰："汝后堂后亭礼虽隆，终不忘官相。"一笑而别。闻地藏洞有异人，坐卧松毛，不火食，历岩险访之。正熟睡，先生坐傍抚其足。有顷醒，惊曰："路险何得至此！"因论最上乘曰："周濂溪、程明道是儒家两个好秀才。"后再至，其人已他移，故后有会心人远之叹。见［明］王阳明. 王阳明全集［M］. 上海：上海古籍出版社，1992：1221，1222，1224，1225.

大的转变，是年八月，王阳明疏请告，归越养病。明年，遂移疾钱塘西湖，阳明"渐悟仙、释二氏之非"，复思用世。往来杭州南屏、虎跑诸刹，对已坐关三年的禅僧即用儒家爱亲本性谕之，指引和尚还俗。上述史实说明，王阳明在主考山东乡试时，已完全确立了儒家的"用世"思想。但王阳明与一些坚决反佛道的士人不同，他对佛道的理论、思想流变有全面地、较深地认识，在态度上并不完全排斥佛道的思想，而是对佛道的思想作历史的分析。王阳明认为："今夫二氏之说，其始亦非欲以乱天下也；而卒以乱天下，则是为之徒者之罪也。夫子之道，其始固欲以治天下也，而未免于二氏之惑，则亦为之徒者之罪也。何以言之？佛氏吾不得而知矣；至于老子，则以知礼闻，而吾夫子所尝问礼，则其为人要亦非庸下者，其修身养性，以求合于道，初亦岂甚乖于夫子乎？"① 佛道之说，从其理论本原而言于世并非有害，他用道家与儒家之间的关系举例阐述。儒家的祖师孔子曾问学于老子，儒学的核心理论"礼"即来自老子的思想。也就是说在理论渊源上，儒道有相通之处。至于，道家的理论后来发展为道教的教义而欺世惑众，阳明则认为是道教的继承者背弃了道家的真谛所致。反观儒学，其后来所谓的继承者也受到佛道邪说的迷惑，阳明认为那些自诩为儒学的继承者同样背弃了孔子思想的根本所致。为此，王阳明提出如何正确对待佛道学说的问题：

　　故夫善学之，则虽老氏之说无益于天下，而亦可以无害于天下；不善学之，则虽吾夫子之道，而亦不能以无弊也。今天下之患，则莫大于贪鄙以为同，冒进而无耻。贪鄙为同者曰："吾夫子固无可无不可也。"冒进无耻者曰："吾夫子固汲汲于行道也。"嗟乎！吾以吾夫子之道以为奸，则彼亦以其师之说而为奸，顾亦奚为其不可哉！今之二氏之徒，苦空其行，而虚幻其说者，

① ［明］王阳明. 王阳明全集［M］. 上海：上海古籍出版社，1992：861—862.

既已不得其原矣；然彼以其苦空，而吾以其贪鄙；彼以其虚幻，而吾以其冒进；如是而攻焉，彼既有辞矣，而何以服其心乎？孟子曰："经正则庶民兴，庶民兴，斯无邪慝矣。"今不皇皇焉自攻其弊，以求明吾夫子之道，而徒以攻二氏为心，亦见其不知本也夫！生复言之，执事以攻二氏为问，而生切切于自攻者，无岂不喻执事之旨哉？《春秋》之道，责己严而待人恕；吾夫子之训，先自治而后治人也。①

王阳明认为，在治国的思想学说方面必须辩证地对待佛道学说，也包括正确对待儒家学说。对每一种学说，要正本清源，善于吸收其精华，去其糟粕。同时，阳明认为，无论对待佛道之说，还是对待儒学，必须有一个正确的态度，即诚心。这样才能正确地做到判别学说真假，防止以假乱真，以邪伐正；如此，学术才会大明。阳明以"《春秋》之道，责己严而待人恕；吾夫子之训，先自治而后治人"的古训，告诫考生如何正确地对待思想学说。实则是如何对待儒、道、佛三家学说的问题，即"三教"如何融会贯通的问题，学术思想只有包容，方能成其大。王阳明对待佛道学说的正确态度，为其心学的创建拓展了思想空间。在王阳明的人生经历中，尽管选择的是儒家之道；但他对佛道的学说取其精华，为我所用，在其心学思想理论体系中借鉴了不少佛道的思想和术语。这也是阳明心学充满活力的重要原因之一。同时，他与众多的僧人、道士有广泛的交谊，也从另一个角度说明王阳明对佛道学说采取了融合的态度。故阳明在山东乡试策问中将这一个重要的学术问题作为考题，用启发性的论证方式，引导考生正确地对待佛道学说，要善于分辨佛道学说中的正源与邪说方能做到兼收包容。

五是"振肃朝纲"思想。在山东乡试五道策问题中，如果说

---

① [明] 王阳明. 王阳明全集 [M]. 上海：上海古籍出版社，1992：862.

前四题偏向务虚的话，那么最后一题则是偏向检验考生分析和解决社会现实问题的实务题。王阳明将当朝政治和社会现状的主要弊端归纳为八大问题：

> 明于当世之务者，惟豪杰为然，今取士于科举，虽未免于记诵文辞之间，然有司之意，固惟豪杰是求也。非不能钩深索隐以探诸士之博览，然所以待之浅矣，故愿相与备论当世之务。夫官冗矣而事益不治，其将何以厘之？赋繁矣而财愈不给，其将何以平之？建屏满于天下而赋禄日增，势将不掉，其将何以处之？清戎遍于海内而行伍日耗，其将何以筹之？蝗旱相仍，流离载道，其将何以拯之？狱讼烦滋，盗贼昌炽，其将何以息之？势家侵利，人情怨咨，何以裁之？戎、胡窥窃，边鄙未宁，何以攘之？凡此数者，皆当今之急务，而非迂儒曲士之所能及也，愿闻其说。①

题中，王阳明所归纳的八大问题：即官冗，赋繁，建屏满于天下，清戎遍于海内，蝗旱，狱讼烦滋、盗贼昌炽，势家侵利，戎胡窥窃、边鄙未宁。问题涉及当朝国事的主要方面，针对性极强，说明王阳明对当朝政治存在的种种弊端了如指掌。在提问以后，王阳明还要求考生畅所欲言，答此问不必拘泥于科考陈规，"愿相与备论当世之务"，以打消考生的思想顾虑，达到为国家选拔具有真才实学之士的目的。说明王阳明在一定程度上突破了乡试的某种规矩，具有一定的解放思想之作用，引领了思想潮流。王阳明在陈文中，则系统地阐明了自己的"用世"思想和革除弊政的各种对策。王阳明将当朝八大问题的症结归纳为"天下之患，莫大于纪纲之不振"：

---

① ［明］王阳明. 王阳明全集［M］. 上海：上海古籍出版社，1992：867—868.

夫自古纪纲之不振，由于为君者垂拱宴安于上，而为臣者玩习懈弛于下。今朝廷出片纸以号召天下，而百司庶府莫不震粟悚惧，不可谓纪纲之不振；然而下之所以应其上者，不过簿书文墨之间，而无有于贞固忠诚之实，譬之一人之身，言貌动止，皆如其常，而神气恍然，若有不相摄者，则于险阻烦难，必有不任其劳矣，而何以成天下之叠叠哉？故愚以为当今之务，莫大于振肃纪纲，而后天下之治可从而理也。①

王阳明在论述中，不避时讳，将批评的锋芒直指当朝皇帝和辅佐大臣。笔锋直指君臣："为君者垂拱宴安于上，而为臣者玩习懈弛于下"，"朝廷出片纸以号召天下，然而下之所以应其上者，不过簿书文墨之间，而无有于贞固忠诚之实"。文牍成风，朝政萎靡。为此，王阳明指出"当今之务，莫大于振肃纪纲"。在剖析八大问题中，阳明也不是面面俱到，而是重点剖析了其中最主要的四个问题：

一是关于官冗问题。王阳明认为：

夫官冗而事不治者，其弊有三：朝廷之所以鼓舞天下而奔走豪杰者，名器而已。孔子曰："惟名与器，不可以假人。"今者不能慎惜，而至或加之于异道憸邪之辈，又使列于贤士大夫之上，有志之士，吾知其不能与之齿矣；此豪杰之所以解体，而事之所以不治者，名器之太滥也。至于升授之际，不论其才之堪否，而概以年月名次之先后为序，使天下之人皆有必得之心，而无不可为之虑，又一事特设一官，或二人而共理一职，十羊九牧，徒益纷扰。至于边远疲弊之地，宜简贤能特加抚缉，功成绩著，则优其迁擢，以示崇奖，有志之士，亦

---

① ［明］王阳明 . 王阳明全集［M］. 上海：上海古籍出版社，1992：868.

亦无不乐为者,而乃反委之于庸劣,遂使日益凋瘵,则
是选用太忽之过也。天下之治,莫急守令,而令之于
民,尤为切近,昔汉文之时,为吏者长子孙居官,以职
为氏,今者徒据纸上之功绩,亟于行取,而责效于二三
年之间,彼为守令者,无是亦莫不汲汲于求去,而莫有
诚确久远之图,此则求效太速之使然耳。①

在王阳明看来,当朝政治最大的弊端为"官冗"。主要原因是朝廷设官位太滥,"异道憸邪之辈",直奔"名器"而来,混迹于官场,有的甚至还列于"贤士大夫之上",造成"有志之士"耻于为伍,导致官僚队伍日益瓦解。科举授官又不以"德才"为依据,而以"年月名次之先后为序",冗官越来越多。由于官位泛滥,又造成"一事一官"、"十羊九牧",内耗纷扰,行政效率极其低下。"官冗"主要集中在中央机构,而朝廷又轻视地方官队伍建设,特别是疏于对边远地区地方官的选用、考察和奖励,造成地方官员能力素质低下,办事"求效太速",搞短期行为。官员在地方任职,仅仅是"镀金"而已,众多官员千方百计谋求升官,调离基层职位。长此以往,官冗问题积重难返。王阳明剖析"官冗"问题,目光犀利,一针见血,意义深远。

二是关于建屏问题。王阳明认为:

至于建屏之议,尤为当今之切务,而天下之人莫敢
言者,欲求善后之策,则在于朝廷之上,心于继志,而
不以更改为罪,建议之臣,心于为国,而不以获罪自
阻,然后可以议此;不然,虽论无益矣。盖昔者汉之诸
侯,皆封以土地,故其患在强大而不分,分则易弱矣;
今之藩国,皆给以食禄,故其患在众多而不合,合则易
办矣。然晁错一言,而首领不保,天下虽悲错之以忠受

① [明]王阳明.王阳明全集[M].上海:上海古籍出版社,1992:868—869.

戮，其谁复敢言乎？①

建屏，即藩王问题。对这一十分敏感的问题，王阳明并没有直接提出改革的措施，而是从广开言路切入，这也许是王阳明的政治策略。然后阳明指出：藩国之多，皆给以食禄，其患在多而不合。因此，阳明认为"藩国之多"，徒增百姓负担，更严重的是埋下了政治隐患，尤为当今之切务，势必改革。但当今朝廷以祖宗成法为由，拒绝纳谏，后果可想而知。王阳明还以西汉晁错《削藩策》所持观点为据，② 告诫当朝统治者纳谏削藩。王阳明的政治预见，后即被明正德朝南昌藩王朱宸濠的叛乱事件所证实，可谓先见之明。

三是关于清戎问题。王阳明认为：

> 清戎之要，在于因地利而顺人情。盖南人之习于南，而北人之习于北，是谓地利，南之不安于北，而北之不安于南，是谓人情。今以其清而已得者就籍之于其本士，而以其清而不得者之粮，馈输之于边，募骁勇以实塞下，或亦两得之矣。③

对于军队的驻防问题，王阳明提出要"因地利而顺人情"解决好南军北用、北军南用的问题。从而减轻百姓的负担。招募骁勇的将士充实塞下边关，这样才能达到清戎的目的。

四是关于防务问题。王阳明认为：

> 胡戎窥窃而边鄙未宁，则在于备之不预，而畏之太深之过也。夫戎虏之患，既深且久，足可为鉴矣；而当今之士，苟遇边报稍宁，则皆以为不复有事，解严弛

---

① ［明］王阳明. 王阳明全集［M］. 上海：上海古籍出版社，1992：869.
② 晁错（前200年—前154年），汉景帝时为内史，后升御史大夫。上《削藩策》，主张加强中央集权、削减诸侯封地。吴、楚等七国叛乱时，晁错被景帝错杀。
③ ［明］王阳明. 王阳明全集［M］. 上海：上海古籍出版社，1992：869.

备，恬然相安，以苟岁月，而所谓选将练兵，蓄财养士
者，一旦置之度外，纵一行焉，亦不过取具簿书，而实
无有于汲汲皇皇之意；及其一旦有事，则怆惶失措，若
不能以终日。盖古之善御戎狄者，平居无怠忽苟且之
心，故临事无纷张缪戾之患，兢惕以备之，谈笑以处
之，此所以为得也。①

关于"胡戎窥窃而边鄙未宁"的问题，王阳明认为主要原因在于
"备之不预，而畏之太深"之故。边防将士思想上麻痹轻敌，战备
松懈，对上敷衍了事。然而，一旦胡人来犯，怆惶失措，终日不
安。因此，善御戎狄，防范在平日。这一思想是王阳明在明弘治
十二年（1499）《陈言边务疏》基础上的发展。

王阳明的策问题和陈文，以儒家"仁政"思想为指导，将视
角投向社稷安危、国计民生等一系列重大社会问题上，重点抓住
当朝政治中的结症问题，即"体制性"问题展开论证。在策问的
命题上颇具政治家的洞察力，在策问的陈文上对问题的剖析不顾
及当朝统治者的脸面，单刀直入，切中要害。同时也反映出，弘
治晚期政治已从"中兴"走向衰落。但尽管如此，在弘治朝孝宗
执政期间，政治上还算开明，士大夫在言论上也较自由，政治环
境比较宽松。这与其后继者正德朝政治环境形成了鲜明对比格局。
但是，王阳明对当朝政治潜在的腐败，已有所警惕，看到了孝宗
朝统治时期已潜伏着各种尖锐的社会矛盾，因此要求考生结合实
际加以阐述，足见王阳明有独立的政治见解和不屈从权贵的胆识。
这就奠定了日后发生的为救南京科道官戴铣等人而抗疏的思想基础。

王阳明在策问中提出的对策措施具体而切实可行，体现出作
为主考官的王阳明匡正时弊的政治热情，以及参与国家政治的强
烈意识。至于其他四个问题：蝗旱、狱讼繁滋盗贼昌炽、赋繁和
势家侵利，王阳明则采取点到为止，并未充分展开讨论，让考生

---

① ［明］王阳明. 王阳明全集［M］. 上海：上海古籍出版社，1992：869—870.

自己思考。王阳明所制策问尽管是考题，但对当朝政治能起到现实的指导作用。就阳明本身而言，在以后的仕途生涯中，他能做到忠心尽职，秉公守则，直言敢谏，选贤任能，不徇私枉法，不趋炎附势，敢与恶势力作斗争，言行一致，不能不说与践行山东乡试策问之题有关。

三、乡试文的论证特色

乡试命题与陈文除了其形式上的规制性外，其命题与陈文的主题思想最能反映主考的思想倾向性和论证风格。王阳明的山东乡试文始终贯穿着一条主线，即以儒家的治国理想和治国方略为纲，紧密结合现实问题命题与陈文，以检验考生对儒家经典的全面把握以及对治国之道和人生理想的认识水平，堪为杰出的政论文，其论证的特色主要表现在以下几方面。

第一，历史与现实的融汇，以史论今，以今溯源是王阳明乡试文最鲜明的论证特色。王阳明在山东乡试的考题与陈文中，常以历史为经，以现实为纬，阐明他的治国之道。

首先，采用古今对比的方法论证治国之道。诸如，在策问四中，阳明在论证移风易俗与治国之间的关系时，以古今风俗的演变历史与现实生活中风俗的种种弊端加以对比，从中得出结论：

> 古之善治天下者，未尝不以风俗为首务，武王胜殷，未及下车，而封黄帝、尧、舜之后；下车而封王子比干之墓，释箕子之囚，式商容之间；当是时也，拯溺救焚之政，未暇悉布，而先汲汲于为是者，诚以天下风俗之所关，而将以作兴其笃厚忠贞之气也。故周之富强不如秦，广大不如汉，而延世至于八百年者，岂非风俗之美致然欤！今天下之风俗，则诚有可虑者，而莫能明言之，何者？西汉之末，其风俗失之懦；东汉之末，其风俗失之激；晋失之虚；唐失之靡；是皆有可言者也。若夫今之风俗，谓之懦，则复类于悍也；谓之激，则复

类于同也；谓之虚，则复类于琐也；谓之靡，则复类于
鄙也；是皆有可虑之实，而无可状之名者也。生固亦有
见焉，而又有所未敢言也。虽然，圣天子在上，贤公卿
在位，于此而不直，是无所用其直矣。①

以上，王阳明通过对周武王化风俗强国的历史与后世风俗之对比，
论述了风俗的本质性问题。并高度概括了自周以来历代风俗之变
与治乱之间的互动关系，揭示了古之"武王胜殷"盖因"风俗之
美"之故；今之风俗可虑，盖因风俗不直的道理。改变风俗是时
代的必然要求，事关国家之治，百姓安乐，体现了王阳明以"儒
家"思想治国的政治理想。历史犹如一面镜子，对治国的整体性、
根本性问题，王阳明总能站在历史的高度，纵观流变，审视得失。

其次，透过纷繁复杂的历史现象，采用诠释的方法直指本质。
如出于《诗经》的"不遑启居，猃狁之故"一题，王阳明通过对
此诗本义的分析，引导考生从诗中发现周王役民戍边的良苦用心，
即从善德的角度分析问题的实质，而不被现象所迷惑。王阳明认
为："观此诗之遣戍，不独以见周王重于役民，悯恻哀怜不容已之
至情，而亦可以见周之防御猃狁于平日者，盖亦无所不至；故猃
狁之在三代，终不得以大肆其荼毒。后世无事懈弛，有事则张皇，
戎之不靖也，有由然哉！"② 诗发乎情，而情则必与现实生活相联
系。士卒戍边固然艰苦，随时要作出牺牲。然而，为国戍边，理
在其中。透过士卒戍边诗所抒发的种种情感上矛盾的心理，揭示
周王的治国之道，以此暗喻当朝统治者重视边务问题，说明王阳
明善于将《诗经》戍边诗与现实边务问题联系起来，从貌似无关
实相关中，发现诗的本质意义，可谓解诗的独到之见。

第二，通过多种论证方法阐述"心体"与治国之间的内在联
系。在山东乡试文中，王阳明十分注意将儒家的心性理论反映在

---

① ［明］王阳明. 王阳明全集［M］. 上海：上海古籍出版社，1992：866.
② ［明］王阳明. 王阳明全集［M］. 上海：上海古籍出版社，1992：849.

命题与陈文中，并作了充分的论证。

首先，通过因果关系论证君主"养心"与治国的关系。"善恶"是心体的基本问题。如在论"人君之心惟在所养"一题中，王阳明在陈文中鲜明地提出："养之以善，则进于高明，而心日以智；养之以恶，则流于污下，而心日以愚；故夫人君之所以养其心者，不可以不慎也。""君心之智，在于君子之养之以善也；君心之愚，在于小人之养之以恶也；然而君子小人之分，亦难乎其为辩矣。"① 通过分析心体"善"与"恶"所带来的截然不同后果加以对照，又以"智"与"愚"两种不同结果内在根源的分析，深刻地揭示出"君子与小人"的区分，根本在于心体之善恶。说明王阳明此时已十分关注心体这一本原性的问题，以及对人生、对社会的重要意义。并有力地得出结论："人君必养心，养以慎独"。这种因果论证法，简洁明了地揭示出现象与本质之间的内在联系，具有无容争辩的逻辑力量。

其次，通过直接引证孔孟学说阐明心体与治国之间的关系。任何学术思想不可能孤立地存在，理论上必然有其渊源关系，心性学说的源头出于孔孟。因此，王阳明在乡试陈文中常以引证孔孟的观点，作为阐述自己治国思想的论据，以增强论证的说服力，从而引导考生对儒家思想的正确把握。如在策问二"佛老为天下害，已非一日……"一题中，论证"天下之道"的问题。王阳明认为"天下之道一而已矣，而以为有二焉者，道之不明也"，② 并引孔子语作为观点的支撑："道之不明也，我知之矣，知者过之，愚者不及也；道之不行也，我知之矣，贤者过之，不肖者不及也。"③ 孔子认为"道之不明"，原因在"知者过之，愚者不及"、"道之不行，贤者过之，不肖者不及"。王阳明通过引孔子语，分析"道之不明"的原因，对现实中的"知者"、"愚者"、"不肖

① ［明］王阳明．王阳明全集［M］．上海：上海古籍出版社，1992：854—855．
② ［明］王阳明．王阳明全集［M］．上海：上海古籍出版社，1992：861．
③ ［明］王阳明．王阳明全集［M］．上海：上海古籍出版社，1992：861．

者"作了委婉的批评，具有较强的说服力。又如王阳明在策问五"明于当世之务者……"一题中，论证"诚"与天下兴亡的关系时，引孟子语："伯夷，圣之清者也；柳下惠，圣之和者也；故闻伯夷之风者，顽夫廉，懦夫有立志；闻柳下惠之风者，鄙夫敦，薄夫宽。"① 孟子对柳下惠非常推崇，曾把柳下惠和伯夷、伊尹、孔子并称四位大圣人。王阳明通过引孟子语揭示了历史上的先贤以"清"、"和"处世，实质上就是"诚"的表现这一深刻道理。然后运用归纳推理，层层推论，从中引出结论："夫夷、惠之风所以能使人闻于千载之下而兴起者，诚焉而已耳"。② 体现王阳明为人处世的人生志向。其推论逻辑严密，环环相扣。

再次，通过多种语言修辞手法论证心性问题。王阳明对一些深奥的心性之论，一是采取比喻论证的方法启发考生的思路，以形象的语言来表达深刻的哲理。诸如在论"人君之心惟在所养"的陈文中，以自然现象喻"君主养心"之理："故夫人君之所以养其心者，不可以不慎也。天下之物，未有不得其养而能生者，虽草木之微，亦必有雨露之滋，寒暖之剂，而后得以遂其畅茂条达。"③ 用万物生长需有"雨露之滋，寒暖之剂"方能"畅茂条达"设喻，由此喻证人君之心惟在所养的深刻道理。由于比喻性论证更富于形象性，用一个简单的自然现象作比，将抽象而深奥的心性观念和治国之道具体化、形象化，达到引导考生准确地理解题意的目的。二是在论证句式上，善于运用排比句式说理，且排比的句式多样化。诸如，用句子成分排比："人君之心，不公则私，不正则邪，不善则恶。"④ 用"公与私"、"正与邪"、"善与恶"的对立，用否定词构成排比句，说明国君心体若出现问题，将会导致严重的后果。言近旨远，说理充分透彻，语言节奏和谐。用分句构成排比，如："夫然后可以绝天下之私，可以息天下之

① ［明］王阳明. 王阳明全集［M］. 上海：上海古籍出版社，1992：867.
② ［明］王阳明. 王阳明全集［M］. 上海：上海古籍出版社，1992：867.
③ ［明］王阳明. 王阳明全集［M］. 上海：上海古籍出版社，1992：854—855.
④ ［明］王阳明. 王阳明全集［M］. 上海：上海古籍出版社，1992：856.

邪,可以化天下之恶,可以兴礼乐修教化。"① 用四个"可以",构成分句排比阐明人君养心的作用非同小可,说明了复杂的道理,增强了语言的气势和表达效果。用多重复句构成排比句,如:"私者克而心无不公矣,邪者消而心无不正矣,恶者去而心无不善矣;公则无不明,正则无不达,善则无不通,而心无不智矣。"② 用"私邪恶"与"公正善"的对立关系,用递进复句构成排比,精炼简约,语义深入浅出,加强了语势效果。再如,"必有匡直辅翼之道,而后能以养其心;必有洞察机微之明,而后能以养其心;必有笃确精专之诚,而后能以养其心。"③ 用并列复句论证智与养心之间的关系。用排比与反问构成综合句式。诸如:"流于私,而心之智荡矣;入于邪,而心之智惑矣;溺于恶,而心之智亡矣;而何能免于庸患之归乎?"④ 前面部分为单句排比句式,最后是反问句。这种以排比句作为推论的前提,最后由反问句作结,语言精练,逻辑严密,收到条理分明的论证效果。

另外,在山东乡试文中,王阳明善于用简短的词语构成警句,用来陈述深刻的道理。如:"静而不存,固无以立其本;动而不察,又无以胜其私。"⑤ 用"静动"关系来说明心体如何克制私欲的道理。又如:"行必以礼,而不戾其所存;动必以正,而不失其所养。"⑥ 用"礼"与"正"来说明人格修养的基本准则。再如:"刚大之气,足以消其邪心;正直之论,足以去其恶心。"⑦ 阐明养心之术在于:以"刚"克"邪",以"直"去"恶",言简意赅,词约义丰。可以说,在王阳明的山东乡试文中类似的警句比比皆是,俯首可拾,有的几乎全篇都可以成为警句格言,说明王阳明对事理有很强的感悟力与高超的语言表达能力,这与王阳明长期研

① [明] 王阳明. 王阳明全集 [M]. 上海:上海古籍出版社,1992:856.
② [明] 王阳明. 王阳明全集 [M]. 上海:上海古籍出版社,1992:856.
③ [明] 王阳明. 王阳明全集 [M]. 上海:上海古籍出版社,1992:855.
④ [明] 王阳明. 王阳明全集 [M]. 上海:上海古籍出版社,1992:856.
⑤ [明] 王阳明. 王阳明全集 [M]. 上海:上海古籍出版社,1992:842.
⑥ [明] 王阳明. 王阳明全集 [M]. 上海:上海古籍出版社,1992:842.
⑦ [明] 王阳明. 王阳明全集 [M]. 上海:上海古籍出版社,1992:856.

读经典之文相关，旁征博引，信手拈来，而且翻出新意，充满生机。

从总体上说，王阳明的山东乡试文在论证上纵横捭阖，说理缜密，笔锋犀利，势如破竹，以文理、文气征服人；在语言表达上具有精炼简约、深入浅出、文字典雅、音节协调和行如流水的风格；在写作手法上，善于变化，紧扣阐明道理的需要，娴熟运用多种修辞方式，使文章层次分明，结构紧凑，波澜突起，增强了论证的表达效果，富有说服力和感染力，能引起考生的注意，有助于考生的思考，真正起到了典范的作用。

第二节　力救言官：婉转剀切的抗疏文

王阳明主考山东乡试结束后，登泰山浏览以诗明志，[1] 然后回到京城。明弘治十七年（1504）九月，改兵部武选清吏司主事。[2]此职位是兵部的要害部门，权力很大；但王阳明此时的注意力都集中在如何复兴圣学问题上，对权位并不感兴趣。面对京城学者大多还"溺于辞章记诵，不复知有身心之学"的现状，王阳明则按照儒家积极用世的思想，欲从启迪人心入手改善社会风气。如此大事，光靠单枪匹马是解决不了问题的，于是他通过结友、招收门徒的形式倡导儒学复兴。据《王阳明年谱》载："先生首倡言之，使人先立必为圣人之志。闻者渐觉兴起，有愿执贽及门者。至是专志授徒讲学。然师友之道久废，咸目以为立异好名，惟甘泉湛先生若水时为翰林庶吉士，一见定交，共以倡明圣学为事。"[3]

① 王阳明登临泰山时作有《登泰山五首》和《泰山高次王内翰司献韵》诗。见［明］王阳明. 王阳明全集［M］. 上海：上海古籍出版社，1992：669—671.

② ［明］王阳明. 王阳明全集［M］. 上海：上海古籍出版社，1992：1226.

③ 湛若水在《奠王阳明先生文》中说："嗟惟往昔，岁在丙寅。与兄邂逅，会意交神。同驱大道，期以终身。"王绾在《阳明先生行状》中也说："甲子，聘为山东乡试考官，至今海内所称重者，皆所取士也。改兵部武库司主事。明年，白沙陈先生高第甘泉湛公若水，一会而定交，共明圣学。"见［明］王阳明. 王阳明全集［M］. 上海：上海古籍出版社，1992：1519，1408. 可见王阳明与湛若水共倡圣学的时间在丙寅年（1506）《王阳明年谱》记载为乙丑年（1505），似误。湛若水（1466—1750），字元明，号甘泉，广东增城人。陈献章（白沙）弟子，阳明道友。历官至南京礼、吏、兵三部尚书。

可见，在儒学式微的背景下，王阳明与湛若水出于共同的志向走到一起。就在王阳明开始推进复兴儒学大业之际，历史好像也一定要考一考这位不久前主试山东乡试的大考官。弘治十八年（1505）五月，弘治帝去世，十五岁的朱厚照（1491—1521）即位，改明年为正德元年。由于少年皇帝喜于寻欢作乐，不顾大臣们的劝谏，为所欲为，这样明王朝的大权很快就被以宦官刘瑾为首的"八虎"所利用，朝纲顿时紊乱。① 正德元年（1506）十月，大学士刘健、李东阳、谢迁上疏，请诛乱臣"八虎"。武宗听信刘瑾谗言，拒忠言，阉党得势，刘瑾执掌司礼监，大权在握。倒刘失败，刘健、谢迁被迫致仕。② 对此，正直官员愤然不平，朝野一片哗然。南京户部给事中戴铣、四川道监察御史薄彦徽等上疏强烈要求起复刘健、谢迁等，③ 因此触怒了刘瑾，戴铣等科道官被逮系诏狱，廷杖除名。戴铣因创伤甚重，遂卒。明武宗昏庸暴戾、阉党恣意横行，杀气腾腾，时任兵部主事的王阳明，面对杀身之祸没有望而却步、明哲保身，而是挺身而出，冒死救援。十二月，王阳明首上《乞宥言官去权奸以章圣德疏》，施援救助：

> 臣闻君仁则臣直。大舜之所以圣，以能隐恶而扬善
> 也。臣迩者窃见陛下以南京户科给事中戴铣等上言时

---

① "八虎"，即指明武宗身边的八个太监，即刘瑾、马永成、谷大用、魏彬、张永、邱聚、高凤、罗祥。

② 《明史·武宗本纪》（卷十六）载："冬十月丁巳，户部尚书韩文帅廷臣请诛乱政内臣马永成等八人，大学士刘健、李东阳、谢迁主之。戊午，韩文等再请，不听。以刘瑾掌司礼监，丘聚、谷大用提督东、西厂，张永督十二团营兼神机营，魏彬督三千营，各据要地。刘健、李东阳、谢迁乞去，健、迁是日致仕。己未，东阳复乞去，不允。"（见：高占祥主编. 二十五史 [M]. 北京：线装书局，2007：42.）谢迁（1449—1531）明代大臣。字于乔，号木斋，浙江余姚四门人。成化十一年（1475）状元。官至内阁大学士。刘健（1433—1526），字希贤，河南洛阳人，官至内阁大学士，内阁首辅。

③ 戴铣，字宝之，婺源人。弘治九年进士，改庶吉士，授兵科给事中，教有建白。久之，以倍养调南京户科。……既乃与给事中李光翰、徐蕃、牧相、任惠、徐暹及御史薄彦徽等连章奏留刘健、谢迁，且劾中官高凤。帝怒，逮系诏狱，廷杖除名。铣创甚重，遂卒。世宗立，追赠光禄少卿。（见：高占祥主编. 二十五史 [M]. 北京：线装书局，2007：1019.）

事，特敕锦衣卫差官校拿解赴京。臣不知所言之当理与
否，意其间必有触冒忌讳，上干雷霆之怒者。但铣等职
居谏司，以言为责；其言而善，自宜嘉纳施行；如其未
善，亦宜包容隐覆，以开忠说之路。乃今赫然下令，远
事拘囚，在陛下之心，不过少示惩创，使其后日不敢轻
率妄有论列，非果有意怒绝之也。下民无知，妄生疑
惧，臣切惜之！今在廷之臣，莫不以此举为非宜，然而
莫敢为陛下言者，岂其无忧国爱君之心哉？惧陛下复以
罪铣等者罪之，则非惟无补于国事，而徒足以增陛下之
过举耳。然则自是而后，虽有上关宗社危疑不制之事，
陛下孰从而闻之？陛下聪明超绝，苟念及此，宁不寒
心！况今天时冻沍，万一差去官校督束过严，铣等在道
或致失所，遂填沟壑，使陛下有杀谏臣之名，兴群臣纷
纷之议，其时陛下必将追咎左右莫有言者，则既晚矣。
伏愿陛下追收前旨，使铣等仍旧供职；扩大公无我之
仁，明改过不吝之勇；圣德昭布远迩，人民胥悦，岂不
休哉！臣又惟君者，元首也；臣者，耳目手足也。陛下
思耳目之不可使壅塞，手足之不可使瘘痹，必将恻然而
有所不忍。臣承乏下僚，僭言实罪。伏睹陛下明旨有
"政事得失，许诸人直言无隐"之条，故敢昧死为陛下
一言。伏惟俯垂宥察，不胜干冒战栗之至！①

在奏疏中，王阳明据理力争，但措辞十分委婉。他明知阉党当道，
但是对少年天子尚抱有希望。他还想用在《山东乡试录》中所阐

①　［明］王阳明．王阳明全集［M］．上海：上海古籍出版社，1992：291—292．
正德十二年（1517）二月二十五日，王阳明在南赣平乱任上《给由疏》，疏中陈述：
"正德元年十二月内为宥言官去权奸以彰圣德事，蒙恩降授贵州龙场驿驿丞。"出处同
上，第299页。至于"去权奸"三字，笔者认为表面上起到了激怒阉党头目刘瑾的作
用，但客观上的寓意是为小皇帝下台阶，将拘捕南京言官的责任往刘瑾身上搁，为正德
帝乞宥言官提供依据，这正是王阳明经深思熟虑在行文上的高明之处。

述的一些君善治国的理论明喻武宗。作为兵部主事的王阳明，仅
为六品官，既不是顾命大臣，也不是言官，按照一般官员的思维，
他用不着担这样大的政治风险，冒杀身之祸抗疏。时满朝之臣大
多是这样避祸的，足见刘瑾之淫威足以慑众，唯位卑者王阳明挺
身而出。那么，王阳明为何逆势而首上抗疏呢？从内因上来说，
王阳明所信奉的儒家政治理念驱使他这样做，阳明坚决反对正德
帝横蛮迫害言官的行为，希望矫正他的误国之举，依靠有德行的
"大臣"辅佐，远离小人。再则，王阳明远受历代正直之士骨气的
影响、近受当朝忠良大臣和南京言官大无畏精神的鼓舞，其中谢
迁是王阳明的同邑父辈，他十分敬仰谢迁的为官品格，"宁鸣而
死，不默而生"。因此，主观上不容许他明哲保身，也不容许他迟
疑观望，正是出于这种强烈的使命感与责任感，王阳明要站出来
说话。从外因上说，王阳明在社稷面临政治危机的大是大非面前，
必须用实际行动来证明自己的为官理念，用自己的微力援救受刘
瑾迫害的南京言官，同时利用自己在文坛上的影响力唤起社会舆
论，达到朝野合力抗击阉党乱政的目的。

　　鉴于以往与阉党集团作斗争的深刻教训，王阳明在疏中提出
的诉求是十分策略的，行文语言也十分委婉。疏中，首先用历史
上明君国的典范明义，引出下文，为南京言官的正义行为开罪。
然后，据理力争，陈述了南京言官无罪的理由，即为言官，上疏
陈言是其职责所在，"其言而善，自宜嘉纳施行；如其未善，亦宜
包容隐覆"，而当朝的做法明显是破坏成规，堵塞言路。但王阳明
在行文中，还是为正德帝留了面子，说此举只是"少示惩创，使
其后日不敢轻率妄有论列，非果有意怒绝之也"。然后笔锋一转，
陈述此举的政治后果，会造成"下民无知，妄生疑惧"。对当朝臣
子而言，以此为鉴，则会出现"莫敢为陛下言者，岂其无忧国爱
君之心哉"。若"罪铣等者罪之，则非惟无补于国事，而徒足以增
陛下之过举耳。然则自是而后，虽有上关宗社危疑不制之事，陛
下孰从而闻之？"疏中进一步说："况今天时冻沍，万一差去官校
督束过严，铣等在道或致失所，遂填沟壑，使陛下有杀谏臣之名，

兴群臣纷纷之议，其时陛下必将追咎左右莫有言者，则既晚矣。"据此，王阳明强烈要求："陛下追收前旨，使铣等仍旧供职。"疏中，阳明再次为正德帝下台阶："扩大公无我之仁，明改过不吝之勇；圣德昭布远迩，人民胥悦，岂不休哉！"疏末，阳明又用"君臣一体"的道理引导小皇帝。如果仅从疏的内容、诉求和行文措辞来看，王阳明此疏，言正意切，说理中肯，逻辑严密，无瑕可指；但此时的正德小皇帝已没有其父弘治帝的宽宏大量、善于纳谏的气度，已被刘瑾等阉党所左右，丧失了理智，王阳明的抗疏，立刻成为替罪犯鸣冤叫屈的"罪证"，从重从速惩罚。据《王阳明年谱》载："疏入，亦下诏狱。已而廷杖四十，既绝复苏。寻谪贵州龙场驿驿丞。"① 王阳明因上疏而"下诏狱"，受"廷杖"险些致死。王阳明的抗疏虽然以受刑、下狱、贬谪告终，但王阳明抗疏的意义在于：从道义上谴责了正德帝任用阉党，打击忠良之臣的暴行，激起朝野的愤懑，具有醒世、警世的作用。从王阳明的角度来说，其抗疏的行为是践行道德的体现，是积极用世的有力证明，被铭刻在明代历史上。从此疏的写作特色看，重点突出，诉求单一；说理透彻，义正词婉；行文思路先扬后抑，中规中矩，无懈可击，故王阳明同邑后学施邦曜评价此疏："委婉剀切，言简意尽。"②

结　语

　　王阳明的山东乡文及试录陈文是其出仕以后治国理想的充分表达。其文有感而发，对各种社会问题及其产生的原因作了深刻的分析，针砭时弊不留情面，甚至对君王也能直言相谏，敢批逆

---

　　① ［明］王阳明. 王阳明全集［M］. 上海：上海古籍出版社，1992：1227. 廷杖制度，是皇帝在朝中当众对官员吏实行的一种惩罚，明代往往由锦衣卫行刑。明成化以前，凡廷杖仅为示辱而已。正德初年，阉党刘瑾乱政，遂有杖死者。

　　② ［明］施邦曜. 阳明先生集要·理学篇. 北京：中华书局，2008：1226，813—814.

鳞。文中所阐述的一系列革除弊政的治国方略，诸如革新吏治，选用"吉士"，加强边务，移风易俗等施政方略，对于富国强民、政治清明具有很强的现实意义。从影响来说，阳明的乡试文对后世同邑学者黄宗羲所撰的《原君》、《明夷待访录》等政治性著作应有传承关系。从另一方面说，明弘治帝执政期间，政治环境还较宽松，这才有了阳明在乡试陈文中鞭笞现实的可能。在学术思想上，阳明主张君王要以"养心"为要，对"心体"的主宰作用已有较充分地论证，是考察阳明思想发展的重要观察点。因此，只有正确认识乡试文中所体现的阳明心性思想和用世观，才能全面、正确地理解"龙场悟道"的产生。因此，理解山东乡试文是理解"龙场悟道"的枢纽。正德元年，阳明所上抗疏书，是他不计个人得失、勇于同恶势力斗争的大无畏精神的体现，反映了阳明言行一致的为人品格和恪守为官之道的儒者风范。从散文的主题看，植根于现实问题，文气磅礴若决江河。

第四章　龙场谪居：玩易悟道之文

> 天行健，君子以自强不息；地势坤，君子
> 以厚德载物。
>
> ——《周易》

当王阳明选择"成圣贤"之路的那一刻起，邪恶就成为他挑战的对象。当正义者与残暴的皇权在绝不对等的交锋中，弱小的正义力量招致失败是难以避免的。阳明当初为伸张正义而首上抗疏，对将会产生的后果应该是有思想准备的。当他遭受"廷杖四十"的酷刑，侥幸免于一死，在诏狱中与难友一起读《易》渡过难关。明正德二年（1507）初，阳明被朝廷贬谪到贵州龙场任驿丞。经过一年左右的艰难跋涉，于正德三年春，阳明由湘西进入黔东北，经贵阳到达谪地修文龙场。① 从一个胸怀宏图大志、满腹经纶的京官，刹那间跌入仕途的万丈深渊，成为不入流的边荒之地"驿丞"，阳明并不为此感到沮丧与悲哀；而是坦然地接受这残酷的现实，义无反顾地投荒贵州龙场。志向远大的人，一旦经历磨难，其长期积聚的思想能量就会产生裂变，释放出巨大的思想之光。中国古代思想史上一种新的理论学说在贵州龙场的孕育则

---

① 龙场驿，为明代洪武年间贵州著名女政治家奢香夫人（1361—1396）下令所建"九驿十桥"之首驿。位于今贵州修文县境，"修文"一词出自《尚书·武成》："王来自商，至于丰，乃偃武修文。"因龙场驿站非交通中枢，故规模较小，设施简陋，仅设"驿丞一名，马二十三匹，铺陈二十三副"。参见《贵州通志·建置志驿传》。驿丞，掌邮传迎送之事。

成为必然。"龙场悟道"犹如长夜闪电，照彻环宇。这绝非是偶然
事件，而是阳明经过半生思想探索的结果。严酷的现实与贵州山
水的碰撞，激发了阳明散文创作的灵感。在龙场不足两年的时间
中，阳明在贵州写出了二十余篇散文杰作以及《五经臆说》46 卷。
其中，作于龙场的《瘗旅文》、《象祠记》被收入《古文观止》。
《五经臆说》成为阳明传授心学思想的教材，是阳明心学创设的理
论始点。阳明贬谪贵州龙场任驿丞时所作的散文，在风格上超然
脱俗，浩气凌空，有一种高扬的时代精神，是其一生中散文创作
的高峰期。

第一节　自强不息：直达本心的玩易文

中国古代的思想理论框架通常被认为是由《六经》支撑，① 作
为进士出身的王阳明对《六经》娴熟于胸，其家族有攻《易》的
传统，因而当王阳明罹难之际，《易经》则成为他生存的精神支柱
和挑战现实的思想武器。

一、玩《易》与龙场悟道

有中国古代思想史上重要里程碑之称的"龙场悟道"，具体内
涵到底什么？凡研究王阳明心学思想的学者都会涉及这一问题。
尽管国内外数以千计的论文和众多的学术专著都对此有讨论，但
仁者见仁，智者见智，众说纷纭。笔者以为"龙场悟道"包含了
三个基本的要素：产生的环境、产生的方式和思想原理。这三者
之间是互相联系、相辅相成的。

（一）生存环境与龙场悟道

任何一个伟大思想的诞生都与时代的特定环境相关。王阳明
在未到龙场之前，一直在探究如何"成圣贤"、如何倡明圣学的问

————————

① 六经，即六部儒家经典：《诗经》、《尚书》、《仪礼》、《乐经》、《周易》、《春
秋》。其中《乐经》已失传，通常称"五经"，始见于《庄子·天运篇》。

题；但由于受到思想环境的限制，加之自己对封建专制王朝还寄予希望，终究没有提出新的思想学说。但经过明正德元年末那场惊心动魄的"反阉党"斗争，王阳明终于彻底认清了封建专制王朝的本质特征是权力的"反人道性"，即否定"公权"基本法理。当时作为国家意识形态的程朱理学已无法规正君主的道德思想和行为，王阳明对长期所信奉的程朱理学渐失信心。公然反对皇权暴政、阉党作乱，将会面临灾祸，这一点王阳明应该是有思想准备的。他曾在明弘治丙辰年（1496）闻好友内江知府李邦辅自地官正调任柳州，撰《送李柳州序》相送，文中说：

> 柳州去京师七千余里，在五岭之南。岭南之州，大抵多卑湿瘴疠，其风土杂夷从，自昔与中原不类。唐、宋之世，地尽荒服。吏其土者，或未必尽皆以谴谪，而以谴谪至者居多。士之立朝，意气激轧，与时抵忤，不容于侪众，于是相与摈斥，必致之远地。故以谴谪而至者，或未必尽皆贤士君子，而贤士君子居多。予尝论贤士君子，于平时随事就功，要亦与人无异。至于处困约之乡，而志愈励，节益坚，然后心迹与时俗相去远甚。然则非必贤士君子而后至其地，至其地而后见贤士君子也。①

从上文可知，王阳明是清楚岭南自然环境的，因此慰劝李邦辅要以贤人君子为楷模，勉励他"处困约之乡，而志愈励，节益坚"。而时隔十年，王阳明自己则成了谪官，投荒贵州。正德三年（1508）春，王阳明到达贵州修文龙场后，令王阳明没有料到的是龙场环境比柳州更加恶劣，且又遭遇到了前所未有的生存危机。据《王阳明年谱》载："龙场在贵州西北万山丛棘中，蛇虺魍魉，蛊毒瘴疠，与居夷人鴂舌难语，可通语者，皆中土亡命。旧无居，

---

① ［明］王阳明. 王阳明全集 ［M］. 上海：上海古籍出版社，1992：1051.

始教之范土架木以居。"① 龙场极端恶劣的生存环境，条件极差的驿站，连一个栖身的地方都没有，加之与当地土著语言难以沟通，王阳明的随从仆人又生病；另外，王阳明还将随时受到政敌的迫害："时瑾憾未已。"这一切几乎将王阳明逼上了生存的绝境，一直被最高统治者视为金科玉律的"天理"又何在呢？自然环境的严重压迫、邪恶势力的吞噬，随时都可以置他于死地，靠什么来拯救自身呢？王阳明向来否定"天命观"，因此答案是唯一的，只能靠自己的生存智慧。

解决生存问题，是王阳明一行到龙场后必须面对的现实，于是他着手在驿站附近搭建了一个茅草棚，暂作栖身之处。王阳明在《初至龙场无所止，结草庵居之》一诗中，形象地描述了当时状况："草庵不及肩，旅倦体方适。开棘自成篱，土阶漫无级。迎风亦萧疏，漏雨易补缉。灵濑响朝湍，深林凝暮色。群僚环聚讯，语庞意颇质。鹿豕且同游，兹类犹人属。污樽映瓦豆，尽醉不知夕。缅怀黄唐化，略称茅茨迹。"② 在《谪居粮绝请学于农将田南山咏言寄怀》一诗中则反映了绝粮自救的情形："谪居履在陈，从者有愠见。山荒聊可田，钱镈还易办。夷俗多火耕，仿习亦颇便。及兹春未深，数亩犹足佃。岂徒实口腹，且以理荒宴。遗穗及乌雀，贫寡发余羡。出来在明晨，山寒易霜霰。"③ 王阳明一方面主动向当地土著学习农作技术，另一方面亲自采集野菜以充食，以度困境，有《采蕨》一诗可证："采蕨西山下，扳援陟崔嵬。游子望乡国，泪下心如摧。浮云塞长空，颓阳不可回。南归断舟楫，北望多风埃。已矣供子职，勿更贻亲哀！"④ 做饭没有柴火，阳明亲率家童上山砍伐；附带采一些野果实充作口粮。如《采薪二首》："朝采山上荆，暮采谷中栗。深谷多凄风，霜路沾衣湿。采薪勿辞辛，昨来断薪拾。晚归阴壑底，抱瓮还自汲。薪水良独劳，

---

① [明] 王阳明. 王阳明全集 [M]. 上海：上海古籍出版社，1992：1228.
② [明] 王阳明. 王阳明全集 [M]. 上海：上海古籍出版社，1992：694.
③ [明] 王阳明. 王阳明全集 [M]. 上海：上海古籍出版社，1992：695.
④ [明] 王阳明. 王阳明全集 [M]. 上海：上海古籍出版社，1992：696.

不愧食吾力。（其一）倚担青崖际，厉斧崖下石。持斧起环顾，长松百余尺。徘徊不忍挥，俯略涧边棘。同行笑我馁，尔斧安用厉？快意岂不能，物材各有适。可以相天子，众稚讵足识！（其二）"①上述诗歌是王阳明在当时十分艰难的生存状态下自救的真实写照。因此，"龙场悟道"中"龙场"，不仅仅是指王阳明悟道于"龙场"的具体处所，还应包含"龙场"极端恶劣的自然环境所产生的巨大生存压力，迫使王阳明调整心态，重构生存方式，这才是"龙场"对王阳明"悟道"的积极意义，当然这仅是问题的一个方面，另一方面的意义将在下文讨论。

（二）玩《易》与龙场悟道

任何一种伟大思想的诞生，可能源于某种偶然因素的触发；但绝不可能没有思想探索长期积累作为基础，正如石头不能孵化出小鸡一样。王阳明的"龙场悟道"虽说有环境的因素，但其心学思想的产生在理论源头上主要还是接脉《易经》，以及他刻苦研读玩味《易经》的结果。据《王阳明年谱》载："因念：'圣人处此，更有何道？'忽中夜大悟格物致知之旨，寤寐中若有人语之者，不觉呼跃，从者皆惊。始知圣人之道，吾性自足，向之求理于事物者误也。"②谱中记载，尽管描述"龙场悟道"的情景只有寥寥数语，对"悟"与"道"之间的关系描述也极其简单；但还是透露出了王阳明"悟道"的简要过程和"道"的主要内涵。一是从"圣人处此，更有何道"一语中可知，王阳明是从先圣如何抗击厄运的经验中得到启示。二是从"忽中夜大悟格物致知之旨"一语可知，是王阳明对《大学》"格物致知"之旨有了新的发现，即训"物"为事，"格物"即"格心"，由向外求理转向自身内心求理，于是长期困扰王阳明的思想问题迎刃而解，"寤寐中若有人语之者，不觉呼跃，从者皆惊。"这就是所谓"悟"的具体内涵。

---

① ［明］王阳明. 王阳明全集［M］. 上海：上海古籍出版社，1992：702.
② ［明］王阳明. 王阳明全集［M］. 上海：上海古籍出版社，1992：1228.

三是从"始知圣人之道，吾性自足，向之求理于事物者误也"一语中可知，是王阳明对"先圣"即孔孟儒学精义体悟为"吾性自足"，人的心体是完备的，道德天理无须外求，"理"在心中。由此得出结论："向之求理于事物者误也"，意指程朱理学误解了《大学》"格物致知"的本义，在"事事物物"中求"天理"，导致"知行二分"，学术不明，社会道德沦丧，问题的症结就在于是。王阳明在龙场所作的《玩易窝记》一文，完全可以证明当时玩《易》悟道的形象过程：

> 阳明子之居夷也，穴山麓之窝而读《易》其间。始其未得也，仰而思焉，俯而疑焉，函六合，入无微，茫乎其无所指，孑乎其若株。其或得之也，沛分其若决，联分其若彻，茁渊出焉，精华入焉，若有相者而莫知其所以然。其得而玩之也，优然其休焉，充然其喜焉，油然其春生焉；精粗一，外内翕，视险若夷，而不知其夷之为厄也。于是阳明子抚几而叹曰："嗟乎！此古之君子所以甘囚奴，忘拘幽，而不知其老之将至也夫！吾知所以终吾身矣。"名其窝曰"玩易"，而为之说曰：夫《易》，三才之道备焉。古之君子，居则观其象而玩其辞，动则观其变而玩其占。观象玩辞，三才之体立矣；观变玩占，三才之用行矣。体立，故存而神；用行，故动而化。神，故知周万物而无方；化，故范围天地而无迹。无方，则象辞基焉；无迹，则变占生焉。是故君子洗心而退藏于密，斋戒以神明其德也。盖昔者夫子尝韦编三绝焉。呜呼！假我数十年以学《易》，其亦可以无大过已夫！①

王阳明谪居龙场后从先圣那里得到了抗争人生危难的启迪，

---

① ［明］王阳明. 王阳明全集［M］. 上海：上海古籍出版社，1992：897.

即以思想创设以自救。① 在龙场的草茅棚中内无法读书，于是王阳明只好在驿站附近小山麓的穴洞中读《易》，② 以抗争厄运。此文篇幅短小，不足四百字；但言简意赅，波澜迭起，文情并茂。文中，首先描述了读《易》前后的精神状态。初读时："仰而思焉，俯而疑焉，函六合，入无微，茫乎其无所指，孑乎其若株。"用"仰思"、"俯疑"、"函六合"、"入无微"描述其思想畅游；但是"茫乎其无所指，孑乎其若株"。一旦有所得时，则顿感："沛兮其若决，联兮其若彻，菹淤出焉，精华入焉，若有相者而莫知其所以然。"在龙场这个特定的环境中，没有外界的干扰，没有政事的牵扯，龙场驿站的事务相对轻松，王阳明有时间潜心读书，从读《易》中寻求思想自由，这也是以上提及龙场这个特殊环境对王阳明进行思想探索的另一个意义所在。王阳明在龙场所作的《赠黄太守澍》一诗："蛮乡虽瘴毒，逐客犹安居。经济非复事，时还理残书。山泉足游憩，鹿麋能友予。"③ 正是阳明当时心态的自然流露；尽管环境很恶劣，但心境还是自由的。对于"玩易窝"的命名，王阳明应该是有所寄托的。从王阳明体悟《易经》精义前后过程的心境变化说明，"龙场悟道"并非产生于偶然的灵感，而是其效法圣贤，居危抗争，读《易》玩《易》而引发的必然结果。如果没有这一艰苦的思想探索过程，仅有"龙场"这一环境要素，

① 司马迁在《报任安书》一文中说："盖文王拘而演《周易》，仲尼厄而作《春秋》。屈原放逐，乃赋《离骚》。左丘失明，厥有《国语》。孙子膑脚，《兵法》修列。不韦迁蜀，世传《吕览》。韩非囚秦，《说难》、《孤愤》。《诗》三百篇，大抵圣贤发愤之所为作也。"引自［清］吴楚材，吴调侯. 古文观止［M］. 北京：中华书局，1959：225.

② "玩易"取意于《周易·系辞上》："是故君子居则观其象而玩其辞，动则观其变而玩其占……"（见：辛介夫.《周易》解读［M］. 西安：陕西师范大学出版社，1998：561.）"玩易窝"在今修文县龙场镇新春村，县城南面1公里处吴家湾与毛栗园之间的一座小山丘西麓。为天然小溶洞。洞内石壁上有时为贵州宣慰使安国亨所题"阳明玩易窝"五字，以及摩崖绝句："夷居游寻古洞宜，先贤曾此动遐思。云深长护当年碣，犹是先生玩易时"，落款为明万历庚寅（1590）龙源安国亨书。洞口上方有时任贵州省建设厅长的兴义何辑五书于民国三十五年（1946）三月，"阳明玩易窝"石碑一通。

③ ［明］王阳明. 王阳明全集［M］. 上海：上海古籍出版社，1992：701.

"龙场悟道"的发生是难以想象的。王阳明在《玩易窝记》文末说："假我数十年以学《易》，其亦可以无大过已夫！"此语是对"龙场悟道"过程最有力的注脚；也是对《易经》的内涵：天、地、人"三才"，体、用、神、化的相互演化思想的解读，由此成为其心学思想理论体系创设最初的论证范畴。王阳明在龙场小山洞中从读《易》到玩《易》的过程，也是对《王阳明年谱》所记载的"龙场悟道"过程的有力证明。明施邦曜在评点《玩易窝记》一文中说："直以箕子，文王自处，盖得之明夷。"① 此评，可谓一语中的。

　　（三）《五经臆说》与龙场悟道

　　因"悟道"而产生了"吾性自足"的思想，王阳明"以默记《五经》之言证之，莫不吻合"，在默念《五经》的基础上，为直接表达"胸臆"，他决定将自己所得写成书，系统地阐明新思想，以及对圣人之学的重新解读。由于"玩易窝"环境不能满足著书的需要，于是王阳明又在龙场周边的龙冈山山腰寻觅到比"玩易窝"更高大宽敞的"东洞"，② 移居其间，改洞名为"阳明小洞天"，开始著书。王阳明在《始得东洞遂改为阳明小洞天》诗三首中，③ 形象地描述了当年在"东洞"撰写《五经臆说》的情景：

　　　　古洞闲荒僻，虚设疑相待。披莱历风磴，移居快幽垲。营炊就岩窦，放榻依石垒。穹窒旋薰塞，夷坎仍洒扫。卷帙漫堆列，樽壶动光彩。夷居信何陋，恬淡意方在。岂不桑梓怀，素位聊无悔。

　　　　童仆自相语，洞居颇不恶。人力免结构，天巧谢雕

----

　　① ［明］施邦曜. 阳明先生集要［M］. 北京：中华书局，2008：880.
　　② 东洞，又称之为"阳明洞"。在修文县城东北1.5公里处的龙冈山（又名栖霞山）半腰。石壁上有王阳明亲笔题刻的"阳明小洞天"五个大字。石洞内还有王阳明当年的栖身石床。洞口上方有明万历己丑年（1589）贵州宣慰使龙源安国亨书"阳明先生遗爱处"七个大字，洞口左壁"奇境"二大字为清道光十年（1830）修文知县岭南庞霖书，左洞口"幽光"二大字为清道光十一年（1831）番禺梁作舟题。
　　③ ［明］王阳明. 王阳明全集［M］. 上海：上海古籍出版社，1992：695.

凿。清泉傍厨落，翠雾还成暮。我辈日嬉偃，主人自愉乐。虽无縻轾荣，且远尘嚣聒。但恐霜雪凝，云深衣絮薄。

我闻莞尔笑，周虑愧尔言。上古处巢窟，抔饮皆污樽。沍极阳内伏，石穴多冬暄。豹隐文始泽，龙蛰身乃存。岂无数尺椽，轻裘吾不温。邈矣箪瓢子，此心期与论。

从"卷帙漫堆列，樽壶动光彩"，"我辈日嬉偃，主人自愉乐"等诗句可知，王阳明在"东洞"写作时心境还是愉悦的，说明他已完全按照"悟道"所得进入到思想创设的境界中。王阳明的同邑弟子钱德洪从追忆的角度，对《五经臆说》的撰写过程有一简要说明，在《五经臆说十三条》跋中说：

> 师居龙场，学得所悟，证诸《五经》，觉先儒训释未尽，乃随所记忆，为之疏解。阅十有九月，《五经》略遍，命曰《臆说》。既后自觉学益精，工夫益简易，故不复出以示人。洪尝乘间以请。师笑曰："付秦火久矣。"洪请问。师曰："只致良知，虽千经万典，异端曲学，如执权衡，天下轻重莫逃焉，更不必支分句析，以知解接人也。"后执师丧，偶于废稿中得此数条。洪窃录而读之，乃叹曰："吾师之学，于一处融彻，终日言之不离是矣。即此以例全经，可知也。"①

从钱德洪的跋中可知，王阳明写作《五经臆说》共花了一年又九个月时间，其思想理论是"龙场悟道"的产物，是一种新的理论形态，与《五经》的旨意相通，但又并非是对《五经》作注。同时，文中指出王阳明在以后的教学中再也没有将《五经臆说》示

---

① ［明］王阳明. 王阳明全集［M］. 上海：上海古籍出版社，1992：976.

人，是因为"既后自觉学益精，工夫益简易"，繁琐的论证只会损害"道"的精神，待"致良知"学说日臻成熟以后，就毁弃原稿，即所谓"付秦火久矣"。王阳明所撰的《五经臆说》十三条中，言《春秋》三条（其中第一条与《论元年春，王正月》一文内容相关），言《易经》五条，言《诗经》五条。《五经臆说》完全是王阳明依据自己所悟之"道"作为逻辑起点阐明自己的观点。即从《五经》切入，阐释了自己的心学思想。故《五经臆说》是阳明心学的奠基之作。王阳明在作于正德三年（1508）的《五经臆说序》中说：

> 得鱼而忘筌，醪尽而糟粕弃之。鱼醪之未得，而曰是筌与糟粕也，鱼与醪终不可得矣。《五经》，圣人之学具焉。然自其已闻者而言之，其于道也，亦筌与糟粕耳。窃尝怪夫世之儒者求鱼于筌，而谓糟粕之为醪也。夫谓糟粕之为醪，犹近也，糟粕之中而醪存。求鱼于筌，则筌与鱼远矣。龙场居南夷万山中，书卷不可携，日坐石穴，默记旧所读书而录之。意有所得，辄为之训释。期有七月而《五经》之旨略遍，名之曰《臆说》。盖不必尽合于先贤，聊写其胸臆之见，而因以娱情养性焉耳。则吾之为是，固又忘鱼而钓，寄兴于曲蘖，而非诚旨于味者矣。呜呼！观吾之说而不得其心，以为是亦筌与糟粕也，从而求鱼与醪焉，则失之矣。夫说凡四十六卷，《经》各十，而《礼》之说尚多缺，仅六卷云。①

文中，王阳明化用《庄子·外物》所言："筌者所以在鱼，得鱼而忘筌；蹄者所以在兔，得兔而忘蹄；言者所以在意，得意而忘言。"深刻地阐明了《五经》与道之间所存在的意言关系，道可道不常道，只可意会，不能仅信书的道理。由于在龙场这个特殊环境中，几乎没有研究学问的基本条件，完全得靠阳明自己"默记

---

① ［明］王阳明. 王阳明全集［M］. 上海：上海古籍出版社，1992：876.

旧所读书而录之"。因此，思想相对比较自由，不受拘束，独来独往，王阳明完全可根据自己的思考，结合社会实际分析问题，按照自己的体悟所得提出理论观点。他还大胆地提出只要研究问题"意有所得，辄为之训释"，凡著述则必须有自己的独立见解："盖不必尽合于先贤，聊写其胸臆之见，而因以娱情养性焉耳。"阳明此语可谓是对长期统治意识形态领域的程朱理学发起了公开挑战，举起了独立创设心学理论的旗子，也是启迪学子解放思想的总动员，在自由的思想探索中获得了精神的独立。"龙场悟道"的"道"，作为思想理论成果主要部分体现在王阳明作于龙场的《五经臆说》以及与《五经臆说》第一条相联系的《论元年春王正月》中。因此，只有把握《五经臆说》的思想要点与《论元年春王正月》的寓意，才能真正理解"龙场悟道"的内涵。由于种种原因，王阳明在龙场所撰的《五经臆说》四十六卷，只残存"十三条"遗稿。尽管后人再也难以见到《五经臆说》的全貌，但从遗存的十三条以及相关论文看，仍可发现王阳明心学创始之初大致的思想面貌。

《五经臆说十三条》基本内容，阳明是从本体论的角度阐明了心学的基本理念。重点是论"心体"问题。在"元年春，王正月"一条中，阳明通过对《左氏春秋·隐公元年》中一段记载作了新的阐发，论证了"纪元"与"人君正心"的关系。文中说：

> 人君即位之一年，必书元年。元者，始也，无始则无以为终。故书元年者，正始也。大哉乾元，天之始也。至哉坤元，地之始也。成位乎其中，则有人元焉。故天下之元在于王；一国之元在于君；君之元在于心。元也者，在天为生物之仁，而在人则为心。心生而有者也，曷为为君而始乎？曰："心生而有者也。未为君，而其用止于一身；既为君，而其用关于一国。故元年者，人君为国之始也。当是时也，群臣百姓，悉意明目以观维新之始。则人君者，尤当洗心涤虑以为维新之

始。故元年者，人君正心之始也。"曰："前此可无正
乎?"曰："正也，有未尽焉，此又其一始也。改元年
者，人君改过迁善，修身立德之始也，端本澄源，三纲
五常之始也；立政治民，休戚安危之始也。呜呼! 其可
以不慎乎?"①

此条，从思想流脉的角度说是王阳明山东乡试文中论君王之道的
继续；然而，阳明借论先秦"元年"纪年为话题，论证了"元年"
纪年与人君正心的关系。王阳明认为："天下之元在于王，一国之
元在于君，君之元在于心。元也者，在天为生物之仁，而在人则
为心。心生而有者也。"这一推论，是阳明心学"心即理"理论命
题最初的表达形式。但从内容上看，王阳明关注的是"国君之心"
的善恶、邪正问题，这与明正德朝的国君无道，阉党乱政有紧密
的关系。同时，也是王阳明反对阉党乱政，遭受迫害后反思所得。
但基于心体的"光明"本然，王阳明对当朝皇帝还是心存一丝期
待："改元年者，人君改过迁善，修身立德之始也，端本澄源，三
纲五常之始也；立政治民，休戚安危之始也。呜呼! 其可以不慎
乎?"说明王阳明虽身陷困境，但仍具心忧天下的经世精神。希望
"君王洗心涤虑以为维新之始"，"君王之新"即为社稷之新、民生
之新；唯有如此，国家才能避免危机，长治久安。此条立意新颖，
不落俗套，具有催人奋进的鼓舞力量。在"郑伯克段于鄢"一条
中，王阳明也强调了正心的问题："辩似是之非，以正人心，而险
谲无所容其奸矣。"② 而在"明出地上，《晋》，君子以自昭明德"
一条中，王阳明进一步论证了"心体"与"私欲"的关系：

日之体本无不明也，故谓之大明。有时而不明者，
入于地，则不明矣。心之德本无不明也，故谓之明德。

---

① ［明］王阳明．王阳明全集［M］．上海：上海古籍出版社，1992：976.
② ［明］王阳明．王阳明全集［M］．上海：上海古籍出版社，1992：978.

有时而不明者，蔽于私也。去其私，无不明矣。日之出
地，日自出也，天无与焉。君子之明明德，自明之也，
人无所与焉。自昭也者，自去其私欲之蔽而已。初阴居
下，当进之始，上与四应，有晋如之象。然四意方自求
进，不暇与初为援，故又有见摧之象。当此之时，苟能
以正自守，则可以获吉。盖当进身之始，德业未著，忠
诚未显，上之人岂能遽相孚信。使其以上之未信，而遂
汲汲于求知，则将有失身枉道之耻，怀愤用智之非，而
悔咎之来必矣。故当宽裕雍容，安处于正，则德久而自
孚，诚积而自感，又何咎之有乎？盖初虽晋如，而终不
失其吉者，以能独行其正也。虽不见信于上，然以宽裕
自处，则可以无咎者，以其始进在下，而未尝受命当职
任也。使其已当职任，不信于上，而优裕废弛，将不免
于旷官之责，其能以无咎乎？①

　　此条中，王阳明以"日"之本体为大明，与"心"之本体为"明
德"作类比，论证心体之不明在于"蔽于私"，只有"去其私"，
心体就无不明。这应该是王阳明"致良知"学说最初的理论表达
形式。王阳明在心学思想传播中，常以太阳之明比心体，以浮云
遮日比私欲塞心体。心体不明皆因浮云遮日，只有去浮云，心体
自明，强调道德规范内化于主体意识的必要性，揭示了通过克制
私欲清理障碍恢复心体明觉的修身方法。这一思辨方法，成为阳
明在讲学中启迪学子的常用教法，在其心学论著《传习录》中表
述最为广泛，说明阳明心学具有简易明觉的特性。

　　从上分析，我们可以从《五经臆说》中找到"龙场悟道"的
思想轨迹：元即心体，心体明德，即"心即理"理论的最初状态；
修身立德，立政治民，即为"知行合一"最初的理论状态；去其
私，无不明，即为"致良知"的最初理论状态。因此，可以说

---

①　［明］王阳明. 王阳明全集［M］. 上海：上海古籍出版社，1992：980.

"龙场悟道"的"道"其思想理论体系的雏形在《五经臆说》中已包含。用王阳明自己的话说:"吾良知二字,自龙场以后,便已不出此意,只是点此二字不出,于学者言,费却多少辞说。"① 也就是说,王阳明龙场悟道的"道"实质上已经具备了其"良知说"的内涵,只是表述上没有"点出"而已。《五经臆说》的根本意义在于跳出了"六经注我,我注六经"的思想框框,将学术与现实社会的需要紧密结合起来,尤其是同人的心体联系起来,独立地开创了思想新天地,破解了程朱理学僵化的学术体系,"端本澄源",开思想解放的先声。"龙场悟道"在中国古代思想史上具有石破天惊的影响力,是王阳明对《大学》"格物致知"说的重新解读,是对程朱理学"天理观"的否定,标志着王阳明思想探索的根本性转型。关于王阳明的为学过程,其弟子钱德洪、王畿,王阳明的道友湛若水,明末清初王阳明的同邑大学者黄宗羲都有精辟的论述。

较早提出"三变说"的是王阳明同邑弟子钱德洪,他在《刻文录叙说》一文中说:"先生之学凡三变,其为教也亦三变:少之时,驰骋于词章;已而出入于二氏;继乃居夷处困,豁然有得于圣贤之旨,是三变而至道也。"② 王阳明另一弟子山阴王畿概括为:"先师之学,凡三变而始入于悟;再变,而所得始而纯。其少禀英毅凌迈,超侠不羁。尝泛滥于词章,驰骋于孙吴,其志在经世,亦才有所纵也。及为晦翁格物穷理之学,几至于殒。时苦其烦且难,自叹以为若于圣学无缘,乃始究心于老佛之学及至居夷处困,动忍之余,恍然神悟。"③ 王阳明的道友湛若水在《王阳明先生墓志铭》中则将阳明的为学之路概括为"五溺":"初溺于任侠之习,再溺于骑射之习,三溺于辞章之习,四溺于神仙之习,五溺于佛氏之习。正德丙寅,始归于圣贤之学。会甘泉子于京师,语人曰:

① [明] 王阳明. 王阳明全集 [M]. 上海:上海古籍出版社,1992:1575.
② [明] 王阳明. 王阳明全集 [M]. 上海:上海古籍出版社,1992:1574.
③ [明] 王畿. 王畿集·滁阳会语 [M]. 吴震编校. 南京:凤凰出版社,2007:33.

守仁从宦二十年，未见此人！"① 王阳明的同邑后学黄宗羲也概括"三变"："先生之说，始泛滥于词章，继而遍读考亭之书，循序格物，顾物理吾心终判为二，无所得入。于是出入佛老者久之。及至居夷处困，动心忍性，因念圣人处此更有何道？忽悟格物致知之旨，圣人之道，吾性自足，不假外求。其学凡三变而始得其门。"② 以"三变说"论，都将"龙场悟道"作为王阳明前后思想发生重大转变的分界线。尽管主"三变说"的钱德洪、王畿、黄宗羲对其"三变"的内涵表述有所差异，但总体上是一致的。而王阳明在教导弟子选择为学道路时，常常以自己的曲折经历启发学子，王阳明在作于正德十年（1515）冬十一月的《朱子晚年定论序》一文中，回顾自己的为学经历说：

> 守仁早岁业举，溺志词章之习。既乃稍知从事正学，而苦于众说之纷挠疲趑，茫无可入。因求诸老释，欣然有会于心，以为圣人之学在此矣。然于孔子之教间相出入，而措之日用，往往缺漏无归。依违往返，且信且疑。其后谪官龙场，居夷处困，动心忍性之余，恍若有悟。体念探求，再更寒暑。证诸《五经》、《四子》，沛然若决江河而放诸海也。③

在此之前的正德七年（1512），王阳明在《别黄宗贤归天台序》一文中已表示了类似的意思。④ 因此，从任何角度说，"龙场悟道"是"阳明心学"创立的始点。从此，阳明心学以崭新的、独特的思想体系出现在明中以降的思想领域，成为与程朱理学相对峙的思想流派。王阳明龙场玩《易》不仅是他度过生存危机的精神支

---

① ［明］王阳明. 王阳明全集［M］. 上海：上海古籍出版社，1992：1401.

② ［明末清初］黄宗羲. 黄宗羲全集·姚江学案［M］. 杭州：浙江古籍出版社，2005：201.

③ ［明］王阳明. 王阳明全集［M］. 上海：上海古籍出版社，1992：127.

④ ［明］王阳明. 王阳明全集［M］. 上海：上海古籍出版社，1992：233.

柱，而且也是"龙场悟道"的重要思想来源。若离开王阳明龙场玩《易》而谈"龙场悟道"则无法从思想源头上说明其因果关系。王阳明殁后，无论将其为学思想变化概括为"三变"也好，"五溺"也罢，王阳明龙场玩《易》则是促成其为学思想最终完成转型的重要标志。从散文创作的艺术手法而言，王阳明龙场玩易文以及《五经臆说》主要采用引证的方法，论证"心即理"的心学思想，直达本心，从学术思想的流变上确证了心学思想的渊源关系。

第二节 美丑之辩：对比互现的论夷文

王阳明在龙场有广泛的机会接触土著少数民族百姓，并以平和的心态观察当地的风土人情。王阳明在谪居龙场初期的一些诗中有相当一部分内容是对土著人生产和生活状况的反映。诸如，《观稼》："下田既宜稌，高田亦宜稷。种蔬须土疏，种蓣须土湿。寒多不实秀，暑多有螟螣。去草不厌频，耘禾不厌密。物理既可玩，化机还默识。即是参赞功，毋为轻稼穑。"① 此诗是王阳明对当地土著农事状况仔细观察后的所感所思，从农事中"玩物理"，不仅反映了王阳明对农业生产的重视，而且将其提升到宇宙万物的"天道"高度，曲尽其妙。其他诸如《猗猗》、《南溟》、《溪水》、《水滨洞》、《山石》等都是王阳明对龙场风土人情考察后所作，反映出王阳明对龙场百姓的深厚情感。尽管王阳明从京城千里迢迢来到边荒瘴疠之地、加之语言不通生存极其困难，但王阳明在与龙场土著人朝夕相处中建立了深厚的感情。据《王阳明年谱》载："居久，夷人亦日来亲狎。以所居湫湿，乃伐木构龙冈书院及寅宾堂、何陋轩、君子亭、玩易窝以居之。"② 当地少数民族土著对这位因反对阉党乱政的京官给以充分的理解和同情，为改

---

① ［明］王阳明. 王阳明全集［M］. 上海：上海古籍出版社，1992：695—696.
② ［明］王阳明. 王阳明全集［M］. 上海：上海古籍出版社，1992：1228.

善王阳明的居住条件，为帮助王阳明实现传播心学思想办书院的愿望，都纷纷前来建房。王阳明在与土著人的实际接触中，发现了他们美好的心灵，当这些建筑物落成以后，王阳明欣喜地为其命名，还撰文记事，由此及彼，阐发心学思想。可以说，王阳明"龙场悟道"与他深切地感受当地土著少数民族百姓美好的心灵世界是分不开的，从一个角度有力地证明了"道"在心中。

一、《何陋轩记》："上国人"与"夷人"的美丑之辩

龙场生活环境异常艰难，但王阳明入乡随俗，与当地夷人友好相处。土著人对遭遇困境中的王阳明施与援助之手，阳明的居住环境很快得到了改善。《何陋轩记》一文就是在这样的背景下写成的。

文章开篇引孔子当年"欲居九夷，人以为陋"之史实切入，[①]并以"君子居之，何陋之有"为话题，围绕如何看待夷人"陋"的问题，展开了深入的论证。首先，王阳明以自己与夷人共同生活的经历推翻了当朝所谓"上国人"对"夷人"的成见。[②]王阳明说："人皆以予自上国往，将陋其地，弗能居也；而予处之旬月，安而乐之，求其所谓甚陋者而莫得。"[③]王阳明认为夷人的"陋"，只不过是上国人的偏见而已。"夷人"其内质具有淳朴之美，阳明给予高度地赞扬。不能仅从地域环境、族群上作出"高贵"与"丑陋"的结论。在王阳明看来，美在心中，心中之美可以显现人的内质，既然如此，"心"有何贵贱。当思想家的智慧冲决一切陈旧的观念时，美质才能得到开显。王阳明的民族观冲刷了陈腐的"等级观"、"人种观"，闪烁着启蒙主义的思想光辉，这在等级森严的封建专制社会是极为难得的。王阳明说："独其结题鸟言，山栖羝服，无轩裳宫室之观，文仪揖让之缛；然此犹淳庞

---

① 语见《论语·子罕》："子欲居九夷。或曰：'陋，如之何？'子曰：'君子居之，何陋之有？'"

② 上国，指京城。

③ [明] 王阳明. 王阳明全集 [M]. 上海：上海古籍出版社，1992：890.

质素之遗焉。"① 此语实质上是对"上国人"含蓄地批评。其次，王阳明采用对比的手法，揭露了那些道貌岸然的所谓"上国人"，其实是一些货真价实的"伪君子"，并予辛辣地讽刺。"夫爱憎面背，乱白黝丹，浚奸穷黠，外良而中螫，诸夏盖不免焉；若是而彬郁其容，宋甫鲁掖，折旋矩蒦，将无为陋乎?"② 王阳明认为"伪君子"才是真正的"陋"。"夷人"倘若加以教化，必改旧貌，以此反衬夷人的质朴美。"夷之人乃不能此，其好言恶詈，直情率遂，则有矣。"③ 两者比较，孰陋孰美，不言自明。再次，王阳明认为对边地少数民族地区的土著人评价不能以言辞、仪容作为"高贵"与"丑陋"的标准。王阳明说："世徒以其言辞物采之眇而陋之，吾不谓然也。"④ 作为一个昔日的京官，阳明以自己切身的体会论证了夷人"外朴内美"的品质。在王阳明看来，只要与夷人"安而乐之"；那么"求陋莫得"，不会产生夷人"陋"的问题。王阳明在龙场困居期间，龙场老少经常来看望受难中的阳明，从物质和精神上给王阳明以安慰；而王阳明身处逆境，居夷则不忘儒者的责任，用自己的行为感染夷人，把龙场当作践行"心学"的教化地。在极简陋的条件下，开办"龙冈书院"，以教化民众，产生了极大的影响。他还通过营造良好的教育环境来改变民风。"予因而翳之以桧竹，莳之以卉药，列堂阶，辩室奥，琴编图史，讲诵游适之道略具。学士之来游者，亦稍稍而集。"⑤ 从此，"千年龙冈漫有名"。游学者闻声咸集，荒凉闭塞的龙场一改旧貌，成为阳明"心学"传播的首地。"于是人之及吾轩者，若观于通都焉，而予亦忘予之居夷也。"⑥ 龙场面貌的改观，实乃王阳明与龙场夷人共同努力的结果。此时，王阳明似乎忘却了戴罪之身；而将夷

---

① [明]王阳明. 王阳明全集 [M]. 上海：上海古籍出版社，1992：890—891.
② [明]王阳明. 王阳明全集 [M]. 上海：上海古籍出版社，1992：891.
③ [明]王阳明. 王阳明全集 [M]. 上海：上海古籍出版社，1992：891.
④ [明]王阳明. 王阳明全集 [M]. 上海：上海古籍出版社，1992：891.
⑤ [明]王阳明. 王阳明全集 [M]. 上海：上海古籍出版社，1992：891.
⑥ [明]王阳明. 王阳明全集 [M]. 上海：上海古籍出版社，1992：891.

人主动帮助所修的简陋草屋，命名为"何陋轩"，① 以表明阳明的民族平等思想以及自己所践行的社会理想。

文末，王阳明转而提出了如何改善汉民族与少数民族关系这一治国方略的大问题。王阳明认为，对夷人不能采用歧视、严刑峻法的专制手段；而应该慢慢地教化，使其文明起来。他说："诸夏之盛，其典章礼乐，历圣修而传之，夷不能有也，则谓之陋固宜；于后蔑道德而专法令，搜抉钩繫之术穷，而狡匿谲诈无所不至，浑朴尽矣！夷之民方若未琢之璞、未绳之木；虽粗砺顽梗，而椎斧尚有施也，安可以陋之？"② 王阳明从历史发展的角度分析了中原与夷地的差异，肯定了夷人的本质之美。从"心学"的基本思想出发，从教化着手，提出了治理边地少数民族的方略，并希望有德性的君子能承担起这一重任。王阳明热爱少数民族地区的民众，对少数民族地区的百姓怀有深厚的感情，这是一种儒者的普世情怀。阳明不仅在理论上为夷人辩诬，而且揭示了明代民族矛盾的内在原因，在行动上为民族和谐作出了积极的贡献。此文在说理上采用夹叙夹议、对比互现的手法。将夷人的淳朴与伪君子的内心丑恶作比较，由此及彼，由浅入深，立意高远，翻出新意。以事实说理，使文章波澜起伏，充满情感。

二、君子比德，宾阳熙熙

与《何陋轩记》等建筑物相关的散文，王阳明还写有《君子亭记》和《宾阳堂记》。在这两篇短小的散文中，王阳明托物言

① 何陋轩，原建筑已无存，现建筑为清时所建。"何陋轩"在"文化大革命"中被严重破坏，室内碑刻损坏严重。1981 年、1996 年经两次维修恢复原貌。陈恒安补书"何陋轩"三字木匾。清光绪年间，刘韫良为何陋轩题有一副楹联，文为："何陋辟仙居，山水有情皆人赏；其文延圣统，烟霞无恙任追思。"轩内墙壁间嵌有根据拓片复制的清代所镌刻的碑刻十四通，均为道光二十六年（1846）地方官员书录王阳明诗文。王阳明《何陋轩记》有遗世墨迹，为草书手卷。其书法抑扬顿挫，挥洒自如，笔断意连，章法独特，行文跌宕，笔力劲健，体现出王阳明身处困境、胸襟开阔的乐观心境。书法墨迹，参见：计文渊编. 王阳明法书集 [M]. 杭州：西泠印社，1996.

② ［明］王阳明. 王阳明全集 [M]. 上海：上海古籍出版社，1992：891.

志，以物比德，阐述了君子之道与小人之道的区别，即美与丑在事理上的不同表现。

"君子亭"和"宾阳堂"是善良淳朴的龙场百姓根据王阳明的生活与讲学需要所构建的茅草屋。[①] 尽管这些建筑十分简陋，但大大激发了王阳明的写作兴趣，他不但为这些草屋命名，而且撰文言志。在《君子亭记》一文中，王阳明以"竹"比"君子之德"。"比德"一说，源于春秋战国时期的一种自然美与人格相融通的审美观。以自然物之美反观君子德性之美，而君子德性之美又寄托在自然物之美中。"比"是指比兴手法，"德"是指伦理道德。竹是"岁寒三友"之一，枝青叶翠，竹干修长挺拔。竹有节、空心，具有顽强的生命力。正因为竹子具有两个基本的自然属性，即竹节与空心，常被古人用来比喻君子的美德气节与虚心。因此，历代流传称竹子为"君子竹"。王阳明在文中则进一步对竹子的品性从四个方面作了发挥：

> 阳明子既为何陋轩，复因轩之前营，驾楹为亭，环植以竹，而名之曰"君子"。曰：竹有君子之道四焉：中虚而静，通而有间，有君子之德；外节而直，贯四时而柯叶无所改，有君子之操；应蛰而出，遇伏而隐，雨雪晦明无所不宜，有君子之时；清风时至，玉声珊然，中采齐而协肆夏，揖逊俯仰，若洙、泗群贤之交集，风止籁静，挺然特立，不挠不屈，若虞廷群后，端冕正笏而列于堂陛之侧，有君子之容。[②]

---

① 君子亭，建在龙冈山山顶，与王文成公祠隔石径相望。亭脚的石壁上刻有"知行合一"四个大字，是蒋介石在民国三十五年（1946）第三次重游阳明洞时手书。君子亭原建在何陋轩前，无存。现存建筑系清时在原文昌阁旧址上重建。陈恒安书"君子亭"三字匾额。亭左侧竖有根据原拓片重刻的清道光二十六年（1846）云贵总督贺长龄书录王阳明《君子亭记》石碑一通。君子亭于1981年根据原貌修复，1996年又进行了维修。清代，在贵阳东门外城垣下亦建"君子亭"，取王阳明"君子记"旧名，表示后人对王阳明的景仰。

② ［明］王阳明. 王阳明全集［M］. 上海：上海古籍出版社，1992：891—892.

"君子亭"建在何陋轩前面，是龙场土著人根据王阳明意愿而建的亭子，亭周围遍种竹子。王阳明喜竹，自然出于文人雅士的心态，其中也包含了王阳明思乡思亲之情，因王氏家人有栽竹的传统。王阳明认为，竹子含有"君子"应具备的"德、操、时、容"四品，故以此命亭名。王阳明又从作为读书人都明白的道理切入，光在口中说而不见之于行动，则是"小人"所为，君子不齿。在下文中，王阳明从门生对自己的评价中阐发君子之道，论述理想的君子人格：

> 竹有是四者，而以"君子"名，不愧于其名；吾亭有竹焉，而因以竹名，不愧于吾亭。门人曰："夫子盖自道也。吾见夫子之居是亭也，持敬以直内，静虚而若愚，非君子之德乎？遇屯而不慑，处困而能亨，非君子之操乎？昔也行于朝，今也行于夷，顺应物而能当，虽守方而弗拘，非君子之时乎？其交翼翼，其处雍雍，意适而匪懈，气和而能恭，非君子之容乎？夫子盖谦于自名也，而假之竹。虽然，亦有所不容隐也。夫子之名其轩曰'何陋'，则固以自居矣。"阳明子曰："嘻！小子之言过矣，而又弗及。夫是四者何有于我哉？抑学而未能，则可云尔耳。昔者夫子不云乎？'汝为君子儒，无为小人儒'，吾之名亭也，则以竹也。人而嫌以君子自名也，将为小人之归矣，而可乎？小子识之！"①

王阳明对弟子的解释，实则包含了为君子者须"知行合一"，即告诫弟子"汝为君子儒，无为小人儒"的做人基本道德。施邦曜评点此文："此篇结意与《何陋轩》结意具以圣人自任，乃文字占地步处。"② 其文主题都是围绕人品问题展开，寓意深刻。

---

① ［明］王阳明. 王阳明全集［M］. 上海：上海古籍出版社，1992：892.
② ［明］施邦曜. 阳明先生集要［M］. 北京：中华书局，2008：872.

如果说《君子亭记》是以竹子比君子之德；那么《宾阳堂记》则是以太阳比心中之信念。王阳明在《宾阳堂记》文中说：①

> 传之堂东向曰"宾阳"，取《尧典》"寅宾出日"之义，志向也。宾日，义之职而传冒焉。传职宾宾，義以宾宾之寅而宾日，传以宾日之寅而宾宾也。不曰日乃阳之属，为日、为元、为善、为吉、为亨治。其于人也，为君子，其义广矣、备矣。内君子而外小人为泰。曰："宾自外而内之传，将以宾君子而内之也。传以宾君子，而容有小人焉，则如之何？"曰："吾知以君子而宾之耳。吾以君子而宾之也，宾其甘为小人乎哉？"为宾日之歌，日出而歌之，宾至而歌之。歌曰："日出东方，再拜稽首，人曰予狂。匪日之寅，吾其怠荒。东方日出，稽首再拜，人曰予愈。匪日之爱，吾其荒怠。其翳其曊，其日惟霁；其昀其雾，其日惟雨。勿忪其昀，条焉以雾；勿谓终翳，或时其曊。曊其光矣，其光熙熙。与尔偕作，与尔偕宜。倏其雾矣，或时以熙；或时以熙，孰知我悲！"②

此文中，王阳明借《尧典》"寅宾出日"之义命名草舍，并以激越之情抒发了对太阳的礼赞。王阳明身处龙场逆境，但龙场的土著人犹如太阳一样给予他温暖，使王阳明度过了生存难关，对生命充满了期待与希望。在古代文化上，太阳初升，象征着生命的开

---

① "宾阳堂"位于龙冈山西面，与大佛殿相对，是王阳明当年建龙冈书院时的配套建筑之一，是书院迎宾待客之所。堂名取自《尧典》"寅宾出日"之意。原建筑无存。民国二十七年（1938）秋，修文知县胡立五、乡绅陈镜秋、刘恒泰重修宾阳堂于大佛殿前，胡立五撰《重建宾阳堂记》。1991年1月，宾阳堂毁于火，当年即修复。堂前原有胡立五撰书的《重修宾阳堂记》碑一通，已毁。1996年，根据原有拓片重刻了道光二十六年（1846）贵州粮储道桐城孙起端书录王阳明先生的《宾阳堂记》碑一通，竖于庭院中。

② ［明］王阳明. 王阳明全集［M］. 上海：上海古籍出版社，1992：895—896.

始。王阳明以太阳比君子，即"为元，为善、为吉、为亨治，其于人也为君子"。太阳光是从外传导于人，而王阳明则反其意而用之。人心犹如太阳，始终充满着光明；但有时太阳也会被云雾遮掩，但云雾终究遮不住太阳，作为君子应有坚定的信念，无论面临艰险，也不能动摇自己的人生志向。文末，王阳明以一首四言诗作结，抒发了对宇宙人生的看法。《宾阳堂记》一文寓意十分深刻，它不仅是王阳明对生命意义的重新认识，同时以此告诫其弟子无论遭遇多大的灾难，都要坚信自己心中的太阳永远是光明的。在王阳明以后的讲学论道中，常用太阳喻心体之光明，以云雾喻心体被私欲所遮蔽，可能源于此。即便在王阳明临死前，他还不忘说"此心光明"，可见太阳对于身处逆境的王阳明具有难以言传的"比德"意义。逆境可磨砺人的意志，也可使人的精神升华。《宾阳堂记》一文是对生命敬畏的体现，是对"天道""人道"和"地道"三者合一的独到之见。正因如此，施邦曜评点此文："此真三百篇遗响，宾至诵此而不醒动者非人也。"①

王阳明作于龙场的《君子亭记》、《宾阳堂记》等文，篇幅短小，以小见大，形象鲜明，寓意深刻。从某种意义上说是开明代小品文之先河。"小品"一词始见于晋代，作为一种文体，兴盛于明代。其文体特点短小灵活，简练隽永，具有议论、抒情、叙事等多重功能，以表现日常生活情趣、展示文人意趣情调见长，文笔轻俊灵巧。王阳明在龙场所作的多篇文章，除兼有"小品文"的以上特征外，在平凡的生活叙事中寄寓深刻的哲理，将心学的一些基本理念自然地渗透在叙事和描写中，读之回味无穷。如王阳明作于龙场的《重修月潭寺建公馆记》一文，②对月潭寺所处的自然环境描写，表现出古朴典雅、充满生机的气象：

① ［明］施邦曜. 阳明先生集要 ［M］. 北京：中华书局，2008：876.
② 月潭寺，位于今贵州黄平县城东12公里的飞云崖下。明初，僧人在此结庐修行，名普陀寺。明正统八年（1443），德彬（伏虎和尚广能）云游至此，始谋建寺。兴隆卫（今黄平）指挥使常智倡众捐资，首建正室，中塑佛像。因寺前有潭，故名月潭寺。正德二年（1507）副使朱文瑞建月潭公馆。次年，正观重修月潭寺。

隆兴之南有岩曰月潭，壁立千仞，檐垂数百尺。其上濒洞玲珑，浮者若云霞，亘者若虹霓；谽若楼殿门阙，悬若鼓钟编磬；幨幢缨络，若抟风之鹏，翩集翔鹄，蟠虬之纠蟠，猱猊之骇攫；谲奇变幻，不可具状。而其下澄潭邃谷，不测之洞，环秘回伏；乔林秀木，垂荫蔽亏；鸣瀑清溪，停洄引映。天下之山，萃于云、贵；连亘万里，际天无极。行旅之往来，日攀缘下上于穷崖绝壑之间，虽雅有泉石之癖者，一入云、贵之途，莫不困踣烦厌，非复凤好。而惟至于兹岩之下，则又皆洒然开豁，心洗目醒；虽庸倢俗侣，素不知有山水之游者，亦皆徘徊顾盼，相与延恋而不忍去。则兹岩之胜，盖不言可知矣。①

王阳明对月潭寺形胜的细腻描写，反映了阳明观景状物的时空观，神游四极，万物一体，生机勃勃，雅致自然，表现了王阳明身在谪地超脱罗网的自由心态。施邦曜评点此文："读之如登太华之巅，划然长啸"。② 又如，王阳明作于同时期的《卧马冢记》一文，文中描写卧马冢的山形地势，文笔奔放舒展："卧马冢在宣府城西北十余里。有山隆然，来自苍茫；若涌若滀，若奔若伏；布为层裀，拥为覆釜；漫衍陂迤，环抱涵洄；中凝外完，内缺门若，合流泓洄，高岸屏塞，限以重河，敷为广野；乾桑燕尾，远泛近挹。"③ 施邦曜评点此文："叙事雅"、"事亦奇"。④ 因此，读王阳明的此类散文，使人心旷神怡，浮想联翩，足见阳明为文风格是多元的，并非仅为说教之能事。

① ［明］王阳明. 王阳明全集［M］. 上海：上海古籍出版社，1992：896.
② ［明］施邦曜. 阳明先生集要［M］. 北京：中华书局，2008：877.
③ ［明］王阳明. 王阳明全集［M］. 上海：上海古籍出版社，1992：894.
④ ［明］施邦曜. 阳明先生集要［M］. 北京：中华书局，2008：877.

第三节　知行合一：化启西南的教学文

艰难困苦的龙场环境净化了王阳明的心灵，经历"生死体验"后，王阳明胸中已形成了初步的心学理论体系，体悟了"道"的精义。作为儒者，他坚守自己的使命，按照"向内求道"的思路，独立地开展传播心学思想的活动，继续完成在京城未能实行的倡明圣学的任务。从实际出发，王阳明将传道的始点定在谪地龙场，以一个小小驿站谪丞的身份在穷乡僻壤办书院授徒教学，从此贵州始有心性之学的产生。王阳明用开启民智的途径弘道，用这种特殊方法报答当地土著对他的关心和照顾。"龙冈书院"的创办不仅是明代贵州教育史上一件大事，而且成为阳明心学传播的开始。王阳明的弟子钱德洪在《刻文录叙说》中说："先生尝曰：'吾始居龙场，乡民言语不通，所可与言者乃中土亡命之流耳；与之言知行之说，莫不忻忻有人。久之，并夷人亦翕然相向。'"① 由此可见，始论心学的重要原理"知行合一"始于龙场，其意义不言而喻。明正德四年（1509），王阳明应贵州提学副使席书之聘，主讲贵阳文明书院，继续授"知行合一"学说，形成了极大的学术影响。

一、坦诚切磋的教学实录

王阳明创办"龙冈书院"后，当地以及外省的学子闻讯纷纷前来就学，原来写作《五经臆说》的"东洞"不能容纳众多的学子，在土著的全力支持下，王阳明破天荒地办起了第一个以传授心学、培养心学人才为目的的"龙冈书院"。王阳明所作《龙冈新构》诗二首，反映出当时书院建成后阳明内心的喜悦之情。在诗题下，有小序："诸夷以予穴居颇阴湿，请构小庐。欣然趋事，不月而成。诸生闻之，亦皆来集。请名'龙冈书院'，其轩曰'何陋'。"

---

① ［明］王阳明．王阳明全集［M］．上海：上海古籍出版社，1992：1574—1575．

　　　谪居聊假息，荒秽亦须治。凿巘薙林条，小构自成
趣。开窗入远峰，架扉出深树。墟寨俯逶迤，竹木互蒙
翳。畦蔬稍溉锄，花药颇杂莳。宴适岂专予，来者得同
憩。轮奂非致美，毋令易倾攲。（其一）

　　　营茅乘田隙，洽旬始苟完。初心待风雨，落成还美
观。锄荒既开径，拓樊亦理园。低檐避松偃，疏土引竹
根。勿剪墙下棘，束列因可藩。莫撷林间萝，蒙笼覆云
轩。素缺农圃学，因兹得深论。毋为轻鄙事，吾道固斯
存。（其二）①

在诸生来一诗中则反映了王阳明当年在龙冈书院讲学的情景：

　　　简滞动罹咎，废幽得幸免。夷居虽异俗，野朴意所
眷。思亲独疚心，疾忧庸自遣。门生颇群集，樽罍亦时
展。讲习性所乐，记问复怀觍。林行或沿涧，洞游还陟
巘。月榭坐鸣琴，云窗卧披卷。淡泊生道真，旷达匪荒
宴。岂必鹿门栖，自得乃高践。②

诗中，"讲习性所乐，记问复怀觍"二句，即是对当时师生研讨学
问情景的描述。而王阳明在龙场教学的具体场景，最生动的是体
现在《龙场生问答》一文中。这是师生之间一次推诚布公的谈话
教学法，作为师长的王阳明与弟子之间就为官之道、为学之路，
为学与为官之间的关系展开深入地探讨。从问答中，可以洞察王
阳明当时的心态。王阳明没有一点居高临下师道尊严的姿态，与
弟子完全处在平等的地位进行对话：

　　　龙场生问于阳明子曰："夫子之言于朝侣也，爱不

①　［明］王阳明. 王阳明全集［M］. 上海：上海古籍出版社，1992：697.
②　［明］王阳明. 王阳明全集［M］. 上海：上海古籍出版社，1992：697.

忘乎君也。今者谴于是，而汲汲于求去，殆有所渝乎？"阳明子曰："吾今则有间矣。今吾又病，是以欲去也。"龙场生曰："夫子之以病也，则吾既闻命矣。敢问其所以有间，何谓也？昔为其贵而今为其贱，昔处于内而今处于外欤？夫乘田委吏，孔子尝为之矣。"阳明子曰："非是之谓也。君子之仕也以行道。不以道而仕者，窃也。今吾不得为行道矣。虽古之有禄仕，未尝旷其职也。曰牛羊茁壮，会计当也，今吾不无愧焉。夫禄仕，为贫也，而吾有先世之田，力耕足以供朝夕，子且以吾为道乎？以吾为贫乎？"龙场生曰："夫子之来也，谴也，非仕也。子于父母，惟命之从；臣之于君，同也。不曰事之如一，而可以拂之，无乃为不恭乎？"阳明子曰："吾之来也，谴也，非仕也；吾之谴也，乃仕也，非役也。役者以力，仕者以道；力可屈也，道不可屈也。吾万里而至，以承谴也，然犹有职守焉。不得其职而去，非以谴也。君犹父母，事之如一，固也。不曰就养有方乎？惟命之从而不以道，是妾妇之顺，非所以为恭也。"龙场生曰："圣人不敢忘天下，贤者而皆去，君谁与为国矣！"曰："贤者则忘天下乎？夫出溺于波涛者，没人之能也；陆者冒焉，而胥溺矣。吾惧于胥溺也。"

龙场生曰："吾闻贤者之有益于人也，惟所用，无择于小大焉。若是亦有所不利欤？"曰："贤者之用于世也，行其义而已。义无不宜，无不利也。不得其宜，虽有广业，君子不谓之利也。且吾闻之，人各有能有不能，惟圣人而后无不能也。吾犹未得为贤也，而子责我以圣人之事，固非其拟矣。"曰："夫子不屑于用也。夫子而苟屑于用，兰蕙荣于堂阶，而芬馨被于几席。崔苇之刈，可以覆垣；草木之微，则亦有然者，而况贤者乎？"阳明子曰："兰蕙荣于堂阶也，而后于芬馨被于几席；崔苇也，而后刈可以覆垣。今子将刈兰蕙而责之

　　以覆垣之用，子为爱之耶？抑为害之耶？"①

　　此文，是王阳明与弟子论学的实录，因此在写作上采用问答式对话体。学生提问，老师作答。讨论从学生对老师的平时言行切入，即王阳明平时流露出要离开龙场的念头。弟子以此为突破口，单刀直入，以小见大，提出了"为臣之道"的问题，问题提得十分尖锐且具深度。王阳明不回避自己的内心思想，则以"为官以道不为禄"作答。阐明自己尽管是一谪官，但还是要坚守为官以道的准则。贬谪来到龙场，仍是一个不入流的谪官，为官之道绝不能放弃。因此，王阳明认为做官不是"力役"，"力役"可屈；而"为官"者不可屈，不应守"妾妇之顺"，为官者就应以"道"为使命，这就是官道与力役的区别所在。王阳明在文中所说的"仕之以道"的观点，与他在山东乡试陈文中观点是一脉相承的；但在龙场的教学中，王阳明已经明显地从"知行合一"的理论角度启发学生。文中还阐述了以"义"用事的观点，说明王阳明的论证角度都是从"知行关系"这一逻辑起点出发的。王阳明《龙场生问答》一文，反映出他善于用设喻的方法阐述自己的观点。如：用"溺于波涛者，没人之能"喻只有自强才能避免厄运，具有深刻的哲理性。更有意思的是弟子也用设喻的方法与老师论辩：用兰蕙、萑苇、草木之用与贤人之用作比，王阳明则借用弟子的喻体分析，让弟子在正确和错误的答案中自己作出选择。王阳明的这篇《龙场生问答》是其教学内容和教学方法的形象体现，在教学内容上注重为学的目的性，在教学方法上采用启发式、互动式的方式，尤其注重学生结合实际，进行独立思考的教育。

　　二、为学做人的基本准则

　　王阳明在龙场的教学论文，另一篇重要文章是《教条示龙场诸生》。此文应是王阳明为弟子制定的"为学做人"的基本准则。

———————————

　　① ［明］王阳明. 王阳明全集［M］. 上海：上海古籍出版社，1992：912—913.

文中开宗明义："诸生相从于此，甚盛。恐无能为助也，以四事相规，聊以答诸生之意。一曰立志；二曰勤学；三曰改过；四曰责善。其慎听，毋忽！"① 文中对诸生提出了为学的四点要求和希望，即学习规范。但阳明在论述中，并不是用机械的教条语言，居高临下地要求诸生严格遵守；而是通过假设、选择性论证，启发诸生自悟，从内心接受，是对弟子的告诫和勉励。

首先，王阳明强调为学必须"立志"为先，这个"志"就是"成圣贤"之志，也就是做人的目标和行为准则。失却这个志，人就会陷入"如无舵之舟，无衔之马，漂荡奔逸，终亦何所底乎"的绝境，② 也就是说会迷失人生的方向。其实，这也是阳明经过各种艰难磨砺后的人生总结。为了增强论证力量，王阳明借用古人的话来阐明"志"的内涵，即"善恶"的明辨和选择，以启发诸生的心智。"昔人有言：使为善而父母怒之，兄弟怨之，宗族乡党贱恶之，如此而不为善，可也；为善则父母爱之，兄弟悦之，宗族乡党敬信之，何苦而不为善、为君子？使为恶而父母爱之，兄弟悦之，宗族乡党敬信之，如此而为恶，可也；为恶则父母怒之，兄弟怨之，宗族乡党贱恶之，何苦必为恶、为小人？"③ 王阳明借用古人的话，提出两种假设，让诸生自己通过体悟作出选择，该怎么立志，该怎样做人，不辨自明。阳明关注的是做人最根本的问题，这是阳明为学最基本的思想，启发诸生为学首先要"立志"。

其次，阳明又论述了"勤学"问题。这是对"立志"问题的进一步展开，"已立志为君子，自当从事于学"。④ 实际上，阳明启发诸生"立志"也体现在学习的过程中，这就是"勤奋"。"凡学之不勤，必其志之尚未笃也。"⑤ 所以，"立志"与勤奋是统一的，不可分离。而阳明所说的"勤奋"之意，与我们现在所说的"勤奋"之意不完全相同。阳明强调"勤奋"的重点是：谦虚谨慎，

① ［明］王阳明. 王阳明全集［M］. 上海：上海古籍出版社，1992：974.
② ［明］王阳明. 王阳明全集［M］. 上海：上海古籍出版社，1992：974.
③ ［明］王阳明. 王阳明全集［M］. 上海：上海古籍出版社，1992：974.
④ ［明］王阳明. 王阳明全集［M］. 上海：上海古籍出版社，1992：974.
⑤ ［明］王阳明. 王阳明全集［M］. 上海：上海古籍出版社，1992：974.

不骄不躁；为人诚恳，表里如一。阳明说："诸生试观侪辈之中，苟有虚而为盈，无而为有，讳己之不能，忌人之有善，自矜自是，大言欺人者，使其人资禀虽甚超迈，侪辈之中，有弗疾恶之者乎？有弗鄙贱之者乎？彼固将以欺人，人果遂为所欺，有弗窃笑之者乎？苟有谦默自持，无能自处，笃志力行，勤学好问，称人之善，而咎己之失，从人之长，而明己之短，忠信乐易，表里一致者；使其人资禀虽甚鲁钝，侪辈之中，有弗称慕之者乎？彼固以无能自处，而不求上人，人果遂以彼为无能，有弗敬尚之者乎？"① 阳明通过概括现实生活中"勤学"的道理，善善诱导，让诸生自己去明辨"勤学"之理。学习问题，并不是单纯的个人行为，阳明非常注意学习中的人际关系，也就是说要在人际互动中，引导学会如何做人。

再次，阳明论述了在学习过程中如何正确地对待自己，即"改过"。这一教诲仍然紧扣"成圣贤"这个主题。阳明认为每个人都难免会有过失，关键是如何对待的问题。"夫过者，自大贤所不免；然不害其卒为大贤者，为其能改也。故不贵于无过，而贵于能改过。"② 改过，其实是成圣贤的克己功夫。阳明还认为，即便犯了大错，甚至于曾作过盗寇，只要有心改过，仍能成为君子。阳明启发诸生，要敢于正视自己的过失，敢于改正自己的过失，不要自暴自弃。阳明说："诸生自思平日亦有缺于廉耻忠信之行者乎？亦有薄于孝友之道，陷于狡诈偷刻之习者乎？诸生殆不至于此。不幸或有之，皆其不知而误蹈，素无师友之讲习规饬也。诸生试内省，万一有近于是者，固亦不可以不痛自悔咎；然亦不当以此自歉，遂馁于改过从善之心。但能一旦脱然洗涤旧染，虽昔为盗寇，今日不害为君子矣。若曰吾昔已如此，今虽改过而从善，将人不信我，且无赎于前过，反怀羞涩疑沮，而甘心于污浊终焉，则吾亦绝望尔矣。"③ 阳明的此番说理，强调修身的"自律"与意

---

① ［明］王阳明. 王阳明全集［M］. 上海：上海古籍出版社, 1992: 974—975.
② ［明］王阳明. 王阳明全集［M］. 上海：上海古籍出版社, 1992: 975.
③ ［明］王阳明. 王阳明全集［M］. 上海：上海古籍出版社, 1992: 975.

志。这是为学"成圣贤"的基本保证。

最后，阳明论述了在学习过程中如何正确地对待他人，即"责善"。也就是要善意地忠告他人，使他人乐意接受而改过。阳明认为这也是"善"的具体体现。"责善，朋友之道；然须忠告而善道之。悉其忠爱，致其婉曲，使彼闻之而可从，绎之而可改，有所感而无所怒，乃为善耳。"① 阳明认为"责善"的动机、出发点很重要，但必须注意方法；否则会适得其反。"若先暴白其过恶，痛毁极诋，使无所容，彼将发其愧耻愤恨之心；虽欲降以相从，而势有所不能，是激之而使为恶矣。"② 同时，阳明对那些为了沽名钓誉的所谓"责善"者，提出了严肃批评："故凡讦人之短，攻发人之阴私，以沽直者，皆不可以言责善。"③ 接着，阳明话锋一转，提出了要"严于律己，宽以待人"的问题。从解剖自身入手，要正确地对待自己的不足，正确地对待诸生的批评。从我做起，为人师表，做到教学相长。阳明说："虽然，我以是而施于人，不可也。人以是而加诸我，凡攻我之失者，皆我师也；安可以不乐受而心感之乎？某于道未有所得，其学卤莽耳。谬为诸生相从于此，每终夜以思，恶且未免，况于过乎？人谓'事师无犯无隐'，而遂谓师无可谏，非也。谏师之道，直不至于犯，而婉不至于隐耳。使吾而是也，因得以明其是；吾而非也，因得以去其非，盖教学相长也。诸生责善，当自吾始。"④ 阳明此番论述，指点诸生为学要进入一种人生境界，虚怀若谷。

王阳明的《教条示龙场诸生》篇，提出的"立志、勤学、改过、责善"为学四要，是王阳明"知行合一"说在教学上的具体化，是他心学思想在教育对象上的反映，体现了阳明心学的本质，在行为规范上"至善"，实现成圣贤的人生目标。文章不是教条式地劝学，而是通过正反对照，让学子自己得出正确的结论，观点

---

① ［明］王阳明. 王阳明全集［M］. 上海：上海古籍出版社，1992：975—976.
② ［明］王阳明. 王阳明全集［M］. 上海：上海古籍出版社，1992：976.
③ ［明］王阳明. 王阳明全集［M］. 上海：上海古籍出版社，1992：976.
④ ［明］王阳明. 王阳明全集［M］. 上海：上海古籍出版社，1992：976.

鲜明，推理严密，富有启发性。文字简洁，用了两个对比性反问，
就把问题说清楚了。

明正德四年（1509），王阳明应贵州提学副使席书之聘，以谪
臣身份主教贵阳文明书院，因此离开了龙场。据《王阳明年谱》
载："四年己巳，先生三十八岁，在贵阳。提学副使席书聘主贵阳
书院。是年先生始论知行合一。始席元山书提督学政，问朱陆同
异之辨。先生不语朱陆之学，而告之以其所悟。书怀疑而去。明
日复来，举知行本体证之《五经》诸子，渐有省。往复数四，豁
然大悟，谓'圣人之学复睹于今日；朱陆异同，各有得失，无事
辩诘，求之吾性本自明也。'遂与毛宪副修葺书院，身率贵阳诸
生，以所事师礼事之。"① 从这一记载可知，王阳明不仅在龙场讲
学明道取得很大的成功，其心学思想已经产生了一定的影响；而
且还受到了以毛科、席书为代表的贵州正直地方官的器重。他们
不避嫌疑，为开启西南的教育之风，冒着政治风险大胆启用王阳
明在贵州的文化教育中心贵阳文明书院任主教，传播与程朱理学
唱反调的心学思想，为阳明心学思想的发展提供了传播的场所。
难能可贵的是，作为提学副使席书身率贵阳诸生，亲执弟子礼问
学王阳明，成为明代教育史上的佳话。王阳明在贵阳文明书院论
心学的基本问题"知行合一"，在一省之学术中心公开亮出了自己
的学术观点，标志着阳明心学真正意义上的确立，从此中国古代
思想史上树起了新的旗帜。王阳明在文明书院所用教材，即为
《五经臆说》。具体的教学方法和情景，则是龙冈书院的延续，有
数首王阳明作于文明书院的诗歌可证。如：《春日花间偶集示门
生》、②《试诸生有作》、③《再试诸生》、④《再试诸生用唐韵》、⑤

① ［明］王阳明. 王阳明全集［M］. 上海：上海古籍出版社，1992：1229.
② ［明］王阳明. 王阳明全集［M］. 上海：上海古籍出版社，1992：712.
③ ［明］王阳明. 王阳明全集［M］. 上海：上海古籍出版社，1992：1068.
④ ［明］王阳明. 王阳明全集［M］. 上海：上海古籍出版社，1992：1068.
⑤ ［明］王阳明. 王阳明全集［M］. 上海：上海古籍出版社，1992：1069.

《夏日游阳明小洞天，喜诸生偕集，偶用唐韵》、① 《将归与诸生别于城南蔡氏楼》② 等。王阳明在龙场龙冈书院、贵阳文明书院培养了多少弟子，③ 现在难以具体确定，但王阳明于正德五年（1510）初谪期已满，升江西庐陵知县，离开贵阳后，在镇远留下的书札中开列部分弟子的名单，很能说明阳明与弟子间的关系：

> 别时不胜凄惘，梦寐中尚在西麓，醒来却在数百里外也。相见未期，努力进修，以俟后会。即日已抵镇远，须臾舟行矣。相去益远，言之惨然。书院中诸友不能一一书谢，更俟后便相见，望出此问致千万意。守仁顿首。高鸣凤、何廷远、陈寿宁劳远饯，别为致谢，千万千万！行时闻范希夷有恙，不及一问，诸友皆不及相别。出城时遇二三人于道傍，亦匆匆不暇详细，皆可为致情也。所买锡，可令王祥打大碗四个，每个重二斤，须要厚实大朴些方可，其余以为蔬碟。粗瓷碗买十余，水银摆锡箸买一二把。观上内房门，亦须为之寄去盐四斤半，用为酱料。朱氏昆季亦为道意。阎真士甚怜，其客方卧病，今遣马去迎他，可勉强来此调理。梨木板可收拾，勿令散失，区区欲刻一小书故也，千万千万！
> 文实、近仁。良丞、伯元诸友均此见意，不尽别寄

---

① ［明］王阳明. 王阳明全集［M］. 上海：上海古籍出版社，1992：1071.

② ［明］王阳明. 王阳明全集［M］. 上海：上海古籍出版社，1992：1072.

③ "文明书院"始建于元皇庆年间，为教授何成禄在顺元路儒学旧址上兴建，后年久失修荒废。明弘治十八年（1505），按察副使兼提学副使毛科重新修复。正德三年（1508）毛科邀王阳明到文明书院讲学遭婉拒。正德四年毛科继任者席书礼聘王阳明来文明书院讲学。据王阳明作于龙场的《瘗旅文》时间在"维正德四年秋月三日"推定，王阳明主教文明书院时间不会早于正德四年秋。嘉靖《贵州通志》（卷九）载："王守仁正德间任龙场驿丞……督学席书尝延至文明书院训多士，而自与之论学常至夜分。"明嘉靖二十三年（1544），王阳明弟子、湖南武陵人蒋信，任贵州提学副使又重修文明书院。隆庆三年（1569）设贵阳府。次年，文明书院及其相邻的正学书院（为蒋信所建）、提学道署被改建为贵阳府署。《王阳明年谱》中说"贵阳书院"，表述不确。见［明］王阳明. 王阳明全集［M］. 上海：上海古籍出版社，1992：1229.

也。仁白。

　　惟善秋元贤友。

　　汪原铭合枳术丸乃可，千万千万！

　　张时裕、向子佩、越文实、邹近仁、范希夷、郝升
之、汪原铭、陈良丞、汤伯元、陈宗鲁、叶子苍、易辅
之、詹良丞、王世丞、袁邦彦、李良丞列位秋元贤友，
不能尽列，幸意亮之！①

　　《镇远旅邸书札》是王阳明与朋友、弟子的告别书。从书札中"别时不胜凄惘"一语中可感知王阳明与弟子们的情感十分深厚，流露出恋恋不舍的心情。从"出城时遇二三人于道傍，亦匆匆不暇详细"二句可知，阳明是悄悄离开书院的，只有很少几个弟子知道，怕大家伤感。文中教诲弟子的话很少，只有"相见未期，努力进修，以俟后会"一句，更多的则是阳明对弟子们在生活上的嘱咐，交代的十分具体，可知这些弟子的年龄都不是很大，尤其对生病的弟子特别关照，放心不下。文中还特别提到"梨木板"要弟子保管好，备刻书之用，可见阳明有重返贵州之心。从《镇远旅邸书札》中可以看出王阳明内心世界的另一面，从十分朴实的语言中浸透着对弟子的关爱。文中无一语说理，但其善良之心、大爱之情无不体现其中，说明阳明心学是充满人情味的，是见之于日常生活的。王阳明在贵州到底培养了多少弟子，其中出了多少杰出的人才并不是主要问题，关键是由于王阳明的讲学活动传播了心学思想，贵州成为阳明心学传播最早的重镇，有力地推动了贵州的教育发展，改变了风俗，化育了民众。同时，王阳明开启了贵州自由讲学之风，继文明书院后，正学书院、阳明书院、南皋书院、学古书院都继承了这一传统。王阳明的弟子，以及任

---

　　① ［明］王阳明. 王阳明全集［M］. 上海：上海古籍出版社，1992：1203. 王阳明《镇远旅邸书札》有墨迹存世，参见：计文渊编. 王阳明法书集［M］. 杭州：西泠印社，1996.

职到贵州的许多官员，都为传承阳明精神、大力发展贵州教育，作出了积极的贡献。①

第四节　达观随寓：伤时感世的哀悼文

王阳明初到龙场时，一度陷入生存绝境，自感死亡随时都会降临。尽管如此，但王阳明没有消极厌生，而是敢于直面死亡。据《王阳明年谱》载："自计得失荣辱皆能超脱，惟生死一念尚觉未化，乃为石墩自誓曰：'吾惟俟命而已！'"② 这里所谓的"生死一念"是属于生命观的问题，从本体论的角度而言生命观又属于"人道"的范畴。因此，讨论"龙场悟道"问题，自然也应该包括对王阳明生死观的考察。王阳明对生死观问题是十分关注的，故有"尚觉未化"一说，还为此专门做了体验，"日夜端居澄默，以求静一；久之，胸中洒洒"，最后终于彻悟"生死之道"。因此说，

① 王阳明贵州弟子中较有影响的：陈宗鲁，名文学，字宗鲁，号五栗，贵州宣慰司（今贵州贵阳）人。明正德十一年（1516）举人。七十六岁去世。曾任耀州（今四川雅安）知州。善诗文。辞官归里后，杜门治学，著有《耀归存稿》、《余生续稿》，统编为《陈耀州诗集》，又称《五栗山人集》。王阳明曾作诗《赠陈宗鲁》。汤伯元，名啤，贵州宣慰司（今贵阳）人。正德十六年（1521）进士。为官十余年，曾任南京户部郎中，出守潮州知府，改凤昌知府，后罢官归里。汤伯元曾联络陈文学、叶子苍等阳明弟子，恭请时为贵州巡抚的王杏兴建阳明书院。晚年，与陈文学相互唱和。八十一岁卒。著有《逸老闲录》、《逸老续录》。叶子苍，名梧（又作"悟"），正德八年举人，曾掌教湖南新化，历贵州镇安县知县，著有《凯歌集》，黔刻本《阳明先生文录续编》校刊者。王阳明在正德七年有书《寄叶子苍》，对其有较高评价。王阳明弟子在贵州任职时大力传播王学。诸如：蒋信（1483—1559），字卿实，号道林，人称正学先生。常德（今属湖南）人。明嘉靖进士，授户部主事，官至贵州提学副使。楚中王学的代表人之一。在贵州任内修文明书院，建正学书院，著有《桃冈日录》，合著有《新泉向辨录》。黔中王学中坚马廷锡、蒋见岳、李渭等皆受学于他。徐樾（？—1551）字子直，号波石，江西贵溪人。进士。先后任礼部侍郎、云南布政司使。嘉靖七年、十年、十八年徐樾三次在王艮门下受业，在贵州传播王学。贵籍心学家孙应鳌为其弟子。邹元标，字尔瞻，号南皋，江西吉水人，万历五年进士，王阳明的三传弟子，因弹劾首辅张居正而贬谪到贵州都匀卫。在谪地，开办"讲学草堂"，传播王学。经过一代又一代王学传人不懈地努力，形成了"黔中王学"。

② ［明］王阳明．王阳明全集［M］．上海：上海古籍出版社，1992：1228.

王阳明关于"生死之念"的体悟，也是"龙场悟道"的一个组成部分。王阳明谪居龙场时，涉及"生死观"问题的有三篇文章，即《答人问神仙》、《祭刘仁征主事》和《瘗旅文》。

一、生命之短与精神之长

"生与死"是一种生命现象，具有自然属性，个体生命的持续时间是可以测量的；"生与死"还是一对道德范畴，具有社会属性，无法测量，只能体悟。王阳明在《答人问神仙》一文中，通过形象的设喻，旁征博引，深刻地阐述了"生与死"的真谛。他在文中说：

> 询及神仙有无，兼请其事，三至而不答，非不欲答也，无可答耳。昨令弟来，必欲得之。仆诚生八岁而即好其说，今已余三十年矣，齿渐摇动，发已有一二茎变化成白，目光仅盈尺，声闻函丈之外，又常经月卧病不出，药量骤进，此殆其效也。而相知者犹妄谓之能得其道，足下又妄听之而以见询。不得已，姑为足下妄言之。古有至人，淳德凝道，和于阴阳，调于四时，去世离俗，积精全神；游行天地之间，视听八远之外，若广成子之千五百岁而不衰，李伯阳历商、周之代，西度函谷，亦尝有之。若是而谓之曰无，疑于欺子矣。然则呼吸动静，与道为体，精骨完久，禀于受气之始，此殆天之所成，非人力可强也。若后世拔宅飞升，点化投夺之类，谲怪奇骇，是乃秘术曲技，尹文子所谓"幻"，释氏谓之"外道"者也。若是谓之曰有，亦疑于欺子矣，夫有无之间，非言语可况。存久而明，养深而自得之；未至而强喻，信亦未必能及也。盖吾儒亦自有神仙之道，颜子三十二而卒，至今未亡也。足下能信之乎？后世上阳子之流，盖方外技术之士，未可以为道。若达摩、慧能之徒，则庶几近之矣，然而未易言也。足下欲

闻其说，须退处山林三十年，全耳目，一心志，胸中洒洒不挂一尘，而后可以言此；今去仙道尚远也。妄言不罪。①

王阳明答复非常委婉含蓄，他并不直接回答询问者提出的有无神仙的问题，"三至而不答"，用沉默作答，实际上是否定神仙之说；但询问者还是不肯罢休，指使其弟又来缠问。王阳明则用自己八岁起就好神仙之说，但三十年过去了，现已成一副病态作答，求神仙就是这样的结果，意含神仙不可求。因此，"求仙"者是误入邪道，王阳明用亲身经历与体悟喻人，显示其诚心，更具说服力。但询问者似乎并不理解，王阳明只好晓之以理，从道理上阐明对神仙的认识。并用传说人物广成子、道家祖师李伯阳设喻明理，指出凡得道者皆寿，后世方士所谓"拔宅飞升，点化投夺之类"都是谲怪奇骇，秘术曲技。说明王阳明对道教末流持批判的态度，这与他在山东乡试文中所阐述的思想是完全一致的。最后，王阳明以儒家的生死观启迪询问者："颜子三十二而卒，至今未亡也。"意为得道之人，如孔子的弟子颜回，即便英年早逝，但其灵魂不死，精神长存。王阳明还点拨询问者如何求道之法，即"退处山林三十年，全耳目，一心志，胸中洒洒不挂一尘"，这实际上是教人"静修、养心"，可与《王阳明年谱》中所说"日夜端居澄默，以求静一；久之，胸中洒洒"的悟道方法相印证。至于，如何看待自然生命长短的辩证关系，王阳明在《祭刘仁征主事》一文中阐述得更为明白。王阳明在文中说：

仁者必寿，吾敢谓斯言之予欺乎？作善而降殃，吾窃于君而有疑乎？蹠、蹻之得志，在往昔而既有，夷、平之馁以称也，亦宁独无于今之时乎？人谓君之死，瘅疠为之。噫嘻！彼封豕长蛇，膏人之髓，肉人之肌者，

① ［明］王阳明. 王阳明全集［M］. 上海：上海古籍出版社，1992：805—806.

> 何啻千百，曾不彼厄，而惟君是罹！斯言也，吾初不以
> 为是。人又谓瘴疠盖不正之气，其与人相遭于幽昧遭难
> 之区也，在险邪为同类，而君子为非宜。则斯言也，吾
> 又安得而尽非之乎？于乎！死也者，人之所不免。名也
> 者，人之所不可期。虽修短枯荣，变态万状，而终必归
> 于一尽。君子亦曰："朝闻道，夕死可矣。"视若夜旦。
> 其生也，奚以喜？其死也，奚以悲乎？其视不义之物，
> 若将浼己，又肯从而奔趋之乎？而彼认为己有，变而弗
> 能舍，因以沉酣于其间者，近不出三四年，或八九年，
> 远及一二十年，固已化为尘埃，荡为沙泥矣。而君子之
> 独存者，乃弥久而益辉。①

文中，王阳明对所谓的"仁者必寿"的观点提出了质疑。他从好
友刘仁征英年早逝，以及历史上众多贤人并非长寿，恶人并非短
寿为证，得出结论：人的寿命长短与"仁"无必然关系。阳明从
孔子"朝闻道，夕死可矣"一语中悟出生死的真正意义在于得道。
他将人生比作"白天"，将"死亡"比作黑夜，人的一生只不过是
昼夜之间的转换而已。但每个人存在的生命意义从本质上说，不
在于活的多长久，而在于对"道"的体悟。因此，王阳明认为人
一旦透彻地领悟了"道"的精神，就获得了生命的永恒。他对人
生的理解是"而君子之独存者，乃弥久而益辉"。人的自然寿命十
分短暂，但人的精神可以不朽。可以说，王阳明的"龙场悟道"
也包括对生命的体悟，生命之道也应是"龙场悟道"的重要内涵
之一。正因如此，王阳明能够把生死置之度外，把荣辱得失抛在
一边，摆脱了厄运给他带来的生存威胁，自我拯救，在精神上获
的自由，以积极乐观的心态对待现实生活的挑战，对待人生。从
王阳明一生孜孜不倦地探索生命之道来看，他在并不长寿的生命
过程中获得了不朽的生命意义，这就是王阳明生死观的价值所在。

---

① ［明］王阳明. 王阳明全集［M］. 上海：上海古籍出版社，1992：1036.

二、哀怨凄厉，超越生死的《瘗旅文》

如果说上述两文主要是王阳明阐明对生死的认识，而《瘗旅文》则偏重抒发王阳明对生死的达观情感。

此文写于正德四年（1509），① 是哀悼"不知其名氏"、"不知尔郡邑"客死龙场蜈蚣坡老吏目及子、仆人的一篇祭文。②《瘗旅文》强烈地表达了王阳明的生命意识，通过与老吏目命运之间的比照，抒发了"同是天涯沦落人"的命运感慨，以及对"鸾凤伏窜，鸱鸮翱翔"黑暗现实政治的愤懑之情，是多重悲愤的情感交织，具有独特的悲剧审美价值。同时，王阳明借死者的遭遇，寄寓了达观的生命情调。此文在思想内容上具有以下特征。

首先，以哀怨之情揭露了封建专制政治对生命的漠视与无情。文中采用叙事手法，写一老吏目携一子一仆自京师西来，经过龙场瘴疠之地，因路途劳累，倒毙于蜈蚣坡下，王阳明闻讯，亲率童仆掩埋了三人，并祭奠之。王阳明在祭文中，联系自身的遭遇，对人生悲剧进行追问。"呜呼痛哉，纵不尔瘗，幽崖之狐成群，阴壑之虺如车轮，亦必能葬尔于腹，不致久暴尔。尔既已无知，然吾何能为心乎？自吾去父母乡国而来此，二年矣。"③ 在一个所谓以"孝"治天下的社会，老吏目竟然为生计不远千里而来瘴疠之地谋生，暴尸客地，还搭上了儿子和仆人的性命。尸体如不及时埋葬，就会成为野狐巨蛇腹中之食。这种悲愤之情感天动地，无疑是对封建专制社会黑暗统治的强烈控诉，也是王阳明恻隐之心的自然流露。表现了王阳明厚生爱民的生命观，以及对个体生命的尊重和对生命延续的渴望。王阳明对人生命运的归宿思考，不

① ［明］王阳明. 王阳明全集［M］. 上海：上海古籍出版社，1992：951. 关于《瘗旅文》的写作时间，王阳明在文首即有交代："维正德四年秋月三日，有吏目云自京来者，不知其名氏。携一子一仆，将之任，过龙场，投宿土苗家，予从篱落间望见之。"而在题下则注"戊辰"，此纪年为正德三年，即公元1508年，应为误注。

② 吏目：明代于知州之下设吏目一人。

③ ［明］王阳明. 王阳明全集［M］. 上海：上海古籍出版社，1992：952.

仅是对命运的抗争，而且也是对生存环境的警觉。在封建专制社会，正直的士大夫、知识分子往往要陷入坚守道德情操与难以反抗封建专制暴政的命运悲剧。只要有人为正义而呼喊，就会触犯权贵，命运悲剧就会降临其身；而且还不得不接受这种悲剧命运的安排。文中表现出对人类自身命运的思考和对个体生命的超越，抒发了四海为家和超越自身命运的达观精神。

其次，以坦然的心态表达了面对死亡的理性思考。在《瘗旅文》中，王阳明用两首骚体祭辞，抒发了对死者的哀悼之情，同时也表达了自己对于死亡的超脱心态。第一首骚体祭辞表达了自己达观随寓之情。"连峰际天兮，飞鸟不通；游子怀乡兮，莫知西东。莫知西东兮，维天则同。异域殊方兮，环海之中；达观随寓兮，奚必予宫？魂兮魂兮，无悲以恫。"①尽管身处崇山峻岭与世隔绝的龙场之地；但王阳明用达观的人生态度超度死者。从天道的角度观之，广袤的异域殊方无不处于环海之一国，何处没有安身之处？从另一方面讲，正是王阳明具有这种异域殊方同处环海之中的宽阔胸襟，方使他有了对生命意义的彻悟，以及对他人生命价值的珍视，抒发了四海为家和超越自身命运的达观精神。第二首骚体祭辞是借安慰死者的灵魂，抒发自己对于生死的超脱之感。"与尔皆乡土之离兮！蛮之人言语不相知兮！性命不可期！吾苟死于兹兮，率尔子仆，来从予兮！吾与尔遨以嬉兮，骖紫彪而乘文螭兮，登望故乡而嘘唏兮！吾苟获生归兮，尔子尔仆尚尔随兮，无以无侣悲兮！道傍之冢累累兮，多中土之流离兮，相与呼啸而徘徊兮！餐风饮露，无尔饥兮！朝友麋鹿，暮猿与栖兮！尔安尔居兮，无为厉于兹墟兮！"②王阳明以豁达超脱的笔调唱出了对"灵魂"的礼赞。对悲剧命运的抗争源于对生命的自信，以及对于人生归宿的大彻大悟。王阳明为死者所作的挽歌，这种视人若己的仁人之心，表明王阳明具有丰富的情感世界，当与其"生

---

① [明]王阳明. 王阳明全集 [M]. 上海：上海古籍出版社，1992：952.
② [明]王阳明. 王阳明全集 [M]. 上海：上海古籍出版社，1992：952—953.

死观"具有密切地联系。从理性上说，王阳明明知自己对无名吏目的哀悼没有任何实际的价值，既不可能使之死而复生，也不能使之地下有知；但他依然必欲一吐而后快，这是一种虽无实用却能够深深打动世人心弦悲怆而不屈的声音，是对生命之重的礼赞。《瘗旅文》是对人生命运归宿的探讨。王阳明通过老吏目之死与自身命运的类比，抒发了"同是天涯沦落人"的怨愤之情。文中结尾两首祭辞，既是超度亡灵的挽歌，以歌代哭，又是自慰心灵的浩歌。《瘗旅文》所反映的是时代与个人命运的不幸，在婉转超脱的文字中流露出王阳明对于屈辱人生的悲悯和对生命永恒的追寻。

从写作艺术来说，《瘗旅文》堪称王阳明龙场散文之冠，构成了阳明龙场散文的重要特色。清代吴楚材、吴调候编辑《古文观止》，将《瘗旅文》收入书中，后人将《瘗旅文》与唐代李华《吊古战场文》和韩愈《祭十二郎文》合称为祭文"三绝"。其文主要艺术特色表现在以下三方面。

第一，《瘗旅文》的叙事和抒情模式具有悲剧的美学意义。在叙事上，通过写真的手法，细腻地展示了从发现三人之死到完成祭奠的过程，有环境描写，有人物对话，自然真切，注重细节的描述。通过人物行为和情感的自然流露，表现美好生命毁灭的悲剧力量。在明代专制皇权残暴的挤压下，正义的力量显得非常微弱，个体生命随时都会被黑暗所吞噬。正像那个老吏目一样，甚至把儿子、仆人的命都搭上。尽管我们在文中看不到王阳明那种大义凛然的斗士形象，但王阳明激情所致，如哭如诉，哀吏目客死他乡的悲凉，叹自身落魄龙场的不幸，抒发忧郁愤懑之情怀。我们仍能从王阳明对命运的思索中看到一个不畏强暴的士大夫形象。他早已视死如归，弱小虽然会被毁灭，但它昭示着一种新的思想的诞生，反衬出黑暗势力最终被正义的力量扫除，从而激发人们对于生命价值的追求和社会正义的信心，悲剧抒情的审美价值就自然包含其中。

第二，《瘗旅文》的文章结构采用明暗相辅的复线结构。明写暴死荒岭的老吏目，暗写王阳明自身的悲剧命运，复合重奏，加大了悲剧的力度，犹如生者与死者的对话。祭文的结构采用叙事与抒情二重结构，并将两者自然、真切地融为一体。文章的前半部分是叙述哀悼老吏目缘由和祭奠的过程，抒发对枉死者的怜悯之情，说理贯通千古，充塞宇宙。后半部分采用两首骚体辞，如泣如诉，哀怨凄厉，感情真挚，有哀伤、有悲愤、有抑郁，更有达观之胸怀，四者交织在一起，催人泪下。

第三，《瘗旅文》行文不拘一格，随心所至。描写上注重细节，能充分展现对现实生活的亲身感受和体悟，这是王阳明狂狷意识在居龙场散文中的自然流露。

总之，《瘗旅文》是对生命价值的终极关怀和对生命意义的拷问。《瘗旅文》是一篇极富现实意义的祭文，是对人性的讴歌，文情并重，感人肺腑，历来为世人所传诵。明施邦曜评点《瘗旅文》说："是实学问。""读之令人哀感百集，读到'未尝一日之戚戚'，又令人忧思顿忘。"① 《古文观止》中对此文批注说："先生罪谪龙场，自分一死，而幸免于死。忽睹三人之死，伤心惨目，悲不自胜。""作之者固为多情，读之者能无泪下！"② 正因为《瘗旅文》从生命的价值立意，全文充满了王阳明对人生真谛的体悟，包含人间真情，具有极高的文学价值，所以被明中以降的散文选家所重视，收录在相关的选本中。王阳明祭奠过的"三人坟"及所撰《瘗旅文》被后人立碑作为文物保护。③

---

① ［明］施邦曜. 阳明先生集要［M］. 北京：中华书局，2008：944.
② 引自［清］吴楚材、吴调侯. 古文观止［M］. 北京：中华书局，1959：559.
③ "三人坟"位于今修文县城西北谷堡乡哨上村的蜈蚣坡山腰间，古驿道西侧，三坟并列。清乾隆八年（1743）时知县王肯谷和东鲁孙谔去坟前凭吊，孙谔捐资筑坟垒土。并于清乾隆十年（1745）春写诗撰文刻碑立于坟前。清嘉庆年间石碑倒毁后又重新补立。此后，"三人坟"及碑皆被毁坏。1985年11月，"三人坟"被公布为贵州省级重点文物保护单位。1996年，修文县文物管理部门将王肯谷撰书的墓碑恢复、重刻《瘗旅文》碑立于坟后垭口处，供后人凭吊。

第五节　浩然之气：至大至刚的君子文

王阳明初到龙场后，以友好的态度与当地少数民族土著共处，受到了百姓的热爱。待生活稍安定以后，他就开始静心研究学问、著书讲学，与贵州的地方官没有往来。但树欲静而风不止，王阳明在龙场不久就遇上了一件令他意料不到的事，贵州的地方官毛科致书于他，让王阳明到贵阳王质府上道歉，这就是王阳明与贵州政界发生关系的触发点。王阳明与毛科之间的交往从一个侧面折射出"龙场悟道"的社会背景，以及王阳明所坚守之"道"的具体内涵。

一、《答毛宪副》：儒者的正气歌

据《王阳明年谱》载："思州守遣人至驿侮先生，诸夷不平，共殴辱之。守大怒，言诸当道。毛宪副科令先生请谢，且谕以祸福。先生致书复之，守惭服。"① 此事发生在正德三年（1508），巡抚贵州的都御使王质府上有一公差经过龙场驿，嫌龙场驿接待条件不好而寻衅闹事。公差仗势欺人，当众羞辱阳明；当地百姓激于义愤，为保护王阳明免受欺侮，殴打了这个差人。公差诬告王阳明，这下触怒了都御使王质，王质将此事扩大化，要求时任按察司副使的毛科严惩王阳明。毛科很同情阳明的遭遇，又与阳明有同乡之谊，出于保护王阳明、尽快息事宁人的目的，他从中调和，派人传信给阳明，谕以祸福利害，要求王阳明到王质府上行跪拜礼谢罪完事。王阳明接信后，即致书毛宪副，陈述自己不去

---

① ［明］王阳明. 王阳明全集 [M]. 上海：上海古籍出版社，1992：1228.《王阳明年谱》所载："思州守遣人至驿侮先生"，王质是巡抚贵州的都御使兼理军务，正德元年五月任职，正德四年乞致仕，并非思州守。《贵州通志·宦迹志》载："质遣人至龙场驿凌侮守仁，为夷人所困，使人反诉之质，质怒，守仁弗谢。科与守仁同乡，乃贻书劝之，守仁答之。"又据余怀彦考证，思州府与龙场驿之间没有隶属关系，且相距数百公里，不太可能引起矛盾，故《年谱》所载应误。参见：余怀彦. 王阳明与贵州文化 [M]. 贵阳：贵阳教育出版社，1996：18.

太府谢罪的理由。在信中王阳明据理力争，表达了自己所坚守的道义。信中阐明了王阳明的祸福利害观，坚持了忠信礼义的道德准则。首先，王阳明用感激的心情对毛科表示谢意。接着，阳明通过驳论据的方法，用一个简单的推理，阐明了自己无需到王质府上谢罪的理由。王阳明说："但差人至龙场凌侮，此自差人挟势擅威，非太府使之也。龙场诸夷与之争斗，此自诸夷愤懑不平，亦非某使之也。然则大府固未尝辱某，某亦未尝傲大府，何所得罪而遽请谢乎？"① 王阳明认为，肇事者是太府的差人，错在差人，为事件定了性；自己既无过错，何罪之有。既推翻了谢罪的前提，又给太府下了台阶。从事件的发生过程看，龙场夷人殴打王质府上差人，与阳明没有直接联系。王阳明的说理，理正辞严，绵里藏针。明说是差人制造事端，不是受太府指使；暗指太府未弄清事情原委，恶人先告状，有失礼统。这样的论证，既委婉地拒绝了毛科要阳明到太府谢罪的要求，又坚守了自己的人格立场。其次，王阳明借题发挥，阐发了自己所坚信的道义立场。将一次偶发的人际冲突，上升到儒家所看重的道义原则。王阳明进一步论述了行礼起码要符合乎儒家"忠信礼义"的原则，婉言拒绝毛宪副要求他行"跪拜之礼"的规劝。王阳明说："废逐小臣，所守以待死者，忠信礼义而已。又弃此而不守，祸莫大焉。凡祸福利害之说，某亦尝讲之。君子以忠信为利，礼义为福；苟忠信礼义不存，虽禄之万钟，爵以侯王之贵，君子犹谓之祸与害；如其忠信礼义之所在，虽剖心碎首，君子利而行之，自以为福也，况于流离窜逐之微乎！"② 王阳明采用演绎推理的方法，论证了自己不去太府道歉的理由是为了恪守儒家的礼仪规范，言辞凿凿，掷地有声。结论十分明确，不去王质府行跪拜礼是符合礼义的，反之就有失礼统。王阳明早已将自己的生死置之度外，他有自己的人生观和价值观。在当时的背景下，阳明能坚守忠信礼义，是其正直

---

① ［明］王阳明. 王阳明全集［M］. 上海：上海古籍出版社，1992：801.
② ［明］王阳明. 王阳明全集［M］. 上海：上海古籍出版社，1992：801—802.

人格精神的体现。尽管阳明当时是戴罪之人，但他不屈服于权贵，同权贵进行有理、有礼、有节地斗争，在道义和正气上压倒对方。同时，王阳明的正气也感染了毛科，后来在毛科的斡旋下，王质自知理亏，又碍于毛科情面，奈何不了阳明，此事最后不了了之。在这场笔战中，王阳明的正气得到了张扬，人格得到了维护。故此书被明施邦曜评为："正人之守，达人之见。""舍忠信礼仪，更无行乎夷狄之道，此不但自矜气节素位，学问自应如是。"① 现代著名学者陈柱评价："阳明此文，殆可谓浩然之气，至大至刚，以直养而无害，可以塞天地之间者矣。其文正可与《孟子》并读。"②

此书在写作上，先采用驳论据的方法，从事实出发，批驳了强加给自己的"莫须有"罪名，使得谢罪之名不能成立。然后，用委婉的语言，阐明做人的基本原则："不当行而行，与当行而不行，其为取辱一也。"③ 即便是废逐小臣，落难待死之人，也应恪守人格，岂能随便屈从于人。最后，阳明以攻为守，用事实和道义反击王质的加罪。同时，王阳明还警告那些权贵，欲加害正直之人，如同"三害"之毒。王阳明说："某之居此，盖瘴疠蛊毒之与处，魑魅魍魉之与游，日有三死焉；然而居之泰然，未尝以动其中者，诚知生死之有命，不以一朝之患而忘其终身之忧也。太府苟欲加害，而在我诚有以取之，则不可谓无憾；使吾无有以取之而横罹焉，则亦瘴疠而已尔，蛊毒而已尔，魑魅魍魉而已尔，吾岂以是而动吾心哉！"④ 只不过是增加一害而已，何惧之有。字字句句，铿锵有力，表现了阳明在谪居期间的凛凛正气。王阳明以舍生取义的儒者气节，表达了"威武不能屈"的铮铮骨气。《答毛宪副》可谓儒者的正气歌，体现出王阳明视死如归、积极用世的精神。此文从小事入手，揭示了做人的骨气与道义，翻出新意，并上升到心学本体的层面。文章柔中有刚，大气磅礴，表现出王

---

① ［明］施邦曜. 阳明先生集要［M］. 北京：中华书局，2008：782.

② 陈柱. 中国散文史［M］. 南京：江苏文艺出版社，2008：224.

③ ［明］王阳明. 王阳明全集［M］. 上海：上海古籍出版社，1992：801.

④ ［明］王阳明. 王阳明全集［M］. 上海：上海古籍出版社，1992：802.

阳明人生价值的取向和对生死观的解读。可以说，王阳明《答毛宪副》一书的精神，是"龙场悟道"产生的具体背景和内涵之一。

二、君子之交，以道相谋

贵州提学副使毛科在与王阳明的交往中，对王阳明的道德文章十分钦佩，对其人格亦很敬重。因此，毛科不避时嫌，致书邀请王阳明到贵州文明书院讲学，但王阳明有自己的考虑，没有答应，以《答毛拙庵见招书院》诗婉言回绝。诗云："野夫病卧成疏懒，书卷常抛旧学荒。岂有威仪堪法象，实惭文檄过称扬。移居正宜投医肆，虚位仍烦避讲堂。范我定应无所获，空令多士笑王良。"① 诗中阳明推脱自己身体不好，旧学已经荒废，还借用"王良"典故说明拒聘的理由。王阳明的理由固然很充分，但笔者以为王阳明婉拒毛科之邀，主要还是出于对龙场百姓、龙冈书院学子的情义与教化责任，他宁愿在艰苦的龙场度日，也不愿借助同乡的职权栖身高枝。同时，也顾忌自己谪丞的身份，不想连累这位余姚老乡。可以说，王阳明的婉拒是完全出于道义，是君子之交的表现。正德三年（1508），当毛科行将致仕，为退休养老之处新建了一个亭子，起名"远俗亭"，邀王阳明为之作序。这次王阳明没有拒绝而作《远俗亭记》，这也应该算是朋友之间的礼仪之交。而王阳明在序中并没有为"远俗亭"美言，而是借此阐明自己对"远俗"之论的看法：

> 宪副毛公应奎，名其退食之所曰"远俗"。阳明子为之记曰：俗习与古道为消长。尘嚣溷浊之既远，则必高明清旷之是宅矣，此"远俗"之所由名也。然公以提学为职，又兼理夫狱讼军赋，则彼举业辞章，俗儒之学也；簿书期会，俗吏之务也；二者皆公不免焉。舍所事而曰"吾以远俗"，俗未远而旷官之责近矣。君子之

---

① ［明］王阳明. 王阳明全集［M］. 上海：上海古籍出版社，1992：703.

行也，不远于微近纤曲，而盛德存焉，广业著焉。是故
诵其诗，读其书，求古圣贤之心，以蓄其德而达诸用，
则不远于举业辞章，而可以得古人之学，是远俗也已。
公以处之，明以决之，宽以居之，恕以行之，则不远于
簿书期会，而可以得古人之政，是远俗也已。苟其心之
凡鄙猥琐，而待闲散疏放之是托，以为"远俗"，其如
远俗何哉！昔人有言："事之无害于义者，从俗可也。"
君子岂轻于绝俗哉？然必曰无害于义，则其从之也，为
不苟矣。是故苟同于俗以为通者，固非君子之行；必远
于俗以求异者，尤非君子之心。①

序中，王阳明重点论证"俗习"与"古道"的辩证关系。他从
"远俗"的含义出发，否定了那种认为远离"尘嚣溷浊"，寄身于
高明清旷之宅就是"远俗"的错误观点。在王阳明看来，作为官
吏为国家、为百姓认认真真地做好每件事，哪怕是很小的事，就
是道德心的体现。如果离开具体的实务，抽象地谈"远俗"，那么
"圣人之道"何存？因为，高尚的道德思想只有通过具体的平凡的
事才能显现，从来也没有离开"事"的道。为官者就是要在公务
中"公以处之，明以决之，宽以居之，恕以行之"，即恪尽职守，
兢兢业业为民服务，这才是"远俗"真正的含义。文末，阳明尖
锐地批评那种"是故苟同于俗以为通者"的所谓"远俗者"，认为
这是沽名钓誉："固非君子之行，必远于俗以求异者，尤非君子之
心"。王阳明的这番批评，显然不是针对毛科而言，毛科应该说是
一个为人正直、不恋权位、勤政廉洁的清官，这在王阳明《送毛
宪副致仕归桐江书院序》一文中也可得到有力证明。王阳明在
《远俗亭记》中的言论，也可以说是从侧面褒奖了毛科的为官之
道，但主要是针对当朝士大夫清高自赏而不愿为民办实事而言的。
从学术的角度说，此序也是一篇批评"知行二分"伪道学的檄文。

---

① ［明］王阳明. 王阳明全集［M］. 上海：上海古籍出版社，1992：892—893.

王阳明的这篇序是从心学的基本原理"知行合一"上立论,观点平中出奇,论证至精至密,文气畅达,文意发人深省,对于理解"龙场悟道"的深刻含义大有补益。王阳明在以后的论学中无不结合"日用功夫",或论"知行合一",或论"致良知",无不出于此论的精微思想。

三、用之则行,舍之则藏

王阳明尽管是个谪臣,但是他仍以"儒道"作为做人处事的准则。这在他所撰的《送毛宪副致仕归桐江书院序》一文中可以得到证明。正德己巳(1509)夏四月,毛科"承上之命"致仕,王阳明与毛科的几位同僚在贵阳南门之外设宴为毛科饯行。毛科的"致仕"并非主动提出,因此同僚中对此感到"良惜公之去",有不平之意。酒行三巡后,毛科的几个同僚就议论开了,有一同僚先说:

> 君子之道,出与处而已。其出也有所为,其处也有所乐。公始以名进士从政南部,理繁治剧,顾然已有公辅之望。及为方面于云、贵之间者十余年,内厘其军民,外抚诸戎蛮夷,政务举而德威著。虽或以是召嫉取谤,而名称亦用是益显建立,暴于天下。斯不谓之有为乎?今兹之归,脱屣声利,垂竿读书,乐泉石之清幽,就烟霞而屏迹;宠辱无所与,而世累无所加。斯不谓之有所乐乎?公于出处之际,其亦无憾焉耳已![1]

王阳明评论说:"始之言,道其事也,而未及于其心。"意为此同僚所言仅仅是对毛科在任上勤勉为政、德声远播的赞美,而未涉及心道。另一同僚接着说:

---

① [明]王阳明. 王阳明全集 [M]. 上海:上海古籍出版社,1992:872.

　　虽然，公之出而仕也，太夫人老矣，先大夫忠襄公又遗未尽之志，欲仕则违其母，欲养则违其父，不得已权二者之轻重，出而自奋于功业。人徒见公之忧劳为国而忘其家，不知凡以成忠襄公之志，而未尝一日不在于太夫人之养也。今而归，告成于忠襄之庙，拜太夫人于膝下，旦夕承欢，伸色养之孝，公之愿遂矣。而其劳国勤民，拳拳不舍之念，又何能释然而忘之！则公虽欲一日遂归休之乐，盖亦有所未能也。①

王阳明又评论说："次之言者，得公之心矣，而未尽于道。"意为虽然理解了毛科之心，但并未真正理解为官之"道"。第三位同僚最后说："虽然，君子之道，用之则行，舍之则藏。用之而不行者，往而不返者也；舍之而不藏者，溺而不止者也。公之用也，既有以行之；其舍之也，有弗能藏者乎？吾未见夫有其用而无其体者也。"② 王阳明认为最后一人的见解才说到点子上："终之言者，尽于道矣，不可以有加矣。斯公之所允蹈者乎！"王阳明所说的"道"是指儒家的"仁者"之道，无论"出仕"还是"致仕"都应该坚守。这是王阳明对孔子"用之则行，舍之则藏"思想的解读。王阳明的这篇赠序写得非常有特色，他通过三位为毛科饯行的同僚之口，一层一层地展开理论演绎，自然贴切，自己最后归纳作结，深刻地阐述了"出仕"与"归隐"的关系，揭示了君子在生命的过程中必须恪守心中之道，体现在日常的行为中，"出仕"与"归隐"并不妨碍对"道"的体认。如果将"道"与具体的"事"隔离开来，那么就支离了道的统一性，即否定了"道"的存在。

　　从以上王阳明与毛科的交谊中可以发现，王阳明"龙场悟道"的内涵即是指本性道德，吾心自足，无时不显，无处不有，与出

---

①　[明]王阳明.王阳明全集[M].上海：上海古籍出版社，1992：873.

②　[明]王阳明.王阳明全集[M].上海：上海古籍出版社，1992：873.

仕或致仕或为平民百姓并无必然联系，心体才是根本。这就是阳明心学大众化、日用化的逻辑前提和理论基点，王阳明此后的思想探索和社会实践都是沿着这一思路走的。

第六节 民族和谐：晓之以理的土司文

王阳明谪居的龙场时为贵州宣慰司使安贵荣的管辖之地。由于王阳明的气节和道德文章，安贵荣主动与王阳明交往，交往过程中所发生的事情，在王阳明与安宣慰的三封书信中有详细的记载，反映王阳明在处理与土司的关系上，坚守道义，以民族和谐为原则的经世立场。

一、礼退馈赠，恪守人格

据《王阳明年谱》载："水西安宣慰闻先生名，使人馈米肉，给使令，既又重以金帛鞍马，俱辞不受。"① 时贵州宣慰司安贵荣闻王阳明名声，派人给谪居龙场的王阳明赠送米肉等物品，阳明觉得于礼不妥，即谢绝。并申明谢绝的理由："使君不以为过，使廪人馈粟，庖人馈肉，园人代薪水之劳，亦宁不贵使君之义而谅其为情乎！自惟罪人何可以辱守土之大夫，惧不敢当，辄以礼辞。"② 但安贵荣以为礼轻，再派人送来重礼：

"昨者又重之以金帛，副之以鞍马，礼益隆，情益至，某益用震悚。"③ 对此，王阳明坚拒重礼，然而，使者说什么也不敢拿回去，怕回去交不了差。在这种情形下，王阳明采用了变通的办法，以接受救济的名义收下了"米二石，柴炭鸡鹅"，其他贵重之物一概退回，算是给使者一个交差的话本。但王阳明为何接受食品，而不接受贵重礼品，他是有原则的，即按礼数行事。王阳明的理

---

① ［明］王阳明. 王阳明全集［M］. 上海：上海古籍出版社，1992：1228.
② ［明］王阳明. 王阳明全集［M］. 上海：上海古籍出版社，1992：802.
③ ［明］王阳明. 王阳明全集［M］. 上海：上海古籍出版社，1992：802.

由是："其诸金帛鞍马，使君所以交于卿士大夫者，施之逐臣，殊骇观听，敢固以辞。伏惟使君处人以礼，恕物以情，不至再辱，则可矣。"① 王阳明这番话合情合理，既坚持了为人处世的原则，又恪守自己的人格。王阳明此书所记载的送礼与退礼；再送重礼，再退重礼的过程，反映了王阳明处理人际关系的八个字："处人以礼，恕物以情"。同时，也折射出王阳明耿直的性格。从另一方面说，王阳明十分顾及民族之间的和谐关系，即便在处理这等事上，也是讲原则、讲情义的。正因为王阳明的礼义思想是落实在行为上的，因而也赢得了土司的信任，这才有了后两封信所起到的特殊作用。此信在说理上环环相扣，情理相交，中肯中节，体现了王阳明说理文的特色。

二、大义凛然，笔端斧钺

作为谪丞，按理王阳明可以对地方政务一概不问，以免引火烧身；但王阳明的性格决定了他不是明哲保身的人，如果是这样他也不会被贬谪到龙场来了。贵州宣慰司安贵荣出于自己的权力欲，想把自己所管辖的地域变成独立王国，意欲减掉朝廷设在水西的驿站；同时还嫌自己的权力不够大想升官。但他又苦于无人为他出谋划策，出于对王阳明的信任，他致信王阳明征询对以上两个问题的意见。据《王阳明年谱》载："始朝廷议设卫于水西，既置城，已而中止，驿传尚存。安恶据其腹心，欲去之，以问先生。先生遗书析其不可，且申朝廷威信令甲，议遂寝。"② 王阳明接信后，觉得事关民族关系和国家礼制，没有规避，而是站在道义的立场上，复书安贵荣。通过利弊关系的分析，劝告安贵荣不要做有损于民族关系和地方安定的蠢事。王阳明在信中主要抓住安贵荣的利益欲望进行分析，对减驿站问题，王阳明分析说：

① ［明］王阳明．王阳明全集［M］．上海：上海古籍出版社，1992：802．
② ［明］王阳明．王阳明全集［M］．上海：上海古籍出版社，1992：1228—1229．历史上以乌江上流鸭池河为界，河东称水东，河西称水西。水西由贵州宣慰司管辖。

　　凡朝廷制度，定自祖宗；后世守之，不可以擅改。在朝廷且谓之变乱，况诸侯乎！纵朝廷不见罪，有司者将执法以绳之，使君必且无益，纵幸免于一时，或五六年，或八九年，虽远至二三十年矣，当事者犹得持典章而议其后。若是则使君何利焉？使君之先，自汉、唐以来千几百年，土地人民未之或改，所以长久若此者，以能世守天子礼法，竭忠尽力，不敢分寸有所违。是故天子亦不得逾礼法，无故而加诸忠良之臣。不然，使君之土地人民富且盛矣，朝廷悉取而郡县之，其谁以为不可？夫驿，可减也，亦可增也；驿可改也，宣慰司亦可革也。由此言之，殆甚有害，使君其未之思耶？①

王阳明在信中采用演绎推理的方法对安贵荣晓之以理："朝廷制度，定自祖宗；后世守之，不可以擅改。"若擅自改变，必将受到惩罚，对安贵荣没有任何好处，此其一。安贵荣若要减驿站，变成法；那么朝廷也可以减宣慰司，这也是完全可能的，此其二。经王阳明这一分析，安贵荣当然不愿失去世袭的土司制度，权衡利弊，当然再也不敢提减驿站之事了。对安贵荣提出希望朝廷封官之事，王阳明也认为于礼制不通，又用利弊关系开导安贵荣：

　　使君为参政，亦已非设官之旧，今又干进不已，是无抵极也。众必不堪。夫宣慰守土之官，故得以世有其土地人民；若参政，则流官矣，东西南北，惟天子所使。朝廷下方尺之檄，委使君以一职，或闽或蜀，其敢弗行乎？则方命之诛不旋踵而至，捧檄从事，千百年之土地人民非复使君有矣。由此言之，虽今日之参政，使君将恐辞去之不速，其又可再乎！凡此以利害言，揆之

① ［明］王阳明．王阳明全集 ［M］．上海：上海古籍出版社，1992：803.

于义，反之于心，使君必自有不安者。①

王阳明认为，作为土司长官兼任参政之职已经破了官制，还想再
邀功升官，实在是权力欲膨胀，这是害人害己的事。然后分析说，
土司与流官是两种不同的官僚体制，安贵荣想两者兼而得之；那
么，他将有可能失去安氏世代经营的领地，朝廷下方尺之檄，委
使君一职，东南西北任意调遣，你安贵荣愿意吗？经王阳明周密
地分析，句句在理，安贵荣不得不服，只好打消了上述念头。王
阳明此信起到了稳定地方、巩固民族关系的作用，是其经世思想
的重要体现。施邦曜对此信评价很高："大义凛然"，"笔端斧
钺"②"读之使人凛慄，即有邪谋逆志，不觉消沮，真是笔端斧钺。
先生之文章即是经济。"③

三、一纸书信，胜于雄师

王阳明虽处庙堂之远，以罪臣之身受困于瘴疠之地；但他对
国家的统一、民族的和谐、百姓的疾苦始终没有忘怀。时贵州少
数民族土司内部经常出现为领地等利益发生大规模的武装冲突。
据《王阳明年谱》载："已而宋氏酋长有阿贾、阿札者叛宋氏，为
地方患，先生复以书诋讽之。安悚然，率所部平其难，民赖以
宁。"④地方土司阿贾、阿札率众叛乱，企图杀死时任贵州宣慰司
同知宋氏，战火起，宋氏侥幸逃脱；但当地土著百姓生命财产顷
刻遭受到了严重的损害。然而，由于安贵荣与宋氏长期存在矛盾，
安贵荣出于私心，于百姓利益而不顾，对贵州当局要其出兵平叛
置若罔闻；更有甚者，安贵荣还暗中支持阿贾、阿札推翻宋氏，

① ［明］王阳明. 王阳明全集［M］. 上海：上海古籍出版社，1992：803. "使君
为参政"句：安贵荣因正德二年（1507）征普安香炉山苗民动乱之功，被朝廷任为右
参政，明制设参政于布政司。
② ［明］施邦曜. 阳明先生集要［M］. 北京：中华书局，2008：783—784.
③ ［明］施邦曜. 阳明先生集要［M］. 北京：中华书局，2008：784.
④ ［明］王阳明. 王阳明全集［M］. 上海：上海古籍出版社，1992：1229.

自己坐山观虎斗，企图坐收渔利。王阳明见状，为使百姓免于战乱之苦，出于道义，不顾自己的谪臣身份，利用安贵荣对他的信任，毅然致书于他。信中有理有据地开导安贵荣要认清形势，不要干聪明反被聪明误的蠢事。王阳明在信中陈述了安贵荣必须出兵平叛的五条理由：

> 阿贾、阿札等畔宋氏，为地方患，传者谓使君使之。此虽或出于妒妇之口，然阿贾等自言使君尝锡之以毡刀，遗之以弓弩。虽无其心，不幸乃有其迹矣。始三堂两司得是说，即欲闻之于朝；既而以使君平日忠实之故，未必有是，且信且疑，姑令使君讨贼；苟遂出军剿扑，则传闻皆妄，何可以滥及忠良；其或坐观逗遛，徐议可否，亦未为晚；故且隐忍其议，所以待使君者甚厚。

> 既而文移三至，使君始出；众论纷纷，疑者将信。喧腾之际，适会左右来献阿麻之首，偏师出解洪边之围，群公又复徐徐。今又三月余矣。

> 使君称疾归卧，诸军以次潜回，其间分屯寨堡者，不闻擒斩以宣国威，惟增剽掠以重民怨，众情愈益不平。而使君之民罔所知识，方扬言于人，谓"宋氏之难当使宋氏自平，安氏何与而反为之役？我安氏连地千里，拥众四十八万，深坑绝坻，飞鸟不能越，猿猱不能攀。纵遂高坐，不为宋氏出一卒，人亦卒如我何！"斯言已稍稍传播，不知三堂两司已尝闻之否？使君诚久卧不出，安氏之祸必自斯言始矣。

> 使君与宋氏同守土，而使君为之长。地方变乱，皆守土者之罪，使君能独委之宋氏乎？夫连地千里，孰与中土之一大郡？拥众四十八万，孰与中土之一都司？深坑绝坻，安氏有之，然如安氏者，环四面而居以百数也。

今播州有杨爱，恺黎有杨友，酉杨、保靖有彭世麒
等诸人，斯言苟闻于朝，朝廷下片纸于杨爱诸人，使各
自为战，共分安氏之所有，盖朝令而夕无安氏矣。深坑
绝地，何所用其险？使君可无寒心乎！且安氏之职，四
十八支更迭而为，今使君独传者三世，而群支莫敢争，
以朝廷之命也。苟有可乘之衅，孰不欲起而代之乎？然
则扬此言于外，以速安氏之祸者，殆渔人之计，萧墙之
忧，未可测也。①

王阳明在信中所陈述的五条理由，条条都击中安贵荣的要害，言
辞凿凿，夹叙夹议，形成了强大的逻辑力量。文末，王阳明从利
益关系以及事态发展的必然结果上告诫安贵荣："宜速出军，平定
反侧，破众谗之口，息多端之议，弭方兴之变，绝难测之祸，补
既往之愆，要将来之福。"② 最后声明，写此信完全是出于公心，
同时也为安贵荣的长远着想。安贵荣在接到王阳明的信后，茅塞
顿开，立刻发兵平定了阿贾、阿札的叛乱，一场大规模的战乱被
王阳明的尺书所平息。施邦曜在评价此信说："此实事实情，虽偏
心之人，焉能不惧？"③ "开导利害，详明警切，安氏邪谋，能不寝
息？所谓一纸书贤于十万师者，此书足以当之。""安氏与阿贾等
谋叛，若制之不早，便费收拾。即使祸起旋削，亦不免耗财动众。
先生片言寝之，贻地方许多安静之福。邮官卑秩，尚能干此大事，
养尊处优而漫无建明，其自处当何如？"④ 可谓至语。

　　王阳明致安贵荣三信，是"龙场悟道"的产物，其心学思想
在处理民族关系上发挥了作用，凡事首先在于启发人心之觉悟。
尤其是第三封书信，被施邦曜称为"一纸书贤于十万师"，绝无夸
张之意，点出了王阳明善于运用"心战"的高明策略。可以说，

①　[明] 王阳明. 王阳明全集 [M]. 上海：上海古籍出版社，1992：804—805.
②　[明] 王阳明. 王阳明全集 [M]. 上海：上海古籍出版社，1992：805.
③　[明] 施邦曜. 阳明先生集要 [M]. 北京：中华书局，2008：786.
④　[明] 施邦曜. 阳明先生集要 [M]. 北京：中华书局，2008：786.

王阳明成功地运用"心战"始于龙场，这为王阳明以后在平乱、平叛中取得辉煌的胜利提供了范例。

四、《象祠记》：人性本体同然的见证

在与贵州宣慰使安贵荣的关系上，王阳明始终坚持以"心"化人，促进民族关系和谐发展。阳明在龙场期间，时贵州宣慰使安贵荣翻修象祠，① 邀请王阳明为新翻修的象祠作记。此文写作难度极大，但王阳明能从心学的角度论理，言人之未所言，主题思想新颖，堪称王阳明的龙场杰作。后世许多散文选本都收录了这篇文章，为《古文观止》收录的王阳明三篇文章之一。此文作于正德三年（1508），传说中的象是舜同父异母之弟，初时不仁，舜以德感化象，封象于有鼻。象在舜的感化下改恶从善，"故能任贤使能而安于其位，泽加于其民，既死而后人怀之也"。②

首先，文章交待了写作的缘由，应宣慰使安贵荣之邀而作。然后，切入正题。王阳明在行文中一反古人为建筑物作记的常规套路。开头以提问切入，发人深省。问安贵荣："毁之乎，其新之也？"曰："新之。""新之也，何居乎？"曰："斯祠之肇也，盖莫知其原。然吾诸蛮夷之居是者，自吾父、吾祖，溯曾、高而上，皆尊奉而禋祀焉，举之而不敢废也。"③ 阳明用对话的方式交代了写此记的缘由。接着，进一步追问其他地方的象祠被毁，而此地犹存的原因，将问题引向深入。"予曰：胡然乎？有鼻之祠，唐之人盖尝毁之。象之道，以为子则不孝，以为弟则傲。斥于唐，而

---

① 象祠：象的祠庙。象，人名，传说中虞舜之弟。有鼻：古地名，在今湖南道县境内。相传舜封象于此。象死后，当地人为他建祠。水西彝族历来崇拜象，把象作为神灵祭祀。灵博山古名为麟角山，因灵博山上的象祠已破旧不堪，安贵荣应乡民之请将其修复。象祠修好后，安贵荣请王阳明作记。王阳明《象祠记》有墨迹存世，作品为草书，体现出阳明草书书法奔放自如，腾挪跌宕，一泻千里的气势。参见：计文渊编. 王阳明法书集 [M]. 杭州：西泠印社，1996.

② [明] 王阳明. 王阳明全集 [M]. 上海：上海古籍出版社，1992：894.

③ [明] 王阳明. 王阳明全集 [M]. 上海：上海古籍出版社，1992：893.

犹存于今；坏于鼻，而犹盛于兹土也。胡然乎？"① 王阳明的提问是有原因的，传说大舜的弟弟象是个品行恶劣的人，多次图谋加害舜。因此，象祠大多被后人所毁，王阳明举了唐代的例子。但阳明真正关注的是当地苗彝土著为什么对象有如此真挚的感情，为何祭祀不绝？紧接着，阳明用设问自答的方法，给出了两条理由。一是认为舜是德行高尚的圣人，人们并不是纪念象；而实质上是纪念舜的高尚德性，是一种爱屋及乌的现象，突出了舜的崇高品德和恩泽，即使象这类品性恶劣的人，都能被舜感化。王阳明引用《尚书》中的一句话"克谐以孝，烝烝义，不格奸"，说明仁者一定要有雍容大度之心感化良知被包裹者。

其次，论证了对象这类品行变化比较大的人要作辩证的历史分析。象的恶行是早期的事，后来被舜的德行感化，成了一个有德性的人。当地土著纪念的是有德行的象，而非昔日之象。传说中的象弃恶从善后，能任贤使能，泽加于民；所以深得苗人敬重。因此，土人敬重的是被舜感化后成贤者的象。这样，既歌颂了舜的崇高品德，又讲清当地土人为何纪念象的理由，言之成理。结论翻出新意，令人信服。同时，王阳明还委婉地开导安贵荣治理土著百姓要学习大舜的精神，可谓一石三鸟，深化了中心论点。

最后，王阳明从心学的角度，对君子修德提出了更高的要求："斯义也，吾将以表于世，使知人之不善，虽若象焉，犹可以改；而君子之修德，及其至也，虽若象之不仁，而犹可以化之也。"② 王阳明认为君子修炼德性，不能仅仅为了个人；还要教育与感化那些良知受遮蔽者，如象之类曾经具有恶行的人。这才是君子修德的最高境界，具有了普世情怀。此文，在写作上是极有难度的。将一个很难论说的问题，通过步步设问，由浅入深，把表面上看来并不深奥的问题，推到了良知的高度。由象祠兴废问题推及做

---

① ［明］王阳明. 王阳明全集．［M］. 上海：上海古籍出版社，1992：893. 唐代柳宗元谪居永州时，撰《道州毁鼻亭神记》赞颂道州刺史薛伯高毁象祠斥神而作。详见 ［清］光绪《湖南通志·艺文·金石》卷二六六。

② ［明］王阳明. 王阳明全集［M］. 上海：上海古籍出版社，1992：894.

君子的应有之义，这是《象祠记》的独到之处。说理不忘修德，这是王阳明对"道"的深层揭示，寓人生之理于心体之中，这是《象祠记》的重要特点。从另一个角度而言，王阳明用手中之笔为民族和谐作出了特殊的贡献。

结　语

王阳明谪居龙场所撰散文是在特定的历史背景下和极其艰难的环境中写成的，他从玩易中获得了思想资源，在当地少数民族的保护和关心下获得了生存的力量和温暖，自觉追寻生命的意义和社会价值。龙场散文是阳明抗争明王朝政治黑暗，张扬个性，探究心体本真，挣脱程朱理学思想束缚的心灵记录，具有鲜明的时代特征和较高的历史认识价值，也是研究阳明"龙场悟道"产生过程的第一手资料。尽管龙场散文写作的缘由各异，但始终贯穿着一条主线，即以"心"驭文。阳明的龙场散文，从不发空洞议论，而是紧贴社会生活实际，融道于文，以文言心。主题思想集中，观点鲜明，别出心裁，行文自然流畅，语言清丽活泼，具有很高的审美价值。因此说，阳明的龙场散文对其人生旅程以及散文创作都具有特殊的意义和价值，是解读王阳明散文的枢纽。

第五章　江西征战：文治武功之文

太上有立德，其次有立功，其次有立言，
虽久不废，此之为不朽。
——《左传·襄公二十四年》

　　如果说王阳明谪居贵州龙场是一生中身处困境、超越生死的"悟道"之地，那么江西大地则是阳明建奇功、揭"致良知"之教的策源地。阳明一生似乎与江西有不解之缘：明弘治元年（1488）成亲于南昌；正德二年（1507）夏，赴谪经过江西；在贵州谪期满后，于正德五年初（1510）升江西庐陵知县；正德十二年（1517）至十六年（1521），受命在江西南赣等地平民乱、剿匪，举义旗平藩王朱宸濠叛乱；及至明嘉靖六年（1527）阳明受命征广西思州、田州，再过江西，沿途作短暂停留，开展讲学活动；嘉靖七年（1528），阳明结束广西平乱后，因重病返乡，客死于江西南安府大庾县青龙铺（今江西大余县）。阳明一生所经历过的重大事件大多与江西有关。阳明在庐陵知县任上仅半年多时间，因治理有方很快就出现了政通人和的局面。在南赣用一年多时间平定了四省边界之间山民长达数十年之久的动乱、肃清了匪患。仅用三十五天时间，以弱势兵力平定了南昌藩王朱宸濠的叛乱，江西百姓得以免遭战乱之灾，稳定了大明江山。阳明一生立有三次统兵征战的经历，其中两次就发生在江西。阳明在江西任上，无论是治理民政，还是统兵征战，从未停止讲学活动，攻心为上，以心化人，改变风俗。此间所写的大量散文，从不同的角度和层面揭示良知本质，以"致良知"教人，具有鲜明的时代特征。

第一节　勤政爱民：情理兼具的告谕文

王阳明经过在贵州的磨砺，创"知行合一"之学，这为他出任地方官提供了思想武器，他将心学思想应用于民政事务之中。据《王阳明年谱》载："先生三月至庐陵。为政不事威刑，惟以开导人心为本。莅任初，首询里役，察各乡贫富奸良之实而低昂之。狱牒盈庭，不即断射。稽国初旧制，慎选里正三老，坐申明亭，使之委曲劝谕。民胥悔胜气嚣讼，至有涕泣而归者。由是囹圄日清。在县七阅月，遗告示十有六，大抵谆谆慰父老，使教子弟，毋令荡僻。"① 王阳明治理地方有一个鲜明的特点，即在调查研究的基础上，针对地方的实际问题和突出矛盾发出文告，陈述利害，晓之以理，官民之间通过文告进行沟通，以引领了社会风气，从而形成良好的社会舆论氛围，用少量的精力和财力就化解了长年积累的许多社会矛盾。王阳明治理地方，告谕文成为他为政的重要行政手段，主要有以下几个特色。

一、庐陵告谕：开导人心，淳化民风

王阳明在庐陵知县任上仅七个月时间，勤政为民，治理有方，当奉命进京入觐前，王阳明则用一纸告示与当地百姓作别，然后悄悄离开。王阳明的《告谕庐陵父老子弟》可谓是他治理庐陵一地的见证，充分反映了当时庐陵复杂的社会情势与王阳明的为政之道。从文告中可以发现王阳明在庐陵期间，天灾人祸交杂在一起，治理难度极大，困难重重；但王阳明从开导人心入手转化民风，解决长期困扰县政的争讼问题。他在告谕中说：

　　庐陵文献之地，而以健讼称，甚为吾民羞之。县令不明，不能听断，且气弱多疾。今与吾民约，自今非有

①　[明] 王阳明. 王阳明全集 [M]. 上海：上海古籍出版社，1992：1230.

迫于躯命，大不得已事，不得辄兴词。兴词但诉一事，不得牵连，不得过两行，每行不得过三十字。过是者不听。故违者有罚。县中父老谨厚知礼法者，其以吾言归告子弟，务在息争兴让。呜呼！一朝之忿，忘其身以及其亲，破败其家，遗祸于其子孙。孰与和巽自处，以良善称于乡族，为人之所敬爱者乎？吾民其思之。①

首先，王阳明以平等的态度与乡民相约，要求乡民以礼处理争端，息争兴让，以改变庐陵"以健讼称"的不良风气。王阳明在告谕中说理没有一点教条味，理由简洁而又有震慑力：一是"庐陵文献之地"，乡民不应做有损于传统的事，为"文献之地"抹黑，有辱斯文，被他人耻笑；二是"县令不明，不能听断，且气弱多疾"，自责能力有限且身体多病，乡民为一点小事就"兴词但诉"于心何忍？这两条理由，条条都指向人心，启人觉悟。同时，分析了"动辄兴词"的后果："一朝之忿，忘其身以及其亲，破败其家，遗祸于其子孙"，并希望"县中父老以吾言归告子弟"，意在引导乡民人心向善："和巽自处"，"以良善称于乡族"，做一个"为人之所敬爱者"。王阳明行文的基调，是以商量的口吻"吾民其思之"，而不是打"官腔"，体现了阳明"以民为本"的为政思想。但王阳明在文中也有柔中带刚的一面，对那些以争讼玩文字游戏为业的讼棍则严格规定了诉状写作的要求和处罚的措施，"兴词但诉一事，不得牵连，不得过两行，每行不得过三十字"，从制度上遏制滥讼。

其次，以孝义之心启发人心至善。王阳明任庐陵县令期间，当地正是"灾疫大行"，但无知乡民竟然为保己命，不顾亲人的生死，道德沦丧。王阳明在告谕中说：

今灾疫大行，无知之民，惑于渐染之说，至有骨肉

---

① [明] 王阳明. 王阳明全集 [M]. 上海：上海古籍出版社，1992：1027.

不相顾疗者。汤药饘粥不继，多饥饿以死。乃归咎于
疫。夫乡邻之道，宜出入相友，守望相助，疾病相扶
持。乃今至于骨肉不相顾。县中父老岂无一二敦行孝
义，为子弟倡率者乎？夫民陷于罪，犹且三宥致刑。今
吾无辜之民，至于阖门相枕藉以死。为民父母，何忍坐
视？言之痛心。中夜忧惶，思所以救疗之道，惟在诸父
老劝告子弟，兴行孝弟。各念尔骨肉，毋忍背弃。洒扫
尔室宇，具尔汤药，时尔饘粥。贫弗能者，官给之药。
虽已遣医生，老人分行乡井，恐亦虚文无实。父老凡可
以佐令之不逮者，悉已见告。有能兴行孝义者，县令当
亲拜其庐。凡此灾疫，实由令之不职，乘爱养之道，上
干天和，以至于此。县令亦方有疾，未能躬问疾者，父
老其为我慰劳存恤，谕之以此意。①

如何面对灾疫，是对人心的一种检测。文中对那些不顾骨肉之亲
的非人道行为作了严厉批评。同时，阳明大力倡导"乡邻之道，
宜出入相友，守望相助，疾病相扶持"的民风。并希望县中父老
敦行孝义，为子弟作表率。同时，对如何抗击灾疫，阳明在文中
也提出一系列解决问题的办法和措施。诸如："洒扫尔室宇，具
尔汤药，时尔饘粥"。对有各种困难的乡民，则"官给之药"，还
调遣医生诊治。王阳明还号召父老乡亲能同心协力，战胜灾疫，
字里行间渗透着阳明体恤民生、慈仁怜悯的情怀。

　　再次，启迪民智，防祸未然。王阳明在庐陵知县任上，除了
因对天灾，还要面对人祸。由于当地乡民为一己之利，建房不合
防火要求，一遇干旱，则火灾四起，风助火势，殃及四邻，阳明
对此深感痛心。文中说：

　　今天时亢旱，火灾流行，水泉枯竭，民无屋庐，岁

---

①　[明] 王阳明. 王阳明全集 [M]. 上海：上海古籍出版社，1992：1027.

且不稔。实由令之不职，获怒神人，以致于此。不然，尔民何罪？今方斋戒省咎，请罪于山川社稷，停催征，纵轻罪。尔民亦宜解讼罢争，息心火，无助烈焰。禁民间毋宰杀酗饮。前已遣老人遍行街巷，其益修火备，察奸民之因火为盗者。县令政有不平，身有缺失，其各赴县直言，吾不惮改。昨行被火之家，不下千余，实切痛心。何延烧至是，皆由衢道太狭，居室太密，架屋太高，无砖瓦之间，无火巷之隔。是以一遇火起，即不可救扑。昨有人言，民居夹道者，各退地五尺，以辟衢道，相连接者，各退地一尺，以拓火巷。此诚至计。但小民惑近利，迷远图，孰肯为久长之虑，徒往往临难追悔无及。今与吾民约，凡南北夹道居者，各退地三尺为街；东西相连接者，每间让地二尺为巷。又间出银一钱，助边巷者为墙，以断风火。沿街之屋，高不过一丈五六，厢楼不过二丈一二。违者各有罚。地方父老及子弟之谙达事体者，其即赴县议处，毋忽。①

面对火灾，王阳明除了顺从民心，在形式上搞一些"请罪于山川"、"以血禳火"之类的安定民心的活动外，主要还是落实减灾措施，诸如："停催征"、"纵轻罪"等，解民以急。同时，王阳明从分析乡民建房中的私心入手，剖析火灾发生的根本原因在于"私心"所致，害人害己。王阳明的分析鞭辟入里，并要求乡民明此大义，引以为戒，在灾后重建中严格按防火规范建房。

在《告谕庐陵父老子弟》一文中，王阳明还就诉讼、借银两、防盗、水次兑运等事关民生的大事都与乡民作了约定，政务公开，引导民众参与。此文的写作特色：一是分析问题透过现象揭示本质。通过利害关系的透彻分析从心体上启发乡民善心，从根本上化解棘手的难题。二是动之以情，处处以民众的长远利益作为施

---

① ［明］王阳明. 王阳明全集［M］. 上海：上海古籍出版社，1992：1029—1030.

政的出发点。三是语言通俗，不着虚文，概括力强。诸如文末结语："谕告父老子弟，县令到任且七月，以多病之故，未能为尔民兴利去弊。中间局于时势，且复未免催科之扰。德泽无及于民，负尔父老子弟多矣。今兹又当北觐，私计往返，与父老且有半年之别。兼亦行藏靡定，父老其各训诫子弟，息忿罢争，讲信修睦，各安尔室家，保尔产业，务为善良，使人爱乐，勿作凶顽，下取怨恶于乡里，上招刑戮于有司。呜呼！言有尽而意无穷，县令且行矣，吾民其听之。"① 此段结语，融情理于一炉，爱民之心跃然纸上。王阳明在庐陵的时间只有短短的七个月，且身体患病，但为庐陵百姓做了大量的实事，解决了事关民生的几件大事。入京前又不愿百姓相送，以告示留别，足见王阳明为官品行。

二、南赣告谕：劝谕真切，以善化俗

王阳明于正德十一年（1516）九月，由兵部尚书王琼特举而升都察院左佥都御史、巡抚南、赣、汀、漳等处平民乱，于正德十二年正月至赣州开府。王阳明在深入调查的基础上，对南赣山民作乱的原因作了周密分析，认为绝大多数参与动乱的山民有的出于生计，有的则为盗贼胁迫所致，为非作歹的强盗只是少数。为了在军事剿匪中不伤及无辜，王阳明采用"攻心为上"的战术，"破山中贼"先"破心中之贼"，摒弃单一的军事围剿办法，区别对待参与动乱的山民，通过告示形式，启发民心，晓以大义，孤立极少数强盗。阳明通过行"十家牌法"，将当地百姓组织起来，实行自保，从而切断了普通百姓与强盗的联系。诸如，王阳明在《十家牌法告谕各府父老子弟》一文中，申明推行"十家牌法"的目的和要求：

　　本院奉命巡抚是方，惟欲剪除盗贼，安养小民。所限才力短浅，智虑不及；虽挟爱民之心，未有爱民之

---

① ［明］王阳明. 王阳明全集［M］. 上海：上海古籍出版社，1992：1030.

政；父老子弟，凡可以匡我之不逮，苟有益于民者，皆
有以告我，我当商度其可，以次举行。今为此牌，似亦
烦劳。尔众中间固多诗书礼义之家，吾亦岂忍以狡诈待
尔良民。便欲防奸革弊，以保安尔良善，则又不得不
然，父老子弟，其体此意。自今各家务要父慈子孝，兄
爱弟敬，夫和妇随，长惠幼顺，小心以奉官法，勤谨以
办国课，恭俭以守家业，谦和以处乡里，心要平恕，毋
得轻意忿争，事要含忍，毋得辄兴词讼，见善互相劝
勉，有恶互相惩戒，务兴礼让之风，以成敦厚之俗。吾
愧德政未敷，而徒以言教，父老子弟，其勉体吾意，
毋忽！①

王阳明在告示中，用劝慰的语气行文，而不是采用命令式的语言。
这并非王阳明不会用严词厉言，而是把自己摆在与当地百姓对等
的地位上，心平气和地与百姓讲道理、提要求。并申明自己奉命
平乱完全是出于对广大百姓利益的保护，为百姓的安宁着想。这
样，在心理上缩短了与老百姓的距离，争取了民心，为扫除那些
占山为王的强盗铺平了道路。王阳明在南赣作为最高军事长官指
挥平乱，但他只是将军事行动作为平乱的辅助手段，并不以剿灭
动乱者作为邀功领赏的筹码；因此，王阳明总是将百姓的根本利
益放在首位，开导百姓在兵荒马乱年代要以"善"作为做人准则，
将心比心，遵守礼节，勤俭持家。王阳明的《告谕各府父老子弟》
一文，也是一个典型的例证：

　　告谕父老子弟，今兵荒之余，困苦良甚，其各休养
生息，相勉于善。父慈子孝，兄友弟恭，夫和妇从，长
惠幼顺，勤俭以守家业，谦和以处乡里，心要平恕，毋
怀险谲，事贵含忍，毋轻门争。父老子弟曾见有温良逊

① ［明］王阳明. 王阳明全集［M］. 上海：上海古籍出版社，1992：528—529.

让、卑己尊人而人不敬爱者乎？曾见有凶狠贪暴、利己
侵人而人不疾怨者乎？夫嚣讼之人争利而未必得利，求
伸而未必能伸，外见疾于官府，内破败其家业，上辱父
祖，下累儿孙，何苦而为此乎？此邦之俗，争利健讼；
故吾言恳恳于此。吾愧无德政，而徒以言教，父老其勉
听吾言，各训戒其子弟，毋忽！①

从告谕可以看出，王阳明在南赣平乱时对老百姓的痛苦遭遇十分
同情，文中为百姓所指明的生活道路也完全是从爱民的立场出发。
这充分说明王阳明平乱的合目的性，受到了当地百姓的理解和对
剿匪军事行动的支持。同时，王阳明治政治军其切入点是从现实
生活中直接危害百姓利益的风俗问题入手，开导民众觉悟。如针
对南赣风俗中存在的普遍问题，为改变世俗的不良习气，减轻压
在百姓身上的沉重负担，王阳明告示百姓：

告谕百姓，风俗不美，乱所由兴。今民穷苦已甚，
而又竞为淫侈，岂不重自困乏。夫民习染既久，亦难一
旦尽变，吾姑就其易改者，渐次诲尔：吾民居丧不得用
鼓乐，为佛事，竭赀分帛，费财于无用之地，而俭于其
亲之身，投之水火，亦独何心！病者宜求医药，不得听
信邪术，专事巫祷。嫁娶之家，丰俭称赀，不得计论聘
财妆奁，不得大会宾客，酒食连朝。亲戚随时相问，惟
贵诚心实礼，不得徒师虚文，为送节等名目，奢靡相
尚。街市村坊，不得迎神赛会，百千成群。凡此皆靡费
无益。有不率教者，十家牌邻互相纠察；容隐不举正
者，十家均罪。尔民之中岂无忠信循理之人，顾一齐众
楚，寡不胜众，不知违弃礼法之可耻，而惟虑市井小人
之非笑，此亦岂独尔民之罪，有司者教导之不明与有责

---

① ［明］王阳明．王阳明全集［M］．上海：上海古籍出版社，1992：532．

焉。至于孝亲敬长、守身奉法、讲信修睦、息讼罢争之
类，已尝屡有告示，恳切开谕，尔民其听吾诲尔，益敦
毋怠！①

王阳明认为，社会动乱与一地的风俗直接相关。尽管这一分析并
不全面，但是从实际情形看是有道理的，不良的风俗对百姓造成
了严重危害。南赣的百姓本来就贫困，但风俗中丧葬佛事、病者
巫祷、嫁娶聘财、迎神赛会、宾客酒食、过节送礼，以奢靡为尚，
恶性循环，加重了贫穷百姓的经济负担。贫穷者越来越穷，甚至
家破人亡，有的只好落草为寇，地方不得安宁。为此，王阳明采
用"十家牌法"，乡民自治，相互监督，从制度上杜绝风俗恶习，
以减轻百姓的过重负担。同时，开导乡民养成"孝亲敬长、守身
奉法、讲信修睦"的风俗习惯，以此改善民风。王阳明治理民政
是从系统的观点看问题，从根本上找出问题的症结，然后对症下
药。在《告谕新民》一文中，王阳明则从善恶的角度，启发百姓
人心向善，从根本上转变乡村风俗：

尔等各安生理，父老教训子弟，头目人等抚绥下
人，俱要勤尔农业，守尔门户，爱尔身命，保尔室家，
孝顺尔父母，抚养尔子孙，无有为善而不蒙福，无有为
恶而不受殃，毋以众暴寡，毋以强凌弱，尔等务兴礼义
之习，永为良善之民。子弟群小中或有不遵教诲，出外
生事为非者，父老头目即与执送官府，明正典刑，一则
彰明尔等为善去恶之诚，一则剪除莨莠，免致延蔓，贻
累尔等良善。吾今奉命巡抚是方，惟欲尔等小民安居乐
业，共享太平。所恨才识短浅，虽怀爱民之心，未有爱
民之政。近因督征象湖、可塘诸处贼巢，悉已擒斩扫
荡，住军于此，当兹春耕，甚欲亲至尔等所居乡村，面

①　[明] 王阳明. 王阳明全集 [M]. 上海：上海古籍出版社，1992：565—566.

> 问疾苦；又恐跟随人众，或至劳扰尔民，特遣官耆谕
> 告，及以布匹颁赐父老头目人等，见吾勤勤抚恤之心。
> 余人众多，不能遍及，各宜体悉此意。①

在告谕中，王阳明通过善恶对举的表达方式，对乡民讲清为善者福、为恶者必殃的道理。一方面进行劝导，另一方面对那些屡教不改的为恶者，则明正典刑。说明王阳明在治理地方过程中，是针对不同的问题性质、不同的对象提出要求，从制度层面促使风俗的转变。同时，王阳明还劝导乡民发展农业生产以解决贫困问题，从经济来源上保障风俗淳化。另外，王阳明亲自访贫问苦，了解民间疾苦。他还十分注重父老头目在乡村自治管理中的作用，不仅在精神上激励，还从物质上犒劳，为防止扰民，派人对父老头目颁赐布匹。从王阳明这一告谕可知，在南赣平乱中，王阳明将心学的基本原理"为善去恶"运用于改变民风，体现了阳明心学的普世价值。施邦曜评点此文："劝谕真切，读之令人感泣"。②关于对"善恶"问题的剖析，王阳明在《谕俗四条》一文中表述的更加明确：

> 为善之人，非独其宗族亲戚爱之，朋友乡党敬之，虽鬼神亦阴相之。为恶之人，非独其宗族亲戚恶之，朋友乡党怨之，虽鬼神亦阴殛之。故"积善之家，必有余庆，积不善之家，必有余殃。"
>
> 见人之为善，我必爱之；我能为善，人岂有不爱我者乎？见人之为不善，我必恶之；我苟为不善，人岂有不恶我者乎？故凶人之为不善，至于陨身亡家而不悟者，由其不能自反也。
>
> 今人不忍一言之忿，或争铢两之利，遂相构讼。夫

---

① ［明］王阳明．王阳明全集［M］．上海：上海古籍出版社，1992：538—539．
② ［明］施邦曜．阳明先生集要［M］．北京：中华书局，2008：393．

我欲求胜于彼，则彼亦欲求胜于我；仇仇相报，遂至破家荡产，祸贻子孙。岂若含忍退让，使乡里称为善人长者，子孙亦蒙其庇乎？

今人为子孙计，或至谋人之业，夺人之产；日夜营营，无所不至。昔人谓为子孙作马牛，然身没未寒，而业已属之他人；仇家群起而报复，子孙反受其殃。是殆为子孙作蛇蝎也。吁，可戒哉！①

《谕俗四条》言语简洁明了，但道理十分深刻。前两条主要说明"善有善报、恶有恶报"的道理，这是借佛教教义谕乡民，是乡民容易接受的"善恶"观念，反映了王阳明对佛教思想的融通。从另一个角度讲，王阳明并非认同佛教关于"因果报应"的思想，这在作于龙场的《祭刘仁征主事》一文中已有深刻地阐述，那王阳明为什么在此文中又强调"因果报应"思想呢？应该是考虑南赣百姓的文化接受心理，为了更好地收到教育效果而已，说明王阳明教育开导乡民是从实际出发的。后两条，主要针对南赣乡民风俗中存在的恶习而言，从家族的伦理道德角度讲清危害，警告有恶习的乡民，为子孙计必须弃恶从善。《谕俗四条》是王阳明将佛教因果报应思想与家族伦理教育有机结合的典例，也是王阳明借用佛教观念启发民心、劝善化俗的一种手法。

王阳明的庐陵、南赣告谕文，宗旨明确，语言简洁明了，情感丰富，充分体现了王阳明拳拳爱民之心。他的告谕文，不是一种说教，或是对百姓的恐吓；而是为解决南赣百姓饱受动乱之苦开出的自救良方。攻心为上是王阳明治理地方的基本手段，在他看来，武力剿匪只管得了一时，不可能解决根本问题；因而他着眼于地方的长治久安，从心体上根除乡民动乱的念头，可以说，这是阳明心学创造性地运用。故王阳明的高足弟子钱德洪在隆庆四年（1570）编辑《三征公移逸稿》时，于文前跋中说："余读而

---

① ［明］王阳明. 王阳明全集 ［M］. 上海：上海古籍出版社，1992：917—918.

叹曰：'吾师学敦大源，故发诸政事，澜涌川决，千态万状，时出而无穷。是稿皆据案批答，平常说去，殊不经意，而仁爱自足以沦人心髓，思虑自足以彻人机智，文章又足以鼓舞天下之人心，若金沙玉屑，散落人世，人自不能弃之，又奚病于繁耶?'乃为条揭其纲以遗之，使读者即吾师应感之陈迹，可以推见性道之渊微云。"① 王阳明的诸多告谕文是心学基本思想的体现，以"仁爱"之心推己及人。钱德洪的评点之语，可以说是对王阳明告谕文普世性的极好诠释。

第二节　移风易俗：简洁明了的乡约文

如果说江西告谕文是王阳明治理地方、与百姓沟通的一种方式，那么王阳明在江西南赣所推行的"乡约"，即是治理社会动乱的一种方略，或者说是乡民"以民治民"的自治制度。王阳明在南赣推行的乡约制度，上承北宋《蓝田吕氏乡约》，但又有自己的独创，收到了较好的治理效果，因而被后世所重视。

一、《南赣乡约》产生的背景

《南赣乡约》是王阳明在明正德十三年（1518）平定南赣三浰民乱后，实施的一系列礼仪教化的内容之一，也是推行乡村自治建设的主要内容。可以说是王阳明在南赣将心学"知行合一"思想应用于乡村建设的重要实践成果。

王阳明在正德十三年所做的主要事情，《王阳明年谱》有较详细的记载："十有三年戊寅，先生四十七岁，在赣。正月，征三浰。……四月，班师，立社学。……五月，奏设和平县。……六月，升都察院右副都御史，荫子锦衣卫，世袭百户。辞免，不允。……七月，刻古本《大学》。……八月，门人薛侃刻《传习录》。侃得徐爱所遗《传习录》一卷，序二篇，与陆澄各录一卷，刻于

---

① ［明］王阳明．王阳明全集［M］．上海：上海古籍出版社，1992：1074.

虐。……九月，修濂溪书院。……十月，举乡约。"① 然而，《王阳
明年谱》对《南赣乡约》颁行的时间并未表述清楚，以致造成前
后不一，内容记载有错位问题。据《王阳明年谱》载："……十
月，举乡约。先生自大征后，以为民虽格面，未知格心，乃举乡
约告谕父老子弟。使相警戒，辞有曰：'顷者顽卒倡乱，震惊远
迩。父老子弟，甚忧苦骚动。彼冥顽无知，逆天叛伦，自求诛戮，
究言思之，实足悯悼。然亦岂独冥顽者之罪，有司抚养之有缺，
训迪之无方，均有责焉。虽然，父老之所以倡率饬励于平日，无
乃亦有所未至欤？今倡乱渠魁，皆就擒灭，胁从无辜，悉已宽贷，
地方虽以宁复，然创今图后，父老所以教约其子弟者，自此不可
以不豫。故今特为保甲之法，以相警戒。聊属父老，其率子弟慎
行之。务和尔邻里，齐尔姻族，德义相劝，过失相规，敦礼让之
风，成淳厚之俗。'"② 然而，此条内容并非乡约，是告示，在《王
阳明全集》中标题为《告谕父老子弟》，题下标注时间为：正德十
四年（1519）二月。《南赣乡约》一文收录在《王阳明全集·别录
九·公移二》中，其文归类在正德十五年正月所撰写的公文中，
似误。③ 但《王阳明年谱》载："十有五年庚辰，先生四十九岁，
在江西。正月，赴召次芜湖。寻得旨，返江西。"④ 从所载时间与
王阳明的行踪看，正德十五年正月，王阳明早已不在南赣了，故
可推知，《南赣乡约》的颁行应在正德十三年十月，这在时间和逻
辑上才符合史实。《南赣乡约》是王阳明在平三浰之后，大力整治
地方民政，以心学思想教化民众，巩固平乱成果的产物。

二、《南赣乡约》的体例、内容和意义

《南赣乡约》在体例和内容上，应该是传承了北宋《蓝田吕氏

① ［明］王阳明. 王阳明全集［M］. 上海：上海古籍出版社，1992：1248—1255.
② ［明］王阳明. 王阳明全集［M］. 上海：上海古籍出版社，1992：1255—1256.
③ ［明］王阳明. 王阳明全集［M］. 上海：上海古籍出版社，1992：1074.
④ ［明］王阳明. 王阳明全集［M］. 上海：上海古籍出版社，1992：1269—1270.

乡约》的基本规范，^①但王阳明所颁发推行的《南赣乡约》有自己
鲜明的特色，主要表现在以下几方面：一是在思想渊源上的异同
点，两者都可以远溯儒学经典《礼记》；但《蓝田吕氏乡约》显然
是受到关学"身体力行"的直接影响，而《南赣乡约》则显然是
王阳明心学"知行合一"思想的产物。二是在产生的程序上，两
者有明显的区别：《蓝田吕氏乡约》是由当地乡绅在宗族血缘关系
的基础上自愿约定而成，是宗族规范的扩展形式，具有地域化的
色彩；而《南赣乡约》是王阳明治理民政的一个重要措施，是通
过政治权力非强制化地推行实施，程序上是自上而下的。三是在
具体内容上，侧重点有所不同：《蓝田吕氏乡约》主要是规范性条
款，侧重于表述乡民在道德规范上应该做什么，条目列的比较粗；
而《南赣乡约》主要是实践性条款，侧重于表述乡民在道德规范
上具体应该怎么做，故条目列的相对精细，强调"知行合一"。四
是从制定和实施目的看，也是有差别的：《蓝田吕氏乡约》着眼于
制度和谐，乡民的道德行为统一于"礼"的外在规范；而《南赣
乡约》则是从开显乡民心体之"善"性出发，着眼于乡民内心向
善，自我主宰。当然，由于两者在产生的时代背景上不一样，王
阳明颁行的《南赣乡约》主要是要解决南赣乡民中存在的"不正"
之风，使百姓成为新民。这一点，王阳明在《南赣乡约》的序言
中讲得很清楚：

> 咨尔民，昔人有言："蓬生麻中，不扶而直；白沙
> 在泥，不染而黑。"民俗之善恶，岂不由于积习使然
> 哉！往者新民盖常弃其宗族，畔其乡里，四出而为暴，
> 岂独其性之异，其人之罪哉？亦由我有司治之无道，教
> 之无方。尔父老子弟所以训诲戒饬于家庭者不早，薰陶

①《蓝田吕氏乡约》，是我国历史上最早的"村规民约"。由"蓝田四吕"即：吕
大忠、吕大钧、吕大临、吕大防于北宋神宗熙宁九年（1076）制订和实施，为乡民的道
德行为规范，包含四方面内容：德业相劝、过失相规、礼俗相交、患难相恤。

渐染于里闬者无素，诱掖奖劝之不行，连属叶和之无
具，又或愤怨相激，狡伪相残，故遂使之靡然日流于
恶，则我有司与尔父老子弟皆宜分受其责。①

文中，王阳明首先引《荀子》语，点明"民俗之善恶，由积习使
然"，但他没有怪罪于人而是将民风不纯的责任揽在自己身上：
"司治之无道，教之无方"。然后，列举民俗之恶的种种表现，直
陈危害。为了改变这种恶习，创造良好的乡村风俗，自然引出乡
民要自觉遵守乡约，并提出了目标纲要："以协和尔民，自今凡尔
同约之民，皆宜孝尔父母，敬尔兄长，教训尔子孙，和顺尔乡里，
死丧相助，患难相恤，善相劝勉，恶相告戒，息讼罢争，讲信修
睦，务为良善之民，共成仁厚之俗。"② 王阳明从四个方面引导乡
民人心向"善"，以形成一个良好的风俗。在具体乡约条文上，则
用语简洁，通俗易懂，便于掌握和实施。诸如乡民聚会两条：
"一、同约之人每一会，人出银三分，送知约，具饮食，毋大奢，
取免饥渴而已。一、会期以月之望，若有疾病事故不及赴者，许
先期遣人告知约；无故不赴者，以过恶书，仍罚银一两公用。"③
内容简单明了，要求与责任明确。再如婚丧风俗两条："一、男女
长成，各宜及时嫁娶；往往女家责聘礼不充，男家责嫁妆不丰，
遂致愆期；约长等其各省谕诸人，自今其称家之有无，随时婚嫁。
一、父母丧葬，衣衾棺椁，但尽诚孝，称家有无而行；此外或大
作佛事，或盛设宴乐，倾家费财，俱于死者无益；约长等其各省
谕约内之人，一遵礼制；有仍蹈前非者，即与纠恶簿内书以不
孝。"④ 这两条都紧扣民俗中的不良习气，为改变积习倡导新风而
制定的，强调嫁娶不论财物之多少，丧葬以"孝心"为重，反对
铺张浪费。

① ［明］王阳明. 王阳明全集［M］. 上海：上海古籍出版社，1992：599.
② ［明］王阳明. 王阳明全集［M］. 上海：上海古籍出版社，1992：600.
③ ［明］王阳明. 王阳明全集［M］. 上海：上海古籍出版社，1992：600.
④ ［明］王阳明. 王阳明全集［M］. 上海：上海古籍出版社，1992：600.

《南赣乡约》的价值与意义。首先，《南赣乡约》具有务实性。处处从乡民的实际利益出发，从乡村建设的长治久安筹划。因此，深得民心，对南赣风俗的改变起了极大的作用。其次，《南赣乡约》充分体现了王阳明治理乡村的民政思想，一切从实际出发，重在启发教育，重在乡民的生活方式改变上下工夫。平乱并非最终目的，"乱"由心起，《南赣乡约》是从制度层面推动风俗之变。毫无疑问，其指导思想是源于心学的"知行合一"，发人"良知"为要，在日常生活中体现，以风俗化民，这就是《南赣乡约》的价值和意义所在。

第三节　兴立社学：顺其天性的教育文

王阳明在平南赣民乱、剿匪中深知社会动乱原因复杂；但乡民缺乏最基本的文化素养，不懂礼仪文化才是问题的症结所在，故将开启民心、教育父老子弟，作为改变风俗的治本之道。明正德十三年（1518）三月，王阳明在剿灭三浰匪患后，胜利班师。四月，即在南赣推行社学，以教化民众。据《王阳明年谱》载："先生谓民风不善，由于教化未明。今幸盗贼稍平，民困渐息，一应移风易俗之事，虽未能尽举，姑且就其浅近易行者，开导训诲。即行告谕，发南、赣所属各县父老子弟，互相戒勉，兴立社学，延师教子，歌诗习礼。出入街衢，官长至，俱叉手拱立。先生或赞赏训诱之。久之，市民亦知冠服，朝夕歌声，达于委巷，雍雍然渐成礼让之俗矣。"① 从记载中可知，王阳明推行社学取得了很大的成功，南赣民风为之一变，泽被后世。

一、整顿社学：选聘良师，隆师重道

王阳明在南赣运用手中的军政大权，将立社学作为治理地方民政的重要举措。但他在观察中发现赣州社学乡馆在教学中存在

① ［明］王阳明. 王阳明全集［M］. 上海：上海古籍出版社，1992：1252.

严重问题，主要是教师混杂、学术不明，导致教学效果不佳。于是王阳明发布行政命令，大力整治地方社学。他在《兴举社学牌》一文中说：

> 看得赣州社学乡馆，教读贤否，尚多淆杂；是以诗礼之教，久已施行；而淳厚之俗，未见兴起。为此牌仰岭北道督同府县官吏，即将各馆教读，通行访择；务学术明正，行止端方者，乃与兹选；官府仍籍记姓名，量行支给薪米，以资勤苦；优其礼待，以示崇劝。以各童生之家，亦各通行戒饬，务在隆师重道，教训子弟，毋得因仍旧染，习为偷薄，自取愆咎。①

从文中看，王阳明针对社学教学效果不佳的原因，要求下属官员迅速整顿教师队伍，广选"学术明正，行止端方"的教师，并提高教师的待遇，并要求老百姓"尊师重教"。而对教师也提出严格的要求，阳明在《行雩都县建立社学牌》一文中说："照得本院近于赣州府城设立社学乡馆，教育民间子弟，风俗颇渐移易。牌仰雩都县掌印官，即于该县起立社学，选取民间俊秀子弟，备用礼币，敦请学行之士，延为师长；查照本院原定学规，尽心教导；务使人知礼让，户习《诗》、《书》，丕变偷薄之风，以成淳厚之俗。毋得违延忽视，及虚文搪塞取咎。"② 文中，王阳明从教学态度、教学内容和教学方法诸方面对教师提出了明确的要求，足见王阳明对社学教学的重视。王阳明对教师的要求，不仅仅是传授"诗礼章句"等基本文化知识，而是要求教师重在培养学生的德行，化导童子的心灵之美。王阳明在《颁行社学教条》一文中说："各官仍要不时劝励敦勉，令各教读务遵本院原定教条尽心训导，视童蒙如己子，以启迪为家事，不但训饬其子弟，亦复化喻其父

① ［明］王阳明．王阳明全集［M］．上海：上海古籍出版社，1992：604．
② ［明］王阳明．王阳明全集［M］．上海：上海古籍出版社，1992：1164．

兄；不但勤劳于诗礼章句之间，尤在致力于德行心术之本；务使礼让日新，风俗日美，庶不负有司作兴之意，与士民趋向之心，而凡教授于兹土者，亦永有光矣。"① 阳明还要求教读将教条作为座右铭警示自己。由此可见，王阳明兴社学，着力点放在教师的选聘和对教师的严格管理上，破解了赣州社学中的主要矛盾。

二、训蒙教约：蒙以养正，乐习不倦

王阳明从心学开启本心良知出发，对社学教学的教学目的、教学内容、教学方法等提出了一系列的指导性意见，可视为王阳明心学教学思想的体现。王阳明在《训蒙大意示教读刘伯颂等》一文中着重论述了儿童教学基本原理：

一是论述了儿童教学的培养目标是教以人伦，学会做人。王阳明说："古之教者，教以人伦：后世记诵词章之习起，而先王之教亡。今教童子，惟当以孝弟忠信礼义廉耻为专务；"② 王阳明通过古人之教与后世之教的对比，论证教学的真谛在于开启儿童的"孝弟忠信礼义廉耻"之心。这实际上是王阳明"良知"思想在教学上的反映。二是论述了儿童教育的教学方法，以歌诗发其志意："其栽培涵养之方，则宜诱之歌诗以发其志意，导之习礼以肃其威仪，讽之读书以开其知觉。今人往往以歌诗、习礼为不切时务，此皆末俗庸鄙之见，乌足以知古人立教之意哉！大抵童子之情，乐嬉游而惮拘检，如草木之始萌芽，舒畅之则条达，摧挠之则衰痿。今教童子必使其趋向鼓舞，中心喜悦，则其进自不能已。譬之时雨春风，沾被卉木，莫不萌动发越，自然日长月化：若冰霜剥落，则生意萧索，日就枯槁矣：故凡诱之歌诗者，非但发其志意而已，亦所以泄其跳号呼啸于咏歌，宣其幽抑结滞于音节也：导之习礼者，非但肃其威仪而已，亦所以周旋揖让而动荡其血脉，拜起屈伸而固束其筋骸也；讽之读书者，非但开其知觉而已，亦

① ［明］王阳明. 王阳明全集［M］. 上海：上海古籍出版社，1992：610—611.
② ［明］王阳明. 王阳明全集［M］. 上海：上海古籍出版社，1992：87.

所以沈潜反复而存其心，抑扬讽诵以宣其志也。凡此皆所以顺导其志意，调理其性情，潜消其鄙吝，默化其粗顽，日使之渐于礼义而不苦其难，人于中和而不知其故，是盖先王立教之微意也。"①王阳明认为儿童教学必须按照儿童的心理施教。他以"时雨春风化育万物"为喻，说明教育重在开导；而诗歌教学则是最好的方法。通过讽诵诗歌，感发儿童的"性情"，然后渐渐地化解愚蛮。三是阳明在文中严肃地批评了错误的教法："若近世之训蒙稚者，日惟督以句读课仿，责其检束而不知导之以礼，求其聪明，而不知养之以善，鞭挞绳缚，若待拘囚。彼视学舍如图狱而不肯入，视师长如寇仇而不欲见，窥避掩覆以遂其嬉游，设诈饰以肆其顽鄙，偷薄庸劣，日趋下流。是盖驱之于恶而求其为善也，何可得乎！"②王阳明对迂儒不遵循儿童心理施教，造成儿童人格障碍，最后导致教学失败的成因作了透彻的分析，从而阐明了儿童教育必须采用"启发式"教学的基本规律。为提高和保证社学的教学质量，王阳明还亲自为社学制定《教约》，即现代教学所谓的教学计划：

> 每日清晨，诸生参揖毕，教读以次遍询诸生：在家所以爱亲敬畏之心，得无懈忽，未能填切否？温清定省之仪，得无亏缺，未能实践否？往来街衢步趋礼节，得无放荡，未能谨饬否？一应言行心术，得无欺妄非僻，未能忠信笃敬否？诸童子务要各以实对，有则改之，无则加勉。教读复随时就事，曲加诲谕开发，然后各退，就席肄业。
>
> 凡歌诗，须要整容定气，清朗其声音，均审其节调，毋躁而急，毋荡而嚣，毋馁而慑。久则精神宣畅，心气和平矣。每学量童生多寡，分为四班。每日轮一班

---

①　[明] 王阳明．王阳明全集 [M]．上海：上海古籍出版社，1992：88．
②　[明] 王阳明．王阳明全集 [M]．上海：上海古籍出版社，1992：88．

歌诗，其余皆就席，敛容肃听。每五日则总四班递歌于本学。每朔望，集各学会歌于书院。

凡习礼，需要澄心肃虑，审其仪节，度其容止，毋忽而惰，毋沮而怍，毋径而野，从容而不失之迂缓，修谨而不失之拘局。久则礼貌习熟，德性坚定矣。童生班次，皆如歌诗。每间一日，则轮一班习礼，其余皆就席，敛容肃观。习礼之日，免其课仿。每十日则总四班递习于本学。每朔望，则集各学会习于书院。

凡授书，不在徒多，但贵精熟。量其资禀，能二百字者，止可授以一百字，常使精神力量有余，则无厌苦之患，而有自得之美。讽诵之际；务令专心一志，口诵心惟，字字句句紬绎反覆，抑扬其音节，宽虚其心意，久则义礼浃洽，聪明日开矣。

每日工夫，先考德，次背书诵书，次习礼或作课仿，次复诵书讲书，次歌诗。凡习礼歌诗之数，皆所以常存童子之心，使其乐习不倦，而无暇及于邪僻。教者如此，则知所施矣。虽然，此其大略也；神而明之，则存乎其人。①

上述五条，王阳明将培养儿童的诚心之德列为首条，其意在于明确教学目的育人。第二条确定了歌诗时的具体要求，通过"养气"正容的训练，培养儿童温文尔雅的性情。第三条是通过歌诗活动，训练儿童在群体活动中养成遵守礼仪规范的习惯，以掌握"澄心"之法。第四条提出读书识字要视儿童天赋禀性，在于贵精，不在数量之多。旨在培养儿童的"自得"习惯。最后一条是检验学习的效果，即考察儿童学习的"工夫"。考查以德为先，然后再考查具体知识掌握程度。王阳明的《教约》，整个教学过程是按照童子之心，按"快乐教育"的要求设计，已初显"致良知"的教学思

---

① ［明］王阳明. 王阳明全集［M］. 上海：上海古籍出版社，1992：88—89.

想和教法。王阳明在赣州大兴社学，既培养了人才，也净化了社会风气，教育之风进入家庭，使乡民的整体文化素质得到提升。这是王阳明在南赣平乱中的一大创举，说明王阳明的"良知"学说是启迪人心，旨在社会文明。

第四节　攻心为上：运筹帷幄的征战文

王阳明在江西平乱、剿匪的重大军事行动主要有四次：一是漳南象湖山之战，二是南赣横水、桶冈之战，再是三浰之战，第四是平宸濠之战。在这四次战役中，王阳明充分运用《武经》战法，灵活机动，出其不意，攻其不备，战无不胜，创造了文臣领兵打仗的奇迹。《明史·王守仁传》评价其军事奇才："王守仁始以直节著。比任疆事，提弱卒，从诸书生扫积年逋寇，平定孽藩。终明之世，文臣用兵制胜，未有如守仁者也。"① 尽管直接记载王阳明军事行动的文献尚未发现，但在阳明所撰与战役相关的公文中仍可窥知战役的某些细节。

一、漳南象湖山战役之文

正德十一年（1516）末，王阳明以都察院左佥都御史的身份至赣，巡抚南、赣、汀、漳等处。时福建漳南地区盗贼蜂起，王阳明在《巡抚南赣钦奉敕谕通行各属》一文中说："照得抚属地方，界连四省；山溪峻险，林木茂深，盗贼潜处其间，不时出没剽劫；东追则西窜，南捕则北奔，各省巡捕等官，彼此推调观望，不肯协力追剿；遂至延蔓日多。"② 为此，王阳明要求部属探明匪巢的具体地理位置，为征剿作准备"山川道路之险易，必须亲切画图；贼垒民居之错杂，皆可按实开注；近者一月以里，远者一

① 高占祥主编．二十五史·明史·王守仁传［M］．北京：线装书局，2007：1063.

② ［明］王阳明．王阳明全集［M］．上海：上海古籍出版社，1992：525.

月以外，凡有所见，备写揭帖，各另呈来，以凭采择。"① 说明王阳明打仗善于运用兵法"知己知彼"的谋略。王阳明深知南赣官兵战斗力很弱，便立刻选用精兵强将，强化训练。在《选拣民兵》一文中对此作了详细记载：

> 照得府属地方，界连四省；山谷险隘，林木茂深，盗贼所盘，三居其一；乘间劫掠，大为民害。本院缪当巡抚，专以弭盗安民为职。钦奉敕谕，一应军马钱粮事宜，得以径自区画。莅任以来，甫及旬日，虽未偏历各属，且就赣州一府观之，财用耗竭，兵力脆寡，卫所军丁，止存故籍；府县机快，半应虚文；御寇之方，百无足恃，以此例彼，余亦可知。夫以赢卒而当强寇，犹驱群羊而攻猛虎，必有所不敢矣。是以每遇盗贼猖獗，辄复会奏请兵；非调土军，即倩狼达，往返之际，辄已经年；糜费所须，动逾数万；逮至集兵举事，即已魍魉潜形，曾无可剿之贼；稍候班师旋旅，则又鼠狐聚党，复皆不轨之群。良由素不练兵，倚人成事；是以机宜屡失，备御益弛，征发无救乎疮痍，供馈适增其荼毒，群盗习知其然，愈肆无惮。百姓谓莫可恃，竟亦从非。……所募精兵，专随各兵备官屯扎，别选素有胆略属官员分队统押。教习之方，随材异技；器械之备，因地异宜；日逐操演，听候征调。各官常加考校，以核其进止金鼓之节。②

从文中可知，王阳明针对严峻的剿匪形势，强化组建官军，加强军事训练，伺机作战。王阳明在《批漳南道进剿呈》一文中也记载了当时积极备战的状况："据兵备佥事胡琏呈：'卢溪等洞贼首

① ［明］王阳明. 王阳明全集［M］. 上海：上海古籍出版社，1992：526.
② ［明］王阳明. 王阳明全集［M］. 上海：上海古籍出版社，1992：527—528.

詹师富等，势甚猖獗，备将画图贴说，待期攻剿。'看得，兵难遥度，事贵乘时。今打手民快等兵，既已募集，仰该道上紧密切，相机剿扑。惟在歼取渠魁，毋致横加平善。其大举夹攻行详议。"①在作战准备就绪后，王阳明着手制定作战方案，在《剿捕漳寇方略牌》一文中，王阳明周密地部署了剿灭漳寇的作战方案：

　　天气向暖，农务方新，兼之山路崎险，林木蓊翳，若雨水洊至，瘴露骤兴，军马深入，实亦非便。莫若于要紧地方，量留打手机兵，操练堤备。其余军马，逐渐抽回；待秋收之后，风气凉冷，然后三省会兵齐进。或宣示远近，或晓谕下人，此声既扬，却乃大犒军士，阳若犒劳给赏，为散军之状；实则感激众心，作兴士气；一面亦将不甚紧关人马抽放一处两处，以信其事；其实所散人马，亦可不远，而复预遣间谍，探贼虚实；有间可乘，即便齐粮，衔枚连夜速发，当此之时，却须舍却身家，有死无生，有进无退，若一念转动，便成大害；劲卒当前，重兵继后，伺至其地，鼓噪而入。仍戒当先之士，惟在摧锋破阵，不许斩取首级；后继重兵，止许另分五六十骑，沿途收斩；其余亦不得辄乱行次，违者就便以军法斩首。重兵之后，纪功赞画等官各率数队，相继而进，严整行伍，务令鼓噪之声连亘不绝，使诸贼逃逐山谷者闻之，不得复聚。若贼首未尽，探其所如，分兵速蹑，不得稍缓，使贼复得为计。已获渠魁，其余解散党与，平日罪恶不大，可招纳者，还与招纳；不得贪功，一概屠戮。乘胜之余，尤要肃旅如初；遇敌不得恃胜懈弛，恐生他虞。归途仍将已破贼巢，悉与扫荡，经过寨堡村落，务禁摽掠，宜抚恤者，即加抚恤；宜处分者，即与处分；毋速一时之归，复遗他日之悔。本院

---

①　［明］王阳明. 王阳明全集［M］. 上海：上海古籍出版社，1992：1075.

> 奉命而来，专以节制四省沿边军职为务。即今进兵，一
> 应机宜，悉宜禀听本院，庶几事有总领，举动齐一。授
> 去方略，敢有故违，悉以军法论处。各官知会之后，即
> 连名开具遵依揭帖，密切回报。①

此剿匪作战方案，王阳明采用"欲擒故纵"的战术，以"撤兵"迷惑盗匪，然后派间谍"探贼虚实"，一旦有间可乘，便以迅雷不及掩耳之势，"衔枚连夜速发"，一举歼灭。作战方案拟订后，王阳明就迅速组织实施。调集三省军队联合进攻漳南象湖山匪巢。乘敌之虚，一举剿灭。王阳明在《闽广捷音疏》一文中记载了此战的场面："依蒙密差义官曾崇秀爪探虚实，乘贼怠弛，会选精兵一千五百名当先，重兵四千二百名继后，分作三路。各职统领俱于二月十九日夜衔枚直趋，三路并进，直捣象湖山，夺其隘口。各贼虽已失险，但其间贼徒类皆骁勇精悍，犹能凌堑绝谷，超跃如飞。复据上层峻险，四面飞打衮木雷石，以死拒敌。我兵奋勇鏖战，自辰至午，呼声震天，撼摇山谷。三司所发奇兵，复从间道鼓噪突登，贼始惊溃大败。"② 经战果统计，漳南象湖山一战连破匪巢十三所，贼詹师富、温火烧被歼灭，漳南数十年逋寇悉平。漳南象湖山之战，从开始筹划到结束仅用不到三个月的时间，是王阳明统一指挥的平乱剿匪第一战。初战旗开得胜，大大鼓舞了将士的士气，打破了山匪不可战胜的神话，震慑了南赣地区强盗的嚣张气焰，安定了漳南地区的治安，百姓得以安居乐业。漳南象湖山之战，也是王阳明正确运用其熟读的《武经七略》的结果。从作战公文写作的角度看，王阳明的军事文章，逻辑严密，思路清晰，作战行动步骤表述具体明确，行文简洁。

二、横水桶冈战役之文

漳南之战结束后，四月，班师。王阳明驻军上杭，时遇大旱，

---

① ［明］王阳明. 王阳明全集［M］. 上海：上海古籍出版社，1992：532—533.
② ［明］王阳明. 王阳明全集［M］. 上海：上海古籍出版社，1992：303.

三月不雨。王阳明顺从民意，在驻地为民祷雨，老天显灵，果一雨三日，民大悦。及班师，有司请名行台之堂曰"时雨堂"，阳明为之作记。五月，立兵符，整顿军队组织，加强军队纪律。为配合南赣剿匪，加强山区地方政权建设，王阳明从战略长远考虑，奏设和平县（今隶属于广东省河源市），移枋头巡检司，以扼诸匪巢咽喉。为解决剿匪的军饷问题，六月，王阳明"疏请疏通盐法"，要求放行抽取盐税以资军饷。正德十二年（1517）九月，王阳明"改授提督南、赣、汀、漳等处军务，给旗牌"，因王阳明军事指挥权扩大，可以直接调动和指挥原不属于自己管辖的外省军队，"得便宜行事"。王阳明用兵十分注意军事的系统性，将军事指挥权、地方政权设置、军费补充等作通盘谋划，为平南赣之乱奠定了扎实的军事基础。时漳南盗寇虽平息，但乐昌、龙川诸贼巢尚多啸聚，危害地方。为此王阳明不轻易动刀兵，而是先以牛酒银布犒抚，然后进行劝谕，晓之以大义，感之以情，即所谓"破心中之贼"。此招果然有效，盗匪头目率众投降，愿效死以报。体现了王阳明用兵"攻心为上"，"不战而屈人之兵"的高超谋略。

正德十二年十月，南赣桶冈、横水诸贼巢首领谢志珊会同乐昌高快马等匪首，大修战具，欲与广东官军交战。桶冈、横水诸贼巢是南赣剿匪的战略要地，根据敌我双方的形势，王阳明决定发起桶冈、横水战役。关于桶冈、横水之战，王阳明在《横水桶冈捷音疏》一文中，对战役的起因、作战过程和战果等事项作了详细地记载，写得很有特色。

一是写战役的缘起与作战方案的选择。文中说：

　　各畲贼首闻知湖广土兵将到，集众据险，四出杀掠，猖炽日甚，乞为急处等因到臣。当将进兵机宜，督同兵备副使杨璋、分守参议黄宏、统兵知府等官邢珣等，议得桶冈、横水、左溪诸贼，荼毒三省，其患虽同，而事势各异。以湖广言之，则桶冈诸巢为贼之咽喉，而横水、左溪诸巢为之腹心；以江西言之，则横

> 水、左溪诸巢为贼之腹心，而桶冈诸巢为之羽翼。今不
> 先去横水、左溪腹心之患，而欲与湖广夹攻桶冈，进兵
> 两寇之间，腹背受敌，势必不利。今议者纷纷，皆以为
> 必须先攻桶冈，而湖广克期乃在十一月初一日，贼见我
> 兵未集，而师期尚远，且以为必先桶冈，势必观望未
> 备。今若出其不意，进兵速击，可以得志。已破横水、
> 左溪，移兵而临桶冈，破竹之势，蔑不济矣。……①

从上述记载看，时桶冈、横水、左溪诸贼，荼毒三省，危害之烈。因盗匪闻官军将到"集众据险，四出杀掠，猖炽日甚"。对此紧急战况，王阳明判明情形，立刻作出应战部署。从作战方针的制定过程看，诸将领对首攻目标的确定意见不一。王阳明审时度势，对部属提出的作战建议进行了严密的分析论证，在经过敌我军事态势的权衡后，当机立断，决定先攻横水、左溪之匪巢，直捣敌巢心窝，然后出其不意移兵桶冈。战役的进展表明，王阳明的决策完全正确，其超群的军事指挥艺术再度显露。

二是战役场面的描述。在王阳明的统一指挥下，官军经过数日激战，一举扫平了横水、左溪等十余处匪巢。文中对官军进攻横水、左溪等匪巢的战斗场面作了具体地描述：

> 分布既定，乃于十月初七日夜，各哨齐发；初九
> 日，臣兵至南康；初十日，进屯至坪。使间谍四路分
> 探，皆以为诸贼不虞官兵猝进，各巢皆鸣锣聚众，往来
> 呼噪奔走，为分投御敌之状，势甚张皇；然已于各险隘
> 皆设有滚木礌石。度此时贼已据险，势未可近。臣兵乘
> 夜遂进。十一日小饷，未至贼巢三十里，止舍，使人伐
> 木立栅，开堑设堠，示以久屯之形。夜使报效听选官雷
> 济、义民萧庚，分率乡兵及樵竖善登山者四百人，各与

---

① ［明］王阳明. 王阳明全集［M］. 上海：上海古籍出版社，1992：343—344.

一旗，赍铳礁钩镰，使由间道攀崖悬壁而上，分列远近极高山顶以觇贼。张立旗帜，爇茅为数千灶；度我兵且至险，则举炮燃火相应。十二日早，臣兵进至十八面隘。贼方据险迎敌，骤闻远近山顶炮声如雷，烟焰四起；我兵复呼噪奋逼，铳箭齐发。贼皆惊溃失措，以为我兵已尽入破其巢穴，遂弃险退走。臣预遣千户陈伟、高睿分率壮士数十，缘崖上夺贼险，尽发其滚木礌石。我兵乘胜骤进，声震天地。指挥谢昶、冯廷瑞兵由间道先入，尽焚贼巢。贼退无所据，乃大败奔溃。遂破长龙巢，破十八面隘巢，破先鹅头巢，破狗脚岭巢，破庵背巢，破白蓝、横水大巢。先是，大贼首谢志珊、萧贵模等，皆以横水居众险之中，倚以为固。闻官兵四进，仓卒分众扼险，出御甚力。至是，见横水烟焰障天，铳炮之声撼摇山谷，亦各失势，弃险走。各哨官兵乘之，皆奋勇力战而入。①

王阳明善于出其不意地用兵，乘敌不备，连夜发兵。不采用正面进攻，而是选择"间道攀崖悬壁而上"，突然出现在匪巢，令敌措手不及，一举将敌消灭，然后迅速扩大战果，乘胜追击。文中写官兵作战勇敢，冒着"滚木礌石"突破天险，奋勇杀敌。整个战斗场面描写的十分壮观，烟焰四起，炮声震天。当官军移师桶冈时，文中重点叙述行军的艰险：

> 当是时，贼路所由入，皆刊崖倒树，设阱埋签，不可行。我兵昼夜涉深涧，蹈丛棘；遇险绝，则挂绳崖树，鱼贯而上，猿臂而下，往往失足堕深谷，幸而不死，经数日始能出。各兵已至横水、左溪，皆困甚，不复能驱逐。会日已暮，遂令收兵屯扎。次日，大雾，

---

① ［明］王阳明. 王阳明全集［M］. 上海：上海古籍出版社，1992：344—345.

雨，咫尺不辨，连数日不开。乃令各营休兵享士，而使
乡导数十人分探溃贼所往，并未破巢穴动静。十五日，
得各乡导报，谓诸贼分阵，预于各山绝险崖壁立有栅
寨，为退保之计，有复合聚于未破之巢者，俱不意我兵
骤入，未及搬运粮谷。若分兵四散追击，可以尽获。臣
等窃计，湖、广夹攻在十一月初一，期已渐迫。此去桶
冈尚百余里，山路险峻，三日始能达。若此中之贼围之
不克，而移兵桶冈，势分备多，前后瞻顾，非计之得。
乃今各营皆分兵为奇正二哨，一攻其前，一袭其后，冒
雾速进，分投急击。十六日，知府邢珣攻破旱坑巢，鸳
井巢；知府季斅、守备指挥郏文攻破稳下巢，李家巢。
十七日，知府唐淳攻破丝茅坝巢。①

文中描写桶冈天险，四面青壁万仞，中盘百余里，连峰参天，深
林绝谷，不睹日月。从以上描述看，进军桶冈的道路十分险恶，
地形十分复杂，强盗事先在道路上设井埋签，路不可行。然而，
官军面对艰险，仍"昼夜涉深涧，蹈丛棘，遇险绝，则挂绳崖树，
鱼贯而上，猿臂而下，往往失足堕深谷"。在如此艰难的环境中，
此战打得十分艰难，官军克服种种困难，出奇兵制胜。经过激战，
各营官兵迅速扫平桶冈匪巢。王阳明在总结此战役胜利的经验时
说："善战者，其势险，其节短。今我欲乘全胜之锋，兼三日之
程，长驱百余里而争利，彼若拒而不前，顿兵幽谷之底，所谓强
弩之末，不能穿鲁缟矣。今若移屯近地，休兵养锐，振扬威声，
先使人谕以祸福，彼必惧而请服。其或有不从者，乘其犹豫，袭
而击之，乃可以逞。"②

三是写战役的结果与影响。横水、桶冈战役战果辉煌，对南
赣平乱产生了极大的影响。文中说："大贼首蓝天凤、谢志珊等，

---

① ［明］王阳明. 王阳明全集［M］. 上海：上海古籍出版社，1992：345—346.
② ［明］王阳明. 王阳明全集［M］. 上海：上海古籍出版社，1992：346.

盘据千里，荼毒数郡；僭拟王号，图谋不轨；基祸种恶，且将数十余年。而虐焰之炽盛，流毒之惨极，亦已数年于兹。前此亦尝夹剿，曾不能损其一毛；屡加招抚，适足以长其桀骜。今乃驱卒不过万余，用费不满三万，两月之间，俘获六千有奇，破巢八十有四；渠魁授首，噍类无遗。"① "今则渠魁授首，巢穴荡平，擒斩既多，俘获亦尽。数十年之祸害已除，三省之冤愤顿释。悉皆仰仗朝廷怜念地方之荼毒，大兴征讨之王师，并提督军门指授成算，号令严明，亲临督阵，身先士卒，以致各哨官兵用命争先，捐躯赴敌，或臻是捷。"② 从王阳明对此战役的总结可知，此战役是具有决定意义的，完全改变了官军与盗寇军事力量的对比，王阳明一举扭转了长期以来官军在剿匪行动中的被动局面。

王阳明《横水桶冈捷音疏》上疏的时间为正德十二年闰十二月初二日。此疏是其在南赣平乱、剿匪公文中叙事最详细、战斗场面描写最具体的一篇，篇幅之长是王阳明平乱文中少见的，叙事过程清楚、且重点突出，人物形象清晰可感，语言生动形象，从中可知王阳明高超的叙事能力。

三、征三浰战役之文

正德十二年十二月，王阳明凯旋班师。据《王阳明年谱》记载："师至南康，百姓沿途顶香迎拜。所经州、县、隘、所，各立生祠。远乡之民，各肖像于祖堂，岁时尸祝。"③ 王阳明统兵在南赣取得二大战役的大胜，为当地百姓解除了连年匪患，百姓对王阳明的感激难以言表，仍通过各种形式表达了对王阳明剿匪胜利的感激之情。为巩固剿匪成果，闰十二月，王阳明奏设崇义县治，及茶寮隘上堡、铅厂、长龙三巡检司。正德十有三年（1518）正月始，为彻底剿平南赣三浰匪巢，王阳明在赣州又谋划发动征三

---

① ［明］王阳明．王阳明全集［M］．上海：上海古籍出版社，1992：349.
② ［明］王阳明．王阳明全集［M］．上海：上海古籍出版社，1992：342.
③ ［明］王阳明．王阳明全集［M］．上海：上海古籍出版社，1992：1247.

浰之战。从文献看，整个战役分三个阶段：

一是劝降阶段。征三浰之战，从时间上说，是在正德十三年正月初四拉开序幕。在南赣平乱整个战局情势发生变化后，王阳明改变了剿匪的策略，尽量不动刀兵，以减少杀戮。因此，在征剿之前先发布《告谕浰头巢贼》。在文中，王阳明先例举盗寇罪状"积年流劫乡村，杀害良善，民之被害来告者，月无虚日"。并申明大义："本院巡抚是方，专以弭盗安民为职。……自吾至此，未尝遣一人抚谕尔等，岂可遽尔兴师剪灭；是亦近于不教而杀，异日吾终有憾于心。故今特遣人告谕尔等，勿自谓兵力之强，更有兵力强者，勿自谓巢穴之险，更有巢穴险者，今皆悉已诛灭无存。"① 然后，对盗寇阐明弃恶从善的理由：

> 夫人情之所共耻者，莫过于身被为盗贼之名；人心之所共愤者，莫甚于身遭劫掠之苦。今使有人骂尔等为盗，尔必怫然而怒。尔等岂可心恶其名而身蹈其实？又使有人焚尔室庐，劫尔财货，掠尔妻女，尔必怀恨切骨，宁死必报。尔等以是加人，人其有不怨者乎？人同此心，尔宁独不知。乃必欲为此，其间想亦有不得已者，或是为官府所迫，或是为大户所侵，一时错起念头，误入其中，后遂不敢出。此等苦情，亦甚可悯。然亦皆由尔等悔悟不切。尔等当初去后贼时，乃是生人寻死路，尚且要去便去；今欲改行从善，乃是死人求生路，乃反不敢，何也？若尔等肯如当初去从贼时，拚死出来，求要改行从善，我官府岂有必要杀汝之理？尔等久习恶毒，忍于杀人，心多猜疑。岂知我上人之心，无故杀一鸡犬，尚且不忍；况于人命关天，若轻易杀之，冥冥之中，断有还报，殃祸及于子孙，何苦而必欲为此。我每为尔等思念及此，辄至于终夜不能安寝，亦无

---

① ［明］王阳明. 王阳明全集［M］. 上海：上海古籍出版社，1992：560—561.

非欲为尔等寻一生路。惟是尔等冥顽不化，然后不得已
而兴兵，此则非我杀之，乃天杀之也。今谓我全无杀尔
之心，亦是诳尔；若谓我必欲杀尔，又非吾之本心。尔
等今虽从恶，其始同是朝廷赤子；譬如一父母同生十
子，八人为善，二人背逆，要害八人；父母之心须除去
二人，然后八人得以安生；均之为子，父母之心何故必
欲偏杀二子，不得已也；吾于尔等，亦正如此。若此二
子者一旦悔恶迁善，号泣投诚，为父母者亦必哀悯而收
之。何者？不忍杀其子者，乃父母之本心也；今得遂其
本心，何喜何幸如之；吾于尔等，亦正如此。①

王阳明首先从人情入手，启发盗寇的"羞耻之心"，为人莫背"盗
贼之名"。通过"将心比心"启发盗寇的未泯良心。又为失足者下
台阶"一时错念，误入其中"，为盗寇改恶从善创造条件。又讲明
为什么要兴兵剿匪的道理。以"一父母同生十子，八人为善，二
人背逆，要害八人；父母之心须除去二人，保护八人"喻征剿的
必要性。接着，王阳明通过"从寇"与"从良"的结局作比较，
启发落草者悬崖勒马，向弃恶者学习，争取做良民。王阳明在文
中说：

闻尔等辛苦为贼，所得苦亦不多，其间尚有衣食不
充者。何不以尔为贼之勤苦精力，而用之于耕农，运之
于商贾，可以坐致饶富而安享逸乐，放心纵意，游观城
市之中，优游田野之内。岂如今日，担惊受怕，出则畏
官避仇，入则防诛惧剿，潜形遁迹，忧苦终身；卒之身
灭家破，妻子戮辱，亦有何好？尔等好自思量，若能听
吾言改行从善，吾即视尔为良民，抚尔如赤子，更不追
咎尔等既往之罪。如叶芳、梅南春、王受、谢钺辈，吾

---

① ［明］王阳明. 王阳明全集［M］. 上海：上海古籍出版社，1992：561—562.

今只与良民一概看待，尔等岂不闻知？尔等若习性已成，难更改动，亦由尔等任意为之；吾南调两广之狼达，西调湖、湘之土兵，亲率大军围尔巢穴，一年不尽至于两年，两年不尽至于三年。尔之财力有限，吾之兵粮无穷，纵尔等皆为有翼之虎，谅亦不能逃于天地之外。①

文中，王阳明交代政策，既往不咎；并警告盗寇不要存侥幸心理，若负隅顽抗，则能是死路一条。文末，王阳明以十分诚恳的语言希望盗寇归善，不负一片苦心。通篇以极浅显的道理、极容易接受的比方劝谕从匪者。语言通俗易懂，没有很深奥的理论，但道理讲得十分充足、透彻，可谓句句在理，声声入耳。故明施邦曜评点此文："真实无欺"、"刺骨之谈"、"开导详明、慰谕真切，苟非木石，能不动情。"② 告谕发出后，确实起到了效果，盗寇卢珂、郑志高等反正，为王阳明所用。然而，大盗寇池仲容仍执迷不悟，与王阳明玩两面派手法。

二是制定进剿方略。根据"浰头老贼池大鬓等，不时纠众攻打城池，杀掳人口，屡征屡叛，近年以来，阴图不轨，恶焰益炽"的罪行，③ 阳明认为浰头匪首池仲容本性难改，劝降无效，于是谋划："除将贼首池仲容设计擒获外，其余在巢贼党，若不趁机速剿，不无祸变愈大，地方何由安息。"④ 于是制定了严密的《进剿浰贼方略》："一面即于所属选集精壮骁勇曾经战阵机快兵壮人等三千名，少或二千名，各备锋利器械，编成队伍，坐委素能谋勇官员统领。一面密行龙川、河源等附近贼巢等县，亦各选募惯战杀贼兵快二千名，委官分押督同近巢、知因、被害、义官、新民、头目人等，分截要路；就仰知府陈祥总督诸军，亲至贼巢去处，

---

① ［明］王阳明. 王阳明全集［M］. 上海：上海古籍出版社，1992：562.
② ［明］施邦曜. 阳明先生集要［M］. 北京：中华书局，2008：480—482.
③ ［明］王阳明. 王阳明全集［M］. 上海：上海古籍出版社，1992：564.
④ ［明］王阳明. 王阳明全集［M］. 上海：上海古籍出版社，1992：564.

指画方略，克期进剿。仍行先取知因乡导数十人，令其备将贼巢道路险易，画图贴说：要见某处平坦，人马可以直捣；某处险阻，可以把截；某处系贼必遁之路，可以设伏邀击；某处贼所不备，可以间道扑掩；各要一一详察停当，务尽机宜，具由连图差人马上赍报。以凭差官赍执令旗令牌，克期并力进攻，必使根株悉拔，噍类无遗，以靖地方。"① 在《进剿浰贼方略》中，对每一个作战细节，王阳明对下属都一一作了明确要求，务求出兵必胜。明施邦曜评点此文："书图贴说，亦非容易事，必留心地方，胸中有方略者，方可凭信。否则，止一幅图耳。"② 可谓精辟之语。

三是组织实施围剿。正德十三年（1518）正月，王阳明调兵遣将，一切谋划妥当。为及早清除匪患，为民除害，王阳明先设计将大盗寇池仲容捕杀。王阳明在《浰头捷音疏》中向朝廷奏明了此事："其大贼首池仲容等，本院已行计诱擒获。"③ 然后，王阳明一声令下，分路进剿，亲自督战，一举攻克了三浰。王阳明在《浰头捷音疏》一文中简洁地介绍了此战役的经过："先是，贼徒得池仲容报，谓赣州兵已罢归，他已弛备，散处各巢。至是，骤闻官兵四路并进，皆惊惧失措。乃分投出御，而悉其精锐千余，据险设伏，并势迎敌于龙子岭。我兵聚为三冲，犄角而前。指挥余恩所领百长王受兵首与贼遇，大战良久，贼败却。王受等奋追里许，贼伏兵四起，奋击王受。推官危寿所领义官叶芳兵鼓噪而前，复奋击贼伏兵后；千户孟俊兵从傍绕出冈背，横冲贼伏，与王受合兵。于是贼乃大败奔溃，呼声震山谷。我兵乘胜逐北，遂克上、中、下三浰。各哨官兵遥闻三浰大巢已破，皆奋勇齐进；各贼皆溃败。"④ 王阳明领兵打仗，既重谋划，又亲自上前线督战，鼓舞士气。因此，将士个个肯用命。正如施邦曜在评点《克期进剿牌》一文中说："今日督抚大臣，即所谓大将也。兵法论将，临

① ［明］王阳明. 王阳明全集［M］. 上海：上海古籍出版社，1992：563.
② ［明］施邦曜. 阳明先生集要［M］. 北京：中华书局，2008：483.
③ ［明］王阳明. 王阳明全集［M］. 上海：上海古籍出版社，1992：358.
④ ［明］王阳明. 王阳明全集［M］. 上海：上海古籍出版社，1992：362—363.

敌不怀生。安有大将而不亲自督战之理？今则悠游坐镇矣。又云：治众如治寡。进退迟速，俱有节制。今则令出辕门，听其自便矣，安得不败？"① 从王阳明亲自督战这件事上，施邦曜将王阳明的胜利与以往剿匪失败作了对比，原因不言而喻。王阳明在战后《浰头捷音疏》中总结说：

> 今乃臣等驱不练之兵，资缺乏之费，不逾两月，而破奸雄不制之虏，除三省数十年之患。此非朝廷威德，庙堂成算，何以及此！臣等切惟天下之事，成于责任之专一，而败于职守之分挠。就今事而言，前此尝夹攻二次，计剿数番；以兵，则前者强，而今者弱，前者数万，而今者数千；以时，则前者期年，而今者两月；以费，则前者再倍，而今者什一；以任事之人，则前者多知谋老练之士，而今者乃若臣之迂疏浅劣；然而计功较绩，顾反有加于昔，何哉？实由朝廷之上，明见万里，洞察往弊，处置得宜。既假臣以赏罚之权，复改臣以提督之任；既以兵忌遥制，而重各省专征之责，又虑事或牵狙，而抑守臣干预之请；授之方略而不拘以制，责其功成而不限以时。以故诏旨一颁，而贼先破胆夺气；咨文一布，而人皆踊跃争先。效谋者知无沮挠之患，而务竟其功；希赏者知无侵削之弊，而毕致其死。是乃所谓"得先胜之算于庙堂，收折冲之功于樽俎"，实用兵之要道，制事之良法也。事每如此，天下之治有不足成者矣。②

王阳明运用对比手法揭示了此役胜利的根本原因在于统一军事指挥权。作战胜利或失败的原因也许是多方面的，然而王阳明作战

---

① [明]施邦曜.阳明先生集要 [M].北京：中华书局，2008：485.
② [明]王阳明.王阳明全集 [M].上海：上海古籍出版社，1992：365—366.

一切从实际出发，从整体设计作战方案，破解制约作战的体制弊端，则是其军事思想的重要内涵。另外，与王阳明善于研究战况，注重多种战术灵活运用，不放过任何作战细节，勤于总结战果、撰写战役分析公文是分不开的。对于平三浰的意义，王阳明指出："大贼首高仲仁、李斌、吴玑等，荼毒三省，稔恶多年，敌杀官兵，攻劫郡县。即其奸计，虽亦不过妖狐黠鼠之谋；就其虐焰，乃已渐成封豕长蛇之势。今其罪贯既盈，神怒人怨；数月之间，克遂歼殄；雪百姓之冤愤，解地方之倒悬。"① 三浰之战结束后，自此南赣匪患得以平息。四月班师。五月，奏设和平县。紧接着，王阳明着手改变风俗，推行社学。至此，南赣平乱、剿匪胜利告结。

四、平藩王朱宸濠之文

南赣平乱结束后，王阳明以"祖母疾亟故"，疏乞致仕，但朝廷不允。正德十四年（1519）六月，王阳明奉命勘处福建叛军，至丰城，闻藩王朱宸濠反。对于突如其来的江西藩王叛乱，对一个外放的朝廷大员而言，如何处置是一件十分棘手的事，于国、于民、于己都是生死攸关。王阳明只得停止福建之行，急速返吉安，与地方官商议应变之策。王阳明在数次向朝廷报告宸濠谋反的军情后，随即集合地方军队举义旗平叛。平藩王朱宸濠之战王阳明仅用了三十五时间，一场来势汹汹的藩王谋反，在敌强我弱的情况下，被王阳明统率的临时纠合的地方军队击败，朱宸濠被俘。平宸濠一战，王阳明的军事指挥艺术再一次得到了展现。王阳明平宸濠期间所撰的公文，完整地展示了这一惊心动魄的平乱过程，对于世人认识这一段历史具有很高的文献学意义。根据王阳明江西平藩公文所载，整个战役分为三个阶段：

一是征集义军。六月十五日，王阳明从丰城知县顾佖处获知宸濠谋反后，急返吉安。此过程阳明在六月十九日《飞报宁王谋

① ［明］王阳明. 王阳明全集［M］. 上海：上海古籍出版社，1992：374—375.

反疏》中说得十分清楚："臣于本月初九日，自赣州启行，至本月十五日行至丰城县，地名黄土脑。据该县知县等官顾必等禀称，本月十四日宁府称乱，将孙都御史、许副使并都司等官杀死；巡按及三司、府、县大小官员不从者俱被执缚，不知存亡；各衙门印信尽数收去，库藏搬抢一空；见监重囚俱行释放；舟楫蔽江而下，声言直取南京，一面分兵北上。"① 从王阳明的奏疏中可知，宸濠起兵谋反的时间在六月十四日，阳明得到军情是在次日。情况紧急，此时阳明身边只有一百余人的随从，无法与之抗衡，并预感宸濠会追捕他，于是设计急返吉安。至于为何返吉安的原因，阳明在《江西捷音疏》中也讲得很清楚："照得先因宁王图危宗社，兴兵作乱，已经具奏，请兵征剿外。随看得宁王阴谋不轨，已将十年，畜养死士二万余人，招诱四方盗贼渠魁亦以万数。举事之日，复驱其护卫党与并胁从之徒又六七万人，虐焰张炽。臣以百数疲弱之卒，势不敢轻举骤进，乃退保吉安。姑为牵制之图。"② 对宁王的图谋，王阳明早有所觉，但宸濠起兵谋反阳明事先一无所知，闻变后，他退居吉安是从牵制宸濠出兵时间考虑的，足见阳明处置突发事件的深谋远虑。六月十八日，王阳明回至吉安府，知府伍文定及军民坚决拥护阳明举义旗平叛。在军情紧迫，又未明朝廷态度的情况下，阳明权衡再三，不顾"覆宗灭族之祸"的风险，毅然决定调集义兵平叛，也就是说，阳明此举是在未得到朝廷授权的情况下所为。阳明平叛的动机在疏中说得很清楚："臣奉前旨，欲遂径往福建。但天下之事莫急于君父之难，若彼顺流东下，万一南都失备，为彼所袭，彼将乘胜北趋，旬月之间，必且动摇京辅。如此，则胜负之算未有所归，此诚天下安危之大机。虑念及此，痛心寒骨，义不忍舍之而去。故遂入城抚慰军民，督同知府等官伍文定等调集兵粮，号召义勇。"③ 可见阳明平叛之

① ［明］王阳明．王阳明全集［M］．上海：上海古籍出版社，1992：391．
② ［明］王阳明．王阳明全集［M］．上海：上海古籍出版社，1992：397．
③ ［明］王阳明．王阳明全集［M］．上海：上海古籍出版社，1992：392．

举，完全是出于天下安危，并非仅仅是为了朱家王朝。为确保将宸濠谋反的军情上告朝廷，于六月二十一日，王阳明又一次上《再报谋反疏》，并派亲信送达。同时上《乞便道省葬疏》：

> 臣以父老祖丧，屡疏乞休，未蒙怜准。近者奉命扶疾赴闽，意图了事，即从此地冒罪逃归。旬日之前，亦已具奏。不意行至中途，遭值宁府反叛。此系国家大变，臣子之义不容舍之而去。又闽省抚巡方面等官，无一人见者。天下事机间不容发，故复忍死暂留于此，为牵制攻讨之图。俟命师之至，即从初心，死无所避。臣思祖母自幼鞠育之恩，不及一面为诀，每一号恸，割裂昏殒，日加尫瘵，仅存残喘。母丧权厝祖墓之侧，今葬祖母，亦欲因此改葬。臣父衰老日甚，近因祖丧，哭泣过节，见亦病卧苦庐。臣今扶病，驱驰兵革，往来于广信、南昌之间。广信去家不数日，欲从其地不时乘间抵家一哭，略为经画葬事，一省父病。臣区区报国血诚上通于天，不辞灭宗之祸，不避形迹之嫌，冒非其任以勤国难，亦望朝廷鉴臣之心，不以法例绳缚，使臣得少伸乌鸟之痛。臣之感恩，死且图报。抢攘哀控。不知所云。缘系恳乞天恩便道省葬事理，为此具本奏闻。①

既然阳明已经决定平叛，为什么还要同时上《乞便道省葬疏》呢？从表面上看是阳明欲借省祖母之葬而避祸，实则是请战书。这一点，在《王阳明年谱》中说得很清楚："先生起兵，未奉成命。上便道省葬疏，意示遭变暂留，姑为牵制攻讨，俟命师之至，即从初心。"② 从这一记载中可知，阳明上《乞便道省葬疏》是为了向朝廷讨一个平叛的合法理由，并表明自己的心迹。从中也可以看

---

① ［明］王阳明. 王阳明全集［M］. 上海：上海古籍出版社，1992：394.
② ［明］王阳明. 王阳明全集［M］. 上海：上海古籍出版社，1992：1263.

出阳明的用心良苦：首先，解释了为何不赴处置福建兵变事宜的原因；其次，平藩王叛乱是宗室之事，应由朝廷授权；再次，平叛并非出于抢功。阳明此疏写的确有过人之处，目的是为了掌握平叛的主动权。平叛结束后所发生的一切，都证明了他的预设是正确的。未己，朝廷未批准省亲的圣旨到达，圣旨中言明"著督兵讨贼，所奏省亲事，待贼平之日来说"①。至此，王阳明平宸濠叛乱的第一阶段完成。

二是攻南昌城之战。据《江西捷音疏》载："时宁王声言先取南京。臣虑南京尚未有备，恐一时为彼所袭，乃先张疑兵于丰城，示以欲攻之势。故宁王先遣兵出攻南康、九江诸处，而自留居省城以御臣。至是七月初二日，探知臣等兵尚未集，乃留兵万余，属其心腹、宗支、郡王、仪宾、内官并伪授都督、都指挥等官使守江西省城，而自引兵向阙。"② 王阳明在地方义军尚未集结、朝廷援军杳无音信的情况下，采用"无中生有"之计，派间谍四处散布假情报，目的在于延缓宸濠出南昌攻南京的战略图谋。阳明这一招果真有效，宸濠主力不敢轻举出动，一直拖到七月初二日才出兵鄱阳湖，顺流而下围攻安庆城。从宸濠六月十四日举兵谋反到七月二日出兵，为王阳明调兵遣将以及州府迎战宸濠赢得了宝贵的十八天时间。时安庆告危，对是否驰援问题征藩义军内部意见不一。据《擒获宸濠捷音疏》载：

当于本日据谍报及据安庆逃回被虏船户十余人报称，宁王于十六日攻围安庆未下，自督兵夫运士填堑，期在必克。是日有守城军门官差人来报，赣州王都堂已引兵至丰城，城中军民震骇，乞作急分兵归援。宁王闻之大恐，即欲回舟。因太师李士实等阻劝，以为必须径往南京，既登大宝，则江西自服。宁王不应。次日，遂

① ［明］王阳明. 王阳明全集 ［M］. 上海：上海古籍出版社，1992：1263.
② ［明］王阳明. 王阳明全集 ［M］. 上海：上海古籍出版社，1992：397.

解安庆之围。移兵泊阮子江，会议先遣兵二万归援江
西，宁王亦自后督兵随来等因。先是臣等驻兵丰城，众
议安庆被围，宜引兵直趋安庆。臣以九江、南康皆已为
贼所据，而南昌城中数万之众，精悍亦且万余，食货充
积，我兵若抵安庆，贼必回军死斗，安庆之兵仅仅自
守，必不能援我于湖中，南昌之兵绝我粮道，而九江、
南康之贼合势挠蹑，四方之援又不可望，事难图矣。今
我师骤集，先声所加，城中必已震慑；因而并力急攻，
其势必下。已破南昌，贼先破胆夺气，失其根本，势必
归救。如此则安庆之围自解，而宁王亦可以坐擒矣。至
是得报，果如臣等所料。①

王阳明在对敌我双方的情势进行综合分析后，力排众议，决定采
用“围魏救赵”的策略，决定集中有限兵力强攻宸濠老巢南昌城。
此役，阳明作了充分的战前准备。于七月十八日，阳明赶赴丰城，
召开军事会议，部署进攻南昌的作战方案。肃清宸濠暗中埋伏在
新旧坟厂的援军，动摇了敌方军心。十九日，义军发市汊，召开
誓师大会。此日薄暮出发，夜间发起攻城。二十日黎明，南昌城
攻下，捷报至。攻城的过程阳明在《江西捷音疏》有概括记载：
“先是城中为备甚严，滚木、灰瓶、火炮、石弩、机毒之械无不毕
具。及臣所遣兵已破新旧坟厂，败溃之卒皆奔告城中，城中已惊
惧。至是复闻我师四面骤集，皆震骇夺气。我师乘其动摇，呼噪
并进，梯絙而登。城中之兵土崩瓦解，皆倒戈退奔。城遂破。擒
其居守宜春王拱樤及伪太监万锐等千有余人。宁王宫中眷属闻变，
纵火自焚，延及居民房屋。臣当令各官分道救火，抚定居民，散
释胁从，封府库，谨关防，搜获原被劫收大小衙门印信九十六颗，
三司胁从官布政使胡濂，参政刘斐，参议许效廉，副使唐锦，金

① ［明］王阳明. 王阳明全集 ［M］. 上海：上海古籍出版社，1992：400—401.

事赖凤，都指挥王玘等，皆自首投罪。"① 攻占南昌城是王阳明平宸濠的关键一战，掌握了整个战役的主动权。次日，遂解安庆之围。此役使得宸濠乱了方寸，一切顺着王阳明的战略意图发展。

三是鄱阳湖伏击战。安庆城久攻不下，南昌老巢又不保，军心动摇，宸濠在万般无奈之下，没有采纳谋士李士实劝其直取南京之策，决意回师南昌，正好中了阳明预设的圈套。在王阳明制定鄱阳湖迎战朱宸濠的决策过程中，阳明与一些义军将领的意见并不一致，据《擒获宸濠捷音疏》载："当臣督同领兵知府会集监军及倡义各乡官等官议所以御之之策，众多以宁王兵势众盛，气焰所及有如燎毛。今四方之援尚未有一人至者，彼凭其愤怒，悉众并力而萃于我，势必不支。且宜敛兵入城，坚壁自守，以待四邻之援，然后徐图进止。臣以宁王兵力虽强，军锋虽锐，然其所过，徒恃焚掠屠戮之惨，以威劫远近，未尝逢大敌，与之奇正相角，所以鼓动扇惑其下者，全以进取封爵之利为说。今出未旬月，而辄退归，士心既已摧沮，我若先出锐卒，乘其惰归，要迎掩击，一挫其锋，众将不战自溃，所谓'先人有夺人之气，攻瑕则坚者瑕'也。"② 通过王阳明有理有据地分析，说服众将，制定了设疑兵于鄱阳湖，诱敌深入，然后合围歼灭敌军的作战方案。鄱阳湖之战的全过程，王阳明在《擒获宸濠捷音疏》中有概括记载：

> 二十三日，复得谍报，宁王先锋已至樵舍，风帆蔽江，前后数十里，不能计其数。臣乃分督各兵乘夜趋进，使伍文定以正兵当其前，余恩继其后，邢珣引兵绕出贼背，徐琏、戴德孺张两翼以分其势。
>
> 二十四日早，贼兵鼓噪乘风而前，逼黄家渡，其气骄甚。伍文定、余恩之兵佯北以致之。贼争进趋利，前后不相及。邢珣之兵前后横击，直贯其中，贼败走。文

① ［明］王阳明. 王阳明全集 ［M］. 上海：上海古籍出版社，1992：398—399.
② ［明］王阳明. 王阳明全集 ［M］. 上海：上海古籍出版社，1992：401.

定、恩督兵乘之，琏、德孺合势夹攻，四面伏兵亦呼噪并起，贼不知所为，遂大溃。追奔十余里，擒斩二千余级，落水死者以万数。贼气大沮，引兵退保八字脑，贼众稍稍遁散。宁王震惧，乃身自激励将士，赏其当先者以千金，被伤者人百两。使人尽发九江、南康守城之兵以益师。是日建昌府知府会玙引兵亦至。臣以九江不破则湖兵终不敢越九江以援我，南康不复则我兵亦不能逾南康以蹑贼。乃遣知府陈槐领兵四百，令饶州知府林城之兵乘间以攻九江，知府曾玙领兵四百，合广信知府周朝佐之兵乘间以取南康。

二十五日，贼复并力盛气挑战。时风势不便，我兵少却，死者数十人。臣急令人斩取先却者头。知府伍文定等立于铳炮之间，火燎其须，不敢退，奋督各兵，殊死并进。炮及宁王舟。宁王退走，遂大败。擒斩二千余级，溺水死者不计其数。贼复退保樵舍，连舟为方阵，尽出其金银以赏士。臣乃夜督伍文定等为火攻之具，邢珣击其左，徐琏、戴德孺出其右，余恩等各官分兵四伏，期火发而合。

二十六日，宁王方朝群臣，拘集所执三司各官，责其间以不致死力，坐观成败者，将引出斩之；争论未决，而我兵已奋击，四面而集，火及宁王副舟，众遂奔散。宁王与妃嫔泣别。妃嫔宫人皆赴水死。我兵遂执宁王，并其世子……①

经过三天激战，王阳明以劣势兵力全歼叛军，以活捉叛王朱宸濠告终。至此，一场震惊全国的藩王叛乱在王阳明的英明指挥下大获全胜。这不仅仅是中国古代军事史上的奇迹，也是王阳明"良知"思想在处理复杂社会问题中的具体应用。鄱阳湖之战将王阳

---

① ［明］王阳明．王阳明全集［M］．上海：上海古籍出版社，1992：402—403.

明的军事指挥艺术推到了极致。后人不仅能从王阳明的征藩公文中了解当时的战况和历史背景，而且还能从其征藩公文中感知其散文的艺术魅力。

然而，在封建专制皇权体制下，昏庸的正德皇帝朱厚照不顾百姓的死活，不顾国家的安危，在已闻知叛王被俘的情况下，居然演出了"亲征"的闹剧，欲再亲捉宸濠于鄱阳湖。王阳明知悉后，在为民、为国消除人祸还是听凭昏君胡作非为的问题上又一次遇到了挑战。从一定意义上说，阻止昏君"亲征"比平宸濠之战要难得多。以一孤臣对抗昏君后果可想而知，王阳明已经有正德元年反阉党而遭贬谪的教训；而这次如何处置又是对他"良知"的检验。在是非、善恶面前，王阳明义无反顾地选择抗争；但在方式上则不采取"硬顶"，以"献俘"软顶。八月十七日王阳明上《请止亲征疏》，以"反之意外"委婉劝说："然欲付之部下各官押解，诚恐旧所潜布之徒，尚有存者，乘隙窃发，或致意外之虞，臣死且有遗憾。况平贼献俘，固国家之常典，亦臣子之职分。臣谨于九月十一日亲自量带官军，将宸濠并逆贼情重人犯督解赴阙外，缘系献俘馘，以昭圣武事理，为此具本，专差舍人金升亲赍，谨具题知。"[1] 王阳明不顾皇帝的脸面，敢于用行动制止昏君的荒唐之举，昭显了阳明的"良知"之心。可以说，在围绕"止亲征"与"献俘"这个问题上，阳明用他的智慧又打了一场没有硝烟的战役；只不过此役用的不是刀枪，而是"良知"。最后，王阳明以大无畏的浩然正气压倒了昏君邪念，为民、为国再次立奇功；但王阳明为此又付出了极大地代价。

第五节　儒学正传：直昭圣门的良知文

王阳明于正德十四年（1519）九月献俘钱塘，将朱宸濠交给太监张永后，以病滞留杭州净慈寺。阳明在与奸党的周旋中，又

---

① ［明］王阳明. 王阳明全集［M］. 上海：上海古籍出版社，1992：409.

一次渡过了难关，奉敕兼巡抚江西，于十一月返江西。尽管奸党对他的迫害从未停止，但阳明在极其困难的环境中讲学论道不辍、通过书信等形式与友人、弟子论学。在江西期间王阳明较系统地阐述了"致良知"学说，标志着阳明心学理论体系的确立，故阳明弟子钱德洪在《王阳明年谱》中点明"是年先生始揭致良知之教"①，即正德十六年（1521）。王阳明在江西揭"致良知之教"，揭示了心学的基本内涵与普世价值。王阳明的论"致良知"文，从思想内涵的角度看，在《答罗整庵少宰书》一文中有深刻阐述，至于"致良知"三字的点出则在其相关的论学文中。

一、舟中撰《答罗整庵书》

王阳明的"良知"思想萌发于贵州龙场，这一点阳明弟子钱德洪在《刻文录叙说》中已表述的很明确："先生尝曰：'吾良知二字，自龙场以后，便已不出此意。只是点此二字不出。于学者言，费却多少辞说。今幸见出此意。一语之下，洞见全体，真是痛快，不觉手舞足蹈。学者闻之，亦省却多少寻讨功夫。学问头脑，至此已是说得十分下落。但恐学者不肯直下承当耳。'"② 王阳明在江西平乱期间一直在探讨"良知"之学。正德十三年（1518）阳明在南赣平乱，当战事稍有空隙就开展讲学活动。据《王阳明年谱》载："始得专意于朋友，日与发明《大学》本旨，指示入道之方。……以良知指示至善之本体，故不必假于见闻。"③ 为减少传播"良知"学说的障碍，阳明刻《朱子晚年定论》。阳明弟子薛侃刻《传习录》于虔。因"四方学者辐辏，始寓射圃，至不能容，修濂溪书院"④。阳明弟子钱德洪在《与滁阳诸生书并问答语》跋中说道："而征宁藩之后，专发致良知宗旨，则益明切简易矣。"⑤

① ［明］王阳明. 王阳明全集［M］. 上海：上海古籍出版社，1992：1278.
② ［明］王阳明. 王阳明全集［M］. 上海：上海古籍出版社，1992：1575.
③ ［明］王阳明. 王阳明全集［M］. 上海：上海古籍出版社，1992：1253—1254.
④ ［明］王阳明. 王阳明全集［M］. 上海：上海古籍出版社，1992：1255.
⑤ ［明］王阳明. 王阳明全集［M］. 上海：上海古籍出版社，1992：983.

钱德洪明确点出了"专发致良知宗旨"的大体时间是"征宁藩之后",说明阳明为学为教有的放矢,具有很强的针对性和社会实践性。从以上王阳明在江西的学术活动中可看出,阳明为复兴儒学,改变学术不明的世风,加大了讲学传道的力度,做了大量思想理论建设上的基础性工作。正德十五年(1520),阳明在经历了惊心动魄的平藩王宸濠之乱以后,朝中奸人对阳明的迫害接踵而至。当时,武宗犹羁南畿,阳明进谏无效,并以地方灾异自劾,冀君心开悟而加意黎元。六月,从南昌回赣州。时少宰罗钦顺以书问学,① 实则是与阳明商榷"致良知"学说。阳明有感于罗整庵的诚心,在舟中以书作答,写了著名的《答罗整庵少宰书》。这就是此书的写作背景。阳明在复信主要阐明"致良知"学说的内涵:

一是从为学的角度揭示"致良知"的内涵。在文中,阳明通过对古本《大学》要义的分析,阐明为学宗旨:"夫学贵得之心。求之于心而非也,虽其言之出于孔子,不敢以为是也,而况其未及孔子者乎!求之于心而是也,虽其言之出于庸常,不敢以为非也,而况其出于孔子乎!且旧本之传数千载矣,今读及文词,既明白而可通;论其工夫,又易简而可入,亦何所按据而断其此段之必在于彼,彼段之必在于此,与此之如何而缺,彼之如何而补?而遂改正补缉之,无乃重于背朱而轻于叛孔已乎?"② 阳明认为,为学必"自得于心",不能尊于一说,即便对于孔子的学说也不能盲从,只有经过自己的体悟,由自己的"心体"来识别是非。阳明此论是有针对性的,世儒对古本《大学》在没有彻悟的情况下,随意训释、增删原文,导致对《大学》的误读。由此,造成学术不明,知行二分,对世风产生了极坏的影响。文中,阳明通过否定前提,然后否定罗整庵的观点。阳明此论可谓振聋发聩,成为开启思想解放、冲破程朱理"天理观"的长夜惊雷,为后世论学

---

① 罗钦顺(1465—1547),字允升,号整庵,江西泰和人。谥文庄。弘治六年(1493)进士,授编修,官至南京吏部尚书,嘉靖二年三月改礼部尚书。明代教育家。

② [明]王阳明.王阳明全集 [M].上海:上海古籍出版社,1992:76.

提供了强大的思想武器，为明中僵化的学术注入了新的思想。

二是从词义角度阐明了"致良知"思想的本意。由于世儒对《大学》"格物致知"词义的解读，以朱熹的诠释为标准，因此对阳明提出的"致良知"学说提出质疑，有的甚至加以攻击。罗整庵致书问学在动机上虽无恶意，但对阳明的"致良知"学说显然是持批判态度的，且具有代表性。因此，阳明在复信中，对"致良知"的词义内涵作了详细的阐述：

> 夫理无内外，性无内外，故学无内外；讲习讨论，未尝非内也；反观内省，未尝遗外也。夫谓学必资于外求，是以己性为有外也，是义外也，用智者也；谓反观内省为求之于内，是以己性为有内也，是有我也，自私者也：是皆不知性之无内外也。故曰：精义入神，以致用也；利用安身，以崇德也；性之德也，合内外之道也。此可以知格物之学矣。格物者，《大学》之实下手处，彻首彻尾，自始学至圣人，只此工夫而已。非但入门之际有此一段也。夫正心诚意、致知格物，皆所以修身而格物者，其所用力，日可见之地。故格物者，格其心之物也，格其意之物也，格其知之物也；正心者，正其物之心也；诚意者，诚其物之意也；致知者，致其物之知也：此岂有内外彼此之分哉！理一而已。以其理之凝聚而言，则谓之性；以其凝聚之主宰而言，则谓之心；以其主宰之发动而言，则谓之意；以其发动之明觉而言，则谓之知；以其明觉之感应而言，则谓之物。故就物而言谓之格；就知而言谓之致；就意而言谓之诚；就心而言谓之正：正者，正此也；诚者，诚此也；致者，致此也；格者，格此也。皆所谓穷理以尽性也。天下无性外之理，无性外之物。学之不明，皆由世之儒者认理为外，认物为外，而不知义外之说，孟子盖尝辟之，乃至袭陷其内而不觉，岂非亦有似是而难明者欤？

不可以不察也。①

王阳明从"心即理"、"心外无理"的本体论思想出发，论证了为学无须外求的道理。对《大学》的核心概念"格物致知"训释为："格物，格其心之物，格其意之物，格其知之物；致知者，致其物之知"。阳明将"物"一义训释为"心中之物"，奠定了"致良知"学说的基石，由此，对《大学》的基本概念作了合乎逻辑的阐释。也就是说为学求理都在"心"中，"致良知"即为"正心"，简明扼要，意言关系明白无误。

三是从学术为公器的角度阐述了尊于"道"才是学者为学的正确态度。阳明认为："夫道，天下之公道也；学，天下之公学也，非朱子可得而私也，非孔子可得而私也。天下之公也，公言之而已矣。故言之而是，虽异于己，乃益于己也；言之而非，虽同于己，适损于己也。益于己者，己必喜之；损于己者，己必恶之。"②此语，当然不是针对罗整庵而言的，而是阳明针对明中学术界普遍存在的僵化思想而言的，意在倡导一种自由探索的学术氛围，消解学界以朱熹"天理"学说为尊的局面，为"致良知"学说的传播清除思想上的障碍。

王阳明《答罗整庵少宰书》在写作上，论点鲜明，从罗整庵问学书表达上、思维上存在的逻辑矛盾切入，以古本《大学》原义的分析为立论依据，对《大学》基本概念作了全新的阐释，思路清晰，层层推演，逻辑严密，语言犀利，具有强大的论辩力量。故施邦曜评点此文说："直是排倒千古，直接孔门正传，非徒以辨给胜也。"③需要指出的是王阳明在复信中并未点出"致良知"三字，但已经深刻地揭示了"致良知"思想的具体内涵。但在《传习录》（下）有记载，阳明弟子陈九川请教"致良知"问题时有较

---

① ［明］王阳明. 王阳明全集 ［M］. 上海：上海古籍出版社，1992：76—77.
② ［明］王阳明. 王阳明全集 ［M］. 上海：上海古籍出版社，1992：78.
③ ［明］施邦曜. 阳明先生集要 ［M］. 北京：中华书局，2008：248.

明确的表述：①

> 庚辰，往虔州再见先生，问："近来功夫虽若稍知头脑，然难寻个稳当快乐处。"先生曰："尔却去心上寻个天理，此正所谓理障。此间有个诀窍。"曰："请问如何？"曰："只是致知。"曰："如何致？"曰："尔那一点良知，是尔自家的准则。尔意念着处，他是便知是，非便知非，更瞒他一些不得。尔只不要欺他，实实落落依着他做去，善便存，恶便去。他这里何等稳当快乐。此便是格物的真诀，致知的实功。若不靠着这些真机，如何去格物？我亦近年体贴出来如此分明，初犹疑只依他恐有不足，精细看无些小欠阙。"②

在陈九川的记录中，点明时间为庚辰，即正德十五年（1520）。此时阳明已在赣州。阳明为陈九川指示"致良知"的法门，是王阳明在此年就提出"致良知"思想的有力证据，也是"致良知之教"的基本方法。只不过是钱德洪在《王阳明年谱》中记载晚了一年。但钱德洪此说并非没有依据，王阳明在正德十六年（1522）《与杨仕鸣》一书中也作了较完整地表述：

> 区区所论致知二字，乃是孔门正法眼藏，于此见得真的，直是建诸天地而不悖，质诸鬼神而无疑，考诸三王而不谬，百世以俟圣人而不惑！知此者，方谓之知道；得此者，方谓之有德。……虽千魔万怪，眩瞀变幻于前，自当触之而碎，迎之而解，如太阳一出，而鬼魅魍魉自无所逃其形矣。尚何疑虑之有，而何异同之足惑

---

① 陈九川（1494—1562）字惟浚，号竹亭，后号明水。江西临川人。王阳明弟子。江右王门的代表人物。有《明水先生集》等著作传世。

② ［明］王阳明. 王阳明全集［M］. 上海：上海古籍出版社，1992：92.

乎！……但须切实用力，始不落空。①

王阳明在信中所说的"致知工夫"，从内涵看即是"致良知"，并强调"所论致知二字，乃是孔门正法眼藏"，还将"致知工夫"比作"如太阳一出，而鬼魅魍魉自无所逃其形"，喻"正心"之功。由此可见，王阳明"致良知"学说是其长期的思想探索结果，正如他自己所言："从百死千难中得来，非是容易见得到此。"② 至于"致良知"三字连在一起作为心学核心名词表述则是在居越论学中才出现，但这不影响"始揭致良知之教"在江西提出的结论，意言关系应以"意"为重。阳明的"致良知"之论是其为学的思想结晶，也是他平生教法的得意之笔，或者说是对以往教法的正名。这说明阳明在江西时其思想体系日臻完善，理论思辨提升到一个崭新的高度。

二、南昌论学书

王阳明于正德十五年（1520）九月自赣州还南昌，在繁忙的政务之际，阳明的众多弟子来南昌问学、有的以书请问、也有不速之客前来拜师求学。据《王阳明年谱》载："泰州王银服古冠服，执木简，以二诗为贽，请见。……及论致知格物，悟曰：'吾人之学，饰情抗节，矫诸外；先生之学，精深极微，得之心者也。'遂反服执弟子礼。先生易其名为'艮'，字以'汝止。'"③ 王艮受王阳明亲炙，学问大进，以后成为传承阳明心学泰州学派的创始人。又据《王阳明年谱》载："进贤舒芬以翰林谪官市舶，自恃博学，见先生问律吕。先生不答，且问元声。对曰：'元声制度颇详，特未置密室经试耳。'先生曰：'元声岂得之管灰黍石间

---

① ［明］王阳明. 王阳明全集［M］. 上海：上海古籍出版社，1992：185.
② ［明］王阳明. 王阳明全集［M］. 上海：上海古籍出版社，1992：1575.
③ ［明］王阳明. 王阳明全集［M］. 上海：上海古籍出版社，1992：1277—1278. 王艮（1483—1541）号心斋。泰州安丰场（今江苏东台安丰）人，明代哲学家，泰州学派的创立者。

哉？心得养则气自和，元气所由出也。《书》云'诗言志'，志即是乐之本；'歌永言'，歌即是制律之本。永言和声，俱本于歌。歌本于心，故心也者，中和之极也。'芬遂跃然拜弟子。"① 从上述两例可知，王阳明在正德十五年时，其"致良知"学说已经有了很大影响，四方求学者闻声前来问学，有的则先怀疑最后到由衷地折服，甘心情愿地拜阳明为师，这说明王阳明的"致良知"学说已被众多的学者所接受。王阳明对致书问学的友人、弟子，都一一作答，阐明自己的"致良知"思想。在阳明的答问学书中，主要是讨论如何"致良知"的方法。在正德十六年（1521），王阳明写了诸多的答问学书，诸如《与邹谦之》、《与夏敦夫》、《与朱守忠》、《与席元山》、《答甘泉》、《答伦彦式》、《与唐虞佐侍御》、《答方叔贤》、《与杨仕鸣与陆原静》等。王阳明的论学书，其内容主要涉及"致良知"的基本学理。

　　一是论内心求理。王阳明认为"理"在自己的心中，学者求理不必向外探求，只需内心体悟便可得道，世儒向外求理非孔孟求理之道。他在《与夏敦夫》一书中说："若世儒之外务讲求考索，而不知本诸其心者，其亦可以谓穷理乎？此区区之心，深欲就正于有道者。"② 在阳明看来，向内心求理才是儒学正道，向外求理则是支离了正学；而"致良知"之学，即为向内心求道。由此表明"致良知"学说与孔孟儒学的内在联系，而程朱理学却是背离了儒学的根本宗旨，导致学术不明。阳明在《与朱守忠》一书中指出："道之不明，皆由吾辈明之于口而不明之于身，是以徒腾颊舌，未能不言而信。要在立诚而已。"③ 正因为向外求理只是对外部事物表面现象的探索，凡事不经过内心的体悟，心不诚，心体就不明，自然就不可能明理。阳明还针对世儒在为学上存在的种种思想误区提出批评，他在《与席元山》一书中说：

---

①　[明] 王阳明. 王阳明全集 [M]. 上海：上海古籍出版社，1992：1278.

②　[明] 王阳明. 王阳明全集 [M]. 上海：上海古籍出版社，1992：179.

③　[明] 王阳明. 王阳明全集 [M]. 上海：上海古籍出版社，1992：179—180.

　　大抵此学之不明，皆由吾人入耳出口，未尝诚诸其心身。譬之谈饮说食，何由得见醉饱之实乎？仆自近年来始实见得此学，真有百世以俟圣人而不惑者。朋友之中，亦渐有三数辈笃信不回。其疑信相半，顾瞻不定者，多以旧说沈痼，且有得失毁誉之虞，未能专心致志以听，亦坐相处不久，或交臂而别，无从与之细说耳。象山之学简易直截，孟子之后一人。其学问思辩、致知格物之说，虽亦未免沿袭之累，然其大本大原断非余子所及也。执事素能深信其学，此亦不可不察。正如求精金者必务煅炼足色，勿使有纤毫之杂，然后可无亏损变动。盖是非之悬绝，所争毫厘耳。①

阳明认为口耳之学不足以正心，而且容易产生口是心非的二元人格。他还用饮食作比，阐明为学真谛在于心体之明，不二法门。他推崇南宋陆九渊的心学思想"简易直截"，并誉之"孟子之后一人"。同时也指出陆说存在的问题有"沿袭之累"。说明阳明心学的学术流脉近接陆九渊，远昭孔孟。文中还说明："仆自近年来始实见得此学，真有百世以俟圣人而不惑者。"从中可知，阳明初创"致良知"之学的时间是在赣州平乱至平朱宸濠叛乱期间。

　　二是论"静动"关系。"致良知"的基本原理是体悟心体的澄明，而"致"即为去除人意识中的各种"杂念"。有学者对"致良知"过程所发生的"动静"问题不解，致书问学。阳明对"动静"与"致良知"之间的内在关系复书作答。诸如，在《答伦彦式》一书中阳明对此作了具体地阐述：

　　谕及"学无静根，感物易动，处事多悔"，即是三言，尤是近时用工之实。仆固所知识，何足以辱贤者之问！大抵三言者，病亦相因。惟学而别求静根，故感物

━━━━━━━━━━

① ［明］王阳明. 王阳明全集［M］. 上海：上海古籍出版社，1992：180—181.

而惧其易动，感物而惧其易动，是故处事而多悔也。心，无动静者也。其静也者，以言其体也；其动也者，以言其用也。故君子之学，无间于动静。其静也，常觉而未尝无也，故常应；其动也，常定而未尝有也，故常寂；常应常寂，动静皆有事焉，是之谓集义。集义故能无祗悔，所谓动亦定，静亦定者也。心一而已。静，其体也，而复求静根焉，是挠其体也；动，其用也，而惧其易动焉，是废其用也。故求静之心即动也，恶动之心非静也，是之谓动亦动，静亦动，将迎起伏，相寻于无穷矣。故循理之谓静，从欲之谓动。欲也者，非必声色货利外诱也，有心之私皆欲也。故循理焉，虽酬酢万变，皆静也。濂溪所谓"主静"，无欲之谓也，是谓集义者也。从欲焉，虽心斋坐忘，亦动也。告子之强制正助之谓也，是外义者也。①

王阳明论"动静"是从"体用关系"切入。阳明认为，作为心体无所谓"动静"，"动静"只不过是"致良知"的过程中的反映而已。"其静也者，以言其体也；其动也者，以言其用也。"从词义上说，"静"指心体，"动"指其用，两者是统一的，即"知行合一"。所谓"动静"只能在"事"中体现，两者相辅相成。且"动静"都存在于"意念"中，而非外在可体悟。因此，尽管万事万物在不断地变化，而对真正悟道之人来说心体总是"静"的。阳明此番论述回答了"致良知"这一理论问题的难点，只是为学者不能将"动静"分开理解，否则就会陷入"外义"。因此，在阳明看来，只有把握"致良知"的精义，明白心体的纯正，那么不管发生什么事，哪怕"天塌地裂"于心不动。阳明在《与唐虞佐侍御》一书中说："夫谓逊志务时敏者，非谓其饰情卑礼于其外，汲汲于事功声誉之间也。其逊志也，如地之下而无所不承也，如

---

① ［明］王阳明. 王阳明全集［M］. 上海：上海古籍出版社，1992：182.

海之虚而无所不纳也；其时敏也，一于天德，戒惧于不睹不闻，如太和之运而不息也。夫然，百世以俟圣人而不惑，溥博渊泉而时出之，言而民莫不信，行而民莫不悦，施及蛮貊，而道德流于无穷，斯固说之所以为说也。"① 阳明认为，为学者领悟"致良知"要义，就能进入"大虚"境界，如"地无所不承，如海无所不纳"。结合王阳明在平朱宸濠叛乱前前后后所遭遇的种种险境，就不难理解其"致良知"思想的深刻内涵和重要意义。

三是论养德与养身的关系。阳明教示弟子"致良知"贵在"专一"，只有心体平静才能悟"真我"。在给弟子《与陆原静》一书中，阳明阐述了"养德与养身"的关系问题。陆原静因身体有病，于是求道家养生之学。阳明以自己为学之路所走的弯路相告，希望陆原静"弃仙道而归圣学"。文中说："大抵养德养身，只是一事，原静所云'真我'者，果能戒谨不睹，恐惧不闻，而专志于是，则神住气住精住，而仙家所谓长生久视之说，亦在其中矣。神仙之学与圣人异，然其造端托始，亦惟欲引人于道，《悟真篇后序》中所谓：'黄老悲其贪着，乃以神仙之术渐次导之'者。原静试取而观之，其微旨亦自可识。自尧、舜、禹、汤、文、武，至于周公、孔子，其仁民爱物之心，盖无所不至，苟有可以长生不死者，亦何惜以示人？如老子、彭篯之徒，乃其禀赋有若此者，非可口而至。后世如白玉蟾、丘长春之属，皆是彼学中所称述以为祖师者，其得寿皆不过五六十，则所谓长生之说，当必有所指矣。原静气弱多病，但遗弃声名，清心寡欲，一意圣贤，如前所谓'真我'之说。不宜轻信异道，徒自惑乱聪明，弊精劳神，废靡岁月。"② 文中，阳明告诫弟子，仙道"养生"之说，其实是自欺欺人，他以历史上儒道两家的祖师爷为例，一个也没有"长生"，以此说明仙道养生之说是荒谬的。同时，阳明认为仙道所谓的"养生"之说另有所指，而非凡人所理解的"长生"。阳明

① ［明］王阳明. 王阳明全集［M］. 上海：上海古籍出版社，1992：183.
② ［明］王阳明. 王阳明全集［M］. 上海：上海古籍出版社，1992：187.

认为，只要悟"良知"之道，那么对什么是"长生"的含义就真正把握了，即孔子所谓："朝闻道，夕死可矣。"这与王阳明"龙场悟道"生命观的内涵是一致的。

王阳明在江西的最后两年，揭"致良知"之学，对"良知"的内涵以及"致良知"的具体途径都有较充分的论证。可以说，阳明随处指示其弟子、友人"致良知"之学，是他在江西平乱治政的几年中"生死之得"，故其时常在讲学中说："某于此良知之说，从百死千难中得来，不得已与人一口说尽。只恐学者得之容易，把作一种光景玩弄，不实落用功，负此知耳。"① 王阳明在江西南昌创立"致良知"学说原因可从三方面理解：一是经过宸濠叛乱、忠、泰之变后，更加坚信良知具有定心作用，足以忘患难，出生死，没有"良知"之心是挺不过一系列弥天大难的。同时，阳明经过几番重大的人生磨难，已将功名利禄看得轻如鸿毛，多次提出辞职就是明证。他把讲学作为完善人格理想的最好途径，所以"宁藩忠泰之变"后，提出"致良知"是必然的。二是"致良知"思想完全符合孔孟的儒学精神，良知无不具足，经得起学理的检验。反观程朱理学，"致良知"学说简易明白；而程朱理学支离孔孟学说，演化为口耳之学，实有谬误之处。三是为了引导学者在"致良知"上下工夫，防止把玩光阴，不落实用功。阳明在教法上，凡示学者，皆令"存天理，去人欲"以为本。有问所谓，则令自求之，未尝指天理为何如，也就是说是为了拯救社会、拯救人心。

结 语

王阳明在江西前后六年，是阳明一生中极其艰难的阶段。从谪居贵州龙场到受命江西庐陵知县，从南赣平乱到平藩王朱宸濠叛乱，阳明历经了常人难以想象的艰难险阻。尽管危机四伏，但

---

① ［明］王阳明. 王阳明全集［M］. 上海：上海古籍出版社，1992：1279.

他还是以"良知"之心为江西百姓做了大量的事实、好事。他以乡约推进乡村自治建设、改变风俗，以兴社学开启民智，江西文风为之一变。在南赣平乱中坚持剿抚结合，攻心为上，新建和巩固地方政权，搞活流通，抗击自然灾害，为地方的长治久安作出了杰出的贡献。在平藩王朱宸濠叛乱中，以弱胜强，为社稷避免战火之灾、生灵涂炭，立下了赫赫战功。在南昌始揭"致良知"之教，标志着与程朱理学相抗衡的心学体系的建立。征战江西，治理地方，阳明在江西建立的丰功伟绩如月可鉴、与江山同存。

第六章　居越论道：千古圣学之文

> 为天地立心，为生民立命，为往圣继绝学，
> 为万世开太平。
>
> ——［北宋］张载

历史发展的细节任何人也难以预设，战功卓著的王阳明由于受到朝中阁臣的嫉妒，政治上即遭受排挤。阳明刚走出仕途险谷，马上又陷入困境。明正德十六年（1521）六月，阳明奉旨赴京，但行之钱塘，阁臣借故阻挠，未能成命，便上疏归省，这次阳明总算如愿以偿，得到批准。八月，阳明至越。"百战归来白发新，青山从此作闲人。"（《归兴二首》其一）九月，归余姚省祖茔。十月二日，封新建伯，但阳明对封爵并不看重，于次年正月，上疏辞封爵。嘉靖元年（1522）二月，阳明父龙山公卒，阳明悲痛欲绝，抱病处理后事，丧葬皆从俭。自此，阳明在越城丁忧。服阕后，阳明未被启用，仍居越。阳明居越六年中创作了大量论"致良知"的散文，是其一生中散文创作最后一个高峰期。自嘉靖元年（1522）至嘉靖六年（1527）年八月，阳明利用"赋闲"之际，广纳门生，开展各种形式的讲学活动，以"致良知"之教示人，其心学思想日臻完善，散文大多以"致良知"为主题，开启民智，为学自得，拯救人心，从而形成了心学思潮。其散文凸显"致良知"精义，开明中以降心学散文之风气。

第一节　良知之光：致知明心的示教文

王阳明"致良知"学说内涵十分丰富，可以从两个维度分析。从学理的角度说："致良知"这一命题涉及两方面问题：一是什么是"良知"？二是如何"致良知"？从阳明讲学的教法来看，教人"致良知"侧重点在"事上"体悟，强调事上功夫。因此，"心本体"与"功夫"两者不可分，即"致良知"学说是"心本体"与"功夫"的统一，是一种体用关系。阳明在居越期间有关论"致良知"之文是紧扣两者的统一性展开的。

一、居越讲论"致良知"学说的背景及过程

王阳明在越城丁忧始二年中处境十分艰难。一是承受丧父之悲。二是由于长年在外征战、饱受风霜，重病在身。时有远方同志前来问学，阳明因病不能接待，无奈贴出告示："守仁鄙劣，无所知识，且在忧病奄奄中，故凡四方同志之辱临者，皆不敢相见；或不得已而相见，亦不敢有所论说，各请归而求诸孔孟之训可矣。夫孔孟之训，昭如日月。凡支离决裂，似是而非者，皆异说也。有志于圣人之学者，外孔孟之训而他求，是舍日月之明，而希光于萤爝之微也，不亦缪乎？"① 此揭帖言简意赅，指引问教者探求孔孟本义，谨防支离邪说。三是朝廷内外攻讦阳明心学风起。据《王阳明年谱》载："时御史程启充、给事毛玉倡议论劾，以遏正学，承宰辅意也。"② 除一些御史秉承朝中阁臣旨意，上疏弹劾阳明外；更有甚者，在会试策问中竟"以心学为问"，借题发挥，恶意攻击阳明心学。《王阳明年谱》载："二年癸未，先生五十二岁，在越。二月。南宫策士以心学为问，阴以辟先生。门人徐珊读《策问》，叹曰：'吾恶能昧吾知以倖时好耶！'不答而出。闻者难

---

① ［明］王阳明. 王阳明全集［M］. 上海：上海古籍出版社，1992：275.
② ［明］王阳明. 王阳明全集［M］. 上海：上海古籍出版社，1992：1286.

之。曰：'尹彦明后一人也。'同门欧阳德、王臣、魏良弼等直接发师旨不讳，亦在取列，识者以为进退有命。德洪下第归，深恨时事之乖。见先生，先生喜而相接曰：'圣学从兹大明矣。'德洪曰：'时事如此，何见大明？'先生曰：'吾学恶得遍语天下士？今会试录，虽穷乡深谷无不到矣。吾学既非，天下必有起而求真是者。'"① 凡此种种，尽管阳明受到了很大的政治及舆论压力，但泰然处之。他力阻时为刑部主事的弟子陆澄上疏止谤，认为这是"因无辩止谤、动心忍性、砥砺切磋的一种机会"。对会试策问的攻击，阳明则认为："吾学恶得遍语天下士？今会试录，虽穷乡深谷无不到矣。吾学既非，天下必有起而求真是者。"② 在"谤议日炽"的情势下，阳明更加坚定了自己为学信念；而且与弟子们坦陈心迹："吾自南京已前，尚有乡愿意思。在今只信良知真是真非处，更无掩藏回护，才做得狂者。使天下尽说我行不掩言，吾亦只依良知行。"③ 从以上史料看，阳明是在极其困难的背景下坚持讲论"致良知"学说。

从阳明作于嘉靖元年（1522）的《与陆原静》（二）一书中看，阳明忍着失怙之痛，仍通过书信的形式讲论"致良知"学说，阳明在书中说道：

> 吾侪今日之讲学，将求异其说于人邪？亦求同其学于人邪？将求以善而胜人邪？亦求以善而养人邪？知行合一之学，吾侪但口说耳，何尝知行合一邪？推寻所自，则如不肖者为罪尤重。盖在平时徒以口舌讲解，而未尝体诸其身，名浮于实，行不掩言，己未尝实致其知，而谓昔人致知之说未有尽。如贫子之说金，乃未免从人乞食。……是非之心，人皆有之，彼其但蔽于积

---

① ［明］王阳明. 王阳明全集［M］. 上海：上海古籍出版社，1992：1287.
② ［明］王阳明. 王阳明全集［M］. 上海：上海古籍出版社，1992：1287.
③ ［明］王阳明. 王阳明全集［M］. 上海：上海古籍出版社，1992：1287.

习，故于吾说卒未易解。就如诸君初闻鄙说时，其间宁
无非笑诋毁之者？久而释然以悟，甚至反有激为过当之
论者矣。又安知今日相诋之力，不为异时相信之深者
乎！衰经哀苦中，非论学时，而道之兴废，乃有不容于
泯默者，不觉叨叨至此。言无伦次，幸亮其心也！致知
之说，向与惟浚及崇一诸友极论于江西，近日杨仕鸣来
过，亦尝一及，颇为详悉。今原忠、宗贤二君复往，诸
君更相与细心体究一番，当无余蕴矣。孟子云："是非
之心，知也。""是非之心，人皆有之。"即所谓良知
也。孰无是良知乎？但不能致之耳。《易》谓"知至，
至之。"知至者，知也；至之者，致知也。此知行之所
以一也。近世格物致知之说，只一知字尚未有下落，若
致字工夫，全不曾道著矣。此知行之所以二也。①

从阳明上述言论看，主要是针对弟子中存在的"知行分离"的倾
向提出忠告，强调人人有"良知"，"良知"即"是非之心"。"致
知"在于"知行工夫"，而不在文字落脚。文中所语"致知"之
说，即"向与惟浚及崇一诸友极论于江西"以来的一贯思想。信
中还提及"近日杨仕鸣来过，亦尝一及"，说明在嘉靖元年，阳明
即使在丁忧中并没有停止讲论"致良知"之学，只是范围上受到
"丁忧"的限制。信中提到"衰经哀苦中，非论学时，而道之兴
废，乃有不容于泯默者"正是阳明当时真实的心境。

　　嘉靖二年（1523），丁忧中的阳明主要通过书信的形式讲论
"致良知"之学。阳明在《答舒国用》一书中说道："君子之所谓
洒落者，非旷荡放逸，纵情肆意之谓也，乃其心体不累于欲，无
入而不自得之谓耳。夫心之本体，即天理也。天理之昭明灵觉，
所谓良知也。君子之戒慎恐惧，惟恐其昭明灵觉者或有所昏昧放
逸，流于非僻邪妄而失其本体之正耳。戒慎恐惧之功无时或间，

---

①　[明] 王阳明. 王阳明全集 [M]. 上海：上海古籍出版社，1992：188—189.

则天理常存，而其昭明灵觉之本体，无所亏蔽，无所牵扰，无所恐惧忧患，无所好乐忿懥，无所意必固我，无所歉馁愧作。和融莹彻，充塞流行，动容周旋而中礼，从心所欲而不逾，斯乃所谓真洒落矣。是洒落生于天理之常存，天理常存生于戒慎恐惧之无间。"① 此处，阳明主要阐述"良知"本体的含义，"心之本体，即天理也。天理之昭明灵觉，所谓良知也。"同时，阳明在丁忧与养病中，还接待了众多的来访同志，主题还是讲论"致良知"学说。这在阳明《答路宾阳》一书中，即可证明："忧病中，远使惠问，哀感何已！守忠之讣，方尔痛心，而复□□不起，惨割如何可言！死者已矣，生者益子立寡助。不及今奋发砥砺，坐待澌尽灯灭，固将抱恨无穷。自来山间，朋友远近至者百余人，因此颇有警发，见得此学益的确简易，真是考诸三王而不谬，百世以俟圣人而不惑者。"② 阳明在《与黄宗贤》一书中，记叙在山中与弟子们论学的情形："南行想亦从心所欲，职守闲静，益得专志于学，闻之殊慰！贱躯入夏来，山中感暑痢，归卧两月余，变成痰咳。今虽稍平，然咳尚未已也。四方朋友来去无定，中间不无切磋砥砺之益，但真有力量能担荷得，亦自少见。大抵近世学者，只是无有必为圣人之志。近与尚谦、子莘、诚甫讲《孟子》'乡愿狂狷'一章，颇觉有所省发，相见时试更一论如何？闻接引同志孜孜不怠，甚善甚善！"③ 在《书王一为卷》一文中，阳明记载了来自广东的学子请问"致良知"一事："王生一为自惠负芨来学，居数月，皆随众参谒，默然未尝有所请。视其色，津津若有所喜然。一日，众皆退，乃独复入堂下而请曰：'致知之训，千圣不传之秘也，一为既领之矣。敢请益'。"④ 可见，阳明的"致良知"学说影响之广。在此年末，阳明在《书徐汝佩卷》一书中，记载了愤而退出会试的徐汝佩悟"致良知"的收获："归途无所事事，始复专

① ［明］王阳明. 王阳明全集［M］. 上海：上海古籍出版社，1992：190.
② ［明］王阳明. 王阳明全集［M］. 上海：上海古籍出版社，1992：192. □□为缺字。
③ ［明］王阳明. 王阳明全集［M］. 上海：上海古籍出版社，1992：199.
④ ［明］王阳明. 王阳明全集［M］. 上海：上海古籍出版社，1992：276.

心致志，沈潜于吾夫子致知之训，心平气和，而良知自发。"①

自嘉靖三年（1524）始，阳明的病况有所好转，其讲论"致良知"之学的方式发生了明显的转变，从书信、接待来访的论学方式转向以授徒讲学为主。据《王阳明年谱》载："三年甲申，先生五十三岁，在越。正月。门人日进。郡守南大吉以座主称门生……于是辟稽山书院，聚八邑彦士，身率讲习以督之。于是萧谬、杨汝荣、杨绍芳等来自湖广，杨仕鸣、薛宗铠、黄梦星等来自广东，王艮、孟源、周冲等来自直隶，何秦、黄弘纲等来自南赣，刘邦采、刘文敏等来自安福，魏良政、魏良器等来自新建，曾忭来自泰和。宫刹卑隘，至不能容。盖环坐而听者三百余人。先生临之，只发《大学》万物同体之旨，使人各求本性，致极良知以至于至善，功夫有得，则因方设教。故人人悦其易从。"② 从这一记载看，阳明的"致良知"学说此时已风行南中国，众多弟子投于阳明门下。其中，连绍兴知府南大吉也拜阳明为师，成了阳明的一个特殊弟子。南大吉还建立"稽山书院"，选府属八县弟子入学，亲自督学。由于前来投奔的弟子众多，以致宫刹卑隘，至不能容，只能环坐而听，规模已达三百余人。可以此时，阳明讲论"致良知"之学已蔚成大观。此年十月，门人南大吉在绍兴续刻《传习录》，标志着阳明"致良知"学说的日臻成熟。

嘉靖四年（1525）正月，③ 阳明夫人诸氏卒。四月，祔葬于徐山。阳明忍着失妻之痛，仍论学不辍。是月，作《稽山书院尊经阁记》，阐发"致良知"学说。九月，阳明归姚省墓，定讲会于龙泉寺之中天阁，每月以朔望初八廿三为期，并书壁以勉诸生。此年十月，阳明门人立"阳明书院"于越城，成为阳明讲学论道的

① ［明］王阳明．王阳明全集 ［M］．上海：上海古籍出版社，1992：923.

② ［明］王阳明．王阳明全集 ［M］．上海：上海古籍出版社，1992：1289—1290.

③ 王阳明在作于嘉靖三年的《与黄诚甫》一文中说到："先妻不幸在前日奄逝，方在悲悼中。"在作于嘉靖四年的《与邹谦之》（二）一文中说到："方治丧事，使还，草草疏谢不尽。"从上述记载可知，阳明夫人去世的时间应为嘉靖三年年末，嘉靖四年四月祔葬于徐山，故《王阳明年谱》关于阳明夫人诸氏卒年，似有误。参见 ［明］王阳明．王阳明全集 ［M］．上海：上海古籍出版社，1992：824，179.

又一重要场所。

自嘉靖五年至六年八月阳明因受命兼都察院左都御史出征广西思州、田州前止，阳明一直致力于讲论"致良知"学说，在出征时还遗《客坐私祝》告诫从教者和弟子。阳明居越六年，其精力全部投入到传播"致良知"学说之中。

二、"致良知"学说的基本内涵

王阳明"致良知"学说的基本内涵主要包含两个方面。

一是阐明"致良知"概念的基本含义。嘉靖三年，阳明在《与黄勉之》一书中，对"致良知"这一概念从"谨独"的角度作了解释："圣人亦只是至诚无息而已，其工夫只是时习。时习之要，只是谨独。谨独即是致良知。良知即是乐之本体。"① 同年，阳明在《书诸阳伯卷》一文中，对"致良知"的概念从本体与工夫相统一的角度作了解释："妻侄诸阳伯复请学，既告之以格物致知之说矣。他日，复请曰：'致知者，致吾心之良知也，是既闻教矣。然天下事物之理无穷，果惟致吾之良知而可尽乎？抑尚有所求于其外也乎？'复告之曰：'心之体，性也，性即理也。天下宁有心外之性？宁有性外之理乎？宁有理外之心乎？外心以求理，此告子'义外'之说也。理也者，心之条理也。是理也，发之于亲则为孝，发之于君则为忠，发之于朋友则为信。千变万化，至不可穷竭，而莫非发于吾之一心。"② 嘉靖二年，在《寄薛尚谦》一书中对"致良知"与"格物"的概念作了互训："致此良知，除却轻傲，便是格物。致知二字，是千古圣学之秘，向在虔时终日论此，同志中尚多有未彻。"③ 阳明在词语上训"格物"为"致知"，这样就解决了在概念表述上与经典之间的贯通，是理论概念上的一个重大突破。嘉靖四年，阳明在《书朱守乾卷》一文中对

---

① ［明］王阳明．王阳明全集［M］．上海：上海古籍出版社，1992：194.

② ［明］王阳明．王阳明全集［M］．上海：上海古籍出版社，1992：277.

③ ［明］王阳明．王阳明全集［M］．上海：上海古籍出版社，1992：199.

"致良知"的概念作了比较详细的解释:"黄州朱生守乾请学而归,为书'致良知'三字。夫良知者,即所谓'是非之心,人皆有之',不待学而有,不待虑而得者也。人孰无是良知乎?独有不能致之耳。自圣人以至于愚人,自一人之心,以达于四海之远,自千古之前以至于万代之后,无有不同。是良知也者,是所谓'天下之大本'也。致是良知而行,则所谓'天下之达道'也,天地以位,万物以育,将富贵贫贱,患难夷狄,无所入而弗自得也矣。"① 此处也是从本体与工夫统一的角度作出解释。统观阳明在越论"致良知"学说,无不从开显心体的角度理论,"致"与"良知"完全处于同一过程中。阳明还引《易经》语说:"'知至,至之,知。'至者,知也;至之者,致知也。此孔门不易之教,百世以俟圣人而不惑者也。"② 有时,阳明有将"良知"与"致良知"作为同等概念表述的情况,在作于嘉靖四年《与邹谦之》(二)一文中说:"近时四方来游之士颇众,其间虽甚鲁钝,但以良知之说略加点掇,无不即有开悟,以是益信得此二字真吾圣门正法眼藏。谦之近来所见,不审又如何矣?南元善益信此学,日觉有进,其见诸施设,亦大非其旧。便间更相将掖之,固朋友切磋之心也。"③ 在嘉靖三年《与黄勉之》一书中,阳明还对心之本体的含义有一解释:"乐是心之本体。仁人之心,以天地万物为一体,欣合和畅,厚无间隔。"④ 从以上论述中可知,阳明把"致良知"的基本内涵都作了明确的表述,只是在词语形式上、表达的角度上会有差异,但基本内涵则是一致的,作为孔门的正法。阳明对"致良知"学说的日益完善,对长期深受程朱理学束缚的学子来说无疑是开启了自主意识,起到了解放思想的作用。

二是阐明"致良知"的基本教法。"致良知"学说就其原理而言两者是统一的,但由于学子长期深受程朱理学"尊德性"与

① [明] 王阳明. 王阳明全集 [M]. 上海:上海古籍出版社,1992:279.
② [明] 王阳明. 王阳明全集 [M]. 上海:上海古籍出版社,1992:278.
③ [明] 王阳明. 王阳明全集 [M]. 上海:上海古籍出版社,1992:178—179.
④ [明] 王阳明. 王阳明全集 [M]. 上海:上海古籍出版社,1992:194.

"道问学"二分的影响，阳明在为教上总是启迪学子将两者统一起来。在"致良知"的基本教法上，阳明则从以下几方面进行引导。首先，从明心体着力。阳明认为"良知"人人都有，强调"圣人之学"即为"致良知之学"。嘉靖四年，阳明在《书魏师孟卷》一文中说："心之良知是谓圣。圣人之学，惟是致此良知而已。自然而致之者，圣人也；勉然而致之者，贤人也；自蔽自昧而不肯致之者，愚不肖者也。愚不肖者，虽其蔽昧之极，良知又未尝不存也。苟能致之，即与圣人无异矣。此良知所以为圣愚之同具，而人皆可以为尧舜者，以此也。是故致良知之外无学矣。自孔孟既没，此学失传几千百年。赖天之灵，偶复有见，诚千古之一快，百世以俟圣人而不惑者也。每以启夫同志，无不跃然以喜者，此亦可以验夫良知之同然矣。间有听之而疑者，则是支离之习没溺既久，先横不信之心而然。"① 此论强调人人心体都相同，经修炼都可以"致良知"，激励弟子为学方向。其次，强调"致良知"贵在自得。阳明在嘉靖元年《答徐成之》一书中说："夫君子之论学，要在得之于心。众皆以为是，苟求之心而未会焉，未敢以为是也；众皆以为非，苟求之心而有契焉，未敢以为非也。心也者，吾所得于天之理也，无间于天人，无分于古今。苟尽吾心以求焉，则不中不远矣。学也者，求以尽吾心也。是故尊德性而道问学，尊者，尊此者也；道者，道此者也。不得于心而惟外信于人以为学，乌在其为学也已！"② 嘉靖四年，阳明在《与王公弼》一书中说："只此自知之明，便是良知。致此良知以求自慊，便是致知矣。"③ 阳明反对把"尊德性"与"道问学"作为为学的两个阶段。在《与陆原静》（二）信中，阳明说："况其说本自出于先儒之绪论，固各有所凭据，而吾侪之言骤异于昔，反若凿空杜撰者。乃不知圣人之学本来如是，而流传失真，先儒之论所以日益支离，

---

① ［明］王阳明. 王阳明全集［M］. 上海：上海古籍出版社，1992：280.

② ［明］王阳明. 王阳明全集［M］. 上海：上海古籍出版社，1992：808—809.

③ ［明］王阳明. 王阳明全集［M］. 上海：上海古籍出版社，1992：197—198.

则亦由后学沿习乖谬积渐所致。"① 文中所说的"先儒"即为程朱理学，说明阳明的为教之法与程朱理学的为教之法两者明显有区别。这不仅仅是语言表述上的区别，实质是反映了截然不同的为学立场和态度。阳明的出发点是为学从开显心体出发，在事上磨练，得之于心，离开此法，便流离为学的宗旨。嘉靖四年，阳明在《答董沄萝石》一文中说"集义只是致良知。心得其宜为义，致良知则心得其宜矣。"② 再次，阳明强调在实践工夫中磨炼，不要被文义所牵制。嘉靖五年，阳明在《答友人问》一文中说："知之真切笃实处，便是行；行之明觉精察处，便是知。若知时，其心不能真切笃实，则其知便不能明觉精察；不是知之时只要明觉精察，更不要真切笃实也。行之时，其心不能明觉精察，则其行便不能真切笃实；不是行之时只要真切笃实，更不要明觉精察也。知天地之化育，心体原是如此。乾知大始，心体亦原是如此。"③ 嘉靖六年，阳明在《与陈惟浚》一书中说："圣贤论学，无不可用之功，只是致良知三字，尤简易明白，有实下手处，更无走失。近时同志亦已无不知有致良知之说，然能于此实用功者绝少，皆缘见得良知未真，又将致字看太易了，是以多未有得力处。"④ 从上述阳明关于"致良知"重在实践工夫看，阳明将"致良知"作为为学的唯一途径。嘉靖六年，阳明在《与马子莘》一书中说："良知之外，更无知；致知之外，更无学。外良知以求知者，邪妄之知矣；外致知以为学者，异端之学矣。"⑤ 这一结论是对"致良知"学说的高度概括。

三、"致良知"学说的表达特色

王阳明在居越期间讲学论道，是针对学术不明的程朱理学而

① ［明］王阳明. 王阳明全集 ［M］. 上海：上海古籍出版社，1992：188.
② ［明］王阳明. 王阳明全集 ［M］. 上海：上海古籍出版社，1992：198.
③ ［明］王阳明. 王阳明全集 ［M］. 上海：上海古籍出版社，1992：210.
④ ［明］王阳明. 王阳明全集 ［M］. 上海：上海古籍出版社，1992：222.
⑤ ［明］王阳明. 王阳明全集 ［M］. 上海：上海古籍出版社，1992：218.

言，因此其论"致良知"之文在语言表达上通俗易懂，简洁明快。为了将学子的思想从程朱理学的教条中摆脱出来，著文论道："惟简明切实之为贵；若支辞蔓说，徒乱人耳目者，不传可也"，① 主要采用生动形象的比喻手法：

一是将抽象的"致良知"学说通过类比阐释道理。诸如，用佛教的"正法眼藏"②，类比为"致良知"。通过借助已有的概念，贯通"致良知"的深刻内涵，将深奥之理转化成世人能够较容易理解的术语。当然，佛教的"正法眼藏"与阳明的"致良知"学说在本质上有根本的区别，仅在思维方式上有点类似。又如，阳明教弟子如何"致良知"，就用医生治病的方法设喻，启发学子。在作于嘉靖二年的《与刘元道》一文中说："夫良医之治病，随其疾之虚实、强弱、寒热、内外，而斟酌加减。调理补泄之要，在去病而已。初无一定之方，不问症候之如何，而必使人人服之也。君子养心之学，亦何以异于是！"③ 通过医生治病与去心体的遮掩相类比，喻"致良知"即是去心中之"杂念"，得而复明。又如，把"致良知"类比为学须"自得"。嘉靖六年，阳明在《答以乘宪副》一文中说：

> 昔有十家之村，皆荒其百亩，而日惟转粜于市，取其赢余以赡朝夕者。邻村之农劝之曰："尔朝夕转粜，劳费无期，曷若三年耕则余一年之食，数年耕可积而富矣。"其二人听之，舍粜而田。八家之人竞相非沮，过室人老幼亦交遍归谪曰："我朝不粜，则无以为饔；暮不粜，则无以为餐。朝夕不保，安能待秋而食乎？"其一人力田不顾，卒成富家；其一人不得已，复弃田而粜，竟贫馁终身焉。今天下之人，方皆转粜于市，忽有

---

① ［明］王阳明. 王阳明全集［M］. 上海：上海古籍出版社，1992：825.
② ［明］王阳明. 王阳明全集［M］. 上海：上海古籍出版社，1992：178.
③ ［明］王阳明. 王阳明全集［M］. 上海：上海古籍出版社，1992：191.

舍耒而田者，宁能免于非谪乎！要在深信弗疑，力田而
不顾，乃克有成耳。①

通过这则形象的小故事，类比为"致良知"须有自得工夫，为学
不在自身上求，而向外求理，犹如有田不耕，最后只能饿死，语
浅意深，很有哲理。

　　二是用明喻说理。诸如，以常见物象"根本盛而枝叶茂"喻
"致良知"。阳明在写于嘉靖六年的《与毛古庵宪副》一文中说：
"譬之种植，致良知者，是培其根本之生意而达之枝叶者也；体认
天理者，是茂其枝叶之生意而求以复之根本者也。然培其根本之
生意，固自有以达之枝叶矣；欲茂其枝叶之生意，亦安能舍根本
而别有生意可以茂之枝叶之间者乎？"② 比喻通俗明白，很容易为
学者接受。再如，用太阳设喻。太阳朗照喻"良知"显现："此道
之在人心，皎如白日，虽阴晴晦明千态万状，而白日之光未尝增
减变动。"③"然见得良知亲切时，其工夫又自不难。缘此数病，良
知之所本无，只因良知昏昧蔽塞而后有，若良知一提醒时，即如
白日一出，而魍魉自消矣。"④ 意为"致良知"如拨云见日，洞彻
全体。再如，将"致良知"的"自得"工夫喻为"犹舟之得舵"，
起到把握自己、把握世界的功能。嘉靖五年，阳明在《寄邹谦之》
一文中说："所幸良知在我，操得其要，譬犹舟之得舵，虽惊风巨
浪颠沛不无，尚犹得免于倾覆者也。夫旧习之溺人，虽已觉悔悟，
而其克治之功，尚且其难若此，又况溺而不悟，日益以深者，亦
将何所抵极乎！以谦之精神力量，又以有觉于良知，自当如江河
之注海，沛然无复能有为之障碍者矣！"⑤ 将"致良知"作为把握
自身命运之舵。阳明采用通俗的比喻阐释"致良知"学说，主要

　　① ［明］王阳明. 王阳明全集［M］. 上海：上海古籍出版社，1992：221.
　　② ［明］王阳明. 王阳明全集［M］. 上海：上海古籍出版社，1992：219.
　　③ ［明］王阳明. 王阳明全集［M］. 上海：上海古籍出版社，1992：221.
　　④ ［明］王阳明. 王阳明全集［M］. 上海：上海古籍出版社，1992：219—220.
　　⑤ ［明］王阳明. 王阳明全集［M］. 上海：上海古籍出版社，1992：206.

目的是让为学者一听就明白，易学易行，因此其行文语言间"惟简切明白而使人易行之为贵"。这说明阳明居越间期所撰论道之文，是服务于讲学的需要，体现出阳明学说的平民性特征。由于其语言简洁明了，自然有其独特的审美价值。

第二节　师门教典：直造圣域的大学文

《大学问》是阳明心学的代表作之一。此文作于嘉靖六年（1527）秋，阳明出征广西前，由其口授，再经弟子钱德洪笔录而成。钱德洪在《大学问》前言中对写作背景作了明确交代："吾师接初见之士，必借《学》、《庸》首章以指示圣学之全功，使知从入之路。师征思、田将发，先授《大学问》，德洪受而录之。"①《大学》是一部十分重要的儒家经典，有东汉郑玄古本和南宋朱熹新本两种版本。② 王阳明则以古本《大学》为正，从解决《大学》所提出的基本问题下手，并采用《大学》的理论范畴来阐述自己的"致良知"学说，在理论结构和思想内容两方面对《大学》既有继承又有超越。余姚龙泉山有"四先贤"碑亭，其中王阳明碑亭亭联上联为"曾将大学垂名教"，可见阳明对《大学》精义阐释的影响之大。《大学问》是阳明晚年思想的总结性著述，是贯通千年儒学的经典性理论著作，也是对"致良知"学说内涵的阐释。

一、《大学问》形成的过程

王阳明发《大学》本旨的时间可追溯到明正德七年（1512），据《王阳明年谱》载："七年壬申十二月，（阳明）升南京太仆寺少卿，便道归省。与徐爱论学。爱是年以祁州知州考满进京，升

---

① ［明］王阳明.王阳明全集［M］.上海：上海古籍出版社，1992：967.

② 《大学》原为《礼记》第四十二篇。北宋程颢、程颐将它从《礼记》中抽出，编次章句。南宋朱熹将《大学》、《中庸》、《论语》、《孟子》合编注释，世称《四书》。朱熹把《大学》分为"经"一章，"传"十章。

南京工部员外郎。与先生同舟归越，论《大学》宗旨。"① 阳明在舟中与徐爱（阳明早期弟子、妹夫）论《大学》宗旨说明，他对《大学》早有深入地研究，而且形成了诠释古本《大学》新的理论体系。这一点，可从徐爱在《传习录》上前言中可知："先生于大学格物诸说，悉以旧本为正，盖先儒所谓误本者也。爱始闻而骇，既而疑，已而殚精竭思。参互错综以质于先生，然后知先生之说若水之寒，若火之热，断断乎百世以俟圣人而不惑者也。"② 此语明确地指出，阳明传授古本《大学》要义是有针对性的。所谓"先儒"明显是指朱熹对《大学》古本的修正，且认为这种徒劳的修改为"误"。阳明对古本《大学》的系统阐述从徐爱受教后的反应看触动非常大，文中用"若水之寒，若火之热"作比。阳明所传授《大学》要点，徐爱在《传习录》上作了记载。徐爱原也是笃信宋儒格物之学，经阳明的点拨后，反复体悟实践，思想发生了根本性的转变，从宋儒的桎梏中解脱出来。他在《传习录》上跋中说："爱因旧说汩没，始闻先生之教，实是骇愕不定，无入头处。其后闻之既久，渐知反身实践。然后始信先生之学，为孔门嫡传。舍是皆傍蹊小径、断港绝河矣。如说格物是诚意的工夫，明善是诚身的工夫，穷理是尽性的工夫，道问学是尊德性的工夫，博文是约礼的工夫，惟精是惟一的工夫。诸如此类，始皆落落难合。其后思之既久，不觉手舞足蹈。"③ 阳明归越后还对其他弟子传授古本《大学》精义，此《传习录》上卷中均有记载。说明在正德七年，阳明已发古本《大学》之教，从新的视角诠释《大学》，对朱熹《大学》观提出了挑战。

正德十三年（1518）阳明在赣州平乱期间，仍将解析古本《大学》作为为教的基本内容。据《王阳明年谱》载："正德十三年七月，刻古本《大学》。先生出入贼垒，未暇宁居，门人薛侃、

① ［明］王阳明. 王阳明全集［M］. 上海：上海古籍出版社，1992：1235.
② ［明］王阳明. 王阳明全集［M］. 上海：上海古籍出版社，1992：1.
③ ［明］王阳明. 王阳明全集［M］. 上海：上海古籍出版社，1992：10—11.

欧阳德……皆讲聚不散。至是回军休士，始得专意于朋友，日与发明《大学》本旨，指示入道之方。先生在龙场时，疑朱子《大学章句》非圣门本旨，手录古本，伏读精思，始信圣人之学本简易明白。其书止为一篇，原无经传之分。格致本于诚意，原无缺传可补。以诚意为主，而为致知格物之功，故不必增一敬字。以良知指示至善之本体，故不必假于见闻。至是录刻成书，傍为之释，而引以叙。"① 从此记载可知，阳明在江西赣州以古本《大学》为教学内容，还为古本《大学》注释。② 其思想源头还可追溯至谪居贵州龙场时期。此月，阳明还为古本《大学》作序：认为"经一章盖孔子之言，而曾子述之；其传十章，则曾子之意而门人记之也。"《大学》的版本主要有两个体系：一是《礼记》中的《大学》原本，二是朱熹的《大学章句》本。《大学问》其理论的关注点是《大学》八条目中的"诚意"。阳明认为：

> 《大学》之要，诚意而已矣。诚意之功，格物而已矣。诚意之极，止至善而已矣。正心，复其体也；修身，著其用也。以言乎己，谓之明德；以言乎人，谓之亲民；以言乎天地之间，则备矣！是故至善也者，心之本体也；动而后有不善。意者，其动也；物者，其事也。格物以诚意，复其不之动而已矣！不善复而体正，体正而无不善之动矣！是之谓止至善。圣人惧人之求之于外也，而反覆其辞。旧本析而圣人之意亡矣！是故不本于诚意，而徒以格物者，谓之支；不事于格物，而徒以诚意者，谓之虚；支与虚，其于至善也远矣！合之以敬而益缀，补之以传而益离。吾惧学之日远于至善也，去分章而复旧本，傍为之什，以引其义，庶几复见圣人

---

① ［明］王阳明. 王阳明全集［M］. 上海：上海古籍出版社，1992：1253—1254.
② ［明］王阳明. 王阳明全集［M］. 上海：上海古籍出版社，1992：1192—1196.

之心，而求之者有其要。噫！罪我者其亦以是矣夫！①

此文的写作背景，明罗钦顺在《困知记》中作了记载："庚辰春，王伯安以《大学》古本见惠，其序乃戊寅七月所作。"②阳明从体用关系上下笔，重点论证《大学》的"诚意"必发现于"日用"，反对朱熹对古本《大学》的支离。此序，篇幅虽短，但语意简明，词锋犀利，有破云见日之力。为将自己的心学思想广为传播，同年，阳明将自书的《修道说》、《大学古本序》、《大学古本》、《中庸古本》等手迹派人送到白鹿洞书院。此后，书院将其刻成石碑供人研习。原存六块，现仅存三块，陈列于白鹿洞书院之西碑院中。碑文字体介于楷体与行书之间，工整清秀，清瘦劲挺，内敛外放。③为减少传播"良知"说的障碍，阳明又刻《朱子晚年定论》。"八月，门人薛侃刻《传习录》于虔。因四方学者辐辏，始寓射圃，至不能容，九月，修濂溪书院。"④从上述史料记载可以看出，有感于儒学不兴，学术不明，阳明加大了讲学传道的力度；在传播古本《大学》要旨上采取了一系列措施，在思想理论建设上做了大量的基础性工作，影响很大。后因阳明感到对古本《大学》要旨阐发不足，居越期间又作了数次修改。据阳明《寄薛尚谦》一书中说："承喻：'自咎罪疾，只缘轻傲二字累倒'足知用力恳切。但知得轻傲处，便是良知。致此良知，除却轻傲，便是格物。致知二字，是千古圣学之秘，向在虔时终日论此，同志中尚多有未彻。近于古本序中改数语，颇发此意，然见者往往亦不能察。"⑤此书，作于嘉靖二年（1523），离正德十二年已五年，阳明对古本《大学》仍研究不辍。又据阳明《与黄勉之》一书中说："古本之释，不得已也。然不敢多为辞说，正恐葛藤缠绕，则枝干

① ［明］王阳明. 王阳明全集［M］. 上海：上海古籍出版社，1992：1197.
② ［明］王阳明. 王阳明全集［M］. 上海：上海古籍出版社，1992：1197.
③ 参见：计文渊. 王阳明法书集［M］. 杭州：西泠印社，1996.
④ 参见：［明］王阳明. 王阳明全集［M］. 上海：上海古籍出版社，1992：1255.
⑤ ［明］王阳明. 王阳明全集［M］. 上海：上海古籍出版社，1992：199.

反为蒙翳耳。短序亦尝三易稿，石刻其最后者，今各往一本，亦足以知初年之见，未可据以为定也。"① 此书，作于嘉靖三年（1524），书中所指短序即为最后改定的《大学古本序》：

> 《大学》之要，诚意而已矣。诚意之功，格物而已矣。诚意之极，止至善而已矣。止至善之则，致知而已矣。正心，复其体也；修身，著其用也。以言乎己，谓之明德；以言乎人，谓之亲民；以言乎天地之间，则备矣。是故至善也者，心之本体也。动而后有不善，而本体之知，未尝不知也。意者，其动也。物者，其事也。至其本体之知，而动无不善。然非即其事而格之，则亦无以致其知。故致知者，诚意之本也。格物者，致知之实也。物格则知致意诚，而有以复其本体，是之谓止至善。圣人惧人之求之于外也，而反覆其辞。旧本析而圣人之意亡矣。是故不务于诚意而徒以格物者，谓之支；不事于格物而徒以诚意者，谓之虚；不本于致知而徒以格物诚意者，谓之妄。支与虚与妄，其于至善也远矣。合之以敬而益缀，补之以传而益离。吾惧学之日远于至善也，去分章而复旧本，傍为之什，以引其义。庶几复见圣人之心，而求之者有其要。噫！乃若致知，则存乎心；悟致知焉，尽矣。②

此序与正德十二年七月所作之序，前后时间上相隔已六年，两者在针对朱熹《大学》新本支离原本的观点没有变化，但对朱熹支离《大学》原本的做法提出了更加尖锐地批评："是故不本于诚意，而徒以格物者，谓之支；不事于格物，而徒以诚意者，谓之虚；支与虚，其于至善也远矣！合之以敬而益缀，补之以传而益

① [明] 王阳明. 王阳明全集 [M]. 上海：上海古籍出版社，1992：193.
② [明] 王阳明. 王阳明全集 [M]. 上海：上海古籍出版社，1992：242—243.

离。"从思想观点看，原序的关注点在"诚意"，而经反复修改之后的《序》则突出"致知"，即为"致良知"之说。换句话说，阳明以从"诚意说"接引至"致良知说"，是对"致良知"学说内涵的进一步充实与完善。明施邦曜评点此文："两言足以扼大学之要。"① 至嘉靖六年秋，阳明出征广西前，亲授《大学问》，标志着阳明对古本《大学》的研究已转化为系统的理论形态，也是阳明"致良知"学说的重要支撑点。

二、《大学问》的论证特色

《大学问》一文采用问答式论证结构，这是阳明为教的一种常规形式，体现阳明为教必启学子心智的特点。《大学问》在思想内容上紧紧围绕大学的"三纲领"展开：

一是从"在明明德"与"致良知"的关系上阐发心学思想。阳明从"万物一体"的角度，阐述"德"的普遍性：

> 大人者，以天地万物为一体者也，其视天下犹一家，中国犹一人焉。若夫间形骸而分尔我者，小人矣。大人之能以天地万物为一体也，非意之也，其心之仁本若是，其与天地万物而为一也。岂惟大人，虽小人之心亦莫不然，彼顾自小耳。是故见孺子之入井，而必有怵惕恻隐之心焉，是其仁之与孺子而为一体也；孺子犹同类者也，见鸟兽之哀鸣觳觫，而必有不忍之心焉，是其仁之与鸟兽而为一体也；鸟兽犹有知觉者也，见草木之摧折而必有悯恤之心焉，是其仁之与草木而为一体也；草木犹有生意者也，见瓦石之毁坏而必有顾惜之心焉，是其仁之与瓦石而为一体也。是其一体之仁也，虽小人之心亦必有之，是乃根于天命之性，而自然灵昭不昧者也，是故谓之"明德"。小人之心既已分隔隘陋矣，而

① ［明］施邦曜. 阳明先生集要 [M]. 北京：中华书局，2008：328.

其一体之仁犹能不昧若此者，是其未动于欲，而未蔽于
私之时也。及其动于欲，蔽于私，而利害相攻，忿怒相
激，则将戕物圮类，无所不为，其甚至有骨肉相残者，
而一体之仁亡矣。是故苟无私欲之蔽，则虽小人之心，
而其一体之仁犹大人也；一有私欲之蔽，则虽大人之
心，而其分隔隘陋犹小人矣。故夫为大人之学者，亦惟
去其私欲之蔽，以自明其明德，复其天地万物一体之本
然而已耳，非能于本体之外而有所增益之也。①

阳明认为"大人"的境界是"以天地万物为一体者也，其视天下
犹一家，中国犹一人焉"，因"良知"本体之"心"所决定。从心
体的角度看，大人、小人没有根本的区别；只是小人以一己之私
而遮蔽了"仁"的心体。阳明进而论述"仁者"以"天地万物为
一体"的种种表现："见孺子之入井，必有怵惕恻隐之心；见鸟兽
之哀鸣觳觫，必有不忍之心焉；见草木之摧折而必有悯恤之心；
见瓦石之毁坏而必有顾惜之心。"其原因就在于"仁者"心中"万
物皆为一体"。阳明将这一认知过程称之为："明德"，是"天命
之性"。

相反，小人心体被私欲所遮掩，在认知和行为上往往做出损
人利己，伤天害理的事。"及其动于欲，蔽于私，而利害相攻，忿
怒相激，则将戕物圮类，无所不为，其甚至有骨肉相残者，而一
体之仁亡矣"。其原因就是心中失却了"仁心"。阳明提出了解决
的办法，就是"去其私欲之蔽，以自明其明德，复其天地万物一
体之本然"，除此之外，再也没有别的办法。阳明"万物一体"的
世界观，是其"致良知"思想在人类社会关系中的推演，显示了
阳明"万物一体"说的普世精神，并提出了"和谐社会"人际关
系的价值取向和行为准则，这是对《大学》"明明德"内涵的深刻
解读。

---

① ［明］王阳明. 王阳明全集［M］. 上海：上海古籍出版社，1992：968.

　　二是对"在亲民"与"致良知"关系的阐发。阳明从"万物一体"的角度推演至人与人的关系问题，即从"五伦"的角度解读"亲民"的内涵：

　　　　明明德者，立其天地万物一体之体也。亲民者，达其天地万物一体之用也。故明明德必在于亲民，而亲民乃所以明其明德也。是故亲吾之父，以及人之父，以及天下人之父，而后吾之仁实与吾之父、人之父与天下人之父而为一体矣；实与之为一体，而后孝之明德始明矣！亲吾之兄，以及人之兄，以及天下人之兄，而后吾之仁实与吾之兄、人之兄与天下人之兄而为一体矣；实与之为一体，而后弟之明德始明矣！君臣也，夫妇也，朋友也，以至于山川鬼神鸟兽草木也，莫不实有以亲之，以达吾一体之仁，然后吾之明德始无不明，而真能以天地万物为一体矣。夫是之谓明明德于天下，是之谓家齐国治而天下平，是之谓尽性。①

《大学问》所阐述的"亲民"观，与朱熹释"亲民"不同，阳明是从"致良知"的角度诠释"亲民"。亲民是明德的体现，是人内心的体认，以此推演到家庭、社会和宇宙万物。"亲民"并不是通过外在的教化使人具有知识，而是在于开显心体，达到一体之仁。阳明对"亲民"富于新的内涵，是从"致良知"的角度立论，以此达到实现社会的和谐、人与自然和谐之目的，这就是阳明"亲民"观的境界。

　　三是"止于至善"与"致良知"的关系。"善"是孔孟儒学的一个重要概念，相对于"恶"而言，"为善去恶"是阳明"致良知"学说中的核心内容。阳明也是从"致良知"的角度论述，阐明至善与明德、亲民之间的相互关系："至善者，明德、亲民之极

---

①　［明］王阳明. 王阳明全集［M］. 上海：上海古籍出版社，1992：968—969.

则也。天命之性，粹然至善，其灵昭不昧者，此其至善之发现，是乃明德之本体，而即所谓良知也。至善之发现，是而是焉，非而非焉，轻重厚薄，随感随应，变动不居，而亦莫不自有天然之中，是乃民彝物则之极，而不容少有议拟增损于其间也。……故止至善之于明德、亲民也，犹之规矩之于方圆也，尺度之于长短也，权衡之于轻重也。故方圆而不止于规矩，爽其则矣；长短而不止于尺度，乘其剂矣；轻重而不止于权衡，失其准矣；明明德、亲民而不止于至善，亡其本矣。故止于至善以亲民，而明其明德，是之谓大人之学。"① 在社会生活中，由于"私欲"的存在，善与恶作为思想意识是共存的，表现为人的是非之心。善是道德境界的最高层次，明德、亲民是"至善"的体现，"致良知"的过程就是一个"为善去恶"的过程，这样就打通了"致良知"与大学"止于至善"之间的关系。因此，"致良知"学说即为"大人之学"，从本体上对《大学》宗旨作了诠释，圆通了两者的关系。如何至善呢？阳明认为"良知"自会知善知恶，这要开显良知，善恶自明，他说：

　　良知者，孟子所谓"是非之心，人皆有之"者也。是非之心，不待虑而知，不待学而能，是故谓之良知。是乃天命之性，吾心之本体，自然灵昭明觉者也。凡意念之发，吾心之良知无有不自知者。其善欤，惟吾心之良知自知之；其不善欤，亦惟吾心之良知自知之；是皆无所与于他人者也。故虽小人之为不善，既已无所不至，然其见君子，则必厌然掩其不善，而著其善者，是亦可以见其良知之有不容于自昧者也。今欲别善恶以诚其意，惟在致其良知之所知焉尔。何则？意念之发，吾心之良知既知其为善矣，使其不能诚有以好之，而复背而去之，则是以善为恶，而自昧其知善之良知矣。意念

---

① ［明］王阳明. 王阳明全集 ［M］. 上海：上海古籍出版社，1992：969.

之所发，吾之良知既知其为不善矣，使其不能诚有以恶之，而覆蹈而为之，则是以恶为善，而自昧其知恶之良知矣。若是，则虽曰知之，犹不知也，意其可得而诚乎！今于良知之善恶者，无不诚好而诚恶之，则不自欺其良知而意可诚也已。然欲致其良知，亦岂影响恍惚而悬空无实之谓乎？是必实有其事矣。故致知必在于格物。物者，事也，凡意之所发必有其事，意所在之事谓之物。格者，正也，正其不正以归于正之谓也。正其不正者，去恶之谓也。归于正者，为善之谓也。①

阳明通过严密的论证，得出唯一的结论：格物之"格"即为"正心"；格物之物即为"事"，"止于至善"就要在事上磨炼，在事上下工夫，心正即达善。从正德十三年所作的《大学古本原序》与《大学古本旁释》，以"诚意"为阐发要点，到居越修订《大学古本序》与答弟子《大学问》，阳明的"致良知"说不断地发展和完善，说明《大学问》在阳明心学体系中占有极其重要的地位。故《大学问》的笔录者钱德洪在跋中说："《大学问》者，师门之教典也。学者初及门，必先以此意授。……师常曰：'吾此意思有能直下承当，只此修为，直造圣域。参之经典，无不吻合，不必求之多闻多识之中也。'门人有请录成书者。曰：'此须诸君口口相传，若笔之于书，使人作一文字看过，无益矣。'嘉靖丁亥八月，师起征思、田，将发，门人复请，师许之。"②

《大学问》是阳明"致良知"学说接引孔、孟圣学的文献见证，是建立在对朱熹《大学》观批判性基础之上的。《大学问》是对中国古代人文精神的另类诠释，昭示了古本《大学》的真正内涵。《大学问》的问世使孔孟儒学经典《大学》自此回归本义，对明中以后士大夫、文人乃至普通百姓的思想行为都产生了深刻的

---

① ［明］王阳明. 王阳明全集［M］. 上海：上海古籍出版社，1992：971—972.
② ［明］王阳明. 王阳明全集［M］. 上海：上海古籍出版社，1992：973.

影响，从《大学问》中获得思想启迪。阳明的《大学问》将高度抽象的古本《大学》与现实世界、人生有机地联系起来，将《大学》的宗旨与"致良知"学说相联系，儒学的脉络得以贯通。阳明的《大学问》也是针对统治者无道、程朱理学之弊端、孔孟儒学式微、社会伦理道德沦丧的现状而言，有起弊救世的作用。故阳明弟子钱德洪对《大学问》有高度评价："《大学》之教，自孟氏而后，不得其传者几千年矣。赖良知之明，千载一日，复大明于今日。兹未及一传，而纷错若此，又何望于后世耶？"① 从写作的角度说，《大学问》内涵深刻，主题鲜明，结构层次清晰，文辞简约，影响深远。

第三节　万物一体：拔本塞源的论学文

王阳明的"万物一体"说是其心学思想体系的重要组成部分，是阳明将"致良知"思想推及到人类社会、人与自然关系的理论学说。他的这一思想主要反映在作于嘉靖四年（1525）的《答顾东桥书》一文中。② 明施邦曜评点此文说："此书前悉知行合一之论，广譬博说，旁引曲喻，不啻开云见日。后拔本塞源之论。阐明古今学术升降之因，真是将五藏八宝，悉倾以示人。读之即昏愚亦恍然有觉。此正是先生万物一体之心，不惮详言以启后学也。当详玩毋忽。"③ 施邦曜此论不仅点明了阳明此文的思想要旨，而且也概括了此文主要的写作特色。以下从三个方面探讨《答顾东桥书》的思想内涵与意义。

一、"万物一体"说的源流

孟子曰："万物皆备于我矣。反身而诚，乐莫大焉。"《孟子·

① ［明］王阳明．王阳明全集［M］．上海：上海古籍出版社，1992：973．
② 顾东桥（1476—1545），名磷字华玉，号东桥。南都上元（今江苏江宁）人，文坛名人，少有才，工诗文。
③ ［明］施邦曜．阳明先生集要［M］．北京：中华书局，2008：226．

尽心上》此言揭示了"吾心"与"万物"之间的关系,强调了心灵体验由"诚"至"乐"的过程。北宋理学家也注意到了世界的统一性问题。张载在《西铭》中也提出了类似的思想:"乾称父,坤称母。予兹貌焉,乃混然中处。故天地之塞,吾其体。天地之帅,吾其性。民吾同胞,物吾与也。"①程颢他在《识仁篇》中明确地提出:"仁者,与天地万物为一体。义、礼、智、信皆仁也。"②《识仁篇》全文虽不足300字,但言简意深,立论精深。《识仁篇》是程颢学说的精华所在,通过"诚身"功夫才能达到"万物与我为一"的境界。可见,程颢的"万物一体"论与孟子"万物皆备于我"的思想是一脉相承的。但是,程颢强调了"识仁"的重要性,即"仁者,浑然与物同体"。一个爱人的君子必然将自己与万物同化。这里涉及了"仁者"境界或称之为"仁者"气象。程颢还以医家术语"麻木不仁"揭示"仁"的思想内涵,认为"仁"就是指贯通全身、连接你我,贯穿宇宙的本体精神。正如医家所说"手足痿痹"乃是"不仁"之象一样。如果为人不仁,那么就会导致全身血气不通、精神受阻,也就意味着"仁"的丧失。因此,程颢强调学者必须首先"观仁"、"体仁",以此来消除人与人之间所存在的那种彼此对立、物我两分的偏执态度从而达到"与物同体",实现"天地万物一体之仁"的境界。

阳明的"万物一体"说,从思想渊源上看,上承孟子的"万物皆备于我",近接程颢的"万物一体"说、陆九渊的"宇宙即是吾心"的思想观点。但是,阳明的"万物一体"说其逻辑起点是"良知",即是从心学的角度进行创设的,是阳明"致良知"说的进一步展开和系统化。在理论的构建和阐释上更为严密,在内容

① [北宋]张载. 张载集 [M]. 北京:中华书局,1978:62. 张载(1020—1077),理学支脉"关学"创始人之一,字子厚。凤翔郿县(今陕西眉县)横渠人,世称横渠先生。

② [北宋]程颢,程颐. 二程集 [M]. 北京:中华书局,1981:17. 程颢(1032—1085),字伯淳,人称明道先生,河南洛阳人。与其弟程颐合称"二程",是宋明理学的奠基人,洛学的创始人之一。

上更加丰富，在说理上更加透彻。阳明的"万物一体"说是阳明心学体系的重要组成部分，是心学思想在人生观、社会观和宇宙观上的重要体现。阳明的"万物一体"说既传达出他的人生理想、社会理想和普世情怀，也表达了对现实社会的忧患意识和批判精神。所以，只有深刻地把握阳明的"万物一体"说才能全面地、正确地、深刻地理解阳明的心学体系，才能准确地把握阳明心学思想的意义。阳明阐述"万物一体"说的主要论著是写于嘉靖四年（1525）的《答顾东桥书》，文中提出了著名的"拔本塞源"论。阳明晚年闲居越，潜心研究心学，并开展了声势浩大的讲学活动。在嘉靖三年（1524），朝中发生了一场声势浩大的所谓"大礼议"事件。此事，《王阳明年谱》也有记载："是时大礼议起，先生夜坐碧霞池，有诗曰：'一雨秋凉入夜新，池边孤月倍精神。潜鱼水底传心诀，栖鸟枝头说道真。莫谓天机非嗜欲，须知万物是吾身。无端礼乐纷纷议，谁与青天扫旧尘？'又曰：'独坐秋庭月色新，乾坤何处更闲人？高歌度与清风去，幽意自随流水春。千圣本无心外诀，《六经》须拂镜中尘。却怜扰扰周公梦，未及惺惺陋巷贫。'盖有感时事，二诗已示其微矣。四月，服阕，朝中屡疏引荐。霍兀崖、席元山、黄宗贤、黄宗明先后皆以大礼问，竟不答。"[1] 文中所提"竟不答"及诗句，都表达了阳明对"大礼议"是非常反感的。嘉靖皇帝和满朝文武，不以社稷民生为怀，反而陷入旷日持久的党争之中，阳明对此态度冷漠。为什么阳明没有明确发表反对的意见呢？有可能是因为众多为官的阳明弟子也卷入了双方的争斗，不好说话而已。这就是阳明提出"万物一体"说的历史背景。为了从理论上阐明"万物一体"的内在关系，从心体上解决人与人，人与社会及人与自然的关系问题。阳明写了著名的《答顾东桥书》一文，系统地提出了"万物一体"的学说，从本体上论证人生社会，人与万物的关系。

---

① ［明］王阳明．王阳明全集［M］．上海：上海古籍出版社，1992：1292．

二、"万物一体"说的基本思想内涵

"万物一体"是阳明晚年心学思想进一步系统化的标志。其基本原理可以从三方面作简要的分析:

一是"万物一体"的宇宙观。阳明"万物一体"说基本原理是基于"良知"说:"仙家说到虚,圣人岂能虚上加得一毫实?佛氏说到无,圣人岂能无上加得一毫有?但仙家说虚从养生上来,佛氏说无从出离生死苦海上来,却于本上加却这些子意思在,便不是他虚无的本色了,便于本体有障碍。圣人只是还他良知的本色更不着些子意在。真知之虚便是天之太虚,良知之无便是太虚之无形,日、月、风、雷、山川、民、物,凡有貌象形色,皆在太虚无形中发用流行,未尝作得天的障碍。圣人只是顺其良知之发用,天地万物俱在我良知的发用流行中,何尝又有一物起于良知之外能作得障碍?"① 阳明通过对佛道学说局限性的揭露,说明了只有"良知"才是"万物"的本体,因为"良知"本体是"太虚无形",不被任何事物障碍。"真知之虚便是天之太虚,良知之无便是太虚之无形一切","有"与"无"都在"太虚无形中发用流行"。日、月、风、雷、山川、民、物,凡是有貌象形色的东西,皆在太虚无形中发用流行,不能成为天的障碍。"良知"出入"有无之间",将"万事万物"贯通。显然,阳明将"良知"作为"万物一体"说的本源,并作为世界之本。阳明的弟子朱本思提出了一个尖锐的问题:"人有虚灵,方有良知。若草、木、瓦、石之类,亦有良知否?"对这一问题阳明回答说:"人的良知,就是草、木、瓦、石的良知:若草、木、瓦、石无人的良知,不可以为草、木、瓦、石矣。岂惟草、木、瓦、石为然,天地无人的良知,亦不可为天地矣。盖天地万物与人原是一体,其发窍之最精处,是人心之一点灵明,风、雨、露、雷、日、月、星、辰、禽、兽、草、木、山、川、土、石,与人原只一体。故五谷禽兽之类皆可

---

① [明]王阳明. 王阳明全集 [M]. 上海:上海古籍出版社,1992:106.

以养人，药石之类皆可以疗疾。只为同此一气，故能相通耳。"①
朱本思的问题很有代表性，显然他不明白"草、木、瓦、石之类，
为什么有良知"。而阳明的回答简明、形象和生动。他认为万事万
物都具有"良知"，不然就不能成为事物了。原因在于"万物同此
一气"，互相贯通。他还举出通俗的例子："故五谷、禽兽之类皆
可以养人，药石之类，皆可以疗疾。"阳明的解释，揭示了"万物
一体"的基本原理。一是世界万物之间的信息都是可以交互的、
可以互相吸纳的，万物具有统一性。二是人能够把握"万物联系"
的具体意义，人们能够认识万物的属性和功能，并通过对万物价
值的判断揭示其理性意义。阳明还以通俗的比喻阐明"万物一体"
的道理，阳明在文中说：

> 盖其心学纯明，而有以全其万物一体之仁，故其精
> 神流贯，志气通达，而无有乎人己之分，物我之间。譬
> 之一人之身，目视、耳听、手持、足行，以济一身之
> 用。目不耻其无聪，而耳之所涉，目必营焉；足不耻其
> 无执，而手之所探，足必前焉；盖其元气充周，血脉条
> 畅，是以痒疴呼吸，感触神应，有不言而喻之妙。此圣
> 人之学所以至简至易，易知易从，学易能而才易成者，
> 正以大端惟在复心体之同然，而知识技能非所与
> 论也。②

阳明将"万物 体"用"仁"的精神加以概括。"仁"贯穿于万
事万物的方方面面，是整个宇宙世界"精神流贯，志气通达，而
无有乎人己之分，物我之间。"阳明用人的生理机制作比，形象地
揭示了"万物一体"的神奇之妙。"万物一体"说"至简至易，易
知易从，学易能而才易成者"，作为个体只要恢复"心体"就自然

---

① ［明］王阳明. 王阳明全集 ［M］. 上海：上海古籍出版社，1992：107.
② ［明］王阳明. 王阳明全集 ［M］. 上海：上海古籍出版社，1992：55.

能进入"万物一体"的"大同"境界。

二是"万物一体"的社会观。阳明在回复其好友顾东桥的信中，提出了著名的"拔本塞源论"。《答顾东桥书》一文，观点鲜明，气势磅礴。主要提出了"万物一体"的社会观，强调了"惟以咸德为事"这一社会道德学说。阳明认为社会和谐协调在于"德"，以"德"为尊，"德"在"万事万物"之中。阳明说：

> 夫圣人之心，以天地万物为一体，其视天下之人，无外内远近，凡有血气，皆其昆弟赤子之亲，莫不欲安全而教养之，以遂其万物一体之念。天下之人心，其始亦非有异于圣人也，特其间于有我之私，隔于物欲之蔽，大者以小，通者以塞，人各有心，至有视其父子兄弟如仇雠者。圣人有忧之，是以推其天地万物一体之仁以教天下，使之皆有以克其私，去其蔽，以复其心体之同然。其教之大端，则尧、舜、禹之相授受，所谓"道心惟微，惟精惟一，允执厥中"，而其节目则舜之命契，所谓"父子有亲，君臣有义，夫妇有别，长幼有序，朋友有信"五者而已。唐、虞、三代之世，教者惟以此为教，而学者惟以此为学。当时之时，人无异见，家无异习，安此者谓之圣，勉此者谓之贤，而背此者，虽其启明如朱，亦谓之不肖。下至闾井、田野、农、工、商、贾之贱，莫不皆有是学，而惟以成其德行为务。何者？无有闻见之杂、记诵之烦、辞章之靡滥、功利之驰逐，而但使之孝其亲、弟其长、信其朋友，以复其心体之同然。是盖性分之所固有，而非有假于外者，则人亦孰不能之乎？①

阳明认为"圣人之心"与"天下之人心"本无区别。只是圣人

---

① ［明］王阳明．王阳明全集［M］．上海：上海古籍出版社，1992：54．

"以天地万物为一体，其视天下之人，无外内远近，凡有血气，皆其昆弟赤子之亲，莫不欲安全而教养之，以遂其万物一体之念"；而"天下之人心"，因为"有我之私，隔于物欲之蔽，大者以小，通者以塞，人各有心，至有视其父子兄弟如仇雠者"。阳明以圣人"推其天地万物一体之仁以教天下，使之皆有以克其私，去其蔽，以复其心体之同然"为教法，肯定和赞美了"三代"社会的和谐美好。这并不是否认历史的发展规律，而是揭示人与人之间、人与社会之间和人与自然之间和谐统一关系。作为个体之人只有"以德为要务"，方能敬重"他人、社会和自然"，这样社会才具有"和谐之美"的基础。每个人的心体都是"同然"的，无论是百姓，还是国君都是一样的。阳明的这一思想设定，排除了作为"天子"、"圣人"的特殊地位。并将此作为人际关系和人与自然关系的基本法则，在物我统一的关系上解决了社会和谐的理论问题。同时，阳明将形态方面的问题归纳为"成德"之学和"闻见"、"记诵"、"辞章"之学等。"成德"之学是"良知"的外在体现，是"万物一体"学说的理论概括。如果学者将目标定位在"闻见"、"记诵"、"辞章"之学上，一旦脱离了"德性"这一准则；那么，就违背了"良知"、"万物一体"的思想，成为心体的障碍。

三是"万物一体"的历史观。阳明善于总结历史经验教训，从历史中发现社会演变中的规律性问题。阳明从学术的角度考察历史现象。凡"仁学"不兴，则会造成社会混乱和不稳定。阳明说：

> 三代之衰，王道熄而霸术猖，孔孟既没，圣学晦而邪说横，教者不复以此为教，而学者不复以此为学。霸者之徒，窃取先王之近似者，假之于外，以内济其私己之欲，天下靡然而宗之，圣人之道遂以芜塞，相仿相效，日求所以富强之说，倾诈之谋，攻伐之计，一切欺天罔人，苟一时之得，以猎取声利之术，若管、商、苏、张之属者，至不可名数。既其久也，斗争劫夺，不

胜其祸，斯人沦于禽兽夷狄，而霸术亦有所不能行矣。世之儒家者，慨然悲伤，搜猎先圣王之典章法制，而掇拾修补于煨烬之余。盖其为心，良亦欲以挽回先王之道。①

在这段话中，阳明从"三代之衰，王道熄而霸术猖，孔孟既没，圣学晦而邪说横，教者不复以此为教，而学者不复以此为学"的社会现象中，看到了"万物一体"学说对于治国的重要性。阳明反对各种"霸术"，认为"霸术"与"仁学"相左。战国时代的纵横家，以富国强兵的名义，实则干了许多"斗争劫夺，不胜其祸"的勾当，阳明对此作了否定。而儒家在举世物欲汹汹前还是作了种种努力："慨然悲伤，搜猎先圣王之典章法制，而掇拾修补于煨烬之余。盖其为心，良亦欲以挽回先王之道。"但这种努力的效果极其有限，阳明总结说：

圣学既远，霸术之传积渍已深，虽在贤知，皆不免于习染，其所以讲明修饰，以求宣畅光复于世者，仅足以增霸者之藩篱，而圣学之门墙遂不复可睹。于是乎有训诂之学，而传之以为名；有记诵之学，而言之以为博；有词章之学，而侈之以为丽。若是者纷纷籍籍，群起角立于天下，又不知其几家，万径千蹊，莫知所适。世之学者，如入百戏之场，欢谑跳踉，骋奇斗巧，献笑争妍者，四面而竞出，前瞻后盼，应接不遑，而耳目眩瞀，精神恍惑，日夜遨游淹息其间，如病狂丧心之人，莫自知其家业之所归。时君世主亦皆昏迷颠倒于其说，而终身从事于无用之虚文，莫自知其所谓。间有觉其空疏谬妄，支离牵滞，而卓然自奋，欲以见诸行事之实者，极其所抵，亦不过为富强、功利、五霸之事业而

---

① ［明］王阳明．王阳明全集［M］．上海：上海古籍出版社，1992：55.

止。圣人之学日远日晦，而功利之习愈趋愈下。其间虽尝瞀惑于佛老，而佛老之说卒亦未能有以胜其功利之心；虽又尝折衷于群儒，而群儒之论终亦未能有以破其功利之见。①

在以上论述中，阳明认为由于"圣学既远，霸术之传积渍已深，虽在贤知，皆不免于习染"。学者们又通过研究所谓"训诂之学"、"记诵之学"、"词章之学"传播天下，世之学者"莫知所适"。阳明描述历史上这种现象："如八百戏之场，欢谑跳踉，骋奇斗巧，献笑争妍者，四面而竞出，前瞻后盼，应接不遑，而耳目眩瞀，精神恍惑，日夜遨游淹息其间，如病狂丧心之人，莫自知其家业之所归。"由此造成了严重的社会后果。后世，有学者用儒释道来破解这个社会发展中的难题，但终未破解这一难题。阳明对圣学不明所造成的严重后果感慨不已。无论在官场，还是学界都难以幸免。无限膨胀的"私欲"成为消解"三代和谐社会"的洪水猛兽。所谓的各种学问，归根结底没有把"万物一体"的宇宙观、社会观作为学术之本。阳明对此甚感忧虑：

> 呜呼！以若是之积染，以若是之心志，而又讲之以若是之学术，宜其闻吾圣人之教，而视之以为赘疣枘凿，则其以良知为未足，而谓圣人之学为无所用，亦其势有所必至矣！呜呼！士生斯世，而尚何以求圣人之学乎！尚何以论圣人之学乎！士生斯世而欲以为学者，不亦劳苦而繁难乎！不亦拘滞而险艰乎！呜呼！可悲也已！所幸天理之在人心，终有所不可泯，而良知之明，万古一日，则其闻吾"拔本塞源"之论，必有恻然而悲，戚然而痛，愤然而起，沛然若决江河而有所不可御

① ［明］王阳明．王阳明全集［M］．上海：上海古籍出版社，1992：55—56．

者矣！非夫豪杰之士无所待而兴起者，吾谁与望乎?①

阳明此番痛快淋漓的议论，振聋发聩，针砭时弊，荡气回肠，具有警世、醒世的作用。阳明对各种所谓的"学术"提出了批判，认为是"拔本塞源"。所谓"拔本塞源"，语见《左传·昭公九年》，原意为堵塞源头、背弃根本。现实中的各种邪说背弃"仁学"，即为"拔本塞源"，其后果除了"误人子弟"以外，对社会的和谐起到了极坏的污染作用。为此，阳明感到可悲之极。但阳明坚信每个人是有"良知"的："终有所不可泯，而良知之明，万古一日"。如果人们能理解他的"拔本塞源"之论，定会感到："恻然而悲，戚然而痛，愤然而起"，在心灵上震撼；"沛然若决江河而有所不可御者矣"！阳明也希望有"豪杰之士"能担纲起拯救浊世，启民智于"塞源"之中，恢复"圣学"本色，开显心中的"良知"。

四是"万物一体"说的社会和谐理想。阳明所向往的社会理想是"万物一体"的"大同世界"。他从"良知"心体出发，提出了社会和谐的蓝图：

> 学校之中，惟以成德为事，而才能之异或有长于礼乐、长于政教、长于水土播植者，则就其成德，而因使益精其能于学校之中。迨夫举德而任，则使之终身居其职而不易。用之者惟知同心一德，以共安天下之民，视才之称否，而不以崇卑为轻重，劳逸为美恶；效用者亦惟知同心一德，以共安天下之民，苟当其能，则终身处于烦剧而不以为劳，安于卑琐而不以为贱。当是之时，天下之人熙熙皞皞，皆相视如一家之亲。其才质之下者，则安其农、工、商、贾之分，各勤其业，以相生相养，而无有乎希高慕外之心。其才能之异若皋、夔、稷、契者，则出而各效其能，若一家之务，或营其衣

---

① ［明］王阳明. 王阳明全集［M］. 上海：上海古籍出版社，1992：56—57.

食，或通其有无，或备其器用，集谋并力，以求遂其仰事俯育之愿，惟恐当其事者之或怠而重己之累也。故稷勤其稼，而不耻其不知教，视契之善教，即己之善教也；夔司其乐，而不耻于不明礼，视夷之通礼，即己之通礼也。①

在这段论述中，阳明提出的"和谐社会"内涵，即"亲民"，以民为本。也就是说，要推己及人，这是三代社会和谐的基本原因，也是治理天下的"良策"，简易而行。同时，阳明还提出了怎样才能做到社会和谐的方略，他所倡导的社会和谐方略是："惟以成德为事"，"各按其才，发挥其长"，按照社会的合理分工，集谋并力，以"礼乐为范"。

三、"万物一体"说的意义

首先，以德为事，走向仁境。个体作为社会的分子，总是与他人处于同一社会之中，形成相互交往的关系。这种共存状态往往通过日常生活的交往得以展现。而现实社会存在种种利益关系，个体往往出于自身的利益以决定自己的行为和处世方式，这样难免受到"私心"的支配和控制，形成了社会生活的利益性。阳明提出的"万物一体"说，将"德"作为处理人际关系的基本原则。阳明将自我的利益和价值取向与他人的利益和价值取向统一起来，具有本体意义上的一致性，让人跳出狭隘的自我"小圈子"，排除自我封闭，从思想上抵御在人际关系中的道德滑坡和自我沉沦。阳明"以德为事"的思想，将"万物一体"的理论推演到日用生活之中，充分体现出作为心学家开放的心态。阳明的"万物一体"说，将"德"作为处世的核心理念，明显具有超越世俗化之意，引导人们走出自我封闭，避免自我沉沦，以宽广的胸怀处理人际关系，真诚地关心他人。因此，"万物一体"说既是人的一种行为

---

① ［明］王阳明. 王阳明全集［M］. 上海：上海古籍出版社，1992：54—55.

方式，也是做人的理想境界。作为个体通过力行"仁德"，方能进入"万物一体"的理想境界。

其次，仁爱恻隐，走向大我。孔子的"爱人观"和孟子的"恻隐之心"，是从儒家的社会观念出发，阐明社会和谐的基础。而阳明则从心学的角度，在更高的层面上，即宇宙和人类社会统一性的角度论证了"万物一体"对人类自身的意义。这不仅解决了哲学上的理论问题，同时从人性的角度回答了人的生存价值和目的，以及人与人之间交往的方式和准则。"万物一体"说以仁道原则，要求个体以"仁"的精神对待社会成员，真诚地关心、友爱他人，包括与自然万物和谐相处。当然，阳明的"万物一体"说是其心学理论在社会领域、宇宙领域的展开，着重是理论上的意义世界建构，或者说既有现实性又有理想化成分的社会生存图式。在人类社会发展的历史长河中，人们是在人际间、人与自然的摩擦和冲突中逐步走向和谐的，这就是阳明希望达到的"和谐世界"。阳明认为，如果每一人都有"万物一体"的意识；那么，就会产生推己及人的"仁爱"之心。推而广之，便可消除人我之间，人物之间的隔阂和对立。"万物一体"的基本精神在于尊重和确认"人"与"物"具有同等的内在价值，它作为一个整体而存在时才有意义。

第四节　心为常道：文质并茂的六经文

《稽山书院尊经阁记》作于嘉靖四年（1525），当时阳明因丁父忧期满后未被朝廷启用，赋闲在越，讲学传道。绍兴知府南大吉在扩建稽山书院后，① 又建造了尊经阁。② 新阁落成，南大吉邀

① 南大吉（？—1541），字元善，号瑞泉，明陕西渭南人。正德辛未进士。历官户部主事，员外郎、郎中，嘉靖二年（1523），以部郎出任绍兴知府，为官清明，政绩斐然，因而触犯豪强利益，腾谤京师，竟以罢官归故里。有《渭南志》、《绍兴志》等传世。

② 稽山书院，原为宋代书院，范仲淹知越州时，创建稽山书院于卧龙山西岗（今府山风雨亭处）。明正德年间，山阴知县张焕移建故址之西。嘉靖三年（1524）知府南大吉及山阴县令吴瀛拓院，增建"明德堂"、"尊经阁"。

请阳明作记。身为知府的南大吉痛惜世儒学风颓败，有志归圣贤
之道，从学阳明。阳明推辞不掉，便写了这篇记。阳明的这篇
《稽山书院尊经阁记》，在写作上一反传统作"记"套路，对建阁
的过程，阁本身的形状、特点只字未提，而是以"尊经阁"的
"经"作为阐发观点的论题，系统地论述了"《六经》者非他，吾
心之常道也"的精辟观点。此文在结构上可以分为三个部分：

第一部分论述了什么是"经"，"六经"的基本内涵是什么。

> 经，常道也。其在于天谓之命，其赋于人谓之性，
> 其主于身谓之心。心也，性也，命也，一也。通人物，
> 达四海，塞天地，亘古今，无有乎弗具，无有乎弗同，
> 无有乎或变者也。是常道也，其应乎感也，则为恻隐，
> 为羞恶，为辞让，为是非；其见于事也，则为父子之
> 亲，为君臣之义，为夫妇之别，为长幼之序，为朋友之
> 信。是恻隐也，羞恶也，辞让也，是非也；是亲也，义
> 也，序也，别也，信也；一也。皆所谓心也，性也，命
> 也。通人物，达四海，塞天地，亘古今，无有乎弗具，
> 无有乎弗同，无有乎或变者也，是常道也。①

在释"经"一义中，阳明从本体论的角度切入，将"心、性、命"
三者统一为"常道"，"常道"是充斥宇宙，无处不在，无处不有，
这样解决了在逻辑上的前提问题，为下文展开议论设定了前提。
所谓"经"，即为宇宙、社会、人类的统一体，可表述为"常谊"。
为将"常道"的含义讲的更明白些，阳明又以孟子的"四心"（即
"恻隐之心、羞恶之心、辞让之心和是非之心"）以及"五伦"作
进一步阐释，认为"四心"与"五伦"都是"常道"在现实生活
中的反映，化抽象为具象，以此证明"常道"的普遍性。接着，
从两个角度对《六经》的内涵加以定义：

---

① ［明］王阳明. 王阳明全集［M］. 上海：上海古籍出版社，1992：254.

是常道也，以言其阴阳消息之行焉，则谓之
《易》；以言其纪纲政事之施焉，则谓之《书》；以言其
歌咏性情之发焉，则谓之《诗》；以言其条理节文之著
焉，则谓之《礼》；以言其欣喜和平之生焉，则谓之
《乐》；以言其诚伪邪正之辩焉，则谓之《春秋》。是阴
阳消息之行也，以至于诚伪邪正之辩也，一也。皆所谓
心也，性也，命也。通人物，达四海，塞天地，亘古
今，无有乎弗具，无有乎弗同，无有乎或变者也，夫是
之谓《六经》。《六经》者非他，吾心之常道也。故
《易》也者，志吾心之阴阳消息者也；《书》也者，志
吾心之纪纲政事者也；《诗》也者，志吾心之歌咏性情
者也；《礼》也者，志吾心之条理节文者也；《乐》也
者，志吾心之欣喜和平者也；《春秋》也者，志吾心之
诚伪邪正者也。①

阳明从"道"与"经"的角度，论述了"常道"与《六经》之间
的关系，《六经》是"心、性、命"的外显、是"常道"之流行
发现。然后，笔锋一转，自然推出结论："《六经》者非他，吾心
之常道也。"可以说，阳明对《六经》内涵的诠释，是从"致良
知"这个角度立论的，最后归结为《六经》是"吾心"的外显，
即外显之"经"，其实是"心"的产物。此论义理透彻，情感激
越，气势磅礴，发古之所未发。

第二部分论述了后人在《六经》问题上存在的不同态度和立
场，以及圣人述《六经》目的：

君子之于《六经》也，求之吾心之阴阳消息而时
行焉，所以尊《易》也；求之吾心之纪纲政事而时施
焉，所以尊《书》也；求之吾心之歌咏性情而时发焉，

---

① ［明］王阳明. 王阳明全集［M］. 上海：上海古籍出版社，1992：254—255.

所以尊《诗》也；求之吾心之条理节文而时著焉，所以尊《礼》也；求之吾心之欣喜和平而时生焉，所以尊《乐》也；求之吾心之诚伪邪正而时辨焉，所以尊《春秋》也。盖昔者圣人之扶人极，忧后世，而述《六经》也，犹之富家者之父祖虑其产业库藏之积，其子孙者或至于遗忘散失，卒困穷而无以自全也，而记籍其家之所有以贻之，使之世守其产业库藏之积而享用焉，以免于困穷之患。①

阳明在确立"《六经》者非他，吾心之常道也"这一论点后，又继续推论"尊经"因在"心"上"求"的道理。既然"经"是"心"的外显，那么，"尊经"只能在"心"上求，别无他法。还通过比喻论证圣人述经遗世犹如家产的账本传世而已。由此，类推出"故《六经》者，吾心之记籍也，而《六经》之实则具于吾心；犹之产业库藏之实积，种种色色，具存于其家。其记籍者，特名状数目而已。"② 在讲清"心"与《六经》的关系后，阳明紧接着对"世之学者"在"尊经"问题上存在的误区作了批评："而世之学者，不知求《六经》之实于吾心，而徒考索于影响之间，牵制于文义之末，硁硁然以为是《六经》矣。是犹富家之子孙不务守视享用其产业库藏之实积，日遗忘散失，至于窭人匄夫，而犹嚣嚣然指其记籍曰：'斯吾产业库藏之积也'，何以异于是！"③ 明施邦曜评点："深得圣人作经之旨。快论！"④ 阳明对世儒曲解、亵渎《六经》的种种非经行为作了猛烈地抨击："《六经》之学，其不明于世，非一朝一夕之故矣。尚功利，崇邪说，是谓乱经；习训诂，传记诵，没溺于浅闻小见以涂天下之耳目，是谓侮经；侈淫辞，竞诡辩，饰奸心，盗行逐世，垄断而自以为通经，是谓

① ［明］王阳明．王阳明全集［M］．上海：上海古籍出版社，1992：255.
② ［明］王阳明．王阳明全集［M］．上海：上海古籍出版社，1992：255.
③ ［明］王阳明．王阳明全集［M］．上海：上海古籍出版社，1992：255.
④ ［明］施邦曜．阳明先生集要［M］．北京：中华书局，2008：862.

贼经。若是者，是并其所谓记籍者而割裂弃毁之矣，宁复知所以为尊经也乎！"① 阳明认为假经学表现分为三种类型：乱经、侮经、贼经，并指出"非经"的危害，导致《六经》之学不明于世，实质上是批判假道学"知行二分"的虚伪性，词锋犀利，若决江河，沛然莫之御。全文围绕什么是"经"，为什么要"尊经"，什么是"非经"等关键问题，层层推理，其结论无可置疑。文末最后一句点明题意："呜呼！世之学者，既得吾说而求诸其心焉，其亦庶乎知所以为尊经也已。"② 志吾心为经，求吾心为尊经，道理讲得简洁明白，以归心作结，体现出"致良知"本义。从"六经皆史"的传统观念转化为"六经皆心"，阳明开启了解经的新思想。

最后一部分，阳明交代稽山书院的古今变化，阐明写作的缘由，阐释了南大吉建尊经阁的意义。

《稽山书院尊经阁记》在论证艺术上颇具特色：一是采用反复的手法。在正面论证"经，常道也"这一命题时，三次用"通人物，达四海，塞天地，亘古今，无有乎弗具，无有乎弗同，无有乎或变者也，是常道也"，反复强调"六经"只是"常道"的体现，确立"常道"才是《六经》之本加强了论证的逻辑力量。二是用类比的手法，将古之圣人著《六经》遗世与后人对六经不求真义的荒唐行径作比，形象生动阐明了如何继承先圣的精神遗产问题。三是多用排比句。有分句间的排比，语言短促，语义清晰；有分句之间的排比，简洁明快，概括力强，语言节奏跌宕起伏，具有高屋建瓴之势，锐不可当。四是在议论中采用讽刺手法，用极简洁的语言刻画"非经"者的庸俗愚昧："是犹富家之子孙，不务守视享用其产业库藏之实积，日遗忘散失，至于窭人丐夫，而犹嚣嚣然指其记籍。曰：斯吾产业库藏之积也！"此言起到了很强的讽刺效果，显示了阳明说理文的思想深度和无可辩驳的逻辑力量。《稽山书院尊经阁记》对心学的传播起到了极大的作用，清人

所编《古文观止》将其收入其中，影响极其广泛。

阳明与南大吉的关系在居越文中有较多反映：作于嘉靖四年的《亲民堂记》，是阳明对南大吉所建"亲民堂"所作的记，阐述了为政如何亲民的道理。作于同年的《浚河记》是阳明对南大吉不计个人得失、对被地方豪强侵占的运河河道进行疏浚功德的表彰。作于嘉靖五年的《答南元善》是阳明对南大吉问学等问题的解答。从中可知，南大吉从一个理学的信奉者转向阳明心学，将为政与"致良知"有机地结合起来，为绍兴地方做了大量的实事、好事，为绍兴百姓所爱戴。但因其为政"亲民"得罪了地方豪强势力，遭地方豪强势力陷害致仕。这从一个侧面反映阳明"致良知"学说的普世性。

结　语

阳明在居越期间，忍受政治上遭打击以及自身疾病的痛苦，但仍著书讲学不辍，为来自全国各地的求学者讲论"致良知"学说，众多求学者得到心学思想的启迪，由宗朱学转向王学，走出了"知行二分"的为学歧路，投身于济世救民的社会实践之中，成为维护社会正义的中坚力量。"致良知"学说对中晚明学术思想产生了深刻的影响。阳明在居越期间所写的一系列论"致良知"散文，是对江西始发"致良知"学说的进一步发展和完善。"致良知"学说是阳明心学体系的核心命题，标志着阳明心学的发展进入崭新的境界，其散文风格也更加趋向哲理化。

附录一：论《王阳明年谱》的文学手法

王阳明（1472—1529）作为有明一代彪炳史册的"三不朽"人物，其生平事迹主要可见诸于黄绾所撰《阳明先生行状》、① 湛若水所撰《阳明先生墓志铭》、② 钱德洪等所撰《王阳明年谱》。③ 与《行状》、《墓志铭》比较而言，《年谱》是按照谱主的生平逐年编写，篇幅弹性较大，表达灵活自由，这给编纂者展现谱主一生中主要的经历和重要历史贡献留下了较大的叙述空间。《王阳明年谱》（以下简称《年谱》）的编纂自阳明殁后即开始策划，经历了三十六年始完成，期间参与编撰的一些阳明弟子先后作古。自始至终参与编纂《年谱》的是阳明同邑高足弟子钱德洪。《年谱》成于嘉靖癸亥（1563）夏五月，初刻于杭州天真书院，后收入隆庆本《王文成公全书》，流传至今。《年谱》正文分为三个部分和两个附录。作为主要的编撰者钱德洪在《阳明先生年谱序》一文中说明了编谱的直接动因："宣明师训"、"征师言"。④ 也就是说通过编纂《年谱》，叙述阳明一生追求"圣贤"人格、"致良知"的心路历程，重点以阐明阳明心学思想为指归，以克服阳明门生在传承心学中存在的"各执所闻以立教"的偏向。⑤ 由此可见，《年谱》通过对阳明生平事迹的系统叙述，目的是阐发阳明心学的要旨，弘扬师道。然而，《年谱》毕竟是谱主的历史记载，因此必

① ［明］王阳明. 王阳明全集［M］. 上海：上海古籍出版社，1992：1406—1430.
② ［明］王阳明. 王阳明全集［M］. 上海：上海古籍出版社，1992：1400—1406.
③ ［明］王阳明. 王阳明全集［M］. 上海：上海古籍出版社，1992：1220.
④ ［明］王阳明. 王阳明全集［M］. 上海：上海古籍出版社，1992：1357.
⑤ ［明］王阳明. 王阳明全集［M］. 上海：上海古籍出版社，1992：1357.

然要涉及与谱主相关的社会历史背景、重大历史事件，以反映谱主跌宕起伏的生命轨迹。《年谱》的这一属性，为后人提供了多视角观察阳明生平事迹的可能性。以往学术界对《年谱》的研究较多地关注历史层面，而从文学层面加以研究则还是空白。从文学视角解读《年谱》，对于全面地、深入地把握阳明的生命历程和精神世界，对于考察阳明所处时代的生存处境，对于理解阳明弟子眼中的先生形象具有独特的作用与意义。本文从三个方面论述《年谱》如何运用文学手法表现谱主的传奇人生。

一、神奇性：虚幻艺术的运用

《年谱》作为叙述谱主编年历史的文体，属于历史的范畴。作为历史的一种表现形态，必须基于历史的真实性，力求做到"有史可察、有案可稽"；但古代史家在叙述历史时常常通过超现实的想象来诠释某种难以解释的人生现象或社会现象，这在《尚书》、《左传》、《战国策》、《史记》、《汉书》等历史文献中可得到印证。在古代文献中，史家笔法与文学手法常常糅合在一起，两者巧妙地结合和统一，这种现象可归因于"天道"与"人道"合二为一的宇宙观。如此，文学手法在历史文献中的运用就显得十分自然和必要了。这对于历史上那些几百年才出一个的传奇式人物，虚幻的诠释成为唯一的选择，"神"的出现就成为最佳的"意象"，且为世人所接受。"生命现象"中的生与死，人生过程中的罹难与解脱，其机理最容易成为想象的空间。当人物命运出现"山穷水尽"时，"神"就会及时显现，指点迷津，人物的命运即刻发生戏剧性的转机，呈现"柳暗花明"的新天地。《年谱》在叙述阳明生平事迹中也不例外，而是借助于文学的虚幻艺术传达出阳明的神奇色彩。《年谱》编纂者在阳明一生的几个重要阶段都设置了"神人相助"的情节，使阳明一生充满了神秘性。然而，"神"的灵通是借助于"梦境"、"幻象"、"祈祷"等方式加以表现。

（一）通过"梦境"表现阳明出生的神奇

在古代社会，历史上任何一个圣贤人物的出现，尤其是杰出人物的问世，史家往往为其披上神奇的色彩。阳明的出生也不例外，编者是根据乡人的一个传说，将阳明的出生与"神"联系在一起。据《年谱》载："九月三十日。太夫人郑娠十四月。祖母岑梦神人衣绯玉云中鼓吹，送儿授岑，岑警寤，已闻啼声。祖竹轩公异之，即以云名。乡人传其梦，指所生楼曰'瑞云楼'"。[①] 这段记载不仅交代了阳明出生的时间，还点出了王华夫人郑氏娠十四月方生产，为阳明的出生蒙上了奇特的色彩，也为阳明传奇的一生埋下了伏笔。而岑太夫人的"梦境"迅速在乡里中传播，在乡人的口口相传中，即有了"瑞云送子"的神奇故事，又借乡人之口交代了阳明出生处"瑞云楼"命名的来历。岑太夫人梦"神人衣绯玉云中鼓吹，送儿授岑"的情景，堪为神奇。这种描述手法可见之于陆深《海日先生行状》，两者如出一辙，可见是一种仿写，暗合了"圣贤下凡"的"天神观"。[②] 阳明祖父竹轩公有感于"梦境"的神异，为新生儿起名为"云"，无意中点破了"天机"，为后文"神僧"的出现埋下伏笔。岑太夫人之梦尽管是虚幻的，但其媳妇怀胎十四个月，祈盼孙子，产生这样的梦境是具有真实性的。岑太夫人梦中的"神人"、"玉云"幻境，构成了一幅"瑞云送子图"，虽具有神秘的色彩，但还是可以从现实中找到心理依据的，此番景象与道教宣扬的"神仙境界"十分吻合。"岑太夫人之梦"并非作者的胡编，反映了浙东世俗的宗教信仰及文化生成。如此描述除了为阳明的出生披上神秘的色彩之外，也为阳明一生与道教的瓜葛埋下了伏笔。据《年谱》记载，阳明直至五岁尚不能开口，一日与群儿玩耍，一神僧路过，暗示阳明不能开口的原委是泄露了"天机"，竹轩公领悟，即更"云"名为"守仁"，阳明顷刻能言。[③] 这一更名，看似神奇，却奠定了谱主的命运基调，阳明为心中之"仁"，苦苦追求了一辈子，阳明传奇的经历也就从

---

① ［明］王阳明. 王阳明全集［M］. 上海：上海古籍出版社，1992：1220—1221.
② ［明］王阳明. 王阳明全集［M］. 上海：上海古籍出版社，1992：1220.
③ ［明］王阳明. 王阳明全集［M］. 上海：上海古籍出版社，1992：1221.

此起航，同时也照应了上述伏笔，写作构思十分绵密。《年谱》在"梦境"的展现上其手法也不是单一的，而是根据阳明成长的过程、性格的发展灵活表现。阳明少怀壮志，敬慕英雄。据《年谱》记载：成化二十二年（1486），时阳明十五岁，"出游居庸三关，即慨然有经略四方之志"①。此次出游，阳明"询诸夷种落，悉闻备御策；逐胡儿骑射，胡人不敢犯。经月始返。"② 阳明少年英概，为日后成为杰出的军事家埋下了伏笔。《年谱》将阳明这一志向通过一首《梦中诗》来表现。据《年谱》载："一日，梦谒伏波将军庙，赋诗曰：'卷甲归来马伏波，早年兵法鬓毛皤。云埋铜柱雷轰折，六字题文尚不磨。'"③ 四十年后，当阳明奉命平广西民乱后返乡途经韶州时，专程前去拜谒伏波将军庙，并追忆少年时梦中诗题壁，似乎梦幻成真，"梦中诗"暗示了阳明理想追求的实现。《年谱》通过这种似真似幻的梦境诠释了"天意"与"人道"的统一性。

弘治十二年（1499），时阳明二十八岁，举进士出身，即观政工部。是年秋，阳明钦差督造威宁伯王越坟。事竣，威宁家以金帛谢，不受；乃出威宁所佩宝剑为赠，适与梦符，遂受之。④《年谱》在解释阳明为何拒受金帛，而受王越生前所佩宝剑，即通过"梦境"说明："先生（指阳明，下同）未第时尝梦威宁伯遗以弓剑。"⑤

（二）通过"幻象"预示阳明建立奇功的必然性

在古人的"天神观"中，神奇人物的命运是有"天意"安排的，并有预兆显现。《年谱》在叙述阳明的传奇经历中，也采用了这种虚幻的艺术手法加以表现。与同时代所有的学子一样，作为官宦人家的弟子，阳明立志成圣贤，无奈也选择了通过科举之路，

---

① ［明］王阳明．王阳明全集［M］．上海：上海古籍出版社，1992：1222．
② ［明］王阳明．王阳明全集［M］．上海：上海古籍出版社，1992：1222．
③ ［明］王阳明．王阳明全集［M］．上海：上海古籍出版社，1992：1222．
④ ［明］王阳明．王阳明全集［M］．上海：上海古籍出版社，1992：1224—1225．
⑤ ［明］王阳明．王阳明全集［M］．上海：上海古籍出版社，1992：1224．

走向仕途。但成圣贤之路并不平坦,《年谱》为解释阳明跌宕起伏的人生经历,通过"神"的预言,传达出人生命运的不可逆转性。据《年谱》载:"弘治五年（1492）……（阳明）举浙江乡试。是年,场中夜半见二巨人,各衣绯绿,东西立,自言曰:'三人好作事'。忽不见。已而先生与孙忠烈燧、胡尚书世宁同举。其后宸濠之变,胡发其奸,孙死其难,先生平之,咸以为奇验。"①《年谱》在叙述阳明等人参加乡试之际,让二"神"在中夜出现,预言阳明等人的命运,为日后阳明平宸濠之乱埋下伏笔。上述记载,神话色彩较浓,但不能说完全是超现实的。从精神分析的角度看,在紧张的乡试中,考生产生幻觉是有可能的,《年谱》作者合情合理地插入"神人"的预言,后阳明等人果真在平"宸濠之乱"过程中以相应的结局应验了神人的预言。由于幻象具有神秘性,"神"的预言不可悖逆,幻象就成为诠释天意难违的最好归因。从另一方面可以说反证了阳明等人平"宸濠之乱"是"替天行道",似乎有了合天理性。

（三）通过对神的"祈祷"显示天神的灵验

大凡奇人奇才、圣贤人物,民间总认为其一生有神的保佑。阳明在仕途历经险恶,在命运的紧要关头,通过对神的"祈祷","神"灵应验,点化阳明,使阳明在危急关头化险为夷。据《年谱》记载,正德十四年（1519）,阳明在江西平乱。六月奉命勘处福建叛军。十五日至丰城,获知南昌藩王宁王宸濠谋反,号兵十万,欲顺江袭南京,后犯北京。在危急关头,阳明明察宸濠阴谋,立刻上疏宁王叛逆之情,随机应变,为躲避宸濠追捕,举兵平叛,阳明欲返舟,但正遇逆风。"先生闻变,返舟,值南风急,舟弗能前,乃焚香拜泣告天曰:'天若哀悯生灵,许我匡扶社稷,愿即反

---

① ［明］王阳明. 王阳明全集［M］. 上海：上海古籍出版社,1992：1223. 孙燧（1460—1519）,字德成,号一川,浙江余姚人。明弘治六年（1493）进士。宸濠叛乱时任江西巡抚,与朱宸濠抗争,遭杀害。胡世宁（1469—1530）,字永清,仁和人。明弘治六年（1493）进士。宸濠叛乱时任江西副使,疏论朱宸濠反状。

风。若无意斯民，守仁无生望矣。'须臾，风渐止，北帆尽起。"①
生死紧要关头，阳明焚香祈祷后，上天显灵，风向顿转，阳明得
以逃生，为日后举兵平乱赢得了宝贵的时间，正是天佑奇才。生
有上天保佑，而死亦同。阳明晚年，为了社稷的平安，奉命平定
广西民乱，平乱结束后，因病危返乡，不幸在归舟中逝世。嘉靖
八年（1529），当灵柩运回绍兴后，家人欲将其葬于越城南洪溪阳
明生前择定的墓地，筑墓时，墓地旁溪流横冲直撞，占卜者认为
此地风水不好，欲另择墓地。正为难之际，神人又出现了。《年
谱》通过山翁托梦的方式，请于神，即有"……神人绯袍玉带立
于溪上，曰：'吾欲还溪故道。'明日雷雨大作，溪泛，忽从南岸，
明堂周阔数百尺，遂定穴。"② 此段记载，可谓神来之笔。既增添
了阳明身后事的神秘性，也传达出好人有好报的因果轮回思想。
《年谱》采用虚幻的艺术手法，用"神人"出现的办法，解决了现
实的矛盾，拓展了读者的想象力。作为具有史学意义的《年谱》，
采用文学的手法不失为是一种传奇的笔法，但无损于《年谱》作
为历史文献的严肃性。

二、故事性：叙事艺术的运用

在叙事文学中，故事是基本的文学元素，因为故事本身具有
时空、人物、事件、环境等叙事结构，随着情节的推进演化为较
完整的故事。故事有长有短，在主题的统帅下，一个个小故事可
以结构成宏大的叙事。作为传奇人物，王阳明的一生波澜壮阔，
如何表现人物的历史进程，《年谱》编纂者采用了故事结构法，故
事连故事，将阳明"成圣贤"的一生故事化，使《年谱》充满传
奇色彩。《年谱》是纪实性的人物历史，是不允许进行虚构的，但
并不排斥叙事艺术手法的运用。《年谱》在叙述阳明的生平事迹以
及相关重大历史事件中，往往选择其经历中最能反映阳明性格和

① ［明］王阳明. 王阳明全集 ［M］. 上海：上海古籍出版社，1992：1261.
② ［明］王阳明. 王阳明全集 ［M］. 上海：上海古籍出版社，1992：1327.

人生追求且带有很强故事性的事例作为叙述的生发点，以展现阳明传奇式的经历和命运归宿。根据故事的性质大致可以分为以下几种类型：

（一）遇险故事

王阳明的一生是坎坷的，其跌宕起伏的人生经历是时势造成的，也是其坚守正义立场使然。正义与邪恶之间的较量，往往将人推到险境，其时其境也最能反映人的性格和内心世界。《年谱》在叙述阳明历险故事中，具体细腻写出了人物与环境、人与人之间的矛盾冲突，构成了曲折感人的故事，情节引人入胜。

正德元年（1506）初，阳明为南京科道官戴铣等人伸张正义，不顾身家性命毅然上疏欲救戴铣等言官，因而触怒阉党头目刘瑾，阳明被廷杖四十，下诏狱，继而贬谪贵州龙场驿丞。正德二年（1507），时年阳明三十六岁，离京远赴谪地而途经杭州，发现刘瑾派杀手跟踪，生命处在危急关头，于是设计逃脱。《年谱》在叙述这件事的过程中运用故事手法，情节曲折，险象环生。首先，交代时间、地点："夏，赴谪至钱塘。"① 其次，交代事由："瑾遣人随侦"。再次，交代思想活动及设计避祸："先生度不免，乃托言投江以脱之。"第四，设计脱险，又陷险境："因附商船游舟山，偶遇飓风大作，一日夜至闽界。"第五，刚避人祸，又落虎口："比登岸，奔山径数十里，夜扣一寺求宿，僧故不纳。趋野庙，倚香案卧，盖虎穴也。夜半，虎绕廊大吼，不敢入。黎明，僧意必毙于虎，将收其囊；见先生方熟睡，呼始醒，惊曰：'公非常人也！不然，得无恙乎？'邀至寺。"② 在这一故事中，阳明的机智与武夷山僧人的势利都刻画的十分精彩。尤其是寺僧前后的表现，反衬出阳明处境的险恶与僧人的私利性。《年谱》通过老虎的"大吼"、"不敢入"，僧人的觉悟："公非常人也！不然，得无恙乎？"反衬阳明的神奇力量。由于僧人思想的转变，又推动了情节的发

① ［明］王阳明. 王阳明全集［M］. 上海：上海古籍出版社，1992：1227.
② ［明］王阳明. 王阳明全集［M］. 上海：上海古籍出版社，1992：1227.

展。阳明被僧人"邀至寺"。这样，又自然引出了另一个故事："寺有异人，尝识于铁柱宫，约二十年相见海上。至是出诗，有'二十年前曾见君，今来消息我先闻'之句。"① 所遇异人，系阳明在南昌完婚之夜与铁柱宫彻夜谈论的老道，老道的出现，尽管有某种神奇色彩，但从《年谱》所引的诗句看，似乎又在情理之中。正当阳明对何去何从难以作出选择时，阳明求教于老道："与论出处，且将远遁。其人曰：'汝有亲在，万一瑾怒逮尔父，诬以北走胡，南走粤，何以应之？'"② 在老道的指点下，阳明茅塞顿开。又通过卜占："得'明夷'，遂决策返。"③ 随即"题诗壁间曰：'险夷原不滞胸中，何异浮云过太空？夜静海涛三万里，月明飞锡下天风。'因取间道，由武夷而归。"④ 随后，又插入阳明从鄱阳到南京探望因受株连被外放南京的老父。最后，交代结局："十二月返钱塘，赴龙场驿。"⑤

阳明脱离了虎口，但他前行的目的地是生死难料的瘴疠之地贵州修文，在他的头上仍然密布乌云。经过几个月的艰难跋涉，阳明于正德三年（1508）春，到达贵州修文龙场驿。据《年谱》记载："龙场在贵州西北万山丛棘中，蛇虺魍魉，蛊毒瘴疠，与居夷人鴃舌难语，可通语者，皆中土亡命。"⑥ 龙场的险恶环境，对阳明的生存构成了生命威胁，一时有一种绝望的感觉，预感难以抗拒的死亡来临了。为抗争死亡，阳明采用将死亡置之度外的办法："乃为石墩自誓曰：'吾惟俟命而已！'日夜端居澄默，以求静一；久之，胸中洒洒。"⑦ 通过这种超越生命的精神体验，阳明顽强地生存下来了。此时，跟从阳明来贵州的家仆由于不能适应环境病倒了，在缺医少药的龙场，阳明以顽强的意志力展开自救。

---

① ［明］王阳明. 王阳明全集［M］. 上海：上海古籍出版社，1992：1227.
② ［明］王阳明. 王阳明全集［M］. 上海：上海古籍出版社，1992：1227.
③ ［明］王阳明. 王阳明全集［M］. 上海：上海古籍出版社，1992：1227.
④ ［明］王阳明. 王阳明全集［M］. 上海：上海古籍出版社，1992：1228.
⑤ ［明］王阳明. 王阳明全集［M］. 上海：上海古籍出版社，1992：1228.
⑥ ［明］王阳明. 王阳明全集［M］. 上海：上海古籍出版社，1992：1228.
⑦ ［明］王阳明. 王阳明全集［M］. 上海：上海古籍出版社，1992：1228.

据《年谱》载："而从者皆病，自析薪取水作糜饲之；又恐其怀抑郁，则与歌诗；又不悦，复调越曲，杂以诙笑，始能忘其为疾病夷狄患难也。"① 艰苦的环境显然被阳明挺过来了，在炼狱中，阳明经过生死体验，并对理学的"格物致知"重新反思，在龙场这个特殊的环境中，终于悟出了"格物致知"的新意："始知圣人之道，吾性自足，向之求理于事物者误也。"② 《年谱》叙述阳明"龙场悟道"的瞬时状态："忽中夜大悟格物致知之旨，寤寐中若有人语之者，不觉呼跃，从者皆惊。乃以默记《五经》之言证之，莫不吻合，因著《五经臆说》。"③ 逆境成就了阳明的思想飞跃，增添了阳明生命的活力。从此，阳明从被动地适应环境，转化为主动影响和改造环境。《年谱》载："居久，夷人亦日来亲狎。以所居湫湿，乃伐木构龙冈书院及寅宾堂、何陋轩、君子亭、玩易窝以居之。"④ 阳明通过与当地少数民族居民的沟通交流，教当地土著搭建住房，改善了生活环境。并举办龙岗书院，教化当地百姓，贵州自此有了对土著的教育。

生活环境的险恶艰难被阳明战胜了，但邪恶势力对阳明的压迫仍没有停止。当时阉党刘瑾仍控制着朝廷的权力，阳明随时会遇到不测，而地方上的恶势力往往仗势欺人。《年谱》载："思州守遣人至驿侮先生，诸夷不平，共殴辱之。守大怒，言诸当道。毛宪副科令先生请谢，且谕以祸福。先生致书复之，守惭服。"⑤ 在这件突发事件中，阳明虽遭侮辱，但土著仗义，痛打官差息愤。后差人告知太守，转而告诉布政司副使毛科，毛科从中斡旋，想让阳明谢罪。⑥ 尽管阳明处于谪臣的地位，但人格不可侮。阳明即致书毛科，据理力争，拒不谢罪，捍卫了自身的尊严，表现了一

① [明] 王阳明. 王阳明全集 [M]. 上海：上海古籍出版社, 1992：1228.
② [明] 王阳明. 王阳明全集 [M]. 上海：上海古籍出版社, 1992：1228.
③ [明] 王阳明. 王阳明全集 [M]. 上海：上海古籍出版社, 1992：1228.
④ [明] 王阳明. 王阳明全集 [M]. 上海：上海古籍出版社, 1992：1228.
⑤ [明] 王阳明. 王阳明全集 [M]. 上海：上海古籍出版社, 1992：1228.
⑥ [明] 王阳明. 王阳明全集 [M]. 上海：上海古籍出版社, 1992：1228.

个正直贬谪士大夫的凛凛正气。阳明一生经历了无数生命险境，但最后都靠心中的良知度过。

（二）求道故事

在阳明的一生中，历经了艰苦的思想探索，这其中佛道对他一生的影响是深远的。为此，《年谱》中记载了诸多阳明求道的故事。弘治元年（1488），时阳明十七岁，七月，奉父命赴南昌成婚，亲迎夫人诸氏。成婚之日，阳明似乎对大喜之日并不在乎，闲暇之际入铁柱宫，遇道士"趺坐一榻"，即向道士请教。道士向其传授"养生之说"，通宵达旦。新郎官的失踪，急坏了岳父大人诸养和（时任江西布政司左参议），即遣人追之，阳明次早始还。①这则故事情节虽不复杂，但亦出人意料。说明阳明对道教养生学说的心仪入迷。又据《年谱》记载，弘治十四年（1501），时阳明三十岁，在京师。此时阳明任刑部主事不久，即奉命到江北审核案子。阳明按律办案，凡有冤假错案都予平反。事竣，阳明遂游九华山，作《游九华赋》，宿无相、化城诸寺。阳明闻道士蔡蓬头善谈仙，便以客礼请问得道之事。蔡蓬头回答："尚未"。过了一会儿，阳明屏退左右随从，将蔡蓬头引至后亭，再拜请问。蔡回答："尚未"。问至再三，蔡蓬头说出了原委："汝后堂后亭礼虽隆，终不忘官相"，一笑而别。② 后阳明听说地藏洞有异人，坐卧松毛，不火食，历岩险访之。找到后，适逢"异人"正熟睡，阳明坐傍抚其足。过了一会儿"异人"醒了，看到眼前的陌生人十分惊讶，说："路险何得至此！"有感于阳明的诚信，"异人"因论最上乘曰："周濂溪、程明道是儒家两个好秀才。"③ 阳明由此得到启悟。此后再次造访，"异人"已移往他处。后阳明发出："会心人远之叹"感叹。④ 如果说阳明入铁柱宫访道实属偶然；那么阳明在九华山访道士蔡蓬头，后又寻访"异人"应主动而为。上述故

---

① ［明］王阳明. 王阳明全集［M］. 上海：上海古籍出版社，1992：1222.
② ［明］王阳明. 王阳明全集［M］. 上海：上海古籍出版社，1992：1225.
③ ［明］王阳明. 王阳明全集［M］. 上海：上海古籍出版社，1992：1225.
④ ［明］王阳明. 王阳明全集［M］. 上海：上海古籍出版社，1992：1225.

事中，故事细节和人物对话描写十分出色，寥寥数语，人物形象形神兼具。《年谱》中的细节描写，与重大历史事件并没有必然的联系，但对写活人物而言关系十分重要，有助于人物形象丰满，个性更为鲜明。同时，也反映出阳明对儒道佛的态度，有助于展示人物的思想发展脉络。

（三）平乱故事

阳明一生的"立功"主要在"平乱"上。明中期，由于封建专制统治集团的日益腐败，导致社会各种矛盾日趋尖锐。明正德年间，阉党专政，朝政废弛，贪官污吏横行，民不聊生，导致南方一些省山区民众动乱，烽火遍起，危及地方安宁和朝廷的统治，社会处于极度动荡之中。正德十一年（1516），时阳明年四十五岁，在南京。九月，朝廷升任王阳明为都察院左佥都御史、巡抚南、赣、汀、漳等地。在多事之秋，朝廷启用阳明这个文官到江西等地平乱。从此，阳明开始了军旅生涯。由于平乱主要是军事行动，双方斗智斗勇，在极其复杂的环境中展开，由此演化出许多惊心动魄的战争场面，也成为《年谱》编纂者叙述、描写的重要题材。据《年谱》记载，正德十二年（1517），时阳明年四十六岁，正月，至赣州。阳明率官船过南安府境内的万安县时，遇流贼数百，沿途肆劫，商舟不敢进。情况十分危急，阳明判明情势，当机立断，联合商舟，结为阵势，扬旗鸣鼓，如趋战状。阳明通过虚张声势的办法，迷惑流贼，流贼见官军突然到来，惊恐万状，罗拜于岸，高呼："饥荒流民，乞求赈济！"船队泊岸，阳明弄清实情后即令人告谕流贼："至赣后，即差官抚插，各安生理，毋作非为，自取戮灭。"① 阳明晓之以理，流贼恐惧四散归家。这样一场打家劫舍的动乱，在阳明巧妙地处理下，得以化解，沿途百姓免遭劫难。

在平南安、赣州、汀州、漳州等地的民乱期间，阳明组织、指挥了著名的"三次战役"，即"漳南之战""横水桶冈之战"和

---

① ［明］王阳明．王阳明全集［M］．上海：上海古籍出版社，1992：1238.

"征三浰之战"。《年谱》编纂者在叙述上述战事中刻画了作为统帅的阳明运筹帷幄，指挥若定的儒将形象，其中故事性最强的应属"智擒贼首池仲容"这一战例。正德十三年（1518）三月，阳明带病组织指挥了征三浰之战。浰头在广东龙川县境内，分上、中、下三浰，分布于九连山区。池仲容占山为王，为三省巨盗。盗贼凭借险要的地形，为非作歹，危害地方，官府对他们毫无办法。阳明在周密分析情势后，认为不宜强攻，而采用"擒贼擒王"、"诱敌上钩"的战术。首先，阳明通过告谕招抚池仲容，以分化瓦解敌营，然后设"苦肉计"诱使池仲容上钩，最后通过"试心术"测明池仲容并无归降之意后，将其正法。池仲容除掉后，敌营群龙无首，逃窜深山。阳明一鼓作气，挑选700名精悍军士化装成盗匪，混入敌营，一举将残匪歼灭。随即，阳明迅速整治地方，增设县衙，免租免役，百姓安居乐业，无不称快。阳明奉命在南安、赣州、汀州、漳州平乱中采用剿抚结合，攻心为上的策略，自正德十二年一月阳明至赣州开府至正德十三年三月，经过一年多时间的平乱，就全歼南方四省边界地区的盗匪，连年民乱至此全部平息，阳明的军事奇才和治理地方的能力得到了展示。

如果说阳明平南方四省边界地区的民乱是初步展示阳明的军事和民政才华，那么阳明平南昌藩王"宸濠之乱"则是其杰出军事奇才展现的高峰。阳明一生遭遇最大的平乱战事是平息朱明王朝宗室宸濠的谋反。据《年谱》记载，正德十四年（1519），时阳明年四十八岁。六月，阳明因奉命赴福建三卫处置叛军，途经丰城，据丰城知县顾佖报告，始知南昌宁王为篡夺皇位，假传太后密旨，举兵叛乱。面对如此突发事件，又是明宗室藩王的叛乱，作为过境官员的王阳明作何选择，无疑是极大的考验。阳明深知这是一场危及社稷安宁，百姓遭受战火蹂躏的内乱，出于良知和对社稷民生的责任感，阳明决计阻止这场来势汹汹的叛乱。但考虑到这场叛乱的特殊性，阳明一方面上疏飞报宸濠叛乱，另一方面又上疏要求省亲，以探明朝廷的态度。当阳明获悉朝廷不同意自己省亲，得到朝廷"督兵讨贼"的命令后，便立刻组织平叛军事行动，义无反顾地担当起组织领导平乱的重任。阳明根据当时的特殊情境，为拖延宸濠出兵时间，采用"设疑兵"、"反间计"等谋术，宸濠中计，拖延了出兵的最佳时机。当宸濠出南昌城围攻安庆城时，阳明又采用"围魏救赵"的策略，趁南昌城空虚，便结集周围郡兵，急速攻打南昌城。据《年谱》载："先生闻濠兵既出，乃促列郡兵克期会于樟树，自督知府伍文定等及通判谈储、推官王暐，以十三日甲辰发吉安。……己酉，誓师于樟树，次丰城。谍知贼设伏于新旧厂，以为省城之应，乃遣奉新知县刘守绪领兵从间道夜袭破之。庚戌，发市汉，分布既定，薄幕齐发。辛亥黎时，各至信地。先是城中为备甚严，及厂贼溃奔入城，一城皆惊。又见我师骤集，益夺其气。众乘之，呼噪梯绠而登，遂入城，擒栱条、万锐等千有余人，所遗宫眷纵火自焚。先生乃抚定居民，分释协从，封府库，收印信，人心始宁。"① 此役不出阳明所料，大获全胜。《年谱》还通过倒叙的方法，记载了当初决策时的不同意见："初，会兵樟树，众以安庆被围，急宜引兵赴之。先生曰：'今南康、九江皆为贼据，我兵若越二城，直趋安庆，贼必回军死门，是我腹背受敌也。莫若先破南昌，贼失内据，势必归援。如此，则安庆之围自解，而贼成擒矣。'"② 后宸濠果然中计，阳明设伏兵于鄱阳湖，歼灭回援南昌的宸濠叛军。《年谱》载："（阳明）遂促兵追濠。甲寅，始接战。乙卯，战于黄家渡。丙辰，战于八字脑。丁巳，获濠樵舍，江西平。"③

阳明平"宸濠之乱"，从起事到彻底平息叛乱，前后仅仅用了三十五天时间。这场平乱战事，对于阳明来说，纯属意外，但朱宸濠的叛乱是蓄谋已久的。从战事的性质看，阳明举兵平叛是具有正义性的，避免了国家的动乱，百姓免遭战火之乱。从军事意义上看，"平宸濠之战"是一场以弱胜强、以少胜多的、以智取胜

① ［明］王阳明. 王阳明全集［M］. 上海：上海古籍出版社，1992：1264.
② ［明］王阳明. 王阳明全集［M］. 上海：上海古籍出版社，1992：1264.
③ ［明］王阳明. 王阳明全集［M］. 上海：上海古籍出版社，1992：1264.

的战例。从《年谱》叙述这一重大历史事件看，着重描述了当时严峻的形势，又一次将阳明置于生死考验的处境中，用重笔彰显了阳明体察民情，铁肩担道义的浩然正气。阳明深谋远虑、大智大勇、临危不惧的性格也得到了充分的展示。应该说"平宸濠之乱"是《年谱》编纂者叙事的一个重点，但并不是《年谱》叙事的主旨所在。

（四）智斗奸党故事

与阳明"平宸濠之乱"紧密相连的是"智斗奸党'"的故事。阳明在取得平宸濠之乱胜利后，非但无功，反而招致朝廷奸党的诬陷、打击，演变为"忠良得祸"的悲剧。荒唐昏庸的明武宗竟在阉党的导演下，派奸党成员锦衣千户持"威武大将军牌"追取宸濠。在这种情势下，阳明除了内心愤懑外，十分无奈，当锦衣千户进府邸时，不肯出迎；后经三司苦苦相劝，不得已，令参随负敕同迎以入。当属下请示阳明慰劳锦衣千户礼金的数量时，阳明答复："止可五金"，锦衣千户"怒不纳"，次日来辞，阳明执其手说："我在正德间下锦衣狱甚久，未见轻财重义有如公者。昨薄物出区区意，只求备礼。闻公不纳，令我惶愧。我无他长，止善作文字。他日当为表章，令锦衣知有公也。于是复再拜以谢。其人竟不能出他语而别。"① 阳明采用"戴高帽子"的办法，绵里藏针，以正压邪，迫使锦衣千户无以言对，碰了一鼻子灰。奸党哪肯罢休，凭借皇权的淫威，竟然不顾江西百姓的死活，派北军驻扎南昌，寻事挑衅，为非作歹。奸党张忠以搜寻宸濠漏网党羽为由，军马屯聚，靡费不堪。北军肆坐漫骂，制造事端，以达到诬陷阳明的目的。阳明识破其阴谋，"一不为动，务待以礼"。② 同时，告知百姓，暂避北军的骚扰："豫令巡捕官谕市人移家于乡，而以老赢应门。"③ 阳明采用以柔克刚，以诚待人的策略，将奸党

① ［明］王阳明 . 王阳明全集［M］. 上海：上海古籍出版社，1992：1269.
② ［明］王阳明 . 王阳明全集［M］. 上海：上海古籍出版社，1992：1269.
③ ［明］王阳明 . 王阳明全集［M］. 上海：上海古籍出版社，1992：1269.

首恶与一般受骗将士区别开来，晓之以理，动之以情，感化北军将士。据《年谱》载："始欲犒赏北军，泰等预禁之，令勿受。乃传示内外，谕北军离家苦楚，居民当敦主客礼。每出，遇北军丧，必停车问故，厚与之槥，嗟叹乃去。久之，北军咸服。会冬至节近，预令城市举奠。时新经濠乱，哭亡酹酒者声闻不绝。北军无不思家，泣下求归。先生与忠等语，不稍徇，渐已知畏。"① 张忠、许泰之流在阳明的"攻心战"之下，难以招架，但不肯服输，自恃武艺高强，居然导演了一场欲与阳明"校场比武"的闹剧。据《年谱》载："忠、泰自居所长，与先生较射于教场中，意先生必大屈。先生勉应之，三发三中，每一中，北军在傍哄然，举手喷喷。忠、泰大惧曰：'我军皆附王都耶！'"② 张忠、许泰无计可施，遂灰溜溜地退出江西北还。在《年谱》编纂者写阳明与奸党斗争的故事，写出阳明以良知之心，挡群奸邪恶之气气，折射出阳明超人的智慧和自信。

（五）弟子故事

《年谱》的主旨是系统阐述阳明的心学思想，以正视听。《年谱》编纂者除了用大量的篇幅介绍阳明心学的形成、发展的全过程外，还通过师生交往故事反映阳明心学的普世性。在阳明的学生中，就身份而言，既有在朝的士大夫，且有的弟子在官阶上要高于阳明，又有平民百姓。这充分体现了阳明"有教无类"的教育理想追求。在阳明招收的弟子中，有许多行为不拘礼数的人，性格放荡不羁，但在阳明看来，来者不拒，平等待人。正因为如此，《年谱》编纂者选择了一些具有个性的弟子故事，细腻地反映了阳明的论学情趣。阳明晚年居越授徒讲学，有学子慕其名，投于其门下问学，而阳明的传道别于情趣。据《年谱》载："泰州王银服古冠服，执木简，以二诗为贽，请见。先生异其人，降阶迎之。既上坐，问：'何冠？'曰：'有虞氏冠。'问：'何服？'曰：

---

① ［明］王阳明. 王阳明全集 ［M］. 上海：上海古籍出版社，1992：1269.
② ［明］王阳明. 王阳明全集 ［M］. 上海：上海古籍出版社，1992：1269.

'老莱子服。'曰：'学老莱子乎？'曰：'然。'曰：'将止学服其服，未学上堂诈跌掩面啼哭也？'銀色动，坐渐侧。及论致知格物，悟曰：'吾人之学，饰情抗节，矫诸外；先生之学，精深极微，得之心者也。'遂反服执弟子礼。先生易其名为'艮'，字以'汝止。'"① 上述阳明与王艮的论学对话，很有戏剧性。首先，阳明从王艮的服饰入题，转而指出其为学只求表面的问题，接着表现王艮的所悟。最后，交代王艮认识的改变，心悦诚服地拜阳明为师，情节发展自然，平易中见性情。王艮虽灶户出身，地位微寒，但在阳明的精心培养下，后来竟成为大名鼎鼎的"泰州学派"鼻祖。

在阳明的弟子中，有许多是地方官，其中以绍兴知府南大吉从师的经历最有故事性。据《年谱》记载，嘉靖三年（1524），时阳明年五十三岁，在越城丁父忧，同时开展讲学。正月，门人日进。郡守南大吉以座主称门生，然性豪旷不拘小节。阳明与之论学，南大吉虽有领悟，但仍有诸多不解，闻于阳明："'大吉临政多过，先生何无一言？'先生曰：'何过？'大吉历数其事。先生曰：'吾言之矣。'大吉曰：'何？'曰：'吾不言，何以知之？'曰：'良知。'先生曰：'良知非我常言而何？'大吉笑谢而去。居数日，复自数过加密，且曰：'与其过后悔改，曷若预言不犯为佳也。'先生曰：'人言不如自悔之真。'大吉笑谢而去。居数日，复自数过益密，且曰：'身过可勉，心过奈何？'先生曰：'昔镜未开，可得藏垢；今镜明矣，一尘之落，自难住脚。此正入圣之机也，勉之！'于是辟稽山书院，聚八邑彦士，身率讲习以督之。"② 阳明与南大吉的论学，虽是对话，但人物形象生动，情节曲折有致。当南大吉受阳明指点"良知"之道，学有所得时，用一个"笑"传达出内心的喜悦之情。阳明论学的魅力，使南大吉对心学的精髓有了深刻的体悟，阳明以"明镜"设喻与南大吉共勉，体

---

① ［明］王阳明．王阳明全集［M］．上海：上海古籍出版社，1992：1277—1278.
② ［明］王阳明．王阳明全集［M］．上海：上海古籍出版社，1992：1290.

现以一代心学大师的风范。南大吉为弘扬和传播阳明心学，开辟"稽山书院"，聚"八邑彦士"，并亲自讲学、督学，对越地的教育作出了重大贡献。① 后南大吉毕生为弘扬师道不遗余力，反映出心学的在明代传播的重要途径。

在阳明的弟子中，有的人年近依稀，仍执著地投入阳明门下，浙江海宁的董沄便是其中的代表者。据《年谱》载：海宁董沄，号萝石，以能诗闻于江湖，年六十八，来游会稽，闻先生讲学，以杖肩其瓢笠诗卷来访。入门，长揖上坐。先生异其气貌，礼敬之，与之语连日夜。沄有悟，因何秦强纳拜。先生与之徜徉山水间。沄日有闻，忻然乐而忘归也。其乡子弟社友皆招之反，且曰：'翁老矣，何乃自苦若是？'沄曰：'吾方幸逃于苦海，悯若之自苦也，顾以吾为苦耶！吾方扬鬐于渤澥，而振羽于云霄之上，安能复投网罟而入樊笼乎？去矣，吾将从吾之所好。'遂自号曰'从吾道人'，先生为之记。"② 对于这样一位饱读诗书，满腹经纶的老书生，阳明对其额外地敬重。阳明通过与这位年长于己的特殊学生彻夜长谈，甚为投机。还与之徜徉山水间，在轻松愉快的游玩中指示良知之道。董沄闻道后，乐而忘返。《年谱》还通过董沄乡里子弟社友的苦劝，反衬其对阳明心学的崇拜和坚定信念。后王阳明作《从吾道人记》以表彰董沄老而好学的精神。

上述阳明与弟子论学的小故事，看上去并不经意，但微言大义，恰恰揭示了阳明心学的精义，通过弟子现身说法，思想转变的过程，传达出阳明心学的大众性、通俗性和生命力。《年谱》在叙述上虽然着墨不多，但道出了《年谱》写作的要义所在。在阳明与弟子论学的小故事中，作者在叙述上十分注重人物性格的刻画，通过对话和心理活动描写，置人物活动于具体的情景中，真实地展现了阳明授徒讲学的人情味。

---

① [明] 王阳明. 王阳明全集 [M]. 上海：上海古籍出版社，1992：1290.
② [明] 王阳明. 王阳明全集 [M]. 上海：上海古籍出版社，1992：1290.

三、综合性：杂糅艺术的运用

《年谱》作为一种记载谱主历史的文体，编年叙述，这样可以让世人全面地了解谱主的一生历程。但从写作的角度看，编年叙述稍不经意就会导致平铺直叙，写成谱主一生的"流水账"，难以多层次、多侧面地反映人物丰富的经历，尤其是复杂的内心世界。《年谱》编纂者在解决这一难题时，采用了文学中使用的杂糅手法，立体地展现了阳明传奇般的一生和生命境界。从《年谱》编纂者所使用的杂糅手法看，主要糅合了王氏家世、阳明诗作、家书、重大历史事件和《年谱》附录等，为后人提供了能全面、客观地认识阳明一生的广阔背景，同时具有较强的审美价值。

（一）王氏家世

《年谱》首段扼要介绍了王氏先世的郡望以及迁徙过程。重点介绍了王氏近世自阳明六世祖王纲至阳明父王华的简要生平。尽管《年谱》对阳明先世世系的介绍学术界尚存较大争议，但至少给后人提供了一个可供探讨的体系脉络。在《年谱》的叙述过程中，重点糅合了王阳明的家庭关系，介绍了阳明与祖父母的关系、与父母亲的关系、与伯叔父母的关系、与胞兄弟妹的关系、与从兄弟之间的关系、与过继儿子和嗣子的关系、与族叔的关系，以及与岳父母的关系、与多任妻子的关系，等等。从阳明的家族史与家庭关系中可以洞察阳明以礼仪治家的文化流脉。①

（二）阳明诗作

阳明的诗歌是其一生"致良知"的忠实记录，是他内心情感的真实抒发，是他人生境界的自然展露，凝聚着对人生社会的认识，包含着阳明的生命情怀。据不完全统计，阳明一生创作的诗歌有600余首，《年谱》在叙述阳明生平事迹中能恰到好处地糅合阳明的诗作，使阳明的人生充满诗意。据统计，《年谱》共糅合阳

---

① 有关姚江秘图山王氏家族的世系，参见：华建新. 姚江秘图山王氏家族研究[M]. 宁波：宁波出版社，2010.

明诗歌 15 首，其中整首引用的 14 首。《年谱》恰到好处地引用了阳明在各个生命阶段中所作的诗歌，表现了阳明内心的精神世界。如成化十八年（1482），时阳明年方十一岁，所作《金山》、《蔽月山房》二诗。初显少年阳明的诗才和智慧，为日后阳明成就大业作了铺垫。又如，阳明在逆境中所作的《明夷》诗，诗风洒脱，意境开阔，表现了阳明不以险夷为念的人生态度。再如，阳明在嘉靖三年（1524）居越时，针对朝廷纷纷攘攘的"大礼议"事件，作《碧霞池夜坐》诗，有诗句："无端礼乐纷纷议，谁与青天扫宿尘。"① 表达了阳明对明嘉靖朝宗室"大礼议"闹剧的蔑视和对宇宙思考的机趣。阳明的诗歌反映了明代中期另一种现实，有良知的士大夫为维护人世间美好的信念和固有的价值，诗意地栖居，从而将人生的苦难转化为从容境界。《年谱》引用阳明诗歌不仅丰富了表达的形式，而且展现了阳明富于情感的精神世界，有的则补充了史实的缺失。②

（三）阳明与弟子、道友的论学语录、书信

阳明与弟子、道友等论学语录、书信约占《年谱》篇幅的三分之二，是落实《年谱》编纂宗旨的充分体现。阳明的心学思想是通过授徒讲学，以及书信往来进行传播的。《年谱》编纂者糅合了大量的这方面史料，为后人了解和研究阳明心学思想发展过程提供了确切的时代背景和历史现场，其作用之大显而易见。据统计《年谱》中糅合阳明与弟子论学语录约 38 则，与弟子、道友论学书信 25 封，通过语录、书信系统地阐述了阳明的心学观点，达到了"宣明师训"、"征师言"的编纂目的。论学语录及书信本身并不是文学作品，但从中可以窥探阳明的思想情感，其中的真性情一旦糅合进《年谱》就有了较高的认识价值和审美价值。由于阳明论学语言明快简洁、生动形象，能充分反映阳明的性格特征，

---

① ［明］王阳明．王阳明全集［M］．上海：上海古籍出版社，1992：786.
② 有关王阳明诗歌的研究，参见：华建新．王阳明诗歌研究［M］．合肥：安徽人民出版社，2008.

其文学性是不言而喻的。

（四）重大历史事件

王阳明一生历经明代成化、弘治、正德、嘉靖四朝。在正德朝，阉党专政，风云变幻，《年谱》中所涉及的重大历史事件有："诛刘瑾事件"，南、赣、汀、漳的山民动乱事件，宗室藩王宸濠动乱事件；嘉靖朝的"大礼议"事件，广西民乱事件。上述重大事件，都发生在阳明进入仕途后的二十余年中。从某种意义上说，传奇人物往往是重大历史事件的产儿，重大历史事件可以成为谱主活动的背景以及反映谱主在重大历史事件面前的思考、抉择和态度。重大的社会历史事件可以改变和逆转谱主的人生取向和轨迹，对于刻画谱主的性格、命运和揭示历史规律具有极其重要的作用。因此《年谱》编纂者将重历史大事糅合其间，不是一般地描述历史背景，而是通过谱主在重大历史事件中的处境、思考、抉择和态度来反映其所起的作用及对历史进程的影响。历史事件成为谱主活动的舞台，这样的糅合不仅仅是再现历史，而是上升到高超的艺术层面。阳明在历次重大历史事件中，或参与、或逍遥，表现形式不同，其精神追求是一致的，即"致良知"。《年谱》编纂者叙述阳明在历史潮流中的抗拒与顺应，从历史事件的表面发掘本质，透过偶然现象把握必然性，点出其中蕴含的机理，以表现阳明在驾驭历史风云过程中的处境及应对策略，使其形象血肉丰满，产生"惊天地，泣鬼神"的艺术震撼力。

（五）《年谱》附录

《年谱》附录分为两部分：第一部分记录了阳明殁后，阳明门生和地方正直官员为阳明建祠、祭祀，建书院、讲学，光扬阳明心学的盛况，共一万六千余字。《年谱》附录记载到隆庆二年（1568）止，即阳明殁后三十八年。第二部分钱德洪介绍了编纂《年谱》的过程。《年谱》正文连同附录，时间跨度近一百年，展现了中晚明社会的历史变迁，是认识历史的极好史料。《年谱》正文与附录相得益彰，附录所载的阳明身后事有力地彰显了阳明的光明磊落和经天纬地的人格魅力，具有独特的历史认识价值，因其能反映人间真情，又具有审美价值。

另外，《年谱》编纂者还糅合了阳明的奏疏、治理地方的公移文、有关散文等，这些文体内容因其充满了真情实感，具有文采，体现出审美的元素，深化了主题思想，突破了《年谱》固有的模式，反映了编纂者丰富的想象力，其价值当然不容忽视。

四、结　语

《年谱》的编纂取得了极大的成功，在明中以后期产生了极其重大的影响，这除了阳明自身富有传奇性的经历，为编纂者提供了十分丰富的素材外，与《年谱》编纂的创新是分不开的。

首先，在主题思想的提炼上，突破了述功臣之业的主题模式。《年谱》集中描述了阳明"真三不朽"的圣贤人格，重点揭示了阳明心学思想的真谛。从道德良知，讲学著述，军事谋略，多层次地展现了阳明致良知的人生历程，展示了阳明心学的普世性和生命力，提炼出以心统摄行为的伦理模式和话语模式，一定程度上消解了程朱理学对人们思想的禁锢，是对明代中期社会荒诞怪异情状的无情鞭笞。同时，解释了明代中期社会的历史现状与阳明心学产生的内在联系。

其次，在体例上突破了有些《年谱》以铺陈主人公生平事迹，记"流水账"的套路，能够把当时社会的重大社会内容和多种文体糅合其中，比较全面地反映了阳明一生波澜壮阔的传奇经历和所处时代的历史风云，具有宏观叙事的大气。同时，其内容能沟连天人，贯通古今。历史和逻辑相统一的叙事脉络，能够从容地把握宏大叙事的历史场面，突出重大历史事件对谱主一生的影响，使世人能够了解阳明所处时代的尖锐社会矛盾，从一人之《年谱》提升到社会宏大叙事，具有纵深度，这是一般的《年谱》所难以企及的。

再次，在对谱主人物形象的刻画上，突破了有些《年谱》编纂者评头品足，泛泛议论的窠臼。编纂者主要采用让谱主自身的思想探求、交友过程、论学言行、论兵打仗、展现了生活真实的逻辑力量，让人物细节说话，可感可亲。《年谱》编纂者善于抓住最具典型意义的场面，表现人物的性格特征。在尖锐的社会矛盾中刻画人物形象，往往寥寥几笔就写活一个人，或描述一个紧张的场面，多侧面地刻画阳明的贤臣形象。这应该源于阳明弟子钱德洪等人亲聆师训，熟悉阳明人生经历、思想和情感以及洞察重大历史事件有关，具有他人无法替代的真实性。然而，作为阳明的弟子，钱德洪等人并未坐享现有史料，想当然地为先师歌功颂德，而是收集了大量第一手材料，反复比对史料，精益求精。时代赋予钱德洪等人以开阔的视野，促使他们面对现实，凭借自身的优势，确立独立的写作立场。历经长达三十多年的编纂过程，终成八万余字的《年谱》，尽管在某些史实上现在看来难免有些误差，但从总体来说《年谱》是经得起历史检验的。《年谱》的编纂者对阳明生平事迹的叙述倾注了真情实感，借此表达对先师的敬仰和对阳明心学的维护，倾注了自己的理想，但作为阳明高足弟子的钱德洪等人并没有对先生生平事迹大加赞美之辞，而是有血有肉地写出了阳明的人生追求，矛盾、困惑和痛苦，写阳明的蒙冤以及忍辱负重，个性鲜明，深层次地揭示了阳明丰富的情感世界。正因为如此，《年谱》经受住了数百年来的时间考验，成为不朽之作。

第四，在语言上力求表现人物的性格，口语化，绘声绘色，感情充沛，简洁明快，有感人的力量。

另外，《年谱》之所以具有较高的历史认识价值和文学审美价值，从写作文脉的角度看，应该是受到司马迁《史记》笔法的影响。司马迁"究天人之际，通古今之变，成一家之言"的史家追求，以及"发愤著书"的实录精神，包括其文学笔法，都可以在《年谱》中找到印记。《年谱》以其特有的历史认识价值和文学价值流传于世，是后世《王阳明评传》之类的文学作品所无法替代和难以超越的。

《年谱》刊印、传播以来，对后世有关王阳明的评价和塑造王阳明艺术形象产生了极大的影响。阳明一生的丰功伟业光照于世，隆庆二年（1568）阳明的沉冤得到昭雪，万历十二年（1584）阳明得以祀孔庙，以及后世对阳明诸多正面评价与《年谱》的作用不无关系。同时，对阳明艺术形象的塑造也产生了积极的影响。明末冯梦龙所撰传记小说《皇明大儒王阳明先生出身靖乱录》，以及历史小故事《智囊全集》，其素材大多出于《年谱》。戏曲《平濠记》亦取材于《年谱》。对现当代人而言，有关王阳明的评传、小说、散文、戏曲剧本、电影、电视剧剧本都产生了深远的影响。诸如，电视艺术片《王阳明》、姚剧《王阳明》、百家论坛《传奇王阳明》、长篇小说《王阳明》等作品无一不是以《年谱》为底本进行再创作的。然而，当代有关文艺性作品对《王阳明年谱》的解读兴奋点似乎落在"传奇性"上，而对《年谱》编纂的宗旨"宣明师训"、"征师言"比较忽略，这是《年谱》编纂者所始料不及的。

（此文发表在《宁波广播电视大学学报》2011年第1期）

附录二：论冯梦龙笔下的王阳明文学形象

作为一代心学大师，王阳明"立德、立功、立言"三不朽的人格品位在其生前已彪炳于世。[①] 清乾隆帝在南巡时曾为绍兴"王文成公祠"题"名世真才"匾额，对这位"治世名臣，儒林泰斗"作了高度评价。[②] 阳明殁后，世人的注意力主要集中在对阳明心学思想的解读上，至于从文学的角度完整地、多侧面地反映王阳明伟大的一生，相对比较薄弱。然而，明末的冯梦龙独辟蹊径，为塑造王阳明的文学形象作出了不懈的努力。他用笔记、传记小说刻画了王阳明跌宕起伏的人生经历。从此，王阳明的"圣贤"形象成为明代文学中一颗璀璨的明珠。本文试以冯梦龙所编著的《智囊全集》中有关王阳明的故事和传记小说《皇明大儒王阳明先生出身靖乱录》为研究对象，论述冯梦龙塑造王阳明文学形象的文献依据及人物形象的特征。

一、王阳明文学形象形成的历史依据

大凡从文学的角度塑造历史人物形象，必定要基于一定的史实，在此基础上进行虚构和生发。从文体的角度看，一般采用故事或人物传记的形式展现。作为历史人物的王阳明，其形象最初是由阳明弟子通过行状、墓志铭等形式完成的。最早应追溯到作

---

① ［清］王士禛. 池北偶谈［M］. 济南：齐鲁书社. 2007：164.

② ［清］悔堂老人在《越中杂识·祠祀》中记载："乾隆十六年（1751），翠华南幸，遣左副都御史胡宝瑔致祭。御书祠额曰：'名世真才'。详见：越中杂记［M］. 杭州：浙江人民出版社，1983：29.

为阳明道友、弟子黄绾所撰的《阳明先生行状》。① 在王阳明殁后，黄绾饱含悲愤之情，写下了洋洋一万五千余字的《阳明先生行状》，将王阳明跌宕起伏，波澜壮阔的一生写得酣畅淋漓，令世人感慨不已。其后，阳明道友湛若水在黄绾《阳明先生行状》的基础上撰《阳明先生墓志铭》，进一步概括了王阳明不同凡响的人生经历和伟业。② 上述两篇历史文献奠定了王阳明"真三不朽"人物形象的基础。在此基础上，对王阳明生平业绩反映最完备、最系统、最具深度的文献是《王阳明年谱》（下简称《年谱》）。阳明殁后，其弟子就有意编纂《年谱》，阳明的同邑弟子钱德洪是发起编谱的主要人物之一。他在《阳明先生年谱序》一文中，交代了编谱的直接动机："师既没，吾党学未得止，各执所闻以立教。仪范隔而真意薄，微言隐而口说腾。且喜为新奇谲秘之说，凌猎超顿之见，而不知日远于伦物。甚者认知见为本体，乐疏简为超脱，隐几智于权宜，蔑礼教于任性。未及一传而淆言乱众，甚为吾党忧。迩年以来，亟图合并，以宣明师训，渐有合异统同之端，谓非良知昭晰，师言之尚足征乎？谱之作，所以征师言耳。"③ 文中十分明确地指出，编谱的目的是"宣明师训"、"征师言"。通过编纂《年谱》，准确地阐释阳明心学形成、发展的历史过程，以便后学把握其思想精髓，以克服阳明门生在传承师学中存在的"各执所闻以立教"的弊端。《年谱》的编纂，经历了漫长的过程。钱德洪在《阳明先生年谱序》一文中介绍了《年谱》编纂的过程："始谋于薛尚谦，顾三纪未就。同志日且凋落，邹子谦之遗书督之。洪亦大惧湮没，假馆于史恭甫嘉义书院，越五月，草半就。趋谦之，而中途闻讣矣。偕抚君、胡汝茂往哭之。返见罗达夫闭关方严，及读谱，则喟然叹曰：'先生之学，得之患难幽独中，盖三变以至于道。今之谈良知者，何易易也！'遂相与刊正。越明年正

---

① ［明］王阳明. 王阳明全集 ［M］. 上海：上海古籍出版社，1992：1406—1430.
② ［明］王阳明. 王阳明全集 ［M］. 上海：上海古籍出版社，1992：1400—1406.
③ ［明］王阳明. 王阳明全集 ［M］. 上海：上海古籍出版社，1992：1357.

月，成于怀玉书院，以复达夫。比归，复与王汝中、张叔谦、王
新甫、陈子大宾、黄子国卿、王子健互精校阅，曰：'庶其无背师
说乎？'命寿之梓。"① 《年谱附录一》对编谱的过程介绍更为详
细："师既没，同门薛侃、欧阳德、黄弘纲、何性之、王畿、张元
冲谋成年谱，使各分年分地搜集成稿，总裁于邹守益。越十九年
庚戌，同志未及合并。洪分年得师始生至谪龙场，寓史际嘉义书
院，具稿以复守益。又越十年，守益遗书曰：'同志注念师谱者，
今多为隔世人矣，后死者宁无惧乎？谱接龙场，以续其后，修饰
之役，吾其任之。'洪复寓嘉义书院具稿，得三之二。壬戌
（1562）十月，至洪都，而闻守益讣。遂与巡抚胡松吊安福，访罗
洪先于松原。洪先开关有悟，读《年谱》若有先得者。乃大悦，
遂相与考订。促洪登怀玉，越四月而谱成。"② 谱成于嘉靖四十二
年（1563）夏五月，初刻于杭州天真书院。也就是说，从开始筹
划到《年谱》编成，经历了三十五年的漫长时间，期间不少阳明
弟子先后作古。《年谱》的编纂成功，钱德洪、王畿等阳明高足弟
子，包括阳明私淑弟子罗洪先功不可没。《年谱》的刊印，对世人
了解王阳明非凡的一生以及创立心学的过程提供了确凿的史实，
对维护阳明的崇高形象、澄清是非起到了巨大的作用，其学术意
义无法估量。后世学者，大多根据钱德洪等人所编的《年谱》，又
演化出多达几十种的《王阳明年谱》或《阳明生平年表》，但其他
任何一种《王阳明年谱》都无法与之比肩。有关王阳明生平业绩
的历史文献也为后人的文学创作提供了基本素材。

　　王阳明文学形象的出现，最早恐怕要追溯到王阳明平藩平
"宸濠叛乱"后出现的笔记和传奇作品。③ 从现存的相关史料看，
主要有王阳明弟子董澐之子董穀的笔记文《碧里后集·杂存·斩

---

　　① ［明］王阳明. 王阳明全集 ［M］. 上海：上海古籍出版社，1992：1357—1358.
　　② ［明］王阳明. 王阳明全集 ［M］. 上海：上海古籍出版社，1992：1349—1350.
　　③ 朱宸濠为明太祖朱元璋第十七子朱权的五世孙，明武宗之叔。弘治十年
（1497）袭封于南昌，弘治十二年（1499）袭封宁王。正德十四年（1519），朱宸濠发
动试图夺取武宗朱厚照皇位的叛乱事件。

蛟》。此文将王阳明神化为斩蛟的英雄，"蛟"即为宸濠化身。董
毅的《斩蛟》一文后被山阳道人演化为南戏《王阳明平逆记》。①
剧中将王阳明平宸濠的胜利归因为靠了道士许真君的点化，王阳
明则被塑造成神仙人物。此剧本被明殷启圣收录于《新锓天下时
尚南北新调尧天乐》，② 徐渭在《南词叙录》中也收录了山阳道人
所编有《王阳明平逆记》剧目。可见，有关王阳明平"宸濠之乱"
的历史记载当时已被迅速地转化成文学创作的素材。尽管这些文
学作品的主题各有不同，对王阳明艺术形象的定位差异较大，但
王阳明的文学形象随着这些作品的问世，被逐渐传播于大江南北。
上述文学作品对王阳明形象的塑造只是片段性的，却具有某种神
话色彩。因此，世人无法看到较为全面、丰满的阳明形象。直至
冯梦龙的笔记文《智囊》及以后的《智囊补》（下称《智囊全
集》）问世，王阳明的文学形象才渐渐地明晰起来。《智囊》二十
七卷是冯梦龙在明天启六年（1626）编纂而成。冯梦龙在《智囊
补自叙》一文中说："忆丙寅岁，余坐蒋氏三径斋小楼近两月，辑
成《智囊》二十七卷。"③ 丙寅年，即天启六年。《四库全书总目
提要》介绍说："《智囊补》（二十八卷）明冯梦龙撰。梦龙先于
天启丙寅成《智囊》一书，以其未备，复辑此编。其初刻《补遗》
一卷，亦散入各类。"④ 可见，《智囊全集》是在《智囊》的基础
上作了增补和结构上的某些调整而成。二十八卷本的《智囊全集》
传世于今，但二十七卷本的《智囊》至今仍未发现。《智囊》成书
于天启六年，而《智囊全集》的成书时间是在冯梦龙赴闽中任寿
宁知县之时，即崇祯七年（1634）。冯梦龙在《智囊补自叙》中
说："书成，值余将赴闽中……"⑤ 这与同治《苏州府志·人物》
卷十八载："崇祯时，（冯梦龙）以贡选寿宁知县"相符。

---

① 转引自：钱明. 儒学正脉——王守仁传 [M]. 杭州：浙江人民出版社，2006：56.
② ［明］万历间福建书林熊稔寰刻本。
③ ［明］冯梦龙. 智囊全集 [M]. 栾保群，吕宗力校注. 北京：中华书局，2007：1.
④ ［清］永瑢，纪昀. 四库全书总目提要 [M]. 海口：海南出版社，1999：679.
⑤ ［明］冯梦龙. 智囊全集 [M]. 栾保群，吕宗力校注. 北京：中华书局，2007：1.

《智囊全集》按才智的形态分为十部，有些部再按其特征分卷，全书共二十八卷。据中华书局 2007 年出版的《智囊全集》统计，全书辑录、改编旧籍智慧故事 1200 余则，涉及人物千余人。有关王阳明的故事散见在：上智部的远犹、通简、迎刃，共 4 则；察智部的诘奸，1 则；术智部的委蛇、谬数，共 2 则；捷智部的灵变，1 则；语智部的辩才，1 则；兵智部的制胜，1 则；杂智部的小慧，1 则。时间跨度自王阳明十二岁"术制继母"到王阳明赴广西平乱止，几乎纵贯其一生。从内容看，反映阳明平"宸濠叛乱"和"平广西民乱"的智慧故事共 8 则，其余 3 则从不同的侧面反映了阳明的一些趣闻。如果将这 11 则故事组合起来，一个大智大勇的阳明形象就凸显出来了。由于《智囊全集》所辑故事大多以旧籍为依据，并非完全虚构；再经冯梦龙的改编、润色、评点，使人物形象具有可信可感的审美效果。《智囊全集》收集和改编一千多位历史人物的智慧故事，王阳明的智慧故事全书收录 11 则，是全书中故事较多的人物之一。在冯梦龙的眼中，王阳明不仅是一位心学大师，而且还是令人钦佩的智慧大师。

因受素材和笔记文体裁的限制，《智囊全集》中有关阳明智慧的故事在人物形象刻画上较为单薄，真正完成王阳明形象塑造的是冯梦龙作于明天启、崇祯年间的《皇明大儒王阳明先生出身靖乱录》，此作品为传记体小说。其成书的时间，可从传记中避明熹宗朱由校、明思宗朱由检名讳得以证明。据傅承洲先生考证，作品现存三种版本："一为日本庆应纪元乙丑年（公元 1865 年）弘毅馆刊本，封面为《王阳明先生出身靖乱录》；一为日本明治年间东京青山嵩木堂刻本，封面题作《王阳明出身靖乱录》，卷端题作《皇明大儒王阳明先生出身靖乱录》，上中下三卷，不分回；一为《三教偶拈》本，藏日本东京大学东洋文化研究所双红堂文库，收小说三种：《皇明大儒王阳明先生出身靖乱录》（下称《靖乱录》）、《济颠罗汉净慈寺显圣记》、《许真君旌阳宫斩蛟传》。"① 本文研究

① 傅承洲. 王阳明先生出身靖乱录［J］. 南京师范大学文学院学报，2007：28.

依据为《三教偶拈》本。《三脚偶拈序》署名为"东吴畸人七乐生","七乐生"为冯梦龙之别号。至于写作的缘由和目的,冯梦龙在《三教偶拈序》中说:"偶阅《王文成公年谱》,窃叹谓文事武备,儒家第一流人物。暇日演为小传,使天下之学儒者,知学问必为文成,方为有用。"① 说明冯梦龙创作《靖乱录》是有感而发,具有强烈地针对性。《靖乱录》是冯梦龙以《王文成公年谱》所记载的史实为主要依据,通过对王阳明的出身、三次靖乱、讲学传道为线索,纵向推进,衍化人物主要故事,生动地展现了王阳明文事武备,"真三不朽"的"完人"形象。在素材上,冯梦龙还将《智囊补》中的大部分故事有机地融入《靖乱录》中。在人物性格的刻画上远胜于《智囊补》中的小故事,阳明性格的发展轨迹清晰可见。从文学史的角度看,冯梦龙是塑造王阳明文学形象的集大成者,功不可没。现当代有关王阳明的传记文学,包括戏曲、影视等文艺作品,大多是以《靖乱录》为蓝本生发而成。由此可见,《靖乱录》成为现当代塑造王阳明艺术形象最初的版本,对引领社会评价,传播王阳明一生伟业产生了极大的影响。

二、冯梦龙笔下的王阳明文学形象

从明代文坛的主流看,明代是文学家塑造英雄、召唤英雄的时代。无论是历史演义小说《三国演义》,还是英雄史诗《水浒传》等作品,无不在传递着"英雄造世"的民族传统情结。这与明代的政治文化生态紧密相关。文学家们希冀通过文学作品传达出民众对现实的不满情绪,希望英雄再世,寰宇澄清。同时,明代文坛也是走向世俗的时代,普通百姓的命运和对独立人格的渴望得到了文学的关照,无论是《金瓶梅》,还是《三言二拍》,其本质都无不在呼喊"良知"的回归,是对人欲横流的否定。在明代作家中,冯梦龙应该说独具慧眼,紧紧地把握了时代的脉搏。芸芸众生,大千世界,无论帝王将相,还是黎民百姓,在冯梦龙

---

① 据《三教偶拈》本,藏日本东京大学东洋文化研究所双红堂文库。

的笔下，王阳明堪称"文事武备，儒家第一流人物"。冯梦龙看准了王阳明精神世界的救世意义，把握了"良知"精髓，于是，他着力塑造王阳明"成圣贤"人格形象。在冯梦龙的笔下，王阳明的文学形象定位在三个层面上：

（一）胸怀大志，机敏超群的少年形象

王阳明出身于"书香门第"之家，先世以书礼为本。据姚江秘图山王氏世系记载，王阳明的祖父王天叙是一位私塾的"教书先生"，阳明父王华登科前也是一位家庭教师，直至王华以"布衣魁天下"后，其家族才得以转向"科举之家"。然而，阳明少时行为不受礼法束缚，不以科业为尊。据《年谱》记载，十二岁的阳明在京城就读私塾时，就向塾师提出了"何为第一等事"的问题。尝问塾师曰："'何为第一等事？'塾师曰：'惟读书登第耳。'先生疑曰：'登第恐未为第一等事，或读书学圣贤耳。'龙山公（阳明父王华，晚号龙山翁）闻之笑曰：'汝欲做圣贤耶？'"① 从这一记载可知，少年阳明对传统的"读书登第"已有质疑。此时，王华已状元及第，成为京官，对阳明的志向表示赞赏。冯梦龙在《靖乱录》中，将《年谱》的记载加以改编，通过人物性格冲突的设置，着重刻画了少年阳明的反叛性格：

> （阳明）十二岁在京师就塾师，不肯专心诵读。每潜出与群儿戏，制大小旗帜，付群儿持立四面，自己为大将，居中调度，左旋右转，略如战阵之势。龙山公出见之怒曰："吾家世以读书显，安用是为。"先生曰："读书有何用处。"龙山公曰："读书则为大官，如汝父中状元，皆读书力也。"先生曰："父中状元，子孙世代还是状元否。"龙山公曰："止我一世耳，汝若要中状元，还是去勤读。"先生笑曰："只一代虽状元，不为希罕。"父益怒朴责之。先生又尝问塾师曰："天下

① ［明］王阳明. 王阳明全集［M］. 上海：上海古籍出版社，1992：1221.

何事为第一等人。"塾师曰:"蒐科高第,显亲扬名如尊公,乃第一等人也。"先生吟曰:"蒐科高第时时有,岂是人间第一流。"塾师曰:"据孺子之见,以何事为第一。"先生曰:"惟为圣贤方是第一。"龙山公闻之笑曰:"孺子之志何其奢也。"①

冯梦龙这一改编,将史笔语言转化为文学语言。塑造了少年阳明不服规矩,无心读经,乐做"孩儿王"的形象,并为王阳明入仕后靖乱降贼埋下了伏笔。此段描述中,作者先设置"读书何用"的论题,父子为此展开了激烈的争辩。王华则以亲身经历回答儿子的质疑,此举非但无效,还遭到了小阳明的讥讽,因而受到了父亲的"朴责之"。然后,带着同样的疑问,阳明又请教塾师。迂腐的塾师仍未能解开阳明的疑问,只好将问题又抛给了阳明。而阳明的回答语出惊人:"惟为圣贤方是第一。"王华闻此大言,笑曰:"孺子之志何其奢也。"一个"笑"字,即烘托出少年阳明与众不同的志向;一个"奢"字,又流露出王华复杂的心理。冯梦龙主要通过对话描写,将人物之间的观念冲突层层推进,少年阳明的崇高志向逐次展开。冯梦龙对少年阳明性格的刻画紧扣人物本性,以对话结构故事,展开人物之间的矛盾冲突。从"孝道"和"师道"的角度看,少年阳明的言行是有悖于"礼教"的,可见少年阳明已初具反叛的性格。冯梦龙不但着意表现少年阳明的志向,而且还努力反映少年阳明的智谋。在《靖乱录》中,冯梦龙描述了少年阳明运用超人的智术反抗继母虐待的故事:

十三岁母夫人郑氏卒。先生居丧哭泣甚哀。父有所宠小夫人,待先生不以礼。先生游于街市,见有缚鸮鸟一只求售者。先生出钱买之,复怀银五钱赠一巫妪,授以口语,"见庶母如此恁般。"先生归,将鸮鸟潜匿于

---

① 据《三教偶拈》本,藏日本东京大学东洋文化研究所双红堂文库。

庶母床被中。母发被，鸦冲出绕屋而飞，口作怪声，小
夫人大惧，开窗逐之，良久方去。俗忌野鸟入室，况鸦
乃恶声之鸟，见者以为不祥，又伏于被中。曲房深户重
帷锦衾，何自而入。岂不是大怪极异之事。先生闻房中
惊诧之声，佯为不知，入问其故，小夫人述言有此怪
异。先生曰："何不召巫者询之。"小夫人使人召巫妪。
巫妪入门便言："家有怪气。"既见小夫人，又言："夫
人气色不佳。当有大灾晦至矣。"小夫人告以发被得鸦
鸟之异。巫妪曰："老妪当问诸家神。"即具香烛，命
小夫人下拜。索钱楮焚讫。妪即谬托郑夫人附体，言
曰："汝待我儿无礼，吾诉于天曹，将取汝命，适怪鸟
即我所化也。"小夫人信以为真，跪拜无数。伏罪悔过
言："此后再不敢。"良久，媪苏曰："适见先夫人。意
色甚怒，将托怪鸟啄尔生魂，幸夫人许以改过，方才升
屋檐而去。"小夫人自此待先生加意有礼。先生尚童
年，其权术已不测如此矣。①

此故事原典出自明王兆云所作《漱石笔谈·阳明用谲化母》（卷
下）。② 这则故事在冯梦龙编著的《古今谭概》和《智囊全集》中
都收入，可见这则故事在当时流传之广泛，影响之大。冯梦龙通
过具体细节的描写，将继母、巫婆和小阳明之间的微妙关系刻画
的惟妙惟肖。故事情节比原作更加曲致紧凑，细节生动，人物形
象鲜明。在这则故事中，阳明是弱小势力的一方，继母是家庭中
强权势力的一方，继母待小阳明不善在前，小阳明设计反抗在后，
使情节的展开具有了某种合理性。小阳明不是采用硬顶的"笨办
法"抗母，而是略施小计，将后母巧妙地制服。冯梦龙的本意是
想将王阳明的超人智慧归因为从小具备，即具"神童"的才智，

① 据《三教偶拈》本，藏日本东京大学东洋文化研究所双红堂文库。
② 据［明］王兆云《漱石笔谈·阳明用谲化母》（卷下）。

为以后阳明靖乱埋下伏笔。其文虽不足五百字，但写得一波三折，矛盾冲突尖锐，人物形象刻画丰满鲜明。这则故事从史实的角度看，并非确有其事，应属虚构之作。日本学者岛田虔次认为，此事"可作为叙述阳明这个人在当时是怎样被理解的插曲。"① 据阳明弟子邹守益在《叙云山遐祝图》一文中记载，阳明继母赵氏不仅知书达理、胸襟开阔，而且善于持家、办事秉正，教子有方。阳明生母郑氏逝世后，继母赵氏承担起了对阳明的教育培养的责任，胜如已出。② 阳明亦对继母赵氏十分孝敬，并非笔记文、传记小说中所描述的那样对继母不恭。

（二）忧国忧民，叱咤风云的帅才形象

《明史·王守仁传》对王阳明的军事天才有高度的评价："王守仁始以直节著。比任疆事，提弱卒，从诸书生扫积年逋寇，平定孽藩。终明之世，文臣用兵制胜，未有如守仁者也。当危疑之际，神明愈定，智虑无遗，虽由天资高，其亦有得于中者欤。"③ 此论并非过誉，有关记载王阳明生平业绩的文献都可为证。王阳明一生中曾有三次重大的靖乱军事行动：

第一次是平江西民乱。此次平乱是奉命行事，阳明不得已而为之。但在处置上，阳明采用"攻心为上，剿抚并举"的平乱方针，宽严结合，迅速稳定了地方的治安，发展生产，改革地方民政；并施以教化，民乱从根本上得到了根治，百姓安居乐业。第二次是平南昌"宸濠之乱"。此次平乱情况十分特殊，事发突然。阳明在未受命的情况下，举义兵平定朱明王朝藩王宸濠的叛乱，这是阳明一生中所遭遇的最险恶、最难处置的军事行动。面对藩王朱宸濠的叛乱，阳明与地方官员举义旗，以弱小兵力平乱，以少胜多，仅以三十五天时间平定了朱宸濠蓄谋已久的军事动乱。

① 邓志峰. 王学与晚明的师道复兴运动［M］. 北京：社会科学文献出版社，2004：117.

② ［明］邹守益. 邹守益集（上）［M］. 董平编校. 南京：凤凰出版社，2007：230.

③ 高占祥主编：二十五史·明史下·王守仁传（卷十三）［M］. 北京：线装书局，2007：1063.

在平乱结束后，王阳明又与奸党集团展开了斗智斗勇，有理有节
的斗争，数陷困境，最后凭借其超人的智慧和意志转危为安。第
三次是平广西"土著之乱"。阳明晚年，身患重病，无奈奉命远赴
广西平乱，仅以一年时间，就平定了广西连年不已的土著动乱，
安定了两广，两广父老皆以为数十年来未有此举。冯梦龙在《智
囊补》和《靖乱录》中，对王阳明平乱事功作了重点描写，包括
对同奸党集团作斗争中所运用的政治谋略。其中，以平"宸濠之
乱"的叙述最为精彩。在《智囊全集·王阳明》中，冯梦龙艺术
地概括了王阳明平宸濠之乱的全过程：

> 王阳明以勘事过丰城，闻逆濠之变，兵力未具，亟
> 欲溯流趋吉安。舟人闻濠发千余人来劫公，畏不敢发。
> 公拔剑戬其耳，遂行。薄暮，度不可前，潜觅渔舟，以
> 微服行，留麾下一人服己冠服，居舟中。濠兵果犯舟，
> 得伪者，知公去远，乃罢。公至中途，恐濠速出，乃为
> 间谍，假奉朝廷密旨，行令两广、湖襄都御史及南京兵
> 部，各命将出师，暗伏要害地方，以俟宁府兵至袭杀。
> 复取优人数辈，各将公文置夹衣絮中。将发间，又捕捉
> 伪太师家属至舟尾，令其觇知，公即佯怒，牵之上岸处
> 斩，已而故纵之，令其奔报。濠获优，果于衣中搜得公
> 文，遂迟疑不发。公到吉安，调度兵粮粗备，始传檄征
> 兵，暴濠罪恶。濠知为公所卖，愤然欲出。公谓："急
> 犯其锋，非计也。宜示以自守不出之形，必俟其出，然
> 后尾而图之。先复省城，以倾其巢。彼闻，必回兵来
> 援，我则出兵邀而击之，此全胜之策！"濠果使人探公
> 不出，乃留兵万余守省城，而自引兵东下。公闻濠已
> 出，遂急促各府兵，刻期会于丰城。时濠兵已围安庆。
> 众议宜急往救，公谓："九江、南康皆已为贼所据，而
> 南昌城中精悍万余，食货重积。我兵若抵安庆，贼必回
> 军死斗。安庆之兵仅足自守，必不能出而夹攻。贼令南

昌兵绝我粮道，九江、南康合势挠摄，而四方之援又不可望，事其危矣！今我师骤集，先声所加，城中必恐，并力急攻，其势必下，此孙子救韩趋魏之计也！"侦者言"新旧厂伏兵万余，以备犄角"。公遣兵从间道袭破之。溃卒入城，城中知王师雨集，皆大骇。遂一鼓下之。濠闻我兵至丰城，即欲回舟。李士实谏，以为"必须径往南京，既登大宝，则江西自服。"濠不听，遂解安庆之围，移兵泊阮子江，为归援计。公闻濠兵且至，召众议之。众云："宜敛兵入城，坚壁待援。"公曰："不然。彼闻巢破，胆已丧矣。先出锐卒，要其惰归，一挫其锐，将不战而溃，所谓'先声有夺人之气'也。"乃指授伍文定等方略：先以游兵诱之，复佯北以致之。俟其争前趋利，然后四面合击，伏兵并起。又虑城中宗室或内应为变，亲慰谕之，出给告示：凡胁从者不问；虽尝受贼官职，能逃归者，皆免死；能斩贼徒归降者，皆给赏。使内外居民及乡导人等四路传布。又分兵攻九江、南康，以绝其援。于是群力并举，逆首就擒。①

以上叙述，其本事见诸于黄绾《阳明先生行状》和钱德洪《平濠记》，冯梦龙仅对上述史料进行裁剪编写而成。② 藩王朱宸濠欲夺皇位，经蓄谋已久，苦心经营，借自己诞辰之日，众官入贺，假传皇太后密旨，起兵谋反。号称十万大军，一路攻陷九江、南康二府，围攻安庆。王阳明在途中得悉宸濠谋反，设计逃遁，并率先上疏告"宸濠叛乱"。同时，阳明凭借自己都察院右副都御史的身份命江西等地方军队集结，发兵平定叛乱。又设计假传"兵部

① ［明］冯梦龙. 智囊全集［M］. 栾保群，吕宗力校注. 北京：中华书局，2007：558—559.
② ［明］徐爱、钱德洪、董澐. 徐爱 钱德洪 董澐集［M］. 钱明编校. 南京：凤凰出版社，2007：230.

咨文"迷惑宸濠，拖延宸濠出兵时间，以延误宸濠的战机。在宸濠率兵围攻安庆之际，阳明又采用"围魏救赵"的策略，率军强攻南昌城，迫使宸濠回兵南昌，以挫败宸濠攻南、北两京的图谋。在宸濠回军时，阳明又定计设伏兵于鄱阳湖上，用火攻一举歼叛军于鄱阳湖，宸濠被生俘。平宸濠之战，阳明率地方杂牌军以少胜多，以弱胜强，仅以三十五天时间就平息了宁王蓄谋已久的军事叛乱，为朱明王朝又一次立下了辉煌战功，同时也为天下百姓避免了一场社会动乱之灾。

《智囊全集·王阳明》篇，全文不足千字，但突出了王阳明临危不惧，处惊不乱，运筹帷幄，指挥若定的大帅风范。冯梦龙在艺术上为突出了王阳明的"帅才"的形象，在人物细节的刻画上以其属下人物的言行为衬托，突显阳明的足智多谋，举重若轻。冯梦龙紧紧围绕主旨取舍材料，突出与刻画人物性格有关的事件，其余或简略、或略而不写。故事情节曲折，脉络清晰，足见冯梦龙驾驭历史事件的高超艺术本领。在平定宸濠之乱以后，王阳明即遭受奸党的诬陷，陷入绝境。在已得悉王阳明生擒宸濠的情况下，朝中奸党硬要王守仁将宸濠放回鄱阳湖中，由正德皇帝御驾亲征，导演了一场荒唐的闹剧。王阳明为避免江西百姓再遭灾难，不顾身家性命，毅然多次上疏力阻皇帝亲征。当许泰、江彬等奸党率北军进入南昌，阳明与之斗智斗勇。在《智囊全集》中有几则小故事足以反映阳明的智慧和胆识：

> 阳明公既擒逆濠，江彬等始至，遂流言诬公，公绝不为意。初谒见彬辈，皆设席于旁，令公坐。公佯为不知，竟坐上席，而转旁席于下。彬辈遽出恶语，公以常行交际事体平气谕之，复有为公解者，乃止。公非争一坐也，恐一受节制，则事机皆将听彼而不可为矣。冯梦龙边批：高见。①

_____

① ［明］冯梦龙. 智囊全集［M］. 栾保群，吕宗力校注. 北京：中华书局，2007：53—54.

此段史实见诸于黄绾《阳明先生行状》，冯梦龙对原文主体部分在语句上有少许修改，并对背景进行概括交代，内容基本一致。江彬等奸党为抢功，竟诬陷阳明"通宸濠"，欲置阳明于死地；然阳明对此置之不理。接着，通过阳明与江彬之流在"座位"问题展开了的"斗智"。在"一坐一移"间显示出王阳明作为地方官的威严。将王阳明不屈服于权势的性格，以及斗争策略的灵活性刻画的相当生动。在《靖乱录》中，冯梦龙据《年谱》有关记载，还描述了王阳明与奸党张忠之流"校场比箭"的场景，以表现王阳明"智勇双全，武艺超群"的帅才形象：

> 张忠、许泰、刘翬等，自恃北人所长在于骑射，度先生南人决未习学，一日托言演武，欲与先生较射。先生谦谢不能，再四强之。先生曰："某书生何敢与诸公较艺。"诸公请先之，刘翬以先生果不习射矣。意气甚豪，谓许泰，张忠曰："吾等先射一回，与王老先生看"。军士设的千一百二十步外。三人雁行叙立。张忠居中，许泰在左，刘翬在右，各逞精神施设。北军与南军分别两边，抬头望射。一个个弓弯满月，箭发流星，每一发矢，叫声着。一会箭，九枝都射完了。单只许泰一箭射在鹄上，张忠一箭射着鹄角，刘翬射个空回。他三个都是北人，惯习弓矢，为何不能中的。一来欺先生不善射，心满气骄了。二来立心要在千人百眼前逞能炫众，就有些患得患失之心。矜持反太过，一箭不中，便着了忙，所以中的者少。三人射毕，自觉出丑，面有愧色。说道："嗐们自从跟随圣驾久不曾操弓执矢。手指便生疏了。"必要求老先生射一回赐教，先生复谦让，三人越发相强。务要先生试射。射而不中，自家便可掩饰其惭。先生被强不过，顾中军官取弓箭来，举手对泰彬等曰："下官初学，休得见笑。"先生独立在射椆之中，三位武官太监环立于旁，光着六只眼睛含笑观看。

先生神闲气定，左手如托泰山，右手如抱婴儿，飕的一
箭，正中红心。北军连声喝采，都道："好箭射的准射
的准。"泰、彬等心中已自不快了。还道："是偶然幸
中。"先生一连又发两矢，箭箭俱破的。北军见先生三
发三中，都道："嗤们北边到没有恁般好箭。"欢呼动
地。泰等便执住先生之手，说道到："是老先生久在军
中，果然习熟，已见所长，不必射了。"遂不乐而散。①

此段描写十分精彩，冯梦龙采用先抑后扬的手法，一方面用大量
文字描写张忠、许泰等奸党目空一切、气焰嚣张的神态；另一方
面则表现阳明的镇静自若、后发制人的策略。王阳明在"校场比
箭"中，不动声色，"三发三中"，赢得南北两军欢声雷动，张忠
之辈现场献丑。阳明以高超的射技征服了奸党，赢得北军士兵的
赞誉。文中的细节描写对塑造王阳明的帅才形象，起到了重要作
用。冯梦龙还善于表现王阳明的政治智慧，体现在阳明对北军将
士以情动人，以礼相待的细节中：

逆濠反，张忠、朱泰诱上亲征，而守仁擒濠报至。
群奸大失望，肆为飞语中公，又令北军肆坐慢骂，或故
冲导以起衅。公一不为动，务待以礼，预令巡捕官谕市
人移家于乡，而以老赢应门。始欲犒赏北军，泰等预禁
之，令勿受。守仁乃传谕百姓：北军离家苦楚，居民当
敦主客礼。每出遇北军丧，必停车问故，厚与之槟，嗟
叹乃去。久之，北军咸服。会冬至节近，预令城市举
奠。时新经濠乱，哭亡酹酒者，声闻不绝。（边批：好
一曲楚歌。）北军无不思家，泣下求归。②

① 据《三教偶拈》本，藏日本东京大学东洋文化研究所双红堂文库。
② ［明］冯梦龙. 智囊全集［M］. 栾保群，吕宗力校注. 北京：中华书局，2007：
386.

此段史实可见诸于《王阳明年谱二》第 1269 页，冯梦龙在这则故事中除开头交代事发缘由，及对个别语句进行删改外，基本上是原文的转录，冯梦龙还加了边批"好一曲楚歌"。因当时情势十分险恶，奸党江彬之流欲置王阳明于死地。阳明处处受到北军挑衅，若稍有不慎，就会引发严重的冲突事件。阳明善于区分奸党头目与广大士兵的关系，把斗争的锋芒指向张忠、许泰等极少数奸党头目，同情和感化北军将士。阳明对待北军士兵，如同自己的部下，以情动人。最后，以真情感染了北军士兵，挫败了奸党的阴谋。相比之下，谁高谁下，不战而明了。在《王阳明年谱》中，反映王阳明军事智慧的史实比比皆是，但冯梦龙选取这一史实，目的是为彰显王阳明"攻心为上"，"以德治军"的理念。王阳明作为杰出的军事家，不管处于何种险境，都能凭借自己的超群智慧，运筹帷幄，力挫群雄，立于不败之地。究其智慧之源，是其忧国忧民，良知本性的自然开启。冯梦龙之所以能鲜明地刻画出王阳明帅才的形象，是因为他敏锐地把握了王阳明一生追求圣贤人格的人精神内质，其所刻画的人物形象充满了道德良知，且细腻地反映在日用之中，人物形象丰满，达到了无须用过多的艺术手法加以修饰的程度。

（三）传道论学，世人服膺的真儒形象

王阳明的一生可谓探求"致良知"的一生，也是践行"良知"的一生。在《智囊全集》收录的王阳明故事，冯梦龙重点刻画了作为智者的王阳明形象；而在《靖乱录》中，冯梦龙采用双线结构，明的一条线主要表现王阳明的出身与靖乱事功，暗的一条线则是表现王阳明毕生进行思想探索，创设心学，广收门徒，传道论学，努力"致良知"的一生。这种复合式的表现手法，较好地刻画了王阳明作为"真儒"的形象。用传记体小说表现王阳明这个"真儒"的形象，并不是一件容易的事。然而，在《靖乱录》中，冯梦龙主要通过阳明与弟子的交往故事，采用侧面描写的手法，塑造了王阳明亲切和善，治学精深的真儒形象。其中刻画较生动的有阳明收受王艮、董澐和南大吉为弟子的故事：

是年九月，先生再至南昌。檄各道院，取宸濠废地，改易市廛，以济饥代税。百姓稍得苏息。时有泰州王银者，服古冠，执木简，写二诗为赞，以宾礼见。先生下阶迎之，银踞然上坐。先生问，"何冠？"曰："有虞氏之冠。"又问"何服？"曰："老莱氏之服。"先生曰："君学老莱乎？"对曰："然。"先生曰："君学老莱，止学其服耶，未学其上堂诈跌为小儿啼也？"银不能答，色动，渐将坐椅移侧。及论致知格物，遂恍然悟曰："他人之学，饰情抗节，出于矫强；先生之学，精深极微，得之心者也。"遂反常服，执弟子之礼。先生易其名为艮，字曰汝止。①

这则故事本事出自《年谱》。王阳明在平定宸濠叛乱之后，出于对江西百姓根本利益的考虑，拼死阻止武宗到江西"再捉宸濠"，并以高超的斗争艺术与奸党周旋，挫败了各种阴谋，化险为夷。事毕，王阳明在江西安顿民生，休养生息。待社会稍事稳定后，阳明转而又广收门徒，讲学论道。这则故事就是在这样的背景下产生的。时有泰州人王银"服古冠，执木简"，并以二诗作为拜师的"学费"，可见王银行为十分怪异。阳明以礼相迎，平易待人。然而，王银则显出一股"傲气"，见了阳明以后"踞然上坐"。阳明不动声色，从王银的衣冠打扮切入，单刀直入，指其为学只重表面，不求实质的误区。经阳明的指点，王银"色动，渐将坐椅移侧"，"遂反常服，执弟了之礼。"这 ·细节描写，十分传人。后阳明将王银之名易为"艮"。在王阳明的精心培育下，王艮成为王门弟子中的大学者，"泰州学派"的创始人。大名鼎鼎的明代思想家、文学家李贽即为王艮的再传弟子，即王艮之子王襞的门生。《靖乱录》据《年谱》记载还描述了王阳明收受海宁诗人董澐的故事：

---

① 据《三教偶拈》本，藏日本东京大学东洋文化研究所双红堂文库。

嘉靖三年，海宁董澐，号萝石，以能诗闻于江湖，年六十八，来游会稽。闻先生讲学，戴笠携瓢，执杖来访，入门，长揖上坐。先生敬异之，与语连日夜，萝言下有悟。因门人何秦请拜先生门下，先生以其年高不许。归家与其妻织一缣以为赞，复因何秦来强。先生不得已，与之倘佯山水间，萝日有所闻，欣然而忘归。其乡之亲友皆来，招之还乡。曰："翁老矣，何自苦如此。"萝曰："吾今方扬鬐于渤海，振羽于云霄，安能复投网罟而入樊笼乎？去矣，吾将从吾所好。"遂自号从吾道人。[①]

嘉靖元年（1522），王阳明因父亲王华病逝，在越城家中丁忧。三年期满，未被朝廷复职。阳明利用闲居越之际又广收门徒，开展声势浩大的讲学活动。时有海宁诗人董澐，年已六十八岁，在游历会稽时，闻阳明讲学，即"戴笠携瓢，执杖来访，入门长揖上坐"，一副傲然的神态。王阳明对董澐十分敬重，与其连日彻谈。董澐受阳明指点，深有所悟，并强拜阳明为师。阳明与董澐倘佯于会稽山水之中，指点心学门径。董澐乐而忘返，自号"从吾道人"。王阳明还专门为此写了一篇《从吾道人记》。这则故事凸显了阳明讲学不拘一格，随地指点良知。上述两则故事反映阳明与出身下层的弟子关系。由于王阳明在越城讲学活动的声势日盛，时任绍兴知府的南大吉闻讯拜阳明为师。《靖乱录》据《年谱》编录了郡守南大吉拜师的故事：

时郡守南大吉，先生所取士也，以座主故拜于门下。然性豪旷不羁，不甚相信。遣弟南逢吉觇之。归述先生讲论如此数次，大吉乃服，始数来见。且曰："大吉临政多过失，先生何无言。"先生曰："过失何在。"

---

① 据《三教偶拈》本，藏日本东京大学东洋文化研究所双红堂文库。

"大吉历数某事某事。"先生曰："吾固尝言之矣。"大
吉曰："先生未尝见教也。"先生曰："吾不言，汝何以
知之。"大吉曰："良知。"先生笑曰："良知非我常言
而何。"大吉笑谢而去。于是辟稽山书院，聚八邑彦士
讲学。①

这则故事，重在表现阳明心学的特色在于日用，而不是空洞的说
教。绍兴知府南大吉的虚心好学，勤政为民是深受阳明心学直接
影响的。在《古文观止》中收录了王阳明的三篇名作，其中《尊
经阁记》是阳明应南大吉之邀而作。时南大吉修建绍兴稽山书院
尊经阁，阳明为之作记。当时，阳明在越城讲学听众如云，以致
"宫刹卑隘，至不能容。每一发讲，环而听者，三百余人"②。说明
王阳明的心学真正走向了民间，影响之广。在小说中，冯梦龙直
接评价阳明心学："即如讲学一途，从来依经傍注，唯有先生揭良
知二字为宗，直扶千圣千贤心印，开后人多少进修之路。……所
以国朝道学公论，必以阳明先生为第一。"③

　　从上述几则阳明授徒论学的故事可知，阳明授徒论学不论出
身、年纪，为学要旨重在日用。嘉靖四年（1525），阳明门人立阳
明书院于越城西郭门内光相桥之西，成为传播阳明心学的重要基
地。嘉靖六年（1527）五月，王阳明第三次临危受命，九月出征
广西平乱，仅用一年时间，平定了连年民乱之灾祸。平乱结束后，
阳明以教化治理地方。大兴恩田学较，广西士民始知有理学。后
因阳明积劳成疾，上疏乞休。在尚未得到朝廷批复的情况下，阳
明因病危不候旨到，遂返故里，不幸病逝于归途中。阳明逝世前，
其门人周积问先生"何遗言？"阳明微哂曰："'此心光明，亦复何
言'。顷之，瞑目而逝。"④ 这段史实，《年谱》有记载，冯梦龙在

① 据《三教偶拈》本，藏日本东京大学东洋文化研究所双红堂文库。
② ［明］王阳明. 王阳明全集［M］. 上海：上海古籍出版社，1992：1290.
③ 据《三教偶拈》本，藏日本东京大学东洋文化研究所双红堂文库。
④ ［明］王阳明. 王阳明全集［M］. 上海：上海古籍出版社，1992：1324.

《靖乱录》中稍加改编，加以转录。

冯梦龙在《靖乱录》中为表现王阳明"真儒"的形象，引入诗歌二十余首，如传记的开场白就以诗开篇："绵绵圣学已千年，两字良知是口传。欲识浑沦无斧凿，须知规矩出方圆。不离日用常行内，直造先天未画前。握手临岐更何语，殷勤莫愧别离筵。"此诗蕴含传记的主旨，揭示了阳明心学是继承千年圣学，不离日用。在传记中，冯梦龙有多首诗歌颂阳明心学。诸如："世间讲学尽皮肤，虚誉虽隆实无用。养就良知满天地，阳明才是仲尼徒。"传记最后又用一诗作结："三言妙诀致良知，孔孟真传不用疑。今日讲坛如聚讼，惜无新建作明师。"诗句高度概括了王阳明"致良知"的一生，得孔孟真传。冯梦龙将阳明的"良知说"作为救世良药；同时，讥讽了那些夸夸其谈，不切日用，误人子弟的世间腐儒。在《靖乱录》中，冯梦龙对王阳明的崇敬之情源于对阳明心学的彻悟，更有感于对世道污浊的痛恨。冯梦龙在《三言》中所贯穿的"醒世思想"，其实是传承了王阳明的"良知"思想，两者是相通的。在传记中，冯梦龙对王阳明的真儒形象有一个评论："即如讲学一途，从来依经傍注。惟有先生揭良知二字为宗，直抉千圣千贤心印，开后人多少进修之路。只看他一生行事，横来竖去，从心所欲，勘乱解纷，无不底绩。都从良知挥霍出来。真个是卷舒不违乎时。文武惟其所用。这才是有用的学问。这才是真儒。所以国朝道学公论必以阳明先为第一。"[1] 冯梦龙塑造王阳明的"真儒"形象，其实是在欢呼"真儒"再世，重振朝纲。这无疑是对晚明王朝浊世的抨击，以及对"伪儒"的鞭笞。

三、结 语

王阳明作为"三不朽"的圣贤人物，用文学的手法完整地进行表现，其难度是可想而知的，但冯梦龙通过笔记、人物传记，成功地塑造了一代心学大师、治世名臣王阳明的形象。其塑造的

---

① 据《三教偶拈》本，藏日本东京大学东洋文化研究所双红堂文库。

王阳明文学形象无论在思想上，还是在艺术上很有特色。首先，取材的真实性较强。与《三国演义》、《水浒传》等"累积型"的章回小说不同，冯梦龙对王阳明文学形象的刻画，基本上是依据历史文献加工整理、重新编写而成，艺术的真实性源于历史的真实性，成为文学作品审美的基础。两者的自然结合是王阳明文学形象成功塑造的关键。其次，人物形象的喻世性。冯梦龙对王阳明文学形象的塑造，基于很强的现实性，有其明确的创作宗旨，即针砭时弊，传播良知之学。由于受笔记、传记文体的局限，作者不可能对王阳明一生传奇经历作较大地虚构，腾挪空间不大。在有限的表现空间中，冯梦龙尽可能选取最能表现王阳明精神世界和智慧的素材，并将这些素材放在特定的历史背景下加以刻画，着重表现为神童、帅才、真儒的王阳明形象。人物的性格、智慧和胆识在特定环境中得以自然地显露，让读者感知充满历史真实感的王阳明精神世界，从中汲取生存的智慧及抗击浊世的力量。王阳明的传世精神是人物形象的灵魂所在。王阳明的身上蕴藏着正义的力量，闪烁着治世理想，因而受到冯梦龙的推崇。冯梦龙认为执政者要"取大视远"，勿贪近利；倡导通简政治，勿施烦苛，也许这是冯梦龙塑造王阳明形象的直接动因。联系明末政治的种种弊病，冯梦龙对王阳明的崇敬、歌颂也就不难理解了，两者心灵是相通的。再次，冯梦龙完整地刻画了王阳明这个传奇式的人物，在作品结构上力避平铺直叙，而是截取阳明一生中的重大历史事件，前后贯通，人物形象个性鲜明，注重人物细节的描写，详略得当，语言质朴。冯梦龙对王阳明文学形象的塑造，应该说是对明代文学乃至对中国古代文学的一大贡献。王阳明在其殁后不久即有幸成为文学人物，冯梦龙功不可没。"究天人之际，通古今之变"，值得一提，冯梦龙塑造王阳明的文学形象其艺术手法是明显受到《史记》、《世说新语》的影响。

（此文发表在《宁波广播电视大学学报》2010年第3期）

附录三：王阳明部分散文编年目次

京师文（一）

弘治八年（1495）乙卯，24 岁，寓京师。

高平县志序

祭外舅介庵先生文

送绍兴佟太守序

弘治九年（1496）丙辰，25 岁。再次参加会试下第，归余姚，结诗社龙泉山寺。

送李柳州序

弘治十二年（1499）己未，28 岁。是年春，会试。举南宫第二人，赐二甲进士出身第七人，观政工部。

陈言边务疏

弘治十三年（1500）庚申，29 岁。授刑部云南清吏司主事。

提牢厅壁题名记

重修提牢厅司狱司记

送张侯鲁考最还治绍兴序

归越文

弘治十五年（1502）壬戌，31 岁。八月，遂告病归越，筑室阳明洞中。

乞养病疏

罗履素诗集序

两浙观风诗序

兴国守胡孟登生像记

易直先生墓志

题汤大行殿试策问下

弘治十六年（1503）癸亥，在越，后移疾西湖。

答佟太守求雨

新建预备仓记

平山书院记

陈处士墓志铭

平乐同知尹公墓志铭

南镇祷雨文

豫轩都先生八十受封序

京师文（二）

弘治十七年（1504）甲子，33岁。秋，主考山东乡试。九月，改兵部武选清吏司主事。

山东乡试录序

山东乡试录后序

弘治十八年（1505）乙丑，34岁。与湛甘泉交，共以倡明圣学为事，是年门人始进。

乞养病疏

正德元年（1506）丙寅，35岁。在京师。冬，抗疏下诏狱，谪贵州龙场驿驿丞。

乞宥言官去权奸以章圣德疏

朱曹倡和诗序

谪居龙场文

正德二年（1507）丁卯，36岁。夏，赴谪至钱塘。在越。由武夷至广信，历沅湘至龙场驿途中。

别三子序

示徐曰仁应试

送陈怀文尹宁都序

新安吴氏家谱序

正德三年（1508）戊辰，37 岁。春，至龙场。龙场悟道。

答毛宪副

与安宣慰（一）（二）（三）

答人问神仙

气候图序

恩寿双庆诗后序

重刊文章轨范序

五经臆说序

何陋轩记

君子亭记

远俗亭记

象祠记

卧马冢记

宾阳堂记

重修月潭寺建公馆记

玩易窝记

龙场生问答

论元年春王正月

祭刘仁征主事

教条示龙场诸生

五经臆说十三条

正德四年（1509）己巳，38 岁。在贵阳，受提学副使席书聘请主讲文明书院。

送毛宪副致仕归桐江书院序

瘗旅文

与辰中诸生

阳朔知县杨君墓志铭

镇远旅邸书

正德五年（1510）庚午，39 岁。三月至江西庐陵，知县事。

十二月升南京刑部四川清吏司主事。

告谕庐陵父老子弟

庐陵县公移

京师文（三）

正德六年（1511）辛未，40 岁。正月，调吏部验封清吏司主事。二月，为会试同考试官。十月，升文选清吏司员外郎。

答徐成之

答黄宗贤应原忠

答汪石潭内翰

寄诸用明

答王虎谷

与黄宗贤（一）

赠林以吉归省序

送宗伯乔白岩序

赠王尧卿序

别张常甫序

别方叔贤序

别王纯甫序

梁仲用默斋说

潘氏四封录序

送章达德归东雁序

徐昌国墓志

正德七年（1512）壬申，41 岁。二月，升考功清吏司郎中。徐爱等几十人同受业。十二月，升南京太仆寺少卿。归省，途与徐爱舟中论《大学》。

与黄宗贤（二）

与王纯甫（一）

寄希渊（一）（二）

别黄宗贤归天台序

别湛甘泉序

答储柴墟（一）（二）

答何子元

赠翰林院编修湛公墓表

自劾不职以明圣治事疏

上大人书（一）

滁州文

正德八年（1513）癸酉，42岁。二月至越，五月与徐爱等弟子共游四明山。十月，至滁州，督马政。地僻官闲，日与门人游琅琊、瀼泉间。

与黄宗贤（三）（四）（五）

与王纯甫（二）

寄希渊（三）

与戴子良

与胡伯忠

与黄诚甫（一）

书汪汝成格物卷

东林书院记

悔斋说

书东斋风雨卷后

与滁阳诸生书并问答语

送日东正使了庸和尚归国序

南京文

正德九年（1514）甲戌，43岁。在滁。四月，升南京鸿胪寺卿。五月，至南京。

与王纯甫（三）（四）

答王天宇（一）（二）

约斋说

书石川卷

与傅生凤

书王天宇卷

书王嘉秀请益卷

寿汤云谷序

文山别集序

应天府重修儒学记

湛贤母陈太孺人墓碑

祭郑朝朔文

书石川卷

竹江刘氏族谱跋

京师文（四）

正德十年（1515）乙亥，44岁。在京师。正月，上疏请归，不允。立再从子正宪为后。

寄李道夫

赠周莹归省序

赠林典卿归省序

赠陆清伯归省序

赠周以善归省序

赠郭善甫归省序

赠郑德夫归省序

紫阳书院集序

示弟立志说

见斋说

矫亭说

谨斋说

夜气说

书孟源卷

书杨思元卷

书玄默卷

自劾乞休疏

乞养病疏

谏迎佛疏

金坛县志序

重修六合县儒学记

白说字贞夫说

刘氏三子字说

凌孺人杨氏墓志铭

文橘庵墓志

正德十一年（1516）丙子，45岁。九月，兵部尚书王琼特荐，升都察院左金都御使，巡抚南、赣、汀、漳等处。十月，归省至越。

与黄宗贤（六）

与陆原静（一）

辞新任乞以旧职致仕疏

登仕郎马文重墓志铭

明封刑部主事浩斋陆君墓碑志

赣州文

正德十二年（1517）丁丑，46岁。正月，至赣。二月平漳。九月，改授提督南、赣、汀、漳等处军务。十月，平横水、桶冈乱。

与黄诚甫（二）

与希颜台仲明德尚谦原静

与杨仕德薛尚谦

谢恩疏

给由疏

参失事官员疏

闽广捷音疏

申明赏罚以励人心疏

攻治盗贼二策疏

类奏擒斩功次疏

添设清平县治疏

疏通盐法疏

议夹剿兵粮疏

南赣擒斩功次疏

议夹剿方略疏

换敕谢恩疏

交收旗牌疏

议南赣商税疏

升赏谢恩疏

横水桶冈捷音疏

立崇义县治疏

时雨堂记

书察院行台壁

谕俗四条

平茶寮碑

平浰头碑

赣州书示四侄正思等

与顾惟贤

与王晋溪司马

正德十三年（1518）戊寅，47 岁。在赣。正月，征三浰。九月，修濂溪书院。

与黄宗贤（七）

与陆原静（二）

寄闻人邦英邦正（一）（二）

寄薛尚谦（一）（二）（三）

寄诸弟

朱子晚年定论序

别梁日孚序

大学古本序

修道说

乞休致疏

移置驿传疏

浰头捷音疏

添设和平县治疏

三省夹剿捷音疏

辞免升荫乞以原职致仕疏

再议崇义县治疏

再议平和县治疏

再请疏通盐法疏

升荫谢恩疏

乞放归田里疏

上晋溪司马（一）

题遥祝图

书诸阳伯卷

祭浰头山神文

祭徐曰仁文

教场石碑

上大人书（二）

祭徐曰仁文（二）

江西文

正德十四年（1519）己卯，48岁。在江西。祖母岑太夫人卒，疏乞便道省葬，不允。六月，奉命勘处福建叛军，至丰城，闻宸濠反，遂返吉安，起义兵平叛，七月，平宸濠。八月，疏谏亲征。九月，奉敕兼巡抚江西。

寄希渊（四）

与安之

答甘泉

答方叔贤

上晋溪司马（二）

祭孙中丞文

飞报宁王谋反疏

再报谋反疏

乞便道省葬疏

奏闻宸濠伪造檄榜疏

留用官员疏

江西捷音疏

擒获宸濠捷音疏

奏闻益王助军饷疏

旱灾疏

请止亲征疏

奏留朝觐官疏

奏闻淮王助军饷疏

恤重刑以实军伍疏

处置官员署印疏

二乞便道省葬疏

处置从逆官员疏

处置府县从逆官员疏

收复九江南康参失事官员疏

正德十五年（1520）庚辰，49岁。在江西。揭"致良知"之教。

寄闻人邦英邦正（二）

答甘泉（二）

与陈国英

复唐虞佐

礼记纂言序

象山文集序

观德亭记

重修文山祠记

书陈世杰卷

谕泰和杨茂

书栾惠卷

书佛郎机遗事

题寿外母蟠桃图

乞宽免税粮急救民困以弭灾变疏

计处地方疏

水灾自劾疏

重上江西捷音疏

四乞省葬疏

开豁军前用过钱粮疏

征收秋粮稽迟待罪疏

巡抚地方疏

告谕安义等县渔户

批吉安府救荒申

南赣乡约

旌奖节妇牌

兴举社学牌

颁定里甲杂办

批江西布政司设县呈

议处官吏禀俸

咨六部伸理冀元亨

奖励主簿于旺

申谕十家牌法

申谕十家牌法增立保长

颁行社学教条

清理永新田粮

批宁都县祠祀知县王天与申

晓谕安仁余干顽民牌

告谕顽民

牌行崇义县查行十家牌法

赈恤水灾牌

仰湖广布按二司优恤冀元亨家属

仰南康府劝留教授蔡宗兖

申行十家牌法

批再申十家牌法呈

正德十六年（1521）辛巳，50岁。在江西。五月，集门人于白鹿洞。六月，升南京兵部尚书，参赞机务。八月，至越。九月，归余姚。十月二日，封新建伯。

与邹谦之（一）

与夏敦夫

与朱守忠

与席元山

答甘泉

答伦彦式

与唐虞佐侍御

答方叔贤

与杨仕鸣

与陆原静（一）

书顾维贤卷

乞便道归省疏

祭外舅介庵先生文

祭张淑人文

与陆清伯书

禁约释罪自新军民告示

批湖广兵备道设县呈

批议赏获功阵亡等次呈

剿平安义叛党疏

截剿安义逃贼牌

督剿安义逆贼牌

行丰城县督造浅船牌

行江西按察司审问通贼罪犯牌

行江西按察司清查军前解回粮赏等物

批广东按察司立县呈

行江西三司停止兴作牌

行岭北道申明教场军令

行雩都县建立社学牌

竹桥黄氏续谱序

居越文

嘉靖元年（1522）壬午，51岁，在越。二月，父王华卒，丁忧。

与陆原静（二）

壁　帖

辞封爵普恩赏以彰国典疏

再辞封爵普恩赏以彰国典疏

答徐成之（一）（二）

上彭幸庵

寄杨邃庵阁老（一）

乞恩表扬先德疏

辨诛遗奸正大法以清朝列疏

嘉靖二年（1523）癸未，52岁。在越。

答方叔贤（二）

与杨仕鸣（二）（三）

答舒国用

与刘元道

答路宾阳

与黄宗贤

寄薛尚谦

书王一为卷

寄杨邃庵阁老

寄席元山

书徐汝佩卷

大学古本序

谥襄惠两峰洪公墓志铭

嘉靖三年（1524）甲申，53岁。在越。正月，门人日进。门人以大礼问，不答。十月，门人南大吉续刻《传习录》。

与黄勉之（一）（二）

自得斋说

书诸阳伯卷

书朱子礼卷

答王虉庵中丞

与陆清伯

与黄诚甫（一）（二）

程守夫墓碑

又祭徐曰仁文

祭国子助教薛尚哲文

祭朱守忠文

与郭善甫

书同门科举题名录后

与薛子修书

与尚谦尚迁子修书

答方思道盘兑

书朱守谐卷

祭洪襄惠公文

嘉靖四年（1525）乙酉，54岁。在越。夫人诸氏卒。九月，归姚省墓；定讲会于余姚龙泉山中天阁，每月以朔望初八廿三为期。十月，立阳明书院于越城光相桥之东。

送南元善入觐序

与邹谦之（二）

答刘内重

与王公弼

答董沄萝石

从吾道人记

亲民堂记

万松书院记

稽山书院尊经阁记

重修山阴县学记

博约说

书张思钦卷

书中天阁勉诸生

书朱守乾卷

书正宪扇

书魏师孟卷

与黄诚甫（三）

与黄勉之

复童克刚

重修浙江贡院记

浚河记

题梦槎奇游诗卷

节庵方公墓表

嘉靖五年（1526）丙戌，55 岁。在越。十一月庚申，子正聪生。后七年，外舅黄绾因避时相讳，更名正億。

寄邹谦之（一）（二）（三）（四）（五）

答友人

答友人问

答南元善（一）（二）

答季明德

嘉靖六年（1527）丁亥，56岁。在越。四月，邹守益刻《文录》于广德州。五月，命兼都察院左都御史，征思、田。九月，发越中。十一月，至梧州。十二月，命暂兼理巡抚两广。

与霍兀崖宫端

答潘直卿

为善最乐文

客坐私祝

太傅王文恪公传

祭元山席尚书文

祭吴东湖文

寄正宪男手墨二卷

大学问

两广文

嘉靖七年（1528）戊子，57 岁。在梧州。二月，平思、田之乱。七月，袭八寨、断藤峡。十月，请疏告，疏入，未报。病重返乡，十一月二十九日（1529 年 1 月 9 日）卒于返途江西南安府大庾县青龙铺码头。

与钱德洪、王汝中（二）（三）

答何廷仁

与黄宗贤（四）（五）

寄瞿石门阁老

寄何燕泉

送别省吾林都宪序

田州立碑

田州石刻

辞巡抚兼任举能自代疏

奏报田州思恩平复疏

地方紧急用人疏

地方急缺官员疏

处置平复地方以图久安疏

征剿稔恶瑶贼疏

举能抚治疏

边方缺官荐才赞理疏

八寨断藤峡捷音疏

处置八寨断藤峡以图永安疏

查明岑邦相疏

奖励赏赉谢恩疏

乞恩暂容回籍就医养病疏

祭永顺宝靖土兵文

祭军牙六纛之神文

祭南海文

祭六世祖广东参议性常府君文

祭陈判官文

主要参考书目

［1］陈来．有无之境——王阳明哲学的精神［M］．北京：北京大学出版社，2006.

［2］陈文新．明代诗学［M］．长沙：湖南人民出版社，2000.

［3］陈柱．中国散文史［M］．北京：商务印书馆．1998.

［4］褚斌杰．中国古代文体概论［M］．北京：北京大学出版社，1984.

［5］方国根．王阳明评传——心学巨擘［M］．南宁：广西教育出版社，1996.

［6］方志远．旷世大儒——王阳明［M］．石家庄：河北人民出版社，2000.

［7］冯友兰．中国哲学简史［M］．北京：新世界出版社，2004.

［8］高令印．中国禅学通史［M］．北京：宗教文化出版社，2004.

［9］龚鹏程．晚明思潮［M］．北京：商务印书馆，2005.

［10］郭英德．明清文学史讲演稿［M］．桂林：广西师范大学出版社，2005.

［11］郭预衡．中国散文简史［M］．北京：北京师范大学出版社，1994.

［12］［明末清初］黄宗羲．黄宗羲全集［M］．吴光编校．杭州：浙江古籍出版社，1985.

［13］黄卓越．佛教与晚明文学思想［M］．北京：东方出版社，1997.

［14］黄卓越．明中后期文学思想研究［M］．北京：北京大学出版社，2005．

［15］嵇文甫．晚明思想史论［M］．北京：东方出版社，1996．

［16］计文渊．王阳明法书集［M］．杭州：西泠印社，1996．

［17］李泽厚．美的历程［M］．合肥：安徽文艺出版社，1994．

［18］廖可斌．明代文学复古运动研究［M］．上海：上海古籍出版社，1994．

［19］刘衍．中国古代散文史［M］．北京：高等教育出版社，2004．

［20］刘再华．经学与文学［M］．北京：东方出版社，2004．

［21］罗宗强．明代后期士人心态研究［M］．天津：南开大学出版社，2006．

［22］吕妙芬．阳明学士人社群［M］．北京：新星出版社，2006．

［23］马积高．宋明理学与文学［M］．长沙：湖南师范大学出版社，1989．

［24］能礼汇．明清散文流派论［M］．武汉：武汉大学出版社，2003．

［25］潘立勇．朱子理学美学［M］．北京：东方出版社，1999．

［26］潘运告．冲决名教的羁络——阳明心学与明清文艺思潮［M］．长沙：湖南教育出版社，1999．

［27］钱明．阳明学的形成与发展［M］．南京：江苏古籍出版社，2002．

［28］钱明．阳明学新探［M］．杭州：中国美术学院出版社，2002．

［29］钱明．儒学正脉——王守仁传［M］．杭州：浙江人民出版社，2006．

［30］钱明．王阳明及其学派论考［M］．北京：人民出版社，2009.

［31］钱明．浙中王学研究［M］．北京：中国人民大学出版社，2009.

［32］钱穆．阳明学述要［M］．九州出版社，2010.

［33］［明］施邦曜．阳明先生集要［M］．北京：中华书局，2008.

［34］孙之梅．中国文学精神：明清卷［M］．济南：山东教育出版社，2003.

［35］童庆炳．文学活动的美学阐释［M］．西安：陕西人民出版社，1992.

［36］［明］王畿集［M］．吴震编校．南京：凤凰出版社，2007.

［37］王晓昕，李友学．王学之魂［M］．贵阳：贵州人民出版社，2005.

［38］［明］王阳明．王阳明全集［M］．吴光、钱明、董平、姚延福编校．上海：上海古籍出版社，1992.

［39］［明］王阳明．王阳明全集［M］．吴光、钱明、董平、姚延福编校．杭州：浙江古籍出版社，2011.

［40］王运熙，顾易生．中国文学批评通史：明代卷［M］．上海：上海古籍出版社，1996.

［41］汪传发．陆九渊王阳明［M］．贵阳：贵州人民出版社，2001.

［42］吴承学．中国古代文体形态研究［M］．广州：中山大学出版社，2002.

［43］［清］吴楚材，吴调侯编．古文观止［M］．北京：中华书局，1959.

［44］［明］徐爱，钱德洪．董澐集［M］．钱明编校．南京：凤凰出版社，2007.

［45］徐朔方，孙秋克．明代文学史［M］．杭州：浙江大学出

版社，2006.

［46］徐复观．中国文学精神［M］.上海：上海书店出版社，2004.

［47］徐复观．中国艺术精神［M］.上海：华东师范大学出版社，2004.

［48］许总．宋明理学与中国文学［M］.南昌：百花洲文艺出版社，1999年.

［49］许总．理学文艺史纲［M］.南京：江苏教育出版社，2001.

［50］叶朗．胸中之竹——走向现代之中国美学［M］.合肥：安徽教育出版社，1998.

［51］杨辛，甘霖．美学原理新编［M］.北京：北京大学出版社，1996.

［52］袁行霈．中国文学史［M］.北京：高等教育出版社，2005.

［53］余怀彦．王阳明与贵州文化［M］.贵阳：贵州教育出版社，1996.

［54］俞樟华．王学编年［M］.长春：吉林大学出版社，2010.

［55］张建德．明代山人文学研究［M］.长沙：湖南人民出版社，2005.

［56］张少康．中国文学理论批评史教程［M］.北京：北京大学出版社，1999.

［57］张少康．中国历代文论精选［M］.北京：北京大学出版社，2003,

［58］张祥浩．王守仁评传［M］.南京：南京大学出版社，1997.

［59］张新民．阳明学衡：第二辑［M］.贵阳：贵州人民出版社，2006.

［60］张学智．明代哲学史［M］.北京：北京大学出版社，

2000.

[61] 张毅．儒家文艺美学——从原始儒家到现代新儒学 [M]．天津：南开大学出版社，2004.

[62] 章培恒，骆玉明．中国文学史 [M]．上海：复旦大学出版社，1996.

[63] 周明初．晚明士人心态及文学个案 [M]．北京：东方出版社，1997.

[64] 周群．儒释道与晚明文学思潮 [M]．上海：上海书店出版社，2000.

[65] 周寅宾．明清散文史长沙 [M]．长沙：湖南人民出版社，2004.

[66] 周月亮．王阳明——内圣外王的九九方略 [M]．北京：中华工商联合出版社，2002.

[67] 朱光潜．谈美书简二种 [M]．上海：上海文艺出版社，1999.

[68] 朱五义注，冯楠校．王阳明在黔诗文注释 [M]．贵阳：贵州教育出版社，1996.

[69] 左东岭．王学与中晚明士人心态 [M]．北京：人民文学出版社，2000.

[70] 左东岭．明代心学与诗学 [M]．北京：学苑出版社，2002.

后　记

初春的宁绍大地，长时间地被雨水浸泡着，春寒料峭。

古城姚江两岸的柳枝在不经意时已吐出了嫩芽，柳枝随风飘拂在江面上。我的这本小书《王阳明散文研究》终于可以交稿了，面对微波荡漾的江面，胸中长长地舒了一口气。好了，一切都过去了！我可以尽情地欣赏一下姚江秀色了，可以安安稳稳地睡上一个觉了，可以吃上一口有味的饭菜了，可以看看久违的"记录"、"全纪实"电视节目了。我的这本小书，早在一年前已开始谋划，收集材料，分析研究，最后进入书稿写作。写这本书犹如登高山，爬得异常艰难。主要遭遇三大问题：

首先，王阳明散文内容的丰富性与本人知识结构缺陷之间的矛盾。王阳明是中国古代历史上屈指可数的集思想家、教育家、军事家、文学家于一身的"三不朽"人物，他存世的散文著作虽说不上浩如烟海，但少说也有150多万字。文字量的多少还不是主要问题，令人望而生畏的是其散文中几乎涉及古代社会生活的各个领域，其中众多的陌生人名、地名，令人头昏目眩。从现代学科分类的角度看，涉及的知识点少说也有数千个，博大精深，岂我等小辈能望其项背。在一代宗师的巨著面前，自己肤浅的学识、知识结构性缺陷的问题暴露无遗。尽管开笔前把许多问题都考虑进去了，但真正投入写作就没有那么简单了，一系列新的问题接踵而来，研究越深入越觉得力不从心。仅举一例：王阳明在谪居贵州龙场时，与贵州的土司有交往，一些散文涉及明代土司制度的问题，以前我很少涉及这些知识，只得边学习边研究，费了不少时间。诸如此类，何止一二。遇到难过的"关卡"时，常有

"山穷水尽疑无路"之感,甚至连打"退堂鼓"的念头都会冒出来。怎么办?古训说:"悬崖勒马",则也不失为明智之举。如果是一般性的研究课题,倒也无妨大碍;可我是在研究王阳明的散文,是在探求先贤散文的思想与文采,能回头吗?王阳明一生为追求真理,虽九死而犹未悔。我想,只要心诚,以先贤为旗帜,一步一步向前走,或多或少会取得一点成果的。但光有意志还不行的,还得遵守科研的基本规律。于是,我调整了研究思路,主要选择王阳明散文中写作背景比较清晰的,较能反映其思想探索过程且艺术上又具鲜明特色的散文作品进行研究,不搞面面俱到。研究问题突出重点,相关的则附带提一下,上下勾连,避免重复,分析问题透过现象,着重挖掘作品中的精神内涵,这样才慢慢地向"山顶"爬上去。

其次,王阳明的散文大多是反映其为学、为官、为师,以及交友等方面的内容。他的人生经历多姿多彩,政治上几经沉浮,足迹遍布大江南北,接触过众多的人物,处理过大大小小难以计数的各种事情。然而,这些人和事的背后却是一个广阔的历史背景,如果不搞清楚人与事的来龙去脉,就无法深入地研究下去。要弄清问题,就要查资料,查前人和今人研究的结果。由于我至今还没有看到过国内外研究王阳明散文的学术专著,所以收集资料的难度很大。一年多来,为研究王阳明的散文,我已经收集了数百万字的资料,各种参考书籍占满了办公室,连人行动都有点难。俗话说:"书到用时方恨少",一旦要用什么书,手头没有,就马上通过快递邮购,数天后寄到,解决了不少问题。当然,主要还是通过期刊数据库解决问题。家里的网络不能查阅,只能到学校的网络查,因此每天只好泡在学校里。在整个研究写作过程中,有时进入某一学科知识领域常常有出不来的感觉,一旦搞通了又觉得此番功夫没有白费,似乎有一种"会当凌绝顶,一览众山小"的感觉;但这种感觉又持续不了多久,又一座学问的高山挡在你的面前。好在任何研究都有个开始、都是在不断发展、不断完善的过程中。作为小书的作者,自己所面对的是王阳明散文巨大的知识体量，所涉及的只是王阳明散文中的冰山一角。

再次，时间紧张。为了按时完成写作任务，在书稿写作的整整三个多月里，从早到晚，我基本上是在学校的办公室度过。除了完成常规教学和管理工作外，一头扎在研究与写作上，没有节假日的概念，每天工作不下十六小时。睡觉前还要思考明天的写作构思问题，早上醒得很早，一醒来就想当天要写作的具体问题。连上下班的路上，也在思考怎么解决新出现的疑难问题。我姚历史悠久，人文昌盛，近年来当地文化工程研究项目一个一个地推出，作为高校教师为地方文化建设服务也是一种责任。因此，时时会插进一些合作性的研究任务，耗时也挺多，挤占了自己的研究时间。时间紧张，只能压缩睡眠时间，还是感到时间不够用。写作不仅是艰苦的脑力劳动，而且是高强度的体力劳动。连日连夜地敲击键盘，眼睛十分疲劳。按照眼睛保健的要求，每看书或看电脑显示屏一小时后就要休息十分钟，而我往往一坐就是几小时；不待眼睛"报警"（模糊）一般是不会停下来的，怕中断思路。为争取一点时间，中午有时候碰到下雨，就不回家吃饭了，泡方便面充饥了事。从目前来说，自感对写书还不能做到"十年磨一剑"的淡定。

我之所以要将这本小书研究与写作过程中所碰到主要问题如实地晒出来，无非是为了"忘却的纪念"。王阳明散文的精神如日月运行天地，如江河流经大地，岂我等愚钝之人可以抵达，这本小书能够传达出的仅仅是皮毛而已，无非是起到抛砖引玉的作用。如果说，我这本小书对于研究王阳明的学者、或是对王阳明的散文有点兴趣的读者朋友有一点微小的作用、或为当地文化建设有所裨益，我就心满意足了，我的一点付出又算得了什么呢？我担心的是误读了阳明先生的文章，也怕因此浪费了读者的时间；但我又觉得已尽了最大地努力。为了使读者能从其他不同的角度认识王阳明的形象，笔者将自己的两篇论文作为附录，了解一下阳明的弟子是如何看其先生的，晚明的文学家又是如何看阳明先生的。

在拙著完稿之际，我衷心感谢浙江大学教授、博导陆坚先生于百忙之中为本书赐序。感谢宁波电大的领导、科研处和中文系同仁对本课题研究的重视和支持。感谢本单位领导和同仁对本课题研究的重视和支持。感谢安徽师范大学出版社的诸位领导、胡志恒责任编辑、出版社办公室主任吴顺安老师为本书出版所作的贡献。感谢余姚市政协原主席、余姚市历史文化名城研究会名誉会长章亦平先生、余姚市政协原副主席干凤苗先生对本课题研究的重视和支持。感谢中共余姚市委党校原副校长凤长坤先生、原教务主任倪克瓒先生对我学术研究的关注和支持。感谢裘士茂老师对我学术研究的关注和支持。感谢余姚市图书馆孙建中馆长、余姚市历史文化名城研究会谢玲玲副会长、施长海副秘书长对本课题研究的重视和支持。感谢余姚市原教委副主任周新华先生对我学术研究所提供的支持。感谢浙江家家福超市有限公司张建新总经理对我学术研究的关注和支持。感谢余姚中浙汽车有限责任公司葛岳良总经理长期来对我学术研究的关注和支持。感谢宁波富达股份有限公司周国华高级管理师对我学术研究的关注和支持。感谢妻子王秀娣为我研究工作顺利完成所作出的奉献。由于本人才疏学浅，拙著必定存在很多缺陷、谬误；有的我自己也有所察觉，有的则是我暂时还没有发现的，种种问题需要来日不断地修正和完善。清明即将来临，谨以此书告慰先父母在天之灵。我期待学界大方之家、博雅君子，不吝赐教！

华建新

2012 年春于舜江通济桥慎德堂三书斋